Libri, Letti e Piccoli Accordi

alia smith

ANCHE DI ALIA SMITH

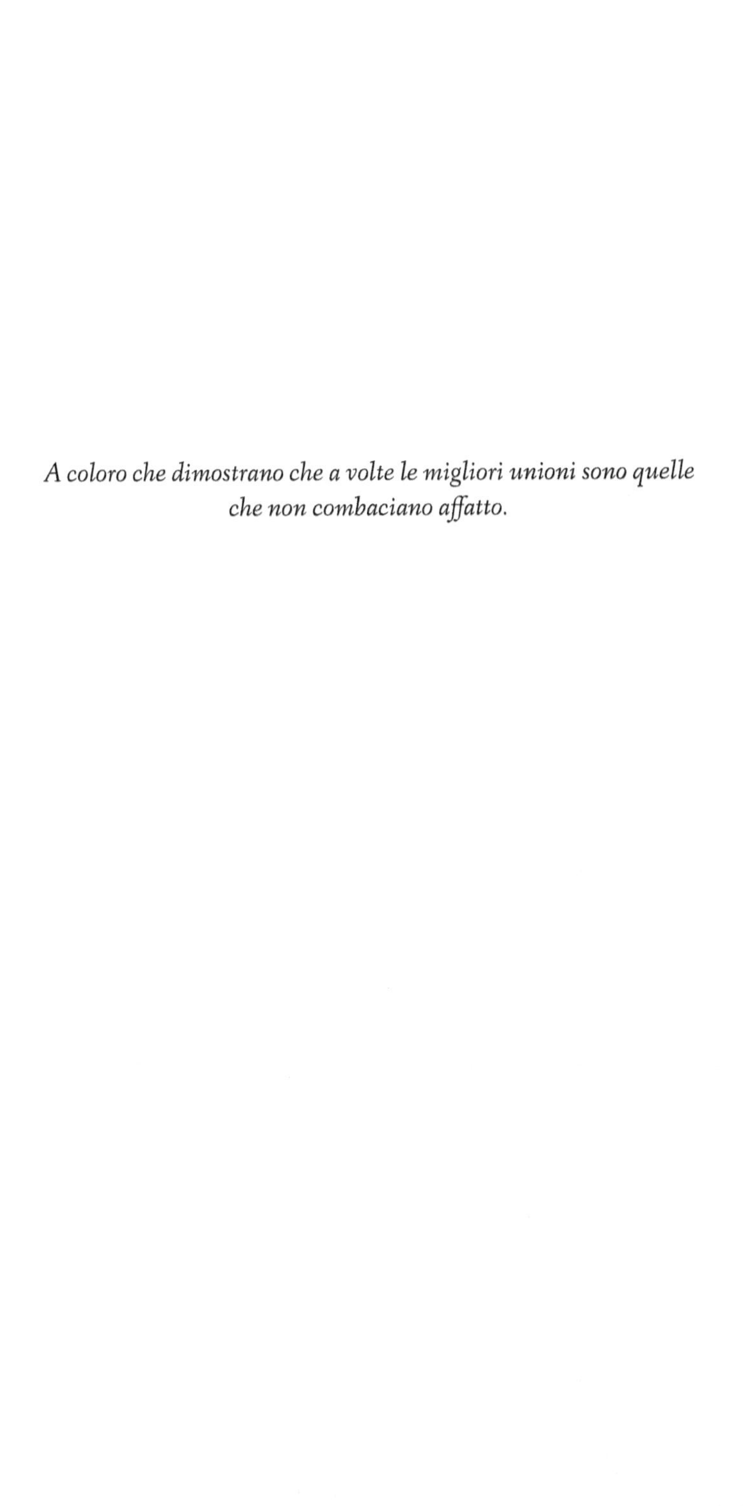

A coloro che dimostrano che a volte le migliori unioni sono quelle che non combaciano affatto.

UNO

♥

I lieto fine sono il mio mestiere. Crederci è facoltativo. Ed è probabilmente per questo che non ho pazienza per le storie d'amore che sulla pagina non tornano.

Cerchio un'altra frase goffa, con i margini già sommersi di correzioni. È il capitolo dieci, o forse undici, di *Amanti nelle Cotswolds*, e sono immersa fino al collo nel tentativo di districare una sottotrama senza alcun senso. Un grandioso gesto romantico da parte di un personaggio che è stato emotivamente non disponibile per tutto il libro? Scelta audace, Melissa. Audace. La mia penna rossa si libra sulle pagine stampate sparse sulla scrivania, pronta per un altro colpo chirurgico.

«Mostra, non raccontare...» bofonchio, cancellando l'ennesimo paragrafo in cui l'eroina passa tre frasi a descrivere quanto *ami* i tramonti. «Abbiamo capito. Il cielo è arancione. Vai avanti.»

C'è un ritmo in questo lavoro, rassicurante nella sua prevedibilità. I problemi si presentano; io li risolvo. Le storie hanno una forma, delle regole, e io esercito un potere onnipotente su virgole fuori posto, abuso di avverbi e metafore astruse. Ordine e precisione. La soddisfazione mi vibra nel petto quando la prosa si affina sotto la mia mano.

Mi sistemo gli occhiali, per la terza volta in cinque minuti, e allungo la mano verso il caffè. È freddo. Certo che è freddo.

Faccio una smorfia ma ne bevo comunque un sorso, distratta dalla successiva nota che mi si sta formando in testa.

Melissa, scrivo a margine di pagina novantacinque, Considera di introdurre una posta in gioco emotiva qui, invece di un altro monologo interiore. I lettori hanno bisogno di qualcosa per cui fare il tifo.

E poi, proprio mentre sto ingranando, il telefono vibra. Il nome di Fiona illumina lo schermo come un sinistro segnale di pericolo.

«Fantastico.» Quando Fiona sceglie di chiamare invece di mandare un'email, non sono mai buone notizie. Di solito, quelle telefonate sono accompagnate da un tono che suggerisce che dovrei già essere a metà dell'opera nel risolvere qualsiasi disastro stia per scaricarmi addosso.

«Salve, Fiona» rispondo, tenendo il telefono in equilibrio tra la spalla e l'orecchio mentre continuo a scrivere correzioni. Multitasking: la linfa vitale dell'editoria.

«Lasci perdere quello che sta facendo» sbotta Fiona, secca ed efficiente come sempre. Posso quasi sentire le sue unghie curate che tamburellano sulla scrivania. «Sala riunioni. Adesso.»

«Riguarda la nuova bozza della copertina?» chiedo, mentre i miei occhi continuano a scorrere il manoscritto come se finire quella frase potesse salvarmi. «Perché se è un altro design ad acquerello, giuro che-»

«Non la copertina. Un problema più grosso. Venga e basta.»

«Di che dimensioni parliamo-» Ma la linea cade. Un classico di Fiona.

Sospirando, chiudo di scatto il portatile e afferro il mio taccuino. Qualunque cosa sia, è abbastanza seria da interrompere il mio flusso di lavoro attentamente curato, il che significa che è destinata a rovinarmi la giornata. Mentre mi dirigo verso la sala riunioni, mi preparo mentalmente. Le emergenze di Fiona di solito coinvolgono autori di bestseller con un complesso di onnipotenza o richieste dell'ultimo minuto che sfidano sia la logica che le leggi del tempo.

Quando apro la porta, Fiona sta già camminando avanti e

indietro, un chiaro segno che è in piena modalità combattimento. Non alza nemmeno lo sguardo quando entro.

«Rachel è incinta» annuncia, come se in qualche modo fosse colpa mia.

«Ehm... congratulazioni a Rachel?»

«Va in maternità. Con effetto immediato.»

«Wow.» Sbatto le palpebre. «È... improvviso. L'ha appena scoperto?»

«Non sia ridicola, Lara. Lo sapeva da mesi, ma ha semplicemente omesso di informarmene. A quanto pare, "non voleva creare problemi".» Le virgolette mimate da Fiona potrebbero tagliare l'acciaio. «Quello che non ha voluto fare è stato anche informarmi che Rory Keane è in ritardo di *mesi* con il suo manoscritto. Mesi.»

Ah. Ecco la rivelazione. La scoperta è così potente che ne sento la scossa lungo la spina dorsale. Rory Keane. Il ragazzo d'oro della Scott & Drake Publishing House. Autore di bestseller. Beniamino del romance. L'incredibilmente affascinante evasore cronico di scadenze... è in ritardo sulla tabella di marcia.

«Mi lasci indovinare» dico seccamente, sprofondando in una sedia. «Non è solo in ritardo; non è neanche lontanamente finito.»

«Lontanamente» conferma Fiona, fermandosi a metà del suo andirivieni per fulminarmi con lo sguardo. I suoi occhi sono fieri, inflessibili. «Rachel lo ha coperto, tenendomi a bada con aggiornamenti vaghi. E ora se n'è andata, lasciandoci un pasticcio da sistemare.»

«Sembra un problema di Rachel» propongo, anche se so esattamente dove vuole andare a parare.

«Non più. Adesso è un Suo problema.»

«Certo che lo è.»

«I preordini per *Pienamente, per sempre* sono nell'ordine delle decine di migliaia» annuncia Fiona, la sua voce che fende l'aria sterile della sala riunioni come una ghigliottina. «Il marketing sta creando aspettativa da mesi. La data di pubblicazione è fissata. Abbiamo organizzato ospitate nei programmi TV del mattino. Questo libro *deve* uscire in tempo, Lara.»

Incrocio le braccia e mi appoggio allo schienale della sedia troppo rigida, cercando di non irritarmi sotto il suo sguardo penetrante. L'odore di caffè bruciato persiste da una tazza dimenticata lì vicino, mescolandosi con il debole sentore del profumo fresco e agrumato di Fiona. È impeccabilmente composta, come sempre, ma c'è una tensione che cova sotto la sua solita compostezza. È come fissare un cigno elegante sapendo che potrebbe staccarti un dito con un morso se provocato.

«Mi faccia capire bene» dico lentamente, mantenendo un tono di voce controllato. «Rachel ha fatto da babysitter a Rory Keane per mesi mentre lui... cosa? Faceva l'artista tormentato? E adesso, perché lei ha deciso di piantarci in asso per scarpine da neonato e corsi preparto, io dovrei arrivare in picchiata a salvare la situazione?»

«Praticamente» risponde Fiona senza battere ciglio. La sua espressione non ha la minima contrazione. Impressionante.

«Giusto.» Rilascio un lento respiro. «E con "salvare la situazione", intende dire rimettere in sesto un manoscritto che presumo sia meno un romanzo e più una... crisi esistenziale sotto forma di documento Word?»

«Esatto» dice, congiungendo ordinatamente le mani sul tavolo lucido. «Lei ha sei settimane.»

«Sei settimane?» La mia voce esce più acuta di quanto vorrei, così mi schiarisco la gola, costringendola a tornare a un tono più basso. «Fiona, sei settimane non bastano per fare una revisione stilistica di un romanzo di Rory Keane, figuriamoci per sistemare eventuali grossi problemi di trama. Ammesso che abbia anche solo scritto qualcosa.»

«È per questo che ho bisogno di Lei,» dice, con un tono impassibile, come se fosse tutto perfettamente ragionevole. Come se non mi avesse appena consegnato un bel casino con tanto di fiocchetto. «Lei è la migliore editor che abbiamo, Lara. Farà in modo che funzioni.»

«L'adulazione è carina, ma non cambia il fatto che sia impossibile.» Indico con un gesto vago il soffitto, dove il nome di Rory Keane potrebbe benissimo essere scritto a lettere d'oro. «L'uomo è notoriamente allergico alle scadenze. E alla struttura. E, oserei dire, al senso di responsabilità.»

«Motivo per cui mi fido di *Lei* per gestirlo.» Fiona si sporge in avanti, socchiudendo gli occhi in quel modo che mi fa sentire una preda. «Pensi a cosa c'è in gioco. Rischiamo un disastro di immagine. Preordini cancellati. Niente espositori nei punti vendita. Una figuraccia colossale per la Scott & Drake. Per non parlare del fatto che i nostri concorrenti non desidererebbero altro che vedere il nostro autore di punta andare a rotoli. Sia Colleen che Emily hanno dei libri in uscita in autunno, quindi dovremmo rimandare tutto alla prossima primavera. Un incubo totale.»

«Sembra divertente.»

«Divertente o no, sta per succedere,» sbotta, con la voce che schiocca come una frusta. «A meno che non preferisca che lo affidi a qualcun altro? Magari a qualcuno non così capace come Lei? Qualcuno che potrebbe lasciar implodere l'intero progetto, trascinando con sé la nostra reputazione?»

Ah. Eccola. La minaccia vellutata avvolta in un complimento. La classica Fiona. Le lancio un'occhiataccia, mentre il cervello mi lavora a mille. In fondo, so che ha ragione. La posta in gioco è astronomica e, se c'è qualcuno in grado di farcela, quella sono probabilmente io. Ma questo non rende la prospettiva meno esasperante.

«D'accordo,» dico seccamente, raddrizzandomi sulla sedia. «Ma vorrei essere chiara: io e Rory Keane dovremo fare quattro chiacchiere. Anzi, più di quattro. E probabilmente a voce alta.»

«Bene.» Fiona accenna un sorriso, di quelli che non le arrivano agli occhi. «Francamente, si merita un bel calcio nelle palle. Lo incontrerà qui domani.»

La voce di Fiona continua a farsi sentire, monotona ma decisa, ma io colgo sì e no una parola su tre. Qualcosa sul fatto che l'editoria sarebbe molto più piacevole se non si dovesse avere a che fare con gli autori. La mia attenzione continua a impigliarsi sul bordo del tavolo, dove le mie dita tamburellano contro il legno lucido con un ticchettio nervoso. Le costringo a fermarsi, stringendo invece la mano a pugno. Professionale. Composta. È così che dovrei essere in questo momento.

«Mi sta ascoltando, Lara?» Il tono di Fiona mi riporta bruscamente nella stanza, come un elastico schioccato sulla pelle nuda.

«Certo,» rispondo, raddrizzandomi sulla sedia e sistemandomi gli occhiali con un dito, con gesto studiato. «Salvare Rory Keane. Salvare il libro. Salvare la Scott & Drake da un'umiliazione pubblica. Ho saltato qualcosa?»

«Sì, la parte in cui smette di comportarsi come se questa fosse un'opzione.» Mi trafigge con quello sguardo laser e io, a malincuore, annuisco in segno di accettazione.

Lo stomaco mi si attorciglia, non per le sue parole ma per ciò che implicano. Rory Keane. Il *Rory Keane*. Il ragazzo d'oro del romance, i cui ultimi otto libri hanno fruttato alla nostra casa editrice milioni, che affascina intervistatori e lettori con quel suo sorriso facile, come se non avesse mai conosciuto un giorno di difficoltà nella sua vita invidiabile. Affascinante, talentuoso, inaffidabile. Una tripletta di tutto ciò che evito, sia negli autori che negli esseri umani.

Mentre lascio la stanza, sento un strano misto di terrore e determinazione impossessarsi di me. Sarà un disastro. Un disastro che, in qualche modo, ho la responsabilità di evitare. Ma se c'è qualcuno in grado di gestire Rory Keane e il suo capolavoro incompiuto, quella sono io. Probabilmente.

DUE

♥

Devo rileggere una delle frasi di Rory Keane tre volte, solo per assicurarmi che le parole scritte sulla pagina siano proprio quelle; una frase così stucchevole da farmi venire il mal di denti.

«'L'amore si riversava dalla sua anima come la luce del sole che filtrava da una finestra aperta.'» Leggo la frase a voce alta, a mezza voce, e se il sarcasmo avesse una melodia, avrei appena suonato la nota perfetta. Il mio viso si contorce involontariamente, metà smorfia e metà sorrisetto beffardo. La luce del sole che si riversa? Dalla sua anima? Scarabocchio una nota a margine: *Barocco. Troppo astratto. Dov'è l'ancora emotiva?*

Le mie dita tamburellano più veloci, adesso, mentre guardo l'orologio per quella che deve essere la terza volta in cinque minuti. In ritardo. Certo che è in ritardo. Non ci si può aspettare che Rory Keane, l'amatissimo bestseller numero uno del *Sunday Times* e fenomeno letterario, arrivi puntuale come noi comuni mortali. No, la puntualità probabilmente stonerebbe con la sua immagine attentamente coltivata di genialità spontanea.

Mi appoggio allo schienale, incrociando le braccia, e cerco di non immaginarmelo entrare qui con disinvoltura sfoggiando quel suo sorriso inconfondibile: quello che vende milioni di tascabili, spezza migliaia di cuori e in qualche modo riesce a dire sia *Fidati di me* che *Buona fortuna a cercare di capirmi*. È irritante come una persona possa apparire così impeccabile nella foto d'autore sul retro di copertina, eppure scrivere frasi come *Il suo amore era un faro che guidava il suo cuore naufrago.*

Altro appunto: le metafore nautiche devono finire.

Proprio mentre sto valutando se ho tempo di versarmi un altro caffè prima che lui decida di degnarmi della sua presenza, la porta si apre cigolando. Ed eccolo lì. L'uomo del momento, in tutto il suo splendore casualmente trasandato, che entra con passo sicuro nella stanza come se fosse il padrone non solo di questa riunione, ma del tempo stesso.

«Salve, Rory. Sono Lara Yates. Sostituisco Rachel.» Gli offro la mano e lui la stringe.

«Buon pomeriggio,» dice lui, con la voce calda e pacata, come se fossimo vecchi amici che si ritrovano a pranzo piuttosto che due professionisti con una scadenza imminente. I suoi capelli scuri sono arruffati, come se avesse passato la mattinata a passarci le mani in preda a profondi pensieri creativi, o forse si è appena alzato dal letto. Le maniche della sua camicia bianca stropicciata sono rimboccate fino ai gomiti, rivelando avambracci che senza dubbio ispirano fanfiction da qualche parte, e i suoi jeans sono appena al limite dell'inappropriato per una riunione di lavoro.

«Lieto che si sia unita a me,» rispondo, con tono secco. Non mi preoccupo di mascherare l'irritazione nella mia voce; non merita tale cortesia.

Mi rivolge un sorriso ampio e per nulla dispiaciuto, con una fossetta che appare come un segno di punteggiatura alla fine della sua offensiva di charme.

«Non me la sarei persa,» dice, lasciandosi cadere sulla sedia di fronte a me con una grazia indolente che mi fa venir voglia di alzare gli occhi al cielo così forte da rischiare di non riuscire più a riportarli giù. La sua borsa si affloscia sul pavimento, l'immagine stessa della noncuranza.

Guardo il manoscritto di fronte a me, poi di nuovo lui. Il contrasto tra di noi non potrebbe essere più netto. La mia giacca è immacolata, i miei appunti codificati per colore e ordinatamente impilati. Rory sembra essere capitato qui da un loft di un artista bohémien, dove ha appena concluso un acceso dibattito sul significato della vita davanti a sigari e cognac.

«Iniziamo,» dico in modo secco, ignorando il modo in cui il suo sorriso si allarga, come se trovasse il mio atteggiamento pragmatico infinitamente divertente. Che Dio m'aiuti, rimpiango già di aver acconsentito a questo incontro.

«La sua eroina, Sophie,» esordisco, sfogliando il manoscritto fino alla prima pagina contrassegnata, «è emotivamente disponibile quanto un'asse di legno.» Picchietto un'unghia curata sul bordo del tavolo per dare enfasi. La mia voce è piatta, le mie parole precise, e non alzo neanche per un istante lo sguardo verso Rory. Il contatto visivo mi sembra una concessione di terreno, e oggi non sono in vena di generosità.

Di fronte a me, lo sento distendersi sulla sedia, ogni movimento deliberato, senza fretta. Quando finalmente alzo lo sguardo, l'angolo della sua bocca si piega, in un'espressione che urla *divertito, non allarmato.*

«Continui,» dice, il suo tono leggero, persino invitante. Come se stessi raccontando qualche storia avvincente davanti a un drink e non smantellando sistematicamente il lavoro della sua vita.

«Bene,» sbotto, passando a un'altra sezione evidenziata con la precisione di chi sfoglia un fascicolo legale. «Questa scena qui? Pagina cinquantotto? Dove dovrebbero legare grazie al loro trauma infantile condiviso, ma invece si limitano a... flirtare goffamente? Non funziona. Ci sono dialoghi che sostituiscono la sostanza, e non sono nemmeno dei buoni dialoghi. Molti sembrano riempitivi, o appunti per sé che intendeva sostituire in seguito.»

«Riempitivi?» ripete, trascinando la parola come se stesse assaggiando un nuovo gusto di gelato. Il sorriso si allarga, diventando più pronunciato, e giuro che mi ci vuole tutta la mia forza di volontà per non scagliargli il manoscritto addosso. «Scelta di critica interessante.»

«Davvero?» Inarco un sopracciglio, rifiutando di lasciarmi provocare. «Perché quello che vedo qui sono due personaggi che presumibilmente si stanno innamorando, ma che sembrano più leggere dei copioni per un video sulla salute e la sicurezza sul posto di lavoro.»

Il suo indice sfiora la leggera barba che ombreggia la sua

mascella, un gesto casuale che chiarisce che non sta prendendo nulla di tutto ciò sul serio.

«Ammetto che questa è nuova. Guadagno punti per l'originalità?»

«Vuole dei punti o vuole un manoscritto che funzioni?»

«Perché non entrambi?» ribatte lui con disinvoltura, sporgendosi in avanti e appoggiando i gomiti sul tavolo come se fossimo cospiratori in qualche grande piano, piuttosto che editor e cliente bloccati in una battaglia. I suoi occhi si increspano leggermente agli angoli, tradendo un divertimento genuino. «Cioè, non è forse questo il sogno?»

«Non il mio», ribatto a tono. «Il mio sogno prevede che gli autori consegnino manoscritti che non mi costringano a operare d'urgenza ogni singolo capitolo.»

«Ah, giusto, e io che pensavo stessimo ballando una specie di tango creativo. Sa, superare insieme i confini artistici, creare la magia.»

«La magia non si crea quando i Suoi personaggi passano il settanta percento del tempo a litigare sui condimenti della pizza.»

«Ehi, un momento», interviene lui, alzando un dito come se avessi superato una qualche linea sacra. «Quella era una discussione metaforica sul compromesso.»

«Certo», dico, «e le metafore sono fantastiche quando colpiscono nel segno. Le Sue? Si schiantano al suolo.»

Il suo sorriso non vacilla, ma colgo il più debole barlume di qualcos'altro al di sotto. Se non lo conoscessi, penserei di essere riuscita ad assestargli un colpo. Ma poi si muove sulla sedia, ruotando le spalle come per scrollarsi di dosso il peso del momento, e il sorrisetto torna in tutta la sua forza.

«Mi ricordi di non invitarLa mai alla mia festa di compleanno», scherza, con la voce velata di finto risentimento. «Probabilmente criticherebbe la torta.»

«Solo se fosse cotta a metà», rispondo senza battere ciglio. «Pagina centottantasette. Oliver confessa il suo amore durante un... rullo di tamburi, prego... un inseguimento in auto. Un *inseguimento in auto*, Rory. Perché niente dice "anima gemella" come schivare autoarticolati in autostrada.»

«La posta in gioco è alta», propone lui, stringendosi in una spalla come se fosse una difesa brillante. «Adrenalina. Passione. Il cigolio degli pneumatici... è tutto molto cinematografico.»

«Certo, se sta cercando di scrivere *Fast & Furious: Edizione San Valentino*», sbotto, girando la pagina con più forza del necessario. La mia voce inizia ad alzarsi, ma la freno, cercando di sembrare fredda e professionale. Fallendo miseramente. «Ma un romanzo rosa? Un vero romanzo rosa? Parla di legame. Vulnerabilità. Non di... cavalli motore.»

«Non dimentichi il protossido d'azoto», dice, il suo sorriso che si allarga come se sapesse esattamente quanto mi sta dando sui nervi.

«Rory.» Le mie mani si appiattiscono sulla scrivania, i palmi che premono così forte che sento le venature del legno incidersi sulla pelle. «Alcune parti di questo libro sono davvero belle. La prosa descrittiva è sicura, il senso del luogo è eccezionale. Il capitolo quattro mi ha fatto piangere. Sono lì con loro sulle dolci colline, respiro la stessa aria, sperando che Oliver le prenda finalmente la mano.»

«Ma?» Inclina la testa.

«Ma... la maggior parte dei dialoghi è scandalosamente scadente. Banali, giochi di parole di bassa lega, sembrano scritti con pigrizia e io *so* che Lei può fare di meglio. Ha scritto interi capitoli in cui i Suoi personaggi scappano letteralmente da delle esplosioni. Come dovrebbe credere il lettore che si stiano innamorando quando non passano cinque minuti consecutivi a parlarsi?»

«Parlare non è il loro linguaggio dell'amore», ribatte lui. «Comunicano attraverso l'azione. E schivare schegge insieme crea fiducia. È scientifico.»

«No, Rory. La scienza sono io che cerco di mantenere la mia pressione sanguigna sotto i livelli da ictus ogni volta che leggo un'altra di queste scene inverosimili ed esagerate. Guardi qui...» punto di nuovo il dito sulla pagina, i cui bordi si sgualciscono sotto la mia unghia. «Il grande momento romantico ha luogo mentre disinnescano una bomba. Una bomba vera e propria. Ma cosa *è* mai questa roba?»

«Simbolico», dice lui con disinvoltura, inclinando la testa. «L'amore è la bomba a orologeria per eccellenza, dopotutto.»

«Questo non è simbolico», ribatto secca, fulminandolo con lo sguardo. «Questo è Lei che guarda troppi film d'azione e cerca di spacciarlo per profondità emotiva.»

«Preferirebbe che li faccia innamorare davanti a un caffè e a silenzi imbarazzanti, allora?» Il suo tono è leggero, scherzoso, ma ora c'è un che di tagliente, una debole increspatura sotto la superficie calma. «Perché quello è stato fatto fino alla nausea. Sto innovando, qui, Lara. Sto rompendo gli schemi.»

«Sta rompendo qualcosa, è sicuro», rispondo, «e non sono gli schemi. È la mia voglia di vivere.»

Lui ride, una risata forte e incontenibile, e mio malgrado, sento un brivido di qualcosa pericolosamente vicino al divertimento. Maledetto lui. Maledetta quella stupida risata da ragazzo che in qualche modo smussa gli angoli acuti della sua arroganza.

«Andiamo», dice, la sua voce che si abbassa in un tono più caldo, suadente. «Non mi dica che non si è almeno goduta la scena nel magazzino in fiamme. Quella era oro colato.»

«Se per oro colato intende assolutamente ridicola, allora sì. Oro colato.»

«Il ridicolo può essere affascinante, guardi noi.»

«Noi?» ripeto, e la parola suona assurda sulla mia lingua. Come provare un paio di scarpe di due taglie più piccole. «Non c'è nessun "noi", Rory. Ci siamo io, Lei e questo manoscritto che non è neanche lontanamente pronto per la pubblicazione. E credo che Lei lo sappia. Deve saperlo.»

«Dura», dice, stringendosi il petto per finto dolore. «Ma penso che ci sia un po' di chimica qui. Non crede?»

«L'unica chimica che sento in questo momento è l'impulso di gettare acido cloridrico su questo pretesto di trama.»

«Vede?» Sorride di nuovo, un sorriso ampio e snervante. «Quel fuoco. Quella passione. È fonte di ispirazione.»

«Non *osi* usarmi come ispirazione», lo avverto, puntandogli un dito contro. «Qualunque cosa sia questa» — faccio un vago gesto tra di noi, più che altro per la frustrazione — «resta fuori dal Suo libro.»

«Annotato», dice, anche se il lampo nei suoi occhi mi dice che sta mentendo spudoratamente. «Ma, per la cronaca, penso che saremmo un'ottima sottotrama.»

«Allora è un bene che questa sia una relazione strettamente professionale», dico, con la voce tagliente come un coltello. Eppure, un calore mi sale su per il collo, e odio che possa vederlo. Peggio ancora, odio che sembri divertirsi.

«Strettamente professionale», ripete lui, con un tono leggero e canzonatorio.

«Rory», dico, la mia pazienza che si assottiglia. «Non può cavarsela con un sorrisetto per la Sua data di pubblicazione. Questo...» punto il dito sul manoscritto sparso tra noi. «Questo non funziona, non ha assolutamente alcuna somiglianza con i Suoi libri precedenti. È... non è abbastanza buono.»

Il suo sorriso vacilla, solo per un istante, ma lo colgo. Le sue dita smettono di tamburellare sul bracciolo della sedia e, per la prima volta da quando è entrato con fare disinvolto e in ritardo con quel suo fascino da menefreghista, sembra... immobile. Come se il peso delle mie parole fosse atterrato su un punto debole.

«Non abbastanza buono?» ripete, più piano di quanto mi aspettassi. C'è qualcosa di crudo nella sua espressione, di non levigato, di indifeso. La sua voce scende a un registro che non gli avevo mai sentito usare prima. «Pensa che non lo sappia?»

Sbatto le palpebre, spiazzata da quella sincerità improvvisa. Del Rory Keane che ho imparato a conoscere, quello che svia il discorso con una battuta e un lampo di denti, non c'è traccia. Al suo posto c'è questa versione di lui: cupo, esposto e inquietantemente umano.

«Ha una formula vincente. Perché sta cercando di fare qualcosa di diverso?» La mia voce ha un tono più accusatorio che curioso. Odio il modo in cui sembro sulla difensiva, come se la sua vulnerabilità fosse una specie di imboscata per cui non ero preparata.

«Perché non ce l'ho più» ammette, passandosi una mano tra i capelli scuri. Dopo, una ciocca gli rimane leggermente sollevata, disordinata e imperfetta, e in qualche modo quel dettaglio lo fa sembrare più reale che mai. «La scintilla, la... qualunque cosa fosse a rendermi bravo a scrivere questa roba. È sparita.» Fa un gesto vago, come se cercasse di afferrare qualcosa di invisibile appena fuori portata. «Pensavo che forse avrei potuto fingere, cavalcare l'onda di quello che aveva funzionato prima, ma è chiaro che lei vede oltre le apparenze.»

«Chiaramente» ripeto debolmente, anche se la solita soddisfazione che provo nello scoprire i difetti è assente. Al suo posto, c'è un dolore nel petto, sgradito e persistente, come il bruciore di un taglio fatto con la carta.

«Senta» continua, con lo sguardo fisso sulla pila di fogli tra noi invece che su di me. «Non ne vado fiero, okay? Ma è difficile scrivere d'amore quando...» Esita, le labbra che si serrano in una linea sottile. «Quando non lo provi da molto tempo.»

Qualcosa mi si contorce dentro a quella confessione. Sembra troppo personale, troppo intima per questa sterile sala riunioni con le sue luci fluorescenti e i mobili aziendali. Dovrei cambiare argomento, riportarci su un terreno sicuro. Ma non lo faccio.

Invece lo studio: la tensione nella sua mascella, il modo in cui le sue mani giacciono immobili sul tavolo, così diverse dalla loro solita energia irrequieta. Qui non c'è traccia dell'autore playboy e sicuro di sé, solo un uomo che sta ammettendo a bassa voce di essersi perso.

«Rory...» Non sono sicura di dove voglio arrivare. La compassione non fa parte delle mie mansioni. L'empatia di certo no. Eppure, eccomi qui, a provare entrambe a palate.

Incrocia il mio sguardo e, per una volta, non c'è nessuna scintilla maliziosa, nessun sorrisetto, solo sincerità, cruda e disarmante.

«Voleva la serietà, Lara. Be', eccola qui. Non so come risolvere la situazione perché non so più come provarla, quella sensazione.»

Mi si stringe la gola e mi costringo a distogliere lo sguardo, concentrandomi invece sull'inchiostro rosso scarabocchiato sul suo manoscritto. Le linee pulite delle mie correzioni si offuscano leggermente e capisco con allarme che questo momento, questo stupido, vulnerabile momento, sta mettendo alla prova ogni confine che ho accuratamente eretto tra noi.

«Non è un problema mio» dico seccamente. Mescolo i fogli senza motivo, con il bisogno di avere qualcosa, qualsiasi cosa, per tenere le mani occupate. «Il mio lavoro è aiutarla a scrivere un libro migliore, non fare da terapista per la sua crisi esistenziale.»

«Giusto» dice lui a bassa voce, appoggiandosi di nuovo allo schienale della sedia. Ma la vulnerabilità non svanisce del tutto; indugia nei suoi occhi, un'ombra che si rifiuta di ritirarsi.

Mi dico di concentrarmi sul lavoro, sulla scadenza che incombe su di noi come una ghigliottina. Ma le sue parole mi restano impresse, ostinate e invadenti, come se si fossero incastrate in qualche angolo nascosto del mio cervello. Perché la verità è che so cosa vuol dire perdere quella scintilla: fissare una pagina bianca e chiedersi se sarai mai più in grado di riempirla con qualcosa di significativo. Lo so fin troppo bene.

«Atteniamoci al manoscritto e basta» dico infine, il mio tono tagliente ma vacillante ai margini.

Se se ne accorge, non commenta. Invece, fa un piccolo cenno col capo, sommesso e stranamente rispettoso.

«Come vuole, Signora Critica» dice, ma il nomignolo non ha cattiveria. Solo rassegnazione.

Dovrebbe sembrare una vittoria. Invece, sembra una tregua.

«Forse è quello il problema» dice Rory, la sua voce vellutata come il miele, ma con una nota deliberata che mi fa alzare lo sguardo dai miei appunti. Ha le dita intrecciate come se stesse per fare una rivelazione epocale. «Sto cercando di scrivere d'amore senza... sa, provarlo davvero.»

Stretto gli occhi, incerta su dove voglia andare a parare, ma già infastidita.

«E di chi sarebbe la colpa?»

«Touché.» Sorride, impenitente. «Ma mi ascolti. Forse quello di cui ho bisogno non è un'altra lezione sulla posta in gioco emotiva o sugli archi narrativi.» Il suo sguardo guizza, no, si sofferma su di me, e qualcosa cambia nell'aria tra noi, sottile ma inconfondibile. «Forse ho bisogno di vivere una storia d'amore in prima persona. Sa, per scopi di ricerca.»

Oh no. Assolutamente no. Poso la penna con precisione deliberata. «La prego, mi dica che sta scherzando.»

«Non del tutto» dice. «Ci pensi. Come posso scrivere qualcosa di autentico se non lo provo? E chi meglio della mia stimata editor, che chiaramente ha tutte le risposte su come dovrebbe essere l'amore, potrebbe aiutarmi?»

«Basta.» Alzo una mano, interrompendolo prima che possa cacciarsi ancora più a fondo in questa assurdità. «Prima di tutto, il suo lavoro è creare finzione, non viverla. Se ogni autore avesse bisogno di esperienza diretta per scrivere in modo convincente, metà del genere fantasy non esisterebbe. Secondo,» mi spingo gli occhiali sul naso, un gesto che mi fa guadagnare mezzo secondo per ricompormi, «quello che sta suggerendo è estremamente poco professionale, per non dire ridicolo.»

«Ridicolo?» Solleva le sopracciglia, fintamente offeso. «Io lo trovo innovativo. Narrazione immersiva. Metodo di scrittura.»

«Il metodo di scrittura non esiste» sbotto, «e anche se esistesse, non ho intenzione di... di *uscire* con lei per il bene di un manoscritto.»

«Chi ha parlato di uscire?» Il suo sorrisetto si allarga e mi pento all'istante della mia scelta di parole. «Ha una bella immaginazione, Lara. Non c'è da stupirsi che sia un'editor così brava.»

«Rory.» Il mio tono è gelido, la mia espressione attentamente neutra nonostante il calore che mi sale lungo il collo. «Si. Concentri. Sul. Manoscritto.»

«Va bene, va bene» concede, alzando le mani in segno di resa ma apparendo fin troppo soddisfatto di sé. «Era solo un'idea. Una buona idea, se vuole il mio parere.»

«Cosa che non voglio» dico, sfogliando le pagine davanti a me. Il mio polso batte fastidiosamente veloce e odio il fatto che lui sappia esattamente come irritarmi, come strapparmi reazioni che preferirei tenere nascoste. «Ora, se abbiamo finito di fare brainstorming sulle sue attività extracurriculari, possiamo per favore tornare a sistemare la totale mancanza di crescita emotiva della sua protagonista?»

Non risponde subito, e quando alzo lo sguardo, mi sta osservando con un'espressione indecifrabile. Il sorriso canzonatorio è ancora lì, debole ma presente, eppure i suoi occhi... ora sono più dolci, più tranquilli.

«Certo» dice alla fine, con la voce più bassa, quasi pensierosa. «Torniamo al manoscritto».

«Bene». Annuisco seccamente, fingendo di non aver appena perso una qualche battaglia invisibile. Fingendo che il suo commento precedente non si sia insinuato da qualche parte nel mio petto, ostinato e sgradito.

«Rory, ho bisogno che Lei capisca una cosa». Poggio la penna con un clic deciso sul ripiano di vetro, incrociando il suo sguardo direttamente. «La scadenza non è una data scelta a caso. Questo manoscritto è programmato per l'uscita estiva, per finire in tutte le classifiche dei *migliori libri da spiaggia*. Il team di marketing sta già facendo gli straordinari con la campagna promozionale. I preordini stanno arrivando a fiotti e abbiamo prenotato e pagato gli espositori nei punti vendita di centinaia di librerie. Se questo lavoro non va in porto-» Faccio un respiro, sforzandomi di non sembrare che stia facendo la predica a un adolescente ribelle, anche se la tentazione è forte. «Non è in gioco solo la sua reputazione. È in gioco quella dell'editore. E, francamente, la mia».

«La sua?» Inarca un sopracciglio. «Non mi ero reso conto che fosse personalmente coinvolta nel mio successo, Lara».

«Questo è il mio lavoro. Il mio nome è legato a questo progetto tanto quanto il suo. Se va a rotoli perché Lei ha deciso di improvvisare, perdiamo entrambi».

«Improvvisare? Ahi».

Spingo il manoscritto verso di lui, ansiosa di darci un taglio, e tamburello con il dito su una delle tante sezioni evidenziate. «Pagina settantatré. Il suo protagonista confessa il suo amore all'eroina dopo tre appuntamenti. Tre. È affrettato, è superficiale e sembra scritto da... da...»

«Da qualcuno che non è innamorato da un po'?» propone lui, impassibile, e io mi blocco a metà del gesto.

«Non è quello che stavo per dire» ribatto, ma il calore che mi sale alle guance mi tradisce.

«Uh-huh».

«Vorrei mettere in chiaro una cosa». Mi alzo, raccogliendo le carte sparse sul tavolo, ogni movimento preciso e misurato. «Questo non è un gioco, Rory. A Lei forse piace interpretare il ruolo del furfante affascinante, ma se questo libro non soddisfa le aspettative, non ci saranno occhiolini o sorrisetti che la salveranno. O che salveranno me».

Chiudo di scatto il taccuino con un tonfo deciso, il suono che sottolinea la fine di questa riunione esasperante e improduttiva. Le pagine sono ora piene di appunti disordinati e asterischi, ognuno un promemoria dell'incapacità – o del rifiuto – di Rory Keane di affrontare il suo manoscritto con qualcosa che assomigli anche solo lontanamente alla concentrazione.

«Lei ha un bel po' di lavoro da fare». La mia voce è secca, puramente professionale, anche se la mia mente sta già elaborando altre possibili soluzioni per rimettere in sesto il disastro che mi ha consegnato mascherato da manoscritto.

«Un bel po' è un eufemismo» risponde Rory.

«Deve iniziare a lavorare su queste modifiche, tipo, oggi stesso. Solo così potremo avere una possibilità di salvare il salvabile prima della scadenza». Sistemo gli occhiali per dare maggior peso alle mie parole.

«Salvare il salvabile. Che voto di fiducia incoraggiante. Sa, per una che passa così tanto tempo a sezionare le storie d'amore, è sorprendentemente spietata al riguardo».

«La spietatezza porta a dei risultati» controbatto, alzandomi e infilandomi la borsa in spalla. «E, da quel che mi risulta, i risultati sono ciò di cui Lei ha bisogno in questo momento».

Mi dirigo verso la porta, ma lui non accenna a muoversi.

«C'era altro?» chiedo, inarcando un sopracciglio. La mia pazienza si sta assottigliando, ma la mia curiosità – a quanto pare – no. Una combinazione pericolosa.

«È piuttosto affascinante quando è in modalità editor. Certo, terrificante. Ma affascinante».

Faccio un passo verso la porta. «Se è tutto, ho del vero lavoro da sbrigare».

«Sa, per essere una che afferma che questo non è un gioco, sta recitando la sua parte terribilmente bene».

«E quale sarebbe questa parte?»

«Quella della perfezionista intoccabile» dice con disinvoltura, ma c'è un peso dietro le parole che mi coglie di sorpresa. «Tutta spigoli e nessuno spazio per gli errori. Mi chiedo se si conceda mai di lasciarsi andare. Anche solo un poco».

L'aria tra noi si fa tesa, e detesto che il mio polso acceleri. «Le mie abitudini personali non La riguardano» rispondo freddamente, aprendo la porta. «Si concentri sul sistemare il suo manoscritto. È l'unica cosa che conta qui».

«Giusto» dice lui, alzandosi finalmente. Mentre varco la soglia, la sua voce mi segue, bassa e calda, venata da qualcosa che non riesco a decifrare. «Ma magari... se mai volesse parlare di quello che conta *davvero*, sa dove trovarmi».

Non mi volto indietro. Non mi fido di me stessa per farlo.

TRE

Sono seduta qui da quindici minuti a fissare lo schermo. Il portatile è aperto, la casella di posta in arrivo è stracolma e il manoscritto che dovrei revisionare è proprio davanti a me. Ma invece di prendere appunti, sono... bloccata. Paralizzata.

La parte logica del mio cervello sa che oggi lavoro da casa, sa che la scadenza si avvicina, sa che dovrei fare qualcosa, *qualsiasi cosa*, di produttivo. Ma il resto di me? La parte ancora sconvolta dalla ridicola proposta di Rory? Quella parte si rifiuta di collaborare.

Scrittura basata sul metodo... che faccia tosta.

Come se fosse un artista tormentato in cerca di una musa, e non un autore di bestseller che si è letteralmente *costruito una carriera* inventando storie d'amore. Come se questa, *qualunque cosa sia*, fosse solo un altro espediente narrativo da testare, modificare e perfezionare.

«Concentrati», dico a bassa voce, aggrappandomi ai braccioli della sedia come se la sola forza di volontà potesse ancorare i miei pensieri al compito da svolgere. Ma per quanto io fissi lo schermo, ciò non cambia il fatto che la mia mente sia tutt'altro che qui.

Invece, sta roteando, no, sta andando in tilt, al ricordo della sua voce: suadente, calda e disinvolta, come se non avesse appena scatenato un uragano nella mia vita meticolosamente organizzata.

Come se non avesse appena proposto l'accordo più ridicolo,

meno professionale e del tutto inappropriato con la stessa naturalezza impassibile che si userebbe per suggerire di prendere un caffè.

Come se fossi io quella irragionevole per esserne rimasta completamente spiazzata.

Mi spingo indietro dalla scrivania, le rotelle della sedia che stridono sul pavimento con un gemito.

«Che audacia», dico ad alta voce, premendomi le palme sulle tempie come se potessi scacciare fisicamente l'irritazione dalla testa. «Ma chi si *comporta* così?»

Non era solo quello che aveva detto, era il modo in cui l'aveva detto, con quel mezzo sorriso che rendeva impossibile capire se fosse serio o se mi stesse solo prendendo in giro. Una proposta, l'aveva chiamata. Come se stessimo negoziando un qualche accordo commerciale.

«'Lavoriamo a più stretto contatto, Lara'», imito la sua voce, bassa e vellutata, grondante di fascino. Lo stomaco mi si contorce, un calore mi sale lungo il collo per la facilità con cui il suo timbro mi risuona nelle orecchie, anche adesso. «*'Esploriamo nuove possibilità creative'*», aggiungo, mimando delle virgolette sarcastiche in aria con le dita.

Magari Le piacerebbe che esprimessi i miei suggerimenti editoriali attraverso la danza. Sarebbe abbastanza creativo per Lei?

Mi pizzico la radice del naso, costringendomi a fare un respiro profondo. Non si tratta di lui. Non proprio. Si tratta di me, del mantenere il controllo, del... come l'aveva chiamato? Ah, giusto. *Lasciarmi andare.* Come se fossi una puritana repressa che ha bisogno di stappare una bottiglia di vino e gettare la prudenza alle ortiche.

Ma sotto l'irritazione, c'è qualcos'altro. Qualcosa di sgradito. Un barlume di intrigo, forse. O di curiosità. O il più flebile sussurro di tentazione.

No. Niente da fare. Assolutamente no. Qualunque cosa Rory Keane pensi di offrire con quel sorriso insopportabile e quegli occhi follemente espressivi, io non ci casco.

Ora sto camminando avanti e indietro. Ho le braccia strette sul petto, le dita che affondano nelle maniche come se tenermi insieme fisicamente potesse in qualche modo impedirmi di andare a pezzi mentalmente. Spoiler: non sta funzionando.

I miei piedi mi portano alla finestra del soggiorno, quasi senza volerlo, e premo leggermente i palmi contro il vetro freddo. Fuori, la città si estende ampia e scintillante nella luce della prima sera, un mosaico di edifici e strade brulicanti che vibrano di vita. Da qui, tutti sembrano così risoluti. Così sicuri di sé.

«Da quanto tempo non succedeva?»

La domanda mi sfugge prima che possa fermarla, sommessa e sconosciuta, come se stessi saggiando il peso di qualcosa di fragile tra le mani. Quanto tempo era passato dall'ultima volta che qualcuno mi aveva guardata come aveva fatto Rory in quel momento? Non solo mi aveva vista, ma mi aveva *desiderata*. Me, non l'impeccabile editor con i suoi tacchi sobri e le giacche sartoriali, ma la persona sotto tutto quello.

È un pensiero sconcertante. Intrigante, anche, ma soprattutto, se devo essere onesta, è lusinghiero.

Traccio un cerchietto con la punta del dito sulla mia tazza di tè, ormai fredda come il marmo. Non è che io mi senta poco attraente. Non proprio. Ma c'è una differenza tra essere apprezzata per il proprio lavoro, o persino ammirata, ed essere veramente *desiderata*. Desiderata in un modo che sembra elettrizzante, magnetico, spericolato.

Spericolato, ecco una parola che sembra non appartenere al mio vocabolario. Perché infatti non vi appartiene. Almeno, non più.

Scuoto la testa e mi allontano dalla finestra, ignorando la lieve stretta al petto mentre volto le spalle al panorama. Qualunque cosa Rory pensi di vedere quando mi guarda, qualunque scintilla di follia l'abbia indotto a pensare che questa fosse una buona idea, è meglio lasciarla inesplorata. Più sicuro. Più pulito. Controllato. I confini esistono per una ragione.

Rory, con quel suo modo fastidioso di inclinare la testa quando cerca di sostenere una tesi, non sembra capirlo. O forse sì, e semplicemente gli piace guardarmi mentre mi agito a disagio. In ogni caso, non ho intenzione di lasciargli demolire i confini che ho tracciato con cura, non importa quanto attraente possa essere;

confini che sono stati costruiti saldamente da tempo e che mantengono le cose prevedibili, ordinate. Sicure.

Il mio sguardo si posa sulla foto incorniciata appesa alla parete sopra la mia scrivania. È una vecchia foto, leggermente sbiadita ai bordi, ma i soggetti sono ancora nitidi: i miei genitori, seduti fianco a fianco sul divano del nostro salotto. Mia madre sfoggia il suo solito sorriso educato da insegnante; mio padre fissa un punto davanti a sé, inespressivo, quasi sotto shock. Sembrano più colleghi di reparti diversi in posa per un post aziendale sui social media che due persone che un tempo si sono scambiate le promesse nuziali.

Prendo in mano la cornice e faccio scorrere il pollice lungo il bordo, il vetro freddo mi riporta con i piedi per terra mentre i ricordi affiorano in superficie, non invitati. Il loro matrimonio era, e rimane, funzionale, suppongo. Efficiente, come un meccanismo ben oliato. Condividevano la logistica: finanze, orari, liste della spesa... ma la passione? L'affetto? Il desiderio? Quelli erano concetti estranei, liquidati come frivolezze.

«L'amore non è pratico, Lara», mi diceva sempre mia madre ogni volta che le chiedevo perché non ridessero molto, o non si toccassero molto, o... *provassero* molto. «E la praticità è ciò che manda avanti la baracca».

La praticità. La colonna portante del loro rapporto. E il veleno lento e silenzioso che lo ha prosciugato di ogni colore. Sbeffeggerei la cosa, se non fosse che sono abbastanza consapevole da sapere che un po' di quel pragmatismo mi si è appiccicato addosso.

Distolgo lo sguardo dalla foto dei miei genitori. Non voglio quella vita. Non l'ho mai voluta. Ma l'alternativa, il disordine, l'incertezza, il crepacuore, mi terrorizza altrettanto. Forse anche di più.

Ecco esattamente perché non ci si può fidare delle emozioni. Offuscano il giudizio. Portano a prendere decisioni sbagliate. Loro...

Il pensiero si interrompe quando la voce di Rory mi riecheggia nella mente, bassa e canzonatoria. *«Lei è troppo abbottonata, Yates. Sganci il primo bottone una volta ogni tanto».*

«Stronzo», sibilai. Ma anche mentre muovo il mouse per riattivare lo schermo, le dita mi tremano. Perché una parte di me conosce la verità, il tipo di verità che non oserei mai ammettere ad alta voce.

Il problema non è solo Rory. È che, per la prima volta dopo anni, qualcuno mi ha fatto chiedere come ci si potrebbe sentire a sganciare il primo bottone. Anche solo una volta. O meglio ancora, potrebbe essere lui a sganciarmelo.

L'ultima persona che ho amato non aveva il sorriso spericolato di Rory né la sua esasperante sicurezza. Un altro viso affiora alla mente. Uno più stabile. Più dolce. Prevedibile.

«James», sussurro. E proprio così, il ricordo mi trascina a fondo.

L'aria profuma di erba appena tagliata e di crema solare. Un barbecue estivo ronza intorno a noi mentre James gira gli hamburger con la stessa precisione che mette in ogni cosa che fa. Ha la camicia infilata nei suoi pantaloni color cachi, pantaloni cachi!, e la sua espressione è di profonda concentrazione, la fronte leggermente aggrottata mentre sistema la spatola in mano.

«Rilassati, Gordon Ramsay», lo prendo in giro, dandogli una giocosa gomitata col fianco. Mi lancia un'occhiata, sorpreso per una frazione di secondo, prima che le sue labbra si addolciscano in quel sorriso familiare. Caldo. Rassicurante. Sicuro.

«Qualcuno deve assicurarsi che questi non si brucino», dice, con un tono divertito ma misurato. Sempre misurato. James era prevedibile, se non altro. Il tipo di uomo che non lasciava mai un messaggio senza risposta, non dimenticava mai come prendevi il caffè, non alzava mai la voce nemmeno quando era arrabbiato. Un uomo con cui potevi costruire una vita perché sapevi sempre esattamente quale fosse il tuo posto.

Eppure... mentre lo guardo girare con attenzione un altro hamburger, ricordo il dolore sordo che aveva iniziato a crescere in quegli ultimi mesi. Come se avessi vissuto in una casa con pareti dipinte alla perfezione, ma senza mobili. Senza calore. Solo... spazio.

«Vuoi mai qualcosa di più di questo?», gli avevo chiesto una volta, la domanda mi era sfuggita prima che potessi fermarla. Eravamo seduti sul suo divano grigio immacolato, ovviamente era grigio, a guardare le repliche di una qualche sitcom che a nessuno dei due importava davvero. Allora mi aveva guardato, confuso.

«Di più di cosa?»

«Di più della comodità. Di più... della prevedibilità».

Si era accigliato, cercando chiaramente di capire. «La comodità non è una cosa cattiva, Lara. La comodità dura. La passione si spegne». Fece una pausa, poi aggiunse, quasi timidamente: «Non è abbastanza?».

Scuoto la testa, come se stessi cercando di scrollarmi di dosso i ricordi che mi si aggrappano addosso. Il sorriso sbilenco di James si dissolve nel ghigno da lupo di Rory e all'improvviso mi sento come se fossi finita in una sorta di tiro alla fune emotivo al quale non ho mai acconsentito di partecipare.

Un casino.

Lo screensaver del mio monitor continua a girare, il manoscritto che dovrei correggere è intatto. Ma non è la tastiera ad attirare la mia attenzione, è il mio telefono. È lì, che mi schernisce, che mi sfida.

Prendo il telefono senza pensare, il suo peso liscio mi dà stabilità per mezzo secondo, prima di cercare Rory tra i miei contatti. La sua foto profilo, solo le sue iniziali perché mi rifiuto di assegnargli qualcosa di più personale, mi fissa. Il mio pollice si libra sul suo nome, a pochi millimetri dall'aprire il messaggio o, Dio non voglia, dal chiamarlo.

«Non farlo, Lara», sussurro, la mia voce appena udibile ma ferma. «Niente di buono nasce da decisioni impulsive. Lo sai».

Eppure, sento l'attrazione. La stessa attrazione magnetica che ho provato oggi quando mi ha rivolto un sorrisetto dall'altra parte del tavolo della sala conferenze e ha detto: «*Lei è troppo tesa, Yates. Quand'è l'ultima volta che ha fatto qualcosa solo per divertimento?*».

«*Correggere le bozze è divertente*», avevo ribattuto sulla difensiva, prima di potermi fermare. Lui aveva solo riso, una risata bassa, ricca e fin troppo sicura di sé, come se sapesse già come finiva questa storia.

Ora sono qui, tengo il telefono in mano come se fosse una granata con la sicura mezza tolta. Il pollice si avvicina di più allo schermo, sfiorando il bordo del suo nome. Un tocco, e potrei sentire di nuovo quella sua cadenza pigra e canzonatoria. Un tocco, e...

«No». Lascio cadere il telefono sulla scrivania come se mi fossi scottata, spingendo indietro la sedia per sicurezza. «Non se ne parla».

Ci vuole un minuto intero perché il mio battito si calmi, anche se sono ancora perfettamente consapevole del telefono lì sul tavolo, che brilla ancora debolmente. So che non cancellerò il suo numero, non sono *così* drammatica, ma so anche di non essere pronta ad aprire quella porta. Non oggi. Forse mai.

Il mio sguardo si posa di nuovo sulla foto incorniciata dei miei genitori. I loro sorrisi rigidi e poco convincenti, un promemoria di tutto quello di cui mi sono ripromessa di non accontentarmi. O di non rischiare.

Le complicazioni non fanno per me.

Il nome di Rory aleggia nell'aria, non pronunciato ma impossibile da ignorare.

E odio quella parte di me che si sta già chiedendo cosa dirà dopo.

«Un tè», annuncio alla stanza vuota, perché a quanto pare dirlo ad alta voce lo rende ufficiale. «Il tè sistema tutto». Una bugia, ovviamente, ma almeno mi dà qualcosa da fare con le mani che non implichi riprendere in mano quel dannato telefono.

Mi concentro sui gesti banali: il peso del bollitore, il getto costante che lo riempie fino al livello giusto, il rombo appagante quando lo accendo. I rituali fanno bene. Pratici. Razionali. Niente a che vedere con la proposta ridicola che continua a ronzarmi in testa, per quanto io abbia cercato di soffocarla.

Mentre il bollitore inizia la sua lenta scalata verso l'ebollizione, mi appoggio al bancone. Lo sguardo mi cade sulla tazza sbeccata accanto al lavello, quella che non mi sono mai decisa a sostituire. Un regalo del Babbo Natale segreto ricevuto durante il mio primo Natale alla Scott & Drake. C'è scritto *Keep Calm and Edit On*, con le lettere sbiadite da anni di uso eccessivo. Calzante, davvero. Se solo calmarsi fosse facile come stampare delle parole sulla ceramica.

«Lasciarsi andare», sbuffo a mezza voce. Lasciarsi andare è quello che le persone come Rory fanno senza sforzo; probabilmente è venuto al mondo con quella scintilla negli occhi e una testa di capelli perfettamente scompigliati. Io, invece, ho passato tutta la mia vita adulta a costruire mura più alte di qualsiasi castello delle fiabe, con tanto di fossato e drago per buona misura.

Il bollitore scatta, strappandomi ai miei pensieri. Mi ci getto sopra come se fosse un'ancora di salvezza, versando l'acqua fumante sulla bustina di tè che attende nella mia tazza. Il profumo di camomilla sale, delicato e familiare, riportandomi con i piedi per terra e aiutandomi a chiarire perché tutto questo sia sbagliato a così tanti livelli.

Punto primo: Rory Keane è un cliente.

Punto secondo: la sua proposta, quella ridicola, audace *proposta*, richiederebbe di passare *ancora* più tempo con lui, oltre a quello contrattualmente necessario per completare il suo libro.

Punto terzo: ha un viso che sembra uscito dalla locandina di qualche film indipendente e tenebroso. Quel viso, da solo, è sinonimo di guai. Senza dubbio userebbe quella bocca per snocciolare frasi sulla "sinergia creativa" mentre io resisterei all'impulso di strangolarlo con la sua stessa sciarpa. Ma poi, le indossa le sciarpe? Probabilmente usa i foulard. Sembra il tipo.

Punto quarto: le relazioni occasionali... io non ho relazioni occasionali. O almeno, non mi riescono bene. Non senza rimanere invischiata nei sentimenti, nelle aspettative e in tutte le cose che ho passato metà della mia vita a evitare.

E punto quinto: non si tratta di sentimenti. Si tratta di controllo. E se c'è una cosa che odio, è perdere il controllo.

Ma per quanto cerchi di convincermi, c'è un piccolo e fastidioso sussurro in fondo alla mia mente; un suggerimento, appena udibile ma insistente. *E se lasciarsi andare non significasse perdere il controllo? E se significasse... libertà?*

Dio mi aiuti, nonostante tutte le prove contrarie, c'è qualcosa in quest'idea che è allettante. Solo per un momento. Solo per vedere come sarebbe smettere di pensare, di dubitare, di sezionare ogni interazione alla ricerca di un sottotesto nascosto e di secondi fini. Sentirmi desiderata non per la mia capacità di sistemare buchi di trama e dare ritmo ai dialoghi, ma per *me*.

«Fantastico», gemo, lasciandomi ricadere sulla sedia. «Adesso discuto anche con me stessa. Meraviglioso. Va tutto bene. Tutto assolutamente bene».

La tazza di tè è ancora sulla scrivania, intatta e tiepida. La prendo comunque, stringendola tra le mani come se potesse aiutarmi ad affrontare questa serata. Non lo fa, ovviamente. La camomilla ha i suoi limiti.

Domani.

Mi dico con fermezza, anche se la parola ha un sapore amaro sulla lingua. «Me ne occuperò domani».

QUATTRO

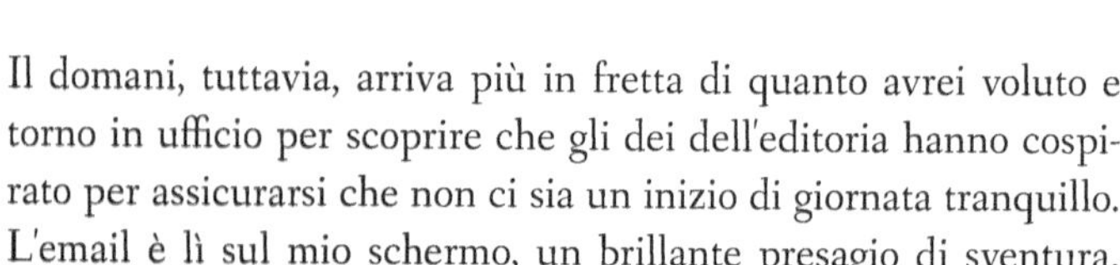

Il domani, tuttavia, arriva più in fretta di quanto avrei voluto e torno in ufficio per scoprire che gli dei dell'editoria hanno cospirato per assicurarsi che non ci sia un inizio di giornata tranquillo. L'email è lì sul mio schermo, un brillante presagio di sventura. Oggetto: *Completamente, per sempre/R. Keane-Flusso di Entrate Critico*. Discreto.

Scorro le righe per la terza volta, ma non si addolciscono rileggendole. Frasi come «trimestre fiscale chiave» e «margine di profitto previsto» mi saltano agli occhi e mi stringono il petto in una morsa. Le cifre sono sbalorditive, a sei zeri, pericolosamente vicine ai sette. Non si tratta più nemmeno dell'ego di Rory; ne va del bilancio dell'azienda. Fiona avrebbe anche potuto scrivere: «Niente pressioni, Lara, ma se questo libro fa cilecca, siamo tutti fregati. Buona giornata!».

È per questo che ho firmato, no? Sistemare storie rotte. Tenere per mano autori tremanti. Salvare la giornata editoriale, una sottotrama fuori posto alla volta. Ma Rory Keane? Rory Keane, l'autore di bestseller pluripremiato? Dovrebbe essere intoccabile. Quell'uomo praticamente trasuda successo da tutti i pori. E ora tocca a me assicurarmi che il suo ultimo manoscritto non faccia precipitare la Scott & Drake nella rovina finanziaria. Niente di che.

Il mio sguardo cade sulla stampa incorniciata sulla mia scrivania, una semplice citazione in bianco e nero di Dorothy Parker: *Odio scrivere, amo aver scritto.*

Siamo in due, Dorothy. Siamo in due. Solo che io non scrivo niente da anni, a meno di non contare le note a margine sferzanti, che nessuno conta.

Quando entro nella sala riunioni, vengo investita da una ventata di aria condizionata. Sembra più fredda del solito, o forse sono solo i miei nervi che si fanno sentire. Trovo Rory Keane, l'uomo che da solo ci permette di pagare le bollette, seduto in fondo al tavolo.

«Wow», dico prima di potermi fermare. «Sei qui in orario?»

Rory alza lo sguardo, sorpreso, e noto subito due cose: uno, ha i capelli scompigliati, più del solito, come se ci avesse passato le mani dentro per tutta la mattina; e due, sta giocherellando nervosamente con una penna, facendola ruotare tra le dita. Rory Keane non si agita. Lui se ne sta spaparanzato. Fa sorrisetti strafottenti. Ammalia. Questa... energia nervosa? Completamente fuori dal suo personaggio.

«Non sembrare così scioccata», dice, sfoderando un rapido sorriso. «È quasi offensivo.»

«Quasi?» C'è qualcosa che non va, qualcosa di grezzo sotto la sua solita facciata impeccabile. La penna gli scivola dalle dita, sbattendo rumorosamente sul tavolo, e lui impreca a bassa voce, raccogliendola come se contenesse il senso della vita.

«Mattinata difficile?» chiedo con leggerezza, scivolando al mio posto. Il mio tono è disinvolto, persino professionale, ma il mio cervello da editor sta già catalogando ogni dettaglio: la tensione nelle sue spalle, la lieve ruga tra le sopracciglia, la sua gamba che si muove nervosamente sotto il tavolo come se stesse cercando di sfuggire a un pensiero che non vuole affrontare.

«Qualcosa del genere», risponde, facendo di nuovo ruotare la penna.

«Be'», dico seccamente, «vediamo se riusciamo a salvare questa cosa prima che la tua crisi esistenziale peggiori.»

«Fai strada, Yates», dice, la sua voce di nuovo suadente. Impeccabile. Tornato nel suo personaggio.

«Mi chiamo Lara», gli ricordo.

«Preferisco Yates. Un nome forte, letterario. Ti si addice.»

Ho troppe cose da dire sul suo manoscritto per mettermi a discutere su questo. Se ascolta i miei consigli e mi consegna le revisioni in fretta, può chiamarmi come gli pare.

«Va bene, mettiamoci al lavoro. Abbiamo un bel po' di strada da fare se vogliamo che assomigli a qualcosa di pubblicabile.»

I suoi occhi tornano a posarsi su di me, ma c'è qualcosa di strano nel modo in cui mi mettono a fuoco. Come se fosse qui col corpo, ma non del tutto con lo spirito.

«Rory», lo sollecito, mantenendo la voce volutamente professionale, anche se la curiosità mi rode ai margini. «C'è qualche motivo per cui mi guardi come se ti fossi appena ricordato dove hai lasciato le chiavi della macchina?»

«Sto solo pensando», dice con leggerezza, facendo ancora girare la penna. È una risposta studiata per essere innocua, ma il peso nel suo tono non corrisponde. Prima che possa decidere se insistere o lasciar perdere, aggiunge, quasi casualmente: «Sai, è strano. Tutti i cambiamenti che mi suggerisci di apportare al personaggio di Sophie... mi ricordano te.»

Il cambio di argomento è così brusco che sbatto le palpebre. «Ah, sì?» Il suo tono è troppo disinvolto, troppo calcolato.

«Sì.» Il suo sguardo si concentra su di me con una precisione snervante. «Vuoi che renda Sophie così... scettica riguardo all'amore. Quasi come se non ci credesse affatto.»

Ed eccola lì. La trappola, perfettamente adescata. Sento l'irritazione ribollire prima di poterla reprimere.

«Stai seriamente psicanalizzando il tuo stesso personaggio in questo momento?» gli lancio un'occhiata eloquente da sopra la montatura degli occhiali. «Perché se è così, ti suggerirei di tenerlo per la terapia e di concentrarti invece sul sistemare le sue motivazioni.»

«Semmai, sto psicanalizzando te», ribatte lui con disinvoltura, inarcando un sopracciglio. «E, cosa più importante, non hai negato.»

«Questo perché è assurdo», rispondo, la mia voce tagliente, ma divertita mio malgrado. «Lo scetticismo di Sophie è perfettamente radicato nel suo passato. Significa che ha più strada da fare nel suo viaggio emotivo. Si chiama *sviluppo del personaggio*. Potresti provare a farlo, qualche volta.»

«Lo farò. Promesso.»

«Bene. Ok. Ho altre note sul conflitto di metà libro. Allo stato attuale, non c'è abbastanza tensione a guidare le decisioni dei personaggi. Serve un catalizzatore emotivo più forte, qualcosa che sembri inevitabile ma comunque sorprendente.»

«Sai davvero come rovinare l'atmosfera, vero?»

«Qualcuno deve pur farlo», rispondo, prendendo un rapido appunto prima di alzare di nuovo lo sguardo su di lui. «E visto che tu sembri determinato a evitare di fare qualsiasi lavoro vero oggi, quel qualcuno sono io.»

«Dura», dice, «ma giusto.»

«Sono contenta che siamo sulla stessa lunghezza d'onda... finalmente» ribatto, voltando un'altra pagina del manoscritto con un gesto plateale. Mantengo lo sguardo fisso sulle parole che ho davanti, anche se sento i suoi occhi indugiare su di me, studiarmi. Che guardi pure. Che pensi quello che vuole. Ho un lavoro da fare e mi rifiuto di lasciare che lui, o il suo sorriso esasperante, mi distragga.

«Se non sei pronto per il punto di svolta, affrontiamo almeno la scena iniziale.»

«La adori, non è vero?»

«La odio.»

«Oh.»

«Dopo tre squisiti paragrafi descrittivi, Sophie inizia letteralmente la sua mattinata litigando con il gatto per una fetta di pane tostato bruciata. Non è esattamente la stoffa di un romanzo rosa di successo.»

«Ehi, i miei lettori amano i gatti» ribatte lui, «e il pane tostato bruciato è qualcosa in cui ci si può immedesimare. Sto puntando sull'autenticità.»

«L'autenticità è fantastica» rispondo, scarabocchiando una nota veloce a margine del suo manoscritto. «Ma i tuoi lettori non comprano questo libro per la prosa descrittiva e ampollosa.

Vogliono conflitto, posta in gioco, qualcosa che li afferri alla gola e non li molli più. In questo momento, è più una garbata stretta di mano.»

«Aspetta» mi interrompe, alzando una mano. «E se, ascoltami bene, il gatto non fosse lì solo come espediente comico? Forse l'ho messo perché è... una metafora?»

Lo fisso sbattendo le palpebre. «Una metafora di cosa?»

«Solitudine» dice lui, serio. «Pensaci. Il gatto rappresenta la sua paura di legarsi. È il suo compagno sicuro e prevedibile perché è troppo spaventata per far entrare chiunque altro.»

«Oppure è solo un gatto. E invece di infilarci a forza una metafora inutile, potremmo usare lo spazio per definire la sua ferita emotiva. Sai, la cosa che guida il suo arco narrativo?»

«Dimmi una cosa, Yates» dice, con la voce bassa e cospiratoria, come se stessimo condividendo chissà quale grande segreto invece di essere seduti sotto le luci al neon di una sala riunioni senz'anima. «Tu ci credi, nell'amore?»

Lo fisso sbattendo le palpebre, una, due volte, lasciando che la domanda aleggi nell'aria come un odore particolarmente sgradevole.

«Cosa?»

«Semplice curiosità» dice lui con disinvoltura, avvicinandosi, con lo sguardo fisso sul mio con un'intensità snervante. Quei suoi stupidi occhi scuri stanno scintillando, e odio il fatto di notarlo. «Passi così tanto tempo a scomporre le storie d'amore in tappe narrative che devono essere raggiunte in un dato momento, che inizio a chiedermi se pensi che sia reale o solo qualcosa di costruito a tavolino.»

«Non cominciare» lo ammonisco, alzando una mano come per scacciare una cattiva idea.

Ma è troppo tardi. Rory Keane pensa di aver trovato un osso succulento e non ha alcuna intenzione di mollarlo.

«Credo sia tu a essere disinnamorata dell'amore e, consciamente o inconsciamente, questo sta guidando il modo in cui immagini il personaggio di Sophie. Ogni singola nota spinge alla cautela, alla prudenza, alla diffidenza... e alla paura. Credo che tu veda lei in te... e te in lei.» Il sorrisetto che gli spunta sulle labbra è di quelli che mi fanno venire voglia di tirargli addosso qualcosa di piccolo, duro e infrangibile. Preferibilmente in testa.

«L'amore è molto reale» rispondo seccamente. «È anche soggettivo, altamente commerciabile e incline ai cliché. Ecco perché il mio lavoro è assicurarmi che la *tua* versione non mandi i lettori in shock diabetico. Prego, tra l'altro.»

«Ah, eccoci.» Mi punta la penna contro come se avesse appena decifrato un antico codice. «Il distacco clinico. "L'amore è soggettivo". "L'amore è commerciabile". "L'amore è un cliché". Potresti stamparlo su una tazza. Ma ti senti quando parli? Non c'è da meravigliarsi se pensi che Sophie sia allergica alla vulnerabilità emotiva.»

«Non ho detto che è *allergica*» ribatto, scarabocchiando qualcosa senza senso sui miei appunti solo per evitare di guardarlo direttamente. «Ho detto che deve essere più cauta. Realistica. E francamente, il realismo è quello che manca al tuo intero manoscritto.»

«Realismo» ripete lui, trascinando la parola. La sua espressione cambia, meno canzonatoria ora, più pensierosa. «Ok, allora. Mettiamo alla prova il tuo realismo, che ne dici?»

«Direi di no» dico in fretta, guardandolo da sopra la montatura degli occhiali. Questa mi sembra una trappola e non mi piace la piega che sta prendendo.

«Solo per ipotesi» insiste, imperterrito. «E se potessi dimostrarti che l'amore non è solo un... costrutto o un punto della trama da analizzare e correggere fino allo sfinimento? E se potessi mostrarti che è reale? Tangibile. Persino per una persona... "cauta" come te.»

«Dimostrarlo?» ripeto, incredula. Mi sfugge una risata prima che possa fermarla, breve e del tutto sprezzante. «Cosa stai suggerendo, esattamente? Uno studio sul campo? Dovrei aspettarmi una presentazione con statistiche e grafici a barre entro la fine della settimana?»

«Forse» risponde lui senza esitazione, con il sorriso che torna a spuntargli sul volto in tutta la sua forza. «O forse qualcosa di un po' più... esperienziale.»

«Esperienziale» ripeto seccamente, perché a quanto pare ora

mi sono ridotta a fargli da pappagallo. «E cosa comporterebbe, esattamente? Cacce al tesoro romantiche? Cene a lume di candela? Lunghe passeggiate sulla spiaggia dove mi delizi con poesie sul chiaro di luna e sul destino?»

«Potrebbe essere divertente» dice lui. «Ma no. Pensavo a qualcosa di più semplice. Una specie di patto.»

«Assolutamente no» dico all'istante, rimettendo il cappuccio alla penna con un gesto definitivo. Qualunque cosa sia, deve finire prima che diventi ancora più ridicola.

«Andiamo, Yates.» Il suo tono è leggero, quasi giocoso, ma c'è qualcosa che si nasconde sotto, una sfida, a malapena velata. «Assecondami. Se vinco io, devi ammettere di avere torto sull'amore. Solo una volta. Ad alta voce. Davanti a me.»

«E se vinco io?» chiedo, più che altro per assecondare *lui*.

«Allora riscriverò l'intero arco narrativo di Sophie come vuoi tu. Senza discutere.»

Strizzo gli occhi, cercando crepe nella sua armatura, ma trovo solo sicurezza. Troppa sicurezza. È esasperante.

«Questo tuo ipotetico patto non ha alcuna base logica o professionale» sottolineo, prendendo già in mano i miei appunti. «Quindi, naturalmente, lo rifiuto.»

«Naturalmente» ripete lui, come se avesse già vinto qualcosa. E in qualche modo, questo è più irritante di qualsiasi altra cosa abbia detto finora.

«Sei ridicolo» dico seccamente.

Un patto. Vuole fare un *patto* con me. Come se questo manoscritto, questo progetto in bilico precario tra il disastro e la redenzione, non fosse già abbastanza stressante senza aggiungere una posta in gioco personale.

La mia mente corre, srotolando ogni possibile conseguenza. Se dico di sì, lo assecondo, gli do il permesso di farci deragliare ulteriormente, e per cosa? Per dimostrare una qualche tesi astratta sull'amore? Eppure... se dico di no, si impunterà ancora di più? L'arco narrativo di Sophie rimarrà lo stesso debole pasticcio perché mi sono rifiutata di stare al gioco?

«Ci stai pensando» dice.

«Assolutamente no» sbotto istintivamente, ma le parole suonano vuote, persino a me.

«Certo che no,» dice lui, con la voce liscia come la seta. «Quella ruga sulla fronte? Non c'entra assolutamente niente. Probabilmente stai solo pensando... alla posizione delle virgole.»

«La posizione delle virgole *è importante*,» ribatto, perché è più facile che affrontare la verità sospesa tra di noi. Sto esitando. Santo cielo, sto davvero esitando.

Mi dico che è per via della scadenza. È solo questo, la storia ha bisogno di essere sistemata, e se stare al gioco di Rory lo convincerà a collaborare, forse vale la pena di prenderlo in considerazione. Ma da qualche parte, in un angolo recondito della mia mente che cerco di non visitare troppo spesso, un altro pensiero balena: *E se avesse ragione? Su di me. Sull'amore. Su tutto ciò che ho passato anni a sezionare e a respingere con cinismo.*

«Okay,» dico alla fine, trascinando la parola mentre mi costringo a incrociare il suo sguardo. «Senti un po', *Keane*... non ho tempo per questa sottotrama da commedia romantica in cui credi di vivere. Sono qui per sistemare il tuo libro, non per assecondare i tuoi capricci.»

«Ricevuto,» dice lui, ma il suo sorriso non vacilla. Anzi, si allarga, diventando ancora più insopportabile. «Ma non hai detto di no.»

«Perché è al di sotto della mia dignità dare una vera risposta a queste sciocchezze,» rispondo secca. «Ora, torniamo alla parte in cui salvo la tua carriera dalla sua inevitabile picchiata, che ne dici?»

«Una tattica diversiva,» riflette lui, picchiettandosi un dito sul mento come se stesse risolvendo un puzzle. «Strategia interessante, Yates.»

«Un'osservazione,» ribatto. «A quanto pare non è il tuo forte.»

Lui ride, un suono basso e genuino che alleggerisce subito l'atmosfera. «Sei brava in questo, sai. Tutta questa storia dell'editor glaciale. Molto convincente. Per un secondo mi hai quasi fregato.»

«Sono contenta di vedere che finalmente ci stai arrivando.»

«Va bene, hai vinto,» dice infine. «Parliamo del manoscritto. Per ora.»

«Grazie,» rispondo, già scarabocchiando appunti ai margini della pagina di fronte a me. La mia voce è ferma, professionale, esattamente come dev'essere. Ma in un angolo della mia mente, le sue parole persistono, tanto inquietanti quanto innegabili: *Non hai detto di no.* Lo sa. In qualche modo, sa di essermi entrato sotto pelle e, cosa peggiore, la cosa gli piace. Stronzo presuntuoso.

CINQUE

La caffetteria profuma di chicchi di caffè tostato e croissant appena sfornati, ma il livello di rumore è quasi assordante: il sibilo dei montalatte, il tintinnio delle tazze, qualcuno che scandisce la conversazione picchiettando aggressivamente un cucchiaino sul piattino e il brusio di troppe conversazioni sovrapposte. Mi faccio largo tra la folla, schivando un tizio con uno schermo del portatile così grande da poter fungere da sistema di home entertainment. I miei occhi scandagliano la stanza finché non si posano su Danny, al nostro solito tavolo d'angolo, che ha già un sorrisetto stampato in faccia, come se sapesse qualcosa che io non so.

E, ovviamente, è proprio così.

«Lara», esclama, sollevando la tazza come se fosse all'Oktoberfest. «Hai un'aria deliziosamente... fuori di testa stamattina».

«Adorabile», dico, facendomi strada in un labirinto di sedie e gomiti per raggiungerlo.

«Non prenderla sul personale», dice, sporgendosi in avanti mentre mi lascio cadere sulla sedia di fronte a lui, «ma sembra che tu abbia appena fatto dodici round contro una stampante difettosa e abbia perso. Di brutto».

«Wow. È... incoraggiante». Mi sfilo la giacca e la getto sullo schienale della sedia. «È così bello sapere che il mio migliore amico ha come secondo lavoro quello di generatore di insulti ambulante».

«Faccio solo il mio dovere civico», scherza lui, gesticolando in modo plateale con la tazza di caffè. «Ma seriamente...». Il suo sguardo si sposta sui miei occhiali leggermente storti e sullo chignon sfatto appollaiato precariamente sulla mia testa. «Rory Keane, eh? L'uomo, il mito, il... mal di testa?».

«Non cominciare». Alzo una mano, ma il sorriso di Danny non fa che allargarsi.

«Come ci si sente a lavorare con l'equivalente letterario di un golden retriever in carne e ossa?». La sua voce è scherzosa, ma c'è quella scintilla caratteristica nei suoi occhi, quella che dice che sta per dare il massimo.

«Estenuante», rispondo secca, anche se non riesco a trattenere un sorriso. «E, per tua informazione, Rory Keane assomiglia più a un... border collie iperattivo che a un golden retriever. Ma grazie per l'analisi».

«Quando vuoi», ribatte Danny, incrociando le mani sotto il mento come se stesse per offrire un saggio consiglio. «Voglio dire, ammettiamolo, Lara. Tu hai tutta quest'aria da...». Gesticola vagamente verso di me, osservando tutto, dalla mia camicetta stropicciata alla debole macchia d'inchiostro sul polso sinistro. «*Editor chic oberata di lavoro*. È davvero notevole. Un po' tragico, ma notevole».

«Mi ricordi perché ti tengo ancora intorno?», chiedo, allungando una mano verso il menu anche se so già che ordinerò lo stesso caffè nero di sempre.

«Perché sono il tuo migliore amico non gay», dice senza pensarci un attimo. «E spero che un giorno, quando deciderai di essere pronta a sistemarti, sceglierai me».

«Che schifo. No».

«Mi accontenterei di una scappatella occasionale».

«Doppio schifo».

«Okay, va bene, perché in fondo ti piace quando qualcuno ti dice la verità invece di propinarti bugie gentili. Ammettilo, sono il tuo cinico di supporto emotivo».

«Più che altro il mio mal di testa di supporto emotivo», ribatto, ma il mio sorriso mi tradisce. Danny sa esattamente fin dove spingersi, camminando sul confine tra l'esasperante e lo stranamente confortante con la precisione di chi lo fa da anni.

«Allora? Sputa il rospo. Quant'è grave Mr. Border Collie?».

Sospiro come se stessi espellendo un decennio di frustrazione in un solo respiro, accasciandomi contro lo schienale della sedia.

«Catastrofico è un eufemismo. Non è neanche lontanamente vicino alla fine. A parte qualche capitolo geniale, quello che ha scritto non è abbastanza buono neanche per essere definito spazzatura derivativa, e non credo ci sia la minima speranza di rispettare la scadenza. Nessuna pressione, vero?».

«Nessuna», dice lui allegramente, prendendo la sua tazza e bevendo un sorso. «Mi sembra il tuo solito martedì».

«Tranne che questo non è un martedì qualunque», controbatto, sporgendomi in avanti come se la vicinanza potesse in qualche modo fargli capire l'assurdità della mia situazione. «Questo è... il martedì di Rory Keane, che, tra l'altro, è ora ufficialmente una categoria di stress nella mia vita. Lui entra con quel sorriso stupido...»

«Sorriso affascinante», mi interrompe Danny.

«Stupido», insisto, fulminandolo con lo sguardo mentre lui sorride con aria di superiorità nella sua tazza di caffè. «Ed è tutto frasi suadenti e sicurezza disinvolta. Nel frattempo, al piano di sopra tutti lo trattano come se avesse inventato personalmente le emozioni umane o qualcosa del genere. E io sono qui, e dovrei, cosa? Risolvere magicamente qualsiasi crisi creativa stia avendo, senza andare in mille pezzi sotto il peso delle aspettative che mi hanno scaricato addosso? Certo. Tutto a posto. Salverò la situazione con nonchalance, come una specie di supereroina dell'editoria».

«Ce la farai, ce la fai sempre».

«Danny, sono seria. Quel tipo è un autore di bestseller. I suoi libri hanno contratti cinematografici. Esistono fan account dedicati ai suoi personaggi. Stasera è candidato a un Rose Award. E la sua ultima opera è... orribile».

«Vogliamo davvero far finta che, segretamente, non ti piaccia il caos di risolvere i casini degli altri? Perché mi sembra di ricordare che ti sei esaltata un sacco a fare a pezzi quell'ultimo thriller».

«Quello era diverso». Scuoto la testa. «Quello era per un autore di medio livello che, a dire il vero, aveva già posto le basi. Questo è Rory "fottuto" Keane. È praticamente un membro della famiglia reale dell'editoria. E a quanto pare, io sono la fortunata contadina che deve lustrare lo stronzo che ha consegnato perché lui possa continuare a indossare la sua corona».

«Lara, tesoro», dice Danny, posando la tazza con un gesto teatrale, «stai guardando la cosa dalla prospettiva sbagliata».

«Dici?», chiedo, alzando un sopracciglio.

«Sì», dice lui con fermezza. «Senti, ho capito. Grande nome, posta in gioco alta, bla bla bla. Ma questo? Questo è il tuo momento. I tuoi *riflettori*. Puoi prendere *Rory Keane*, il signor Re del Romance Internazionale, e ricordare al mondo perché Lara Yates è l'editor che tutti vogliono al proprio fianco.» Batte sul tavolo per dare enfasi. «Tu non ti limiti a lucidare stronzate, tu costruisci troni. Questo è il progetto che manderà la tua carriera alle stelle.»

«Wow.» Lo guardo sbattendo le palpebre, a metà tra il divertimento e l'incredulità. «Potrebbe essere il discorso d'incoraggiamento più teatrale che tu mi abbia mai fatto.»

«Grazie», dice lui, con un gran sorriso. «Ma sul serio, smettila di sottovalutarti. Se c'è qualcuno in grado di gestire Rory Keane e le sue stronzate, quella sei tu. Sfrutta l'occasione. Mostra a tutti di che pasta sei fatta. Anzi, mostra a *lui* di che pasta sei fatta.»

«Quello», dico, liquidandolo con un gesto della mano, «è stato quasi d'ispirazione.»

«Quasi?» Le sue sopracciglia si sollevano teatralmente. «Tesoro, io non faccio le cose *quasi*. I miei discorsi d'incoraggiamento sono degni di un TED Talk. Ammettilo, ti senti già carica.»

«Carica per scappare a nascondermi? Certo.» Mi rintano dietro un sorso di caffè, lasciando che il suo calore amaro mi distragga. «Senti, apprezzo tutto il numero da cheerleader "forza-Lara", ma siamo realistici. Non sono un genio creativo. Non ho una visione o una voce. Sono solo un'editor, una correttrice di bozze glorificata che ogni tanto dice alla gente che i loro colpi di scena fanno schifo.»

«Ah, sì, la sceneggiata della modestia.» Danny alza gli occhi al cielo. «Prima di tutto, non sei "solo" un bel niente. E secondo», si china in avanti, abbassando la voce come se stessimo cospirando per qualcosa di illegale, «hai più visione della metà degli scrittori a cui fai da balia. Non credere che mi sia dimenticato di quelle idee per storie che tiri fuori dopo un bicchiere di prosecco di troppo.»

«Quelle non sono... Non sono niente. Solo... idee. Scarabocchi di parole, in pratica. Non abbastanza per sostenere un romanzo.»

«Ceeerto», dice, trascinando la parola come se non credesse a una singola sillaba che esce dalla mia bocca.

«Smettila», sbotto, anche se non c'è vera cattiveria nella mia voce. Soprattutto perché ha toccato un nervo scoperto.

«D'accordo, d'accordo», dice, sollevando il menù come uno scudo. «Ma un giorno, segnati le mie parole, la smetterai di revisionare i lieto fine degli altri e inizierai a scrivere il tuo.»

«È poco probabile», dico, anche se la mia voce trema abbastanza da farmi rabbrividire.

Do un'occhiata al telefono e sospiro. «Dovrei tornare in ufficio. Ho un paio di cose da finire prima dei RNA Awards di stasera. Anche se non ho nessuna voglia di andare.»

Danny si anima. «No? Vino gratis e autori di romanzi rosa troppo entusiasti non sono un'attrattiva sufficiente?»

Scuoto la testa. «Preferirei lavorare. Stiamo finendo il tempo. E Rory dovrebbe essere sepolto nel suo manoscritto, non a pavoneggiarsi con i Bookstagrammer.»

Danny emette un mormorio pensieroso e poi sorride. «Divertente. Continui a parlare di concentrazione eppure, in qualche modo, lui è l'unica cosa a cui pensi.»

Sbuffo, alzandomi e afferrando il cappotto. «Ciao, Danny.»

Lui alza le mani in segno di resa, ridendo. «Buona serata! O almeno fai finta.»

SEI

Lo champagne è caldo, l'illuminazione è forzatamente suggestiva e al momento sto valutando se sarebbe malvisto scolarmi l'intero flute tutto d'un fiato.

Perché sono agli RNA Awards, l'evento più sfarzoso del settore per darsi una pacca sulla spalla a vicenda, dove autori di romanzi rosa, editor e addetti stampa si riuniscono per celebrare il meglio del meglio al Grosvenor House Hotel. E con «celebrare», intendo bere pesantemente fingendo che non ci importi nulla di chi vince.

La Scott & Drake ha un tavolo in una posizione privilegiata vicino al palco, il che significa che siamo *tecnicamente* importanti. Il team di marketing freme per l'attesa, sbirciando gli altri tavoli per vedere chi c'è e, allo stesso tempo, abbozzando mentalmente i post per i social di domani: «Congratulazioni al nostro Rory Keane!». Perché, siamo onesti, vincerà lui.

E, a proposito del diretto interessato...

«Oh, ma guardati» dice Rory, scivolando sulla sedia accanto alla mia, con un'espressione visibilmente divertita. «Signorina Yates, sei assolutamente radiosa *stasera*.»

Alzo lo sguardo dal menu: un documento del tutto inutile, dato che sappiamo tutti che questi eventi sono per il novanta per cento tartine e per il dieci per cento sogni infranti.

«Anche tu non sei niente male» rispondo. «Uno smoking vero

e proprio. Sono colpita. Qualcuno ha dovuto costringerti a metterlo con la forza o hai solo perso una scommessa?»

Lui ghigna, passandosi una mano tra la sua zazzera di capelli ribelli. La luce soffusa si riflette sugli angoli marcati della sua mascella e, per un breve, terrificante secondo, mi rendo conto che se non conoscessi così a fondo la sua esasperante personalità, potrei — oggettivamente parlando — trovarlo attraente. Molto attraente.

Fortunatamente, io la conosco *bene*.

«Sono riuscito a vestirmi da solo, persino il papillon. Uno vero, che tu sappia.» Sorride.

Incrocio le braccia, scrutandolo con finta ammirazione. «Incredibile. Davvero una svolta. Ti hanno già chiamato per revocarti il distintivo di "scrittore irrimediabilmente trasandato" o te lo lasciano tenere per motivi affettivi?»

«Membro a vita, e il distintivo te lo danno davvero. Ce l'ho qui da qualche parte.» Rory si tasta le tasche, cercando di trovarlo...

«Molto bene.» Appoggio il bicchiere e mi guardo intorno nella sala da ballo. «Ti piacciono queste cose?»

«Solo quando vinco» dice con disinvoltura. «Niente esprime il *valore artistico oggettivo* come un migliaio di persone in smoking che applaudono il libro che ha fatto più soldi quest'anno.»

Mi sfugge una risata. «Scommetto che ti sei preparato anche un discorso e tutto il resto.»

«Beh» si china verso di me, la voce calda e maliziosa, «non vorremo mica deludere i fan, no?»

Alzo gli occhi al cielo, ma c'è qualcosa nel modo in cui mi sta guardando: un divertimento leggero misto a qualcos'altro che non riesco a decifrare.

Prima che possa capirlo, Rory si raddrizza, guardando verso l'ingresso. «Vado a fare il giro dei tavoli prima che inizi tutto» annuncia, spingendo indietro la sedia. «Cerca di non sentire troppo la mia mancanza.»

Inclino la testa. «Farò del mio meglio.»

E con questo, svanisce tra la folla.

Non appena se n'è andato, riporto l'attenzione sul mio champagne e cerco di essere un'adulta normale e funzionale, scambiando convenevoli con il team di PR, tutti nuovi in azienda e, a giudicare dall'aspetto, di circa quattordici anni.

Finché il mio sguardo non si blocca su di lui dall'altra parte della sala.

Più specificamente, su con chi sta parlando.

A prima vista, non è niente di strano: solo Rory, tutto fascino e disinvoltura, che conversa con una giovane donna a uno dei tavoli degli editori rivali.

Ma poi...

Poi la vedo ridere, con tanto di mano appoggiata sul suo braccio e uno sguardo di ammirazione a occhi spalancati.

Ah.

So esattamente chi è.

Alice Morgan. L'autrice esordiente di dark romance. Un fenomeno virale. Il suo libro — un romanzo indecente, tormentato e adorato da TikTok — è in lizza per il Premio Romanzo d'Esordio dell'Anno. Tutti i dirigenti del settore la vogliono. Compreso, a quanto pare, Rory Keane.

Distolgo lo sguardo. Perché questo? Questo non è affar mio.

È un autore di bestseller. Può flirtare con chi gli pare.

Eppure...

C'è una piccola, fastidiosa fitta allo stomaco.

Non è gelosia. Ovviamente. È solo... è poco professionale. Tutto qui.

Dovrebbe essere qui, al tavolo del suo editore. Non laggiù, a sfoggiare le sue fossette con la concorrenza.

Riporto ostentatamente l'attenzione al mio tavolo. Il team di PR della Scott & Drake sta parlando di dati di vendita, completamente ignaro della mia improvvisa e *assolutamente ingiustificata* irritazione.

Le luci si abbassano, segnalando l'inizio della cerimonia. Do un'ultima occhiata.

Rory è ancora laggiù.

E quando il presentatore ci dà il benvenuto ai premi della Romantic Novelists' Association, quando tutti si mettono comodi per assistere, quando avrebbe potuto tornare a sedersi accanto a me...

Non lo fa.

Rimane lì.

Seduto proprio accanto a lei.

Sorseggio il mio champagne e fingo che non mi importi.

Nel momento in cui il nome di Rory viene annunciato come vincitore del premio Romanzo Rosa dell'Anno, la sala esplode in un applauso.

Applaudo, ovviamente — perché, beh, è quello che si fa, e questo fa bene alla Scott & Drake — ma la mia espressione è perfettamente neutra.

Rory, nel frattempo, sfodera il suo sorriso caratteristico mentre si alza dalla sedia. E non lo diresti mai? L'autrice esordiente al suo fianco praticamente brilla di ammirazione, dandogli un abbraccio entusiasta e prolungato prima che lui si avvii verso il palco.

Certo che lo fa.

Sorseggio il mio champagne. Per niente irritata.

Il discorso è in classico stile Rory: affascinante, autoironico e con la giusta dose di sentimento. Ringrazia i suoi lettori, il suo agente, i suoi editor (al plurale, ovviamente, cosa su cui evito appositamente di rimuginare), e poi conclude con una qualche magniloquente osservazione su come le storie d'amore ci uniscano.

Il pubblico se la beve.

Poi, con il premio in mano, finalmente torna al nostro tavolo.

Da me.

La squadra lo sommerge di congratulazioni quando ci raggiunge, tutti desiderosi di crogiolarsi al calore della vittoria. Io non mi muovo dalla sedia, le braccia leggermente incrociate, il mio bicchiere di champagne ancora mezzo pieno.

«Autore pluripremiato Rory Keane» dice, inclinando leggermente il trofeo verso di me, con la voce venata di una nota canzonatoria. «Direi che sono un fan di questi eventi.»

«Certo che lo sei» rispondo impassibile.

Sogghigna come se si aspettasse che lo aduli, che mi scomponga o, Dio non voglia, che sembri impressionata.

Invece, inarco un sopracciglio.

«Carino da parte tua riunirti a noi» dico con disinvoltura, indicando vagamente il tavolo che ha occupato per la maggior parte della cerimonia. «Non sapevo che la Scott & Drake fosse solo una sosta di passaggio nel tuo calendario di impegni mondani.»

Il calore nei suoi occhi vacilla.

Ah. L'ha notato. Bene.

Si riprende in fretta, ovvio... dopotutto, è Rory Keane, un incantatore di professione. Ma io so distinguere i suoi sorrisi genuini da quelli di circostanza.

Questo? Un po' forzato.

«Andiamo, Yates» dice con leggerezza, sistemandosi il trofeo in mano. «Non ti facevo tipo da essere gelosa.»

Batto le palpebre. «Gelosa?»

Si china leggermente verso di me, abbassando la voce abbastanza da farsi sentire solo da me. «Perché se lo fossi, sarebbe molto interessante.»

Sbuffo. Perché sbuffare è dignitoso.

«Rory» dico, con tono secco. «Non mi interessa dove ti siedi.»

«Certo» annuisce lentamente. «Ed è per questo che ne stai parlando.»

«Ne sto parlando» dico, «perché non è bello per un autore ignorare la propria casa editrice nella serata più importante dell'anno per il settore. Non è una gran mossa di P.R.»

Mi osserva, i suoi occhi verdi indecifrabili.

Poi, proprio quando penso di aver vinto qualunque battaglia sia questa, le sue labbra si curvano in un sorrisetto compiaciuto.

«Pensi che stesse flirtando con me» dice.

Mi irrigidisco. Lo stronzo se la sta godendo.

«Stava flirtando con te» rispondo, categorica.

Inclina la testa. «Davvero?»

Lo fulmino con lo sguardo. «Oh, non fare il finto tonto, Rory. La mano sul braccio, le risatine ansimanti, gli sguardi languidi da cerbiatta... da manuale.»

Il suo sorrisetto si allarga. «E tu hai notato tutto questo?»

Serro la mascella. È impossibile.

«Rilassati» dice infine, il divertimento ancora denso nella sua voce. «Non le interesso.»

«Oh, ti prego.»

«È sposata.»

Questo mi spiazza.

«Con una donna adorabile di nome Jessica, che, guarda caso, è una geometra.»

Batto le palpebre.

Si china di nuovo, la voce più morbida stavolta, senza quella nota canzonatoria. «È una delle mie scrittrici. Ho creato un gruppo di scrittura online di romanzi rosa quattro anni fa, e lei è stata una delle mie prime allieve. Volevo solo sostenerla stasera.»

Qualcosa mi si stringe nel petto.

Per un breve, fugace secondo, mi sento...

Oh, no. Assolutamente no.

Mi rifiuto di riconoscere qualunque sentimento sgradito si stia insinuando.

Invece, mi sforzo di fare una scrollata di spalle nonchalante. «Beh. Meglio per lei.»

Mi osserva ancora per un secondo, come se stesse decidendo se insistere o meno, ma poi lascia perdere, cambiando bruscamente argomento.

«Sai cosa manca a questo evento?» dice, sollevando leggermente il premio. «Cibo decente.»

Sbuffo. «Concordo. È una cerimonia di tre ore e tutto ciò che ci hanno dato da mangiare è una triste fettina di manzo sottile come un'ostia, due patate arrosto grandi come ravanelli e un cucchiaio di sugo.»

Il suo sorrisetto ritorna, ma questa volta è più dolce. «Andiamo a mangiare qualcosa.»

Inarco un sopracciglio. «Mi stai chiedendo di nuovo di uscire, Keane?»

«No» sogghigna. «Non un appuntamento. Solo due colleghi, che soffrono entrambi per l'astinenza da tartine, che vanno a farsi una mangiata.»

Esito.

Poi, prima di poterci pensare troppo, annuisco. «D'accordo.»

Perché non è un appuntamento.

È solo cibo.

E io sono affamata.

Rory sceglie una tavola calda a due isolati di distanza, il tipo di locale che rimane aperto dopo mezzanotte per i tassisti e i turisti alle prese con il jet lag. È un tripudio di luci al neon, banconi in formica e il debole ronzio di musica house in sottofondo.

Mi dico che il posto non è importante.

Perché *non* è un appuntamento.

La cameriera ci accompagna a un separé tranquillo in un angolo, e nel momento in cui mi siedo lo percepisco: il più *piccolo* cambiamento nell'aria tra di noi. Forse è solo il contrasto tra il caos rumoroso e adrenalinico degli RNA Awards e la relativa calma del locale. Forse è che finalmente mi siedo dopo ore su tacchi troppo alti. Forse non è niente.

Ma Rory mi osserva mentre prendo il menù, il suo sguardo che indugia in un modo che non riesco a ignorare.

Mi schiarisco la gola, bisognosa di qualcosa, *qualsiasi cosa*, per spezzare la strana tensione che si sta insinuando. «Se solo *accenni* a ordinare qualcosa che abbia meno di mille calorie, me ne vado.»

Fa una risatina sommessa, scorrendo il menù. «Non ci penserei nemmeno. Sto pensando a una bistecca. Patatine fritte. Magari un contorno di anelli di cipolla. Qualcosa che si *qualifichi* come pasto.»

Annuisco, approvando. «Ottima scelta.»

La cameriera torna, prende le nostre ordinazioni e lascia una brocca d'acqua e due bicchieri sul tavolo. Verso da bere a entrambi, tanto per avere qualcosa da fare.

«Allora» dice Rory, appoggiandosi allo schienale in pelle del separé. «Davvero non hai intenzione di ammetterlo?»

Alzo lo sguardo. «Ammettere *cosa*?»

«Che eri un pochino gelosa.»

Produco un suono in fondo alla gola, a metà tra uno sbuffo e un lamento. «Rory.»

«Che c'è? È una domanda semplice.»

«*È ridicola.*»

Sogghigna. «Eri irritata.»

Bevo lentamente la mia acqua. «Ero *annoiata.*»

«*Mi stavi fulminando con lo sguardo.*»

«Stavo *aspettando* che iniziasse la cerimonia.»

Emette un mormorio, chiaramente non convinto, ma lascia perdere.

La cameriera porta i nostri piatti, per fortuna in fretta, e per un po' mangiamo in un relativo silenzio. È... *piacevole*, in realtà. Non mi ero resa conto di quanta fame avessi finché non ho dato il primo morso alla mia bistecca, e non mi preoccupo di fingere il contrario.

Rory se ne accorge.

«Sembri *molto* seria riguardo a quel pasto» osserva, divertito.

Gli punto il coltello contro. «Ho appena sopportato tre ore di chiacchiere forzate di settore, mentre il nostro autore di punta flirtava con il nostro più grande concorrente. Questo pasto me lo *merito.*»

Lui ridacchia, tagliando la sua bistecca. «Non stavo flirtando.»

«È quello che *continui* a dire.»

Il suo sguardo scatta di nuovo su di me, ora più dolce. «Comunque, preferirei parlare con te.»

È una frase così semplice. Quasi *casuale*. Ma *atterra* dove non dovrebbe, mandando un'ondata di calore dentro di me.

Mi muovo leggermente sulla sedia, cercando di far rallentare le mie pulsazioni. «Beh. Considerati un privilegiato, autore pluripremiato Rory Keane.»

«Oh, lo faccio» dice lui con disinvoltura.

E così, la conversazione scorre.

Parliamo dell'evento, del settore, degli ultimi pettegolezzi del mondo editoriale. Mi racconta della prima volta che è stato invitato, anni fa, e di quanto fosse *terrorizzato* all'idea di entrare in una stanza piena di autori che ammirava. Io condivido un aneddoto particolarmente imbarazzante di quando ho accidentalmente presentato un autore *esordiente* a qualcuno come un autore *deceduto.*

«A mia discolpa» dico, «il suo nome *suonava* molto simile a quello di un poeta del diciannovesimo secolo.»

Rory ride, *ride davvero*, così tanto che deve posare la forchetta, e mi ritrovo a *sorridere* prima ancora di rendermene conto.

È facile.

È *troppo* facile.

Ed è esattamente per questo che, quando i piatti vengono portati via e arriva il conto, sento all'improvviso una *pulce nell'o-recchio*. Un *campanello* d'allarme, debole ma insistente.

Rory si sporge leggermente in avanti, con i gomiti sul tavolo. «Allora?»

Sbatto le palpebre. «Allora... cosa?»

«Lo dirai?»

Aggrotto la fronte. «Dire *cosa*?»

«Che questo *sembrava* un appuntamento.»

Muovo un dito in segno di diniego. «*Non era* un appuntamento.»

«Ma ne *aveva* tutta l'aria» insiste.

Alzo gli occhi al cielo. «Sei insopportabile.»

Lui sorride. «Eppure, sei ancora qui.»

Non un appuntamento, mi ricordo. Solo cibo. Solo un pasto tra colleghi.

Eppure...

Non riesco a scrollarmi di dosso la sensazione che *qualcosa* sia cambiato.

L'aria della notte è frizzante quando usciamo dal ristorante, un gradito sollievo dopo il calore della brasserie. Le strade sono più tranquille ora, a parte qualche taxi occasionale che sfreccia via e il debole brusio delle conversazioni notturne provenienti dai bar vicini. Mi stringo di più nel cappotto, sperando che l'aria fresca mi schiarisca le idee.

Rory si ficca le mani in tasca, camminando al mio fianco con passo rilassato. Per una volta, non riempie il silenzio con battute provocatorie o osservazioni compiaciute, e non so se questo renda il momento migliore o peggiore.

Gli lancio un'occhiata furtiva. Ha di nuovo quello sguardo,

quello che suggerisce che sta *pensando* a qualcosa. Rory Keane che *pensa* è pericoloso.

Mantengo la voce uniforme. «Sei sospettosamente silenzioso.»

Lui emette una risata sommessa. «Mi sto solo godendo il momento.»

Strizzo gli occhi. «Bugiardo.»

«Va bene.» Inclina la testa, pensieroso. «Stavo pensando a una cosa che hai detto prima.»

«Oh, Signore» gemo. «E adesso cosa c'è?»

Smette di camminare, voltandosi leggermente verso di me. «Al tavolo, quando hai detto che ti *meritavi* quel pasto.»

Aggrotto la fronte, colta alla sprovvista. «Cosa c'entra?»

«Hai detto di aver passato la serata a guardarmi flirtare per tutta la stanza.» Si ferma, i suoi occhi che cercano i miei. «Ti ha dato *davvero* fastidio?»

«Ti ho detto che dà il messaggio sbagliato al settore.»

«Non è di questo che sto parlando.»

Mi agito, le pulsazioni improvvisamente *troppo* forti nelle mie orecchie. «Non mi ha dato *fastidio*, esattamente. Era...» Faccio un gesto vago con la mano, prendendo tempo. «Altri avrebbero potuto vederlo come un messaggio che non sei contento del tuo attuale editore. Non sorprenderti se domani riceverai una telefonata dal tuo agente con un paio di offerte da parti interessate.»

Lui mormora un verso, non convinto. «Certo. *Parti interessate.*»

Sbuffo, esasperata. «Rory.»

Le sue labbra si contraggono. «*Eri* infastidita.»

Incrocio le braccia. «Hai *piantato* in asso la tua squadra per sederti con qualcun altro.»

«Per cinque minuti» ribatte lui, facendosi più vicino. «E siamo onesti... non si tratta della Scott & Drake, vero?»

Non rispondo.

Perché non *posso*.

Perché non lo *so*.

Mi osserva, aspettando.

E all'improvviso, lo *odio* per questo. Per il fatto che legge sempre tra le righe. Che mi spinge, mi tormenta, mi irrita finché non so più da che parte sono girata.

Guardo altrove, forzando la mia voce a sembrare disinvolta, distaccata. «Non importa.»

Ma in fondo, importa.

Questo non è *solo* un botta e risposta casuale. Non sono *solo* prese in giro amichevoli.

È una lenta, pericolosa scivolata verso qualcosa di completamente diverso.

E all'improvviso, sono preoccupata. Se mi chiedesse di uscire per un vero appuntamento... non sono sicura di come risponderei.

SETTE

Vorrei dire due paroline al sadico che ha pensato fosse una buona idea organizzare una cerimonia di premiazione durante la settimana.

Quando arrivo alla sala riunioni, sono riuscita a convincermi che quella di ieri sera era stata solo un'occasione in cui due colleghi si godevano la reciproca compagnia. O, per lo meno, ho deciso di chiudere a chiave ogni pensiero contrario in un cassetto con sopra l'etichetta *Da non aprire fino a dopo la pubblicazione*.

Il mal di testa martellante post-sbronza, tuttavia, si sta dimostrando particolarmente riluttante a farsi mettere da parte e, invece, si è accomodato su una comoda poltrona proprio sopra la mia orbita sinistra, mettendo in chiaro che non se ne andrà tanto presto e che sarebbe stato meglio per tutti farsene una stramaledetta ragione.

Mi sistemo gli occhiali, mi liscio la giacca e faccio un respiro profondo prima di entrare.

Ed eccolo lì. Rory Keane. Vincitore del premio Romanzo Rosa dell'Anno. L'uomo che scrive storie d'amore che fanno versare fiumi di lacrime alle donne. Se la sicurezza in sé stessi fosse una valuta, sarebbe miliardario.

«Buongiorno» dico, sforzando il mio tono di voce fino a fargli assumere una parvenza di neutralità professionale.

«Giorno» risponde Rory, con una voce calda e vellutata, come se stesse facendo un provino per la pubblicità di un caffè. «Non ero del tutto sicuro che saresti tornata.»

«Be'» dico, appoggiando il portatile sul tavolo e mantenendo i movimenti svelti, «la verità è che sono qui solo perché qualcuno mi paga per esserci.»

Il suo sorriso si allarga, per nulla infastidito dalla frecciatina. Certo che non lo è. Probabilmente, Rory Keane non ha mai affrontato una situazione in vita sua in cui il fascino non abbia neutralizzato immediatamente ogni tensione.

«Lasciami indovinare» dice, «hai già condensato tutti gli appunti di ieri in un elenco puntato di tutto quello che devo sistemare, non è vero?»

Annuisco.

«Ed è su questo che vuoi che ci concentriamo oggi, ma una piccola parte di te non riesce a smettere di pensare al nostro patto.»

«Ti sbagli di grosso. Be', non sull'elenco puntato. Ne ho un sacco» rispondo, incrociando il suo sguardo con uno altrettanto fermo. «Quindi, se abbiamo finito con i convenevoli, suggerirei di andare dritti al punto.»

«Non vedo l'ora» dice lui, con gli occhi che scintillano di divertimento.

Mi siedo, determinata a mantenere quel briciolo di autorità che riesco a raccogliere. È solo un'altra riunione, mi dico. Un altro progetto. Un altro cliente. Non importa che trasudi carisma da tutti i pori, o che più di una piccola parte di me abbia pensato *e se...* E non aiuta affatto che le parole di Danny sui troni e sui re e, a dire il vero, sugli stronzi lucidati, mi risuonino ancora in testa. L'importante è mantenere la professionalità. Il controllo. La distanza.

«Cominciamo?» chiedo, aprendo il portatile e guardando ostinatamente da un'altra parte per non vedere il suo sorriso fastidiosamente perfetto.

«Assolutamente» dice Rory, con il suo solito tono irriverente. «Il fatto è questo, Lara. Ho una proposta.»

Il modo in cui dice "proposta" mi fa venire voglia di roteare gli occhi così tanto da potermi vedere il cervello. Invece, mi sistemo gli occhiali e gli rivolgo quello sguardo vacuo che ha spinto autori di minor levatura a riscrivere interi capitoli.

«Una proposta» ripeto seccamente. «Che cosa sinistra.»

«Non sinistra. Ispirata.» Si raddrizza sulla sedia, tamburellando leggermente le dita sul tavolo. «Ho bisogno del tuo aiuto con una ricerca.»

«Per cosa? Un nuovo libro? O stai pensando di darti al giornalismo investigativo, adesso?»

«Divertente» dice lui, sfoderando un altro sorriso da un milione di watt. «No, è per *questo* libro. Quello che stai editando con l'entusiasmo di chi è costretto a montare un mobile dell'IKEA senza istruzioni.»

«Fare l'editing è il mio lavoro» ribatto freddamente, ignorando la frecciatina. «E mi dà il caso che io sia molto brava a farlo.»

«Certo che lo sei» dice, «ma non si tratta di editing. Si tratta di autenticità. Di elevare la storia. I personaggi. Il lato romantico.»

«Giusto, perché Dio solo sa cosa manchi a questo libro in questo momento sia l'autenticità.»

«Esatto!» Schiocca le dita. «Ecco perché ho bisogno che tu esca con me per un appuntamento.»

Sbatto le palpebre. «Come, scusa?»

«Un appuntamento» ripete lui, come se fosse la proposta più ragionevole del mondo. «Sai, per fare ricerca.»

«Ricerca?»

«Sì. Ricerca.» Si sporge di nuovo in avanti, così vicino che percepisco la debole scia del suo profumo: qualcosa di caldo, legnoso e terribilmente distraente. «Se devo scrivere in modo convincente dell'innamoramento, ho bisogno di viverlo. O almeno... di fingerlo. E con chi fingerlo meglio se non con la mia brillante e brutalmente onesta editor? Tu mi terrai con i piedi per terra, mi dirai quando sono ridicolo e, in più, sai già come smontare ogni mio singolo difetto. È perfetto.»

«Perfetto» ripeto, con la voce venata di scetticismo. «Tranne per il fatto che non succederà.»

«Perché no?» chiede, per nulla turbato dalla mia risposta. «Non devi nemmeno chiamarlo appuntamento, se ti fa sentire meglio. Possiamo chiamarla... una gita sul campo.»

«Rory» dico, pizzicandomi la radice del naso. «Questo è ridicolo, anche per te.»

«Davvero?» ribatte lui, con un'espressione improvvisamente seria che mi coglie di sorpresa. «Pensaci, Lara. Come posso scrivere dell'amore, quello vero, incasinato e complicato, se non mi ci immergo? Se non corro dei rischi? Non è quello che diciamo sempre agli scrittori? Scrivi di ciò che conosci?»

«Sì, ma in genere non intendiamo: "Vai a tormentare la tua editor perché giochi di ruolo con te a fare l'appuntamento serale per divertimento e profitto".»

«Andiamo» insiste lui, con il sorriso che gli torna sul volto non appena percepisce la più piccola crepa nella mia risolutezza. «Sarà un'uscita professionale. Proprio come ieri sera. Niente di più. Solo due colleghi che cenano, o prendono un caffè, o quello che vuoi, e parlano d'amore. Solo a scopo di ricerca.»

«Ti stai ascoltando? Ti rendi conto di quanto suoni assurdo?»

«Forse. Ma lo è anche l'amore, non credi? E non è proprio questo che stiamo cercando di catturare? L'assurdità. L'imprevedibilità. La... chimica.»

«Chimica» sbuffo, anche se la parola indugia da qualche parte in fondo alla mia mente più a lungo di quanto dovrebbe.

«Esatto,» dice, abbassando la voce quanto basta per farlo sembrare un segreto destinato solo a me. «Allora, che ne dici?»

«Dico che devi riconsiderare il tuo approccio all'ispirazione creativa,» rispondo. Le mie risposte sembrano stranamente deboli sotto il peso del suo sguardo, e lo odio. Odio il modo in cui riesce in qualche modo a far sembrare quasi plausibili persino le idee più assurde. Quasi.

«Pensaci e basta,» dice. «Nessuna pressione. Nessuna aspettativa. Solo un esperimento lento. In nome della grande narrazione.»

«E va bene. Un drink,» dico, con le parole che mi escono di bocca prima ancora che io abbia elaborato del tutto il tradimento della mia stessa voce. «Ma in modo puramente professionale. Per il bene del libro e nient'altro. Non è assolutamente un appuntamento, quindi niente scherzi.»

Il sorriso di Rory si allarga, lento e compiaciuto, come se

avesse appena vinto una scommessa di cui nessun altro era a conoscenza. «Scherzi? Io?»

«Dico sul serio, Rory,» sbotto, puntandogli un dito contro per dare enfasi. «Questa è una ricerca. La *tua* ricerca. Non pensare nemmeno per un secondo che questo, qualunque cosa sia, significhi qualcosa di più.»

«Rigorosamente professionale. Come due colleghi che condividono... un'esperienza creativa immersiva.»

«Sembri la brochure pretenziosa di una scuola d'arte.»

«Ehi, non le faccio io le regole,» dice con un'alzata di spalle, afferrando il cappotto dallo schienale della sedia. «Seguo solo dove mi porta l'ispirazione. Forza, è venerdì sera. Iniziamo subito.»

Il bar che sceglie è di un fascino esasperante, tutto luci calde e dettagli in legno vintage. È il tipo di posto che sembra sia intimo che informale, con un sommesso sottofondo jazz e le candele che tremolano su ogni tavolo. Ovviamente, Rory non poteva che scegliere un'ambientazione presa di peso da un adattamento di Nicholas Sparks.

«Lasciami indovinare,» dico mentre ci accomodiamo in un separé d'angolo, «porti tutti i tuoi 'progetti di ricerca' qui?»

«Solo quelli speciali,» risponde lui con disinvoltura.

«Che fortuna per me,» dico seccamente, prendendo in mano il menu. Lo scorro, concentrandomi sui caratteri minuscoli come se contenessero la chiave per sopravvivere a questa serata con la mia dignità intatta.

«Non preoccuparti,» dice. «Prometto di non mordere. A meno che, ovviamente, non sia per motivi di autenticità.»

Abbasso il menu quel tanto che basta per fulminarlo con lo sguardo da sopra il bordo. «Parli sempre così o solo quando cerchi di irritarmi?»

«Non mi sognerei mai di irritarti,» dice, con un tono che

gronda finta sincerità. «Sei la mia editor. La mia partner creativa. La mia musa.»

«Smettila,» gemo, posando del tutto il menu perché, chiaramente, leggere è impossibile con lui seduto lì, con quell'aria così maledettamente soddisfatta di sé. «Se mi chiami 'musa' un'altra volta, me ne vado da qui e scriverai il tuo libro senza alcun supporto editoriale.»

«D'accordo, niente più 'musa'. Che ne dici di collaboratrice? Co-cospiratrice? Complice?»

«Che ne dici di 'persona che si è già pentita di essere qui'?» ribatto, incrociando le braccia al petto.

«Su, su,» dice, sollevando il suo bicchiere di whiskey, quello che è riuscito in qualche modo a ordinare mentre io ero impegnata a sbollire. «Brindiamo alle nuove esperienze. Alla grande narrazione. E a te, Lara Yates, per aver concesso una possibilità a un'idea folle.»

«Non tirare troppo la corda,» lo avverto, anche se a malincuore sollevo il mio bicchiere d'acqua per incontrare il suo. I nostri bicchieri tintinnano debolmente e, per un istante, c'è qualcosa di quasi... sincero nel modo in cui mi guarda. Quasi.

«A noi,» dice, con la voce più bassa ora, più morbida, come se stesse scalfendo uno strato di quel fascino quel tanto che basta per rivelare qualcosa di più genuino sotto.

«Al libro,» lo correggo in fretta, spezzando quello strano incantesimo che si era creato tra noi. Prendo un altro sorso d'acqua, ignorando il calore che mi sale lungo il collo mentre ricordo a me stessa, di nuovo, che si tratta strettamente di affari.

«Giusto, il libro.»

«Esatto,» rispondo con fermezza, costringendomi a tornare a concentrarmi sul compito da svolgere. «E dato che questo è per il libro, andiamo al sodo. Cosa speri di ottenere esattamente con questo piccolo esperimento?»

«Te l'ho detto. Autenticità,» risponde immediatamente. «Voglio scrivere personaggi che sembrino reali. Che parlino alle persone qui,» e si batte un dito sul petto, «e non solo qui,» e si tocca la tempia.

«Fantastico,» dico, annuendo lentamente. «Ma ti rendi conto

che sono un'editor, non un'attrice che segue il Metodo, vero? Non hai bisogno di me per questo.»

«Ah, ma è qui che ti sbagli,» dice. «Perché tu, Lara, sei la persona più onesta che io conosca. Brutalmente onesta, a dire il vero. Se riesco a convincere te, posso convincere chiunque.»

«Convincermi di cosa?» chiedo, alzando un sopracciglio.

«Che vale la pena credere nell'amore, in tutta la sua assurdità.»

Per un momento, non rispondo. Perché nonostante tutta la sua spavalderia e i suoi abili giochi di parole, c'è qualcosa di sorprendentemente serio nella sua espressione. Qualcosa che rende difficile liquidarlo senza pensarci due volte.

«Buona fortuna,» dico alla fine, rifiutandomi di abbassare ulteriormente la guardia. «Ne avrai di strada da fare per convincermi.»

«Sfida accettata,» ribatte lui, con il suo sorriso che ritorna in pieno vigore. «Ora, dimmi, sei un'appassionata di musica dal vivo? Perché ho sentito dire che tra poco inizierà a suonare una band piuttosto fantastica...»

E proprio così, l'attimo cambia di nuovo, tornando alle battute, tornando alla sicurezza della nostra solita dinamica.

La band è più rumorosa di quanto mi aspettassi. Non in modo assordante, ma abbastanza da rendere più difficile la concentrazione. Il bar accogliente che Rory ha scelto — *atmosfera perfetta per la ricerca*, come l'ha descritta lui — ha tutte le caratteristiche di un posto che fa del suo fascino un vanto: mattoni a vista, luci soffuse e il debole aroma di vaniglia che si diffonde dalle candele sparse su ogni tavolo. È progettato per disarmare, per sedurre, e sto iniziando a pensare che Rory sapesse esattamente cosa stava facendo quando l'ha scelto.

«Okay, siamo qui da due ore e ancora non capisco come questa possa essere considerata 'ricerca'.»

«Ti stai divertendo. Ammettilo.»

«Divertimento non è esattamente la parola che userei.»

«Come *definiresti* tutto questo? Pura agonia? Lieve irritazione? Oppure,» quel sorriso si approfondisce, «un divertimento riluttante?»

«Una via di mezzo tra una lieve irritazione e un divertimento riluttante,» dico seccamente. «Con una forte prevalenza dell'irritazione.»

Lui alza il bicchiere. «Alla lieve irritazione, allora.»

Alzo gli occhi al cielo, ma sollevo il mio bicchiere — ora un gin tonic, perché ho bisogno di qualcosa di frizzante e che mi distragga — per farlo tintinnare leggermente contro il suo. «Alla tua impareggiabile capacità di mettere alla prova la mia pazienza.»

«*Sláinte,*» dice con una risata, il suo sguardo che si sofferma un attimo di troppo prima che lui beva un altro sorso.

Ed eccolo di nuovo, quel cambiamento. Sottile ma innegabile, come il momento in cui ti rendi conto che la marea è cambiata e non hai più la terraferma sotto i piedi. Distolgo lo sguardo, fingendo di essere affascinata dalla candela che tremola tra di noi, ma i miei pensieri sono improvvisamente aggrovigliati, ingestibili.

La band inizia una nuova canzone, una melodia lenta e piena di sentimento che riempie lo spazio tra di noi. Per un momento, nessuno dei due parla. Rory si sposta leggermente più vicino, il suo braccio sfiora il mio mentre appoggia il gomito sul bordo del tavolo.

«Posso dirti una cosa?» chiede, con la voce così bassa che sembra destinata solo a me.

«Dipende», rispondo, cercando di mantenere un tono disinvolto. «Riguarda un altro discorso da venditore sul perché dovrei credere nell'amore?»

«Forse», dice, le sue labbra che si curvano in quel mezzo sorriso esasperante. «O forse è solo un'osservazione.»

«Avanti, allora», dico, anche se non sono del tutto sicura di volerlo sentire.

«Ti sottovaluti», dice semplicemente.

Le sue parole mi colgono di sorpresa, non perché siano particolarmente profonde, ma per il modo in cui le pronuncia, come se fossero un fatto indiscutibile.

«Rory...», inizio, ma qualunque risposta evasiva stessi per dargli mi muore sulla lingua.

«Solo qualcosa su cui riflettere», dice, con lo sguardo fisso e saldo.

La distanza tra noi sembra incredibilmente ridotta ora, i confini tra professionale e personale si offuscano in un modo che mi lascia senza fiato. Dovrei fare un passo indietro, ristabilire i limiti che ho faticato tanto a mantenere, ma per qualche motivo non lo faccio.

«Attento», dico, forzando un sorrisetto per mascherare l'improvvisa vulnerabilità che minaccia di affiorare. «Stai iniziando a sembrare sincero.»

«Chi dice che non lo sia?» Il suo sorriso si addolcisce e, per una volta, non c'è traccia di presa in giro nella sua espressione. Solo una quieta intensità, senza difese.

La canzone passa a un ritmo più vivace, rompendo l'incantesimo, e colgo l'occasione per appoggiarmi allo schienale, creando un briciolo di spazio tra di noi.

«Be'», dico, schiarendomi la gola. «Se è questa quella che consideri una ricerca, penso che dovresti rivalutare i tuoi metodi.»

«Solo se prometti di aiutarmi», dice, di nuovo con un tono leggero, anche se i suoi occhi non hanno perso quella concentrazione inquietante.

«Non corriamo troppo», rispondo, rifiutandomi di abbassare ulteriormente la guardia. Ma anche mentre riporto la conversazione su argomenti più sicuri, non riesco a scrollarmi di dosso la sensazione che qualcosa di non detto sia cambiato tra di noi, qualcosa che non sono ancora pronta ad affrontare.

OTTO

L'aria fresca della notte mi investe non appena usciamo dal bar, in netto contrasto con il calore dell'interno. La strada è viva: i fari si riflettono sull'asfalto bagnato, il basso brusio delle conversazioni si mescola al suono occasionale del clacson di un'auto. I miei tacchi picchiettano sul marciapiede, un ritmo costante che mi aiuta a tenere lo sguardo fisso in avanti, lontano dall'uomo al mio fianco.

«Attenta!» La voce di Rory fende il baccano un istante prima che la sua mano mi si stringa attorno al polso, salda e spiazzante.

La scossa, dovuta sia al suo tocco sia allo strattone improvviso, mi fa balzare il cuore mentre barcollo all'indietro, elaborando a malapena la macchia sfocata che mi sfreccia davanti. Un ciclista passa a tutta velocità, i pneumatici che sibilano sull'asfalto umido, così vicino che intravedo un lampo di giallo fluorescente.

«Stai cercando di farti investire o questa è una sorta di uscita di scena plateale?»

«Lasciami» sbotto, più per riflesso che per vera indignazione. Ma lui non lo fa. Non subito, almeno.

Le sue dita restano serrate attorno al mio polso, calde e salde, tenendomi ferma come se potessi di nuovo lanciarmi in mezzo al traffico senza supervisione. Sono fin troppo consapevole del battito accelerato del mio polso sotto la sua presa.

«Rilassati» dice, il suo pollice che mi sfiora leggermente la pelle in un modo che sembra... deliberato. «Non ho intenzione di lasciarti finire sotto una macchina. Sei troppo preziosa per il mondo dell'editoria.»

«Preziosa?» inarco un sopracciglio, ritraendo il braccio con più forza del necessario. La sua mano scivola via, ma l'ombra del suo tocco indugia come una scossa elettrostatica. «Devi aver bevuto un po' troppo, se adesso ti metti a fare complimenti.»

«Dico solo quello che vedo» afferma lui.

«Be', la prossima volta, prova a farlo senza afferrarmi.»

Faccio un passo indietro, ma quel momento mi resta addosso: il suo tocco, la sua voce, quel maledetto sorrisetto. Il mio braccio sembra nudo, esposto senza la sua mano. È ridicolo. Ho stretto la mano ad autori, abbracciato colleghi alle feste aziendali, ho persino sopportato i baci occasionali e imbarazzanti sulla guancia da parte di freelance troppo zelanti. Eppure, Rory Keane mi afferra il polso per mezzo secondo e all'improvviso il mio cervello decide di organizzare uno spettacolo pirotecnico tutto suo.

«Ehi.» La sua voce ora è più dolce, e attira la mia attenzione, che io lo voglia o no. Mi sta osservando, con la testa leggermente inclinata, divertito ma... in attesa. Di cosa? Della mia combustione spontanea? Di scuse?

Il suo sguardo è fermo, troppo fermo, e odio quanto ne sia consapevole. Consapevole di lui. Del modo in cui i suoi capelli scuri sono leggermente fuori posto, come se ci avesse passato le mani tutta la notte. Del modo in cui un altro bottone della sua camicia si è slacciato, conferendogli quel fascino trasandato di fine giornata che è fin troppo piacevole alla vista. E quegli occhi... penetranti, intensi, come se potessero leggere ogni pensiero che mi sto sforzando così tanto di sopprimere.

«Grazie per avermi salvata. Non stavo prestando attenzione.»

Lui non dice niente. Continua a guardarmi, senza fretta, come se lasciasse che il silenzio parlasse al posto suo. È snervante. No, è *pericoloso*.

Perché il punto è questo: io so come vanno a finire queste cose. *So* che non dovrei lasciarmi coinvolgere in questo momento che non dovrebbe significare nulla, che *deve* significare nulla.

Rory Keane è un cliente. Un cliente bestseller, intoccabile, una spina nel fianco, la cui bozza attuale è piena di buchi di trama che lui non sembra avere alcuna fretta di sistemare. Dobbiamo consegnare un manoscritto completo nel giro di qualche settimana e niente, assolutamente niente, può mettersi in mezzo. Di certo non una complicazione creata da me.

Dovrei essere infastidita. *Sono* infastidita. Eppure... una parte di me sta urlando: *e se...?* Perché deve per forza non significare nulla? Non posso tirare fuori un romanzo pubblicabile da quest'uomo ed esplorare... *questo*, se voglio? Le due cose sono davvero incompatibili?

Con la stessa enfasi, l'altra parte di me, la Lara sensata, prudente e avversa al rischio, mi sta implorando di non cascarci. Non di nuovo. Non con il pensiero, e certamente non con le azioni, a meno che io non voglia una ripetizione di quanto successo con James.

I rumori della strada si affievoliscono, soffocati dal rimbombo del mio polso, mentre colgo il più debole barlume di qualcosa dietro la sua espressione. Qualcosa di cauto, di expectante. Come se mi stesse sfidando a colmare la distanza tra noi, senza però fare la prima mossa. La gola mi si stringe, un calore si concentra nel basso ventre mentre la mia mente si affanna a trovare un appiglio solido.

Non sta succedendo. Non *può* succedere. Tranne per il fatto che sta succedendo, perché sono qui, inchiodata sul posto a fissarlo come un'idiota, ignorando il mio stesso ammonimento, mentre l'aria tra noi si fa più spessa, più pesante, elettrica. Il mio cuore martella più forte del dovuto, soffocando ogni pensiero razionale che abbia mai avuto sui limiti, sulla professionalità e sul buon senso.

«Rory...» comincio, ma la voce mi si spezza. Il suo nome esce più debole del previsto, quasi un sussurro tra noi, come un'ammissione.

E poi, prima che possa dissuadermi, o forse proprio perché non ci riesco, agisco.

Non è un gesto calcolato, né aggraziato, né qualcosa che assomigli lontanamente al buon senso. È puro impulso, guidato da un cocktail di frustrazione, adrenalina e qualcos'altro che non ho il coraggio di nominare. Mi sporgo in avanti, colmando la distanza con un unico movimento rapido e sconsiderato, e premo le mie labbra sulle sue.

Le sue labbra sono calde e più morbide di quanto mi aspettassi, ma il bacio è tutt'altro che delicato. È veloce, avventato, come un fiammifero che sfrega contro la selce, e per un secondo vertiginoso, tutto ciò su cui riesco a concentrarmi è il suo sapore. Un mix di whisky e qualcosa di intrinsecamente *suo*, qualcosa che manda il mio stomaco in caduta libera in un modo che non sono pronta ad affrontare.

Il mondo si capovolge. Le mie dita si aggrappano istintivamente al tessuto della sua giacca, ancorandomi mentre un'ondata di calore mi travolge. Rory non esita, nemmeno per un istante. La sua mano scivola verso l'alto, ferma e sicura, finché il palmo mi culla la mascella, con il pollice che mi sfiora appena sotto lo zigomo. La sensazione fa scorrere scintille lungo la mia spina dorsale, e giuro che le ginocchia minacciano di cedermi.

Si avvicina ancora, approfondendo il bacio, e lo sento ovunque: si irradia nel mio petto, si attorciglia nel basso ventre, facendo dissolvere il resto della strada affollata in una sfocatura indistinta. La sua presa si fa appena più stretta, quel tanto che basta per tenermi con i piedi per terra, per impedirmi di volare via del tutto e, per un attimo fugace e folle, dimentico perché questa sia un'idea terribile.

La città si sfoca ai margini, attenuata dalla sua pura intensità. Non c'è il rumore del traffico, né il debole chiacchiericcio dei passanti, solo il sangue che mi pulsa nelle orecchie e la pressione della sua bocca che si muove contro la mia. Ogni nervo sembra vivo, iperconsapevole dei punti in cui siamo collegati, dove le sue dita sfiorano il bordo della mia mascella o si immergono leggermente tra i miei capelli.

Non so quando ho smesso di respirare, forse da qualche parte tra il primo secondo rubato e questo momento, ma ogni parte di me soffre per il bisogno di stringerlo più forte, di inseguire quella scintilla prima che la realtà mi raggiunga.

Mi tiro indietro, bruscamente, come se mi fossi appena ricordata come si respira e fosse la cosa più urgente del mondo. Le labbra mi pizzicano per l'eco delle sue, il polso mi martella come se avessi appena fatto venti rampe di scale di corsa. Che diavolo ho appena fatto?

«Okay», esclamo, anche se non ho idea di cosa stia cercando di comunicare con quella singola, inutile parola. La mia voce suona senza fiato, traditrice, e odio il modo in cui rimane sospesa tra noi, nuda e cruda.

Rory non si muove subito. La sua mano indugia vicino al mio viso per una frazione di secondo in più, come se non si fosse ancora reso conto che ho messo fine a tutto. Lentamente, le sue dita scendono, sfiorandomi la spalla prima di ritrarsi del tutto. E poi sorride.

Non un piccolo sorriso. Non educato o timido. No, questo è il marchio di fabbrica di Rory Keane: un sorriso ampio, da lupo e così insopportabilmente compiaciuto che vorrei cancellarglielo dalla faccia a suon di schiaffi. O baciarlo di nuovo. Dio, no. Quello no.

«Okay», ripete lui, con voce bassa e irritantemente suadente. «È stato inaspettato».

«Non farlo». La parola mi esce di getto, secca e difensiva, il mio ultimo disperato tentativo di salvare una parvenza di dignità. Faccio un passo indietro, mettendo preziosi centimetri di spazio tra noi, ma non serve a nulla. Mi sta ancora guardando come se fossi appena diventata il suo colpo di scena preferito.

«Non fare... cosa?», chiede con voce strascicata, inclinando la testa come se volesse davvero un chiarimento, ma la scintilla nei suoi occhi dice altro. Sa *esattamente* cosa intendo.

«Non renderla una cosa importante». Le mie mani sono irrequiete ora, mi liscio la giacca, sistemo gli occhiali, qualsiasi cosa pur di non incrociare direttamente il suo sguardo. «Non è niente di che».

«Giusto. Niente di che», ripete, chiaramente divertito. Incrocia le braccia sul petto, spostando il peso su una gamba con quella sua disinvoltura, tutto sicurezza e nonchalance. «Solo un bacio totalmente spontaneo e immotivato in mezzo alla strada. Cose che capitano».

«Esatto». Annusico una volta, in modo secco e deciso, come se essere d'accordo con lui potesse in qualche modo rendere la cosa meno umiliante. «Un momentaneo attimo di follia. Niente di più».

«Momentaneo, dici?». Lascia la parola sospesa nell'aria, rigirandosela sulla lingua come se fosse deliziosa. Poi, perché non può farne a meno, aggiunge: «Ne sei sicura?».

«Rory». Finalmente incrocio i suoi occhi, ed è un errore. Ora sono dolci; ancora scherzosi, sì, ma c'è anche qualcos'altro. Calore. Curiosità. Una sorta di gioia silenziosa che mi fa sentire come se fossi sotto un riflettore.

«Rilassati, Lara», dice dolcemente. «Non mi sto lamentando».

«Giusto. Be'. Io dovrei...» La mia voce esce strozzata, le sillabe inciampano l'una sull'altra come se stessero cercando di fuggire dalla scena del crimine prima di me. Comprensibile.

Gesticolo vagamente alle mie spalle, come se la direzione della mia fuga fosse una conclusione scontata e non qualcosa che sto inventando su due piedi. «Mi sono appena ricordata... email. Proposte dagli agenti. Emergenze editoriali». La mia bocca continua a muoversi, ma niente di ciò che dico ha senso, nemmeno per me. «Sai com'è».

«Email», ripete Rory. Le sue sopracciglia si sollevano leggermente, ma non si muove, non fa un passo indietro, non fa niente di utile tipo rendermi le cose più facili. Invece, rimane esattamente dov'è, con le braccia ancora incrociate, un'aria fin troppo divertita per uno che è appena stato colto di sorpresa da un bacio in pubblico.

«Sì. Email». Annuisco rapidamente, come se quella singola parola spiegasse tutto: la mia improvvisa mancanza di compostezza, il modo in cui il cuore mi martella contro le costole, il fatto che ho appena baciato Rory Keane. E, oh Dio, ho *baciato* Rory Keane.

«Email urgenti, che cambiano la vita», aggiungo, perché a quanto pare scavarmi la fossa da sola è il mio nuovo hobby. «E probabilmente c'è un incendio da spegnere da qualche parte. In senso metaforico».

«Ceeerto», replica lui, trascinando la parola, lasciandola grondare di divertimento.

«Okay, bella chiacchierata». Mi volto sui tacchi così velocemente che quasi mi slogo una caviglia, ma lo slancio è fondamentale. Se rallento, ricomincerò a pensare, e pensare porta a sentire, e da questo non può venire fuori niente di buono. Non quando la sensazione in questione riguarda il calore della sua mano che ancora aleggia sul mio polso, o il modo in cui le sue labbra erano... No. Non ci casco.

Inizio a mettere un piede davanti all'altro. Ogni passo è una dichiarazione: sto *lasciando questa situazione*. La giacca ondeggia leggermente nella brezza e me la stringo addosso, come se potessi proteggermi dalla consapevolezza persistente che mi pizzica sulla pelle.

«Email», dico a mezza voce, metà mantra, metà alibi. I lampioni si sfocano ai margini della mia visione, e mi concentro deliberatamente su di essi, lasciando che la loro luce soffusa mi dia un appiglio. Concentrarmi su qualsiasi cosa tranne l'elettricità che ancora mi ronza nelle vene o lo stupido e compiaciuto sorriso di Rory, ormai impresso a fuoco nella mia memoria. Perché deve avere sempre quell'aspetto? Come se fosse perennemente a cinque secondi dal rovinarti la giornata, e in qualche modo farti essere grata per questo.

Non mi volto indietro. Non oso. Perché se lo vedessi ora, se cogliessi anche solo uno scorcio di quegli occhi consapevoli, potrei letteralmente prendere fuoco. O peggio, potrei smettere di camminare. E fermarsi sarebbe catastrofico. Fermarsi significherebbe restare, e restare significherebbe affrontare quello che è appena successo. Quello che *io* ho appena fatto.

Quindi continuo a muovermi. Passi rapidi e decisi, ognuno che mi allontana dal momento in cui ho abbassato la guardia e tutto è cambiato.

Un taxi nero schizza attraversando una pozzanghera, il clacson di un'auto strombazza da qualche parte lungo la strada e tutto intorno a me sembra troppo rumoroso, troppo luminoso, *troppo*. Ma va bene. Va tutto bene. Tutto quello che devo fare è tornare a casa senza voltarmi indietro.

Naturalmente, mi volto indietro.

È un'occhiata, appena mezzo secondo, ma mi colpisce con la forza dell'impatto di un meteorite. Rory è in piedi dove l'ho lasciato, le mani infilate con noncuranza nelle tasche del cappotto, come se non avesse alcuna preoccupazione al mondo. E quel sorriso beffardo, quella curva lenta e devastante della sua bocca, si sta allargando sul suo volto. I suoi occhi scuri incontrano i miei, bloccandomi sul posto per un attimo traditore di troppo.

Oh, ma dai. Chi *ha* quell'espressione dopo essere stato colto di sorpresa da un bacio? Soddisfatto, divertito, come se stesse già archiviando il momento come una specie di vittoria. Inclina leggermente la testa, un sopracciglio inarcato in una sfida silenziosa, e so, ne sono *certa*, che sta aspettando che io mi giri e torni da lui. O forse che inciampi di nuovo sui miei stessi piedi. Entrambe le opzioni probabilmente gli rallegrerebbero la serata.

Cosa mi è saltato in mente? Seriamente, quale parte di me ha pensato che baciare Rory Keane, un uomo che si nutre di caos e fascino come le piante si nutrono della luce del sole, fosse anche solo lontanamente una buona idea?

Spoiler: nessuna parte di me ha pensato che fosse una buona idea. Non il mio cervello, non il mio cuore e di certo non la minuscola e razionale voce da editor nella mia testa che di solito mi impedisce di fare cose sconsiderate e potenzialmente rovinose per la carriera come questa. No, questo è stato puro e semplice impulso. Il tipo di impulso che trasforma le persone in aneddoti ammonitori durante gli aperitivi aziendali.

«Dio, sei un'idiota» sussurro, con la voce inghiottita dal frastuono della città. Accelero il passo, come se potessi sfuggire al ricordo degli occhi di Rory che mi scrutavano. Ma non funziona. Ovviamente non funziona. Perché la verità è che non sto scappando da Rory.

Sto scappando dal fatto che, per un folle istante che ha sfidato la gravità, ho desiderato baciarlo di nuovo.

E questo mi spaventa più di ogni altra cosa. Perché la situazione non è solo complicata, è catastrofica. Rory non è un tizio qualunque incontrato in un bar. Lui è *Rory Keane*, il mio cliente e la risorsa più importante della mia azienda. Questa non è un'avventura, né un flirt, né qualsiasi altra parola che la gente usa per giustificare le cattive decisioni. Questo è lavoro. Questo è il mio lavoro. La mia vita attentamente strutturata. E ora, a causa di un bacio impulsivo, è tutto in bilico sull'orlo della rovina.

NOVE

Chiudo la porta del mio appartamento e mi ci lascio subito scivolare contro, con il respiro corto come se avessi appena fatto dieci rampe di scale di corsa invece dei cinque minuti a piedi dalla stazione della metropolitana. Le mie dita esitano sulla serratura per un istante prima di farla scattare, come se quella barriera in più potesse in qualche modo impedire alla realtà delle ultime ore di insinuarsi dietro di me, mettendomi all'angolo e intimandomi di riflettere sul mio comportamento.

Perché, quel bacio? Quel bacio *ridicolo*, sconsiderato, assolutamente non professionale?

Non so che diavolo mi sia passato per la testa.

Mi sfilo le scarpe, attraverso la stanza con il pilota automatico, ignorando il caos di manoscritti letti a metà e penne rosse sparse sul tavolino. Il mio portatile è aperto, lo schermo illuminato, un cursore lampeggiante che attende che io torni al lavoro. Invece, prendo un bicchiere dalla mensola della cucina e lo riempio dal rubinetto, tracannando l'acqua come se potesse lavar via il calore che ancora mi sobbolle sotto la pelle.

Ma niente può cancellare la sensazione delle sue mani su di me, il modo in cui ha ricambiato il bacio come se lo volesse davvero, come se fossi qualcosa che desiderava.

Scuoto la testa, posando il bicchiere con troppa forza. *Riprenditi.*

Era solo un bacio. Un momento di... cosa? Debolezza? Impulso? Scarsa capacità di giudizio?

Premo i palmi contro il bordo freddo del bancone, costringendomi a respirare, a essere razionale... ma il problema è che non sono stata razionale, là fuori. Sono stata sconsiderata, e io non *sono* sconsiderata. Non mi lascio travolgere dal momento. Non prendo l'iniziativa per *niente* senza averci pensato bene. Eppure, eccomi lì, a intrecciare le dita tra i capelli di Rory Keane e a tirarlo a me come l'eroina di un romanzo rosa nella scena della dichiarazione del terzo atto.

Chiudo forte gli occhi. È un disastro.

Non avrei mai dovuto permettermi di rimanere sola con lui in quel modo. Non avrei mai dovuto abbassare la guardia, neanche per un secondo, neanche per un bacio. Perché adesso? Adesso sono nei guai.

Il telefono vibra sul tavolo e mi si stringe lo stomaco mentre guardo lo schermo. Non è Rory. Solo Danny.

Un'ondata di sollievo mi pervade, il che è stupido. Perché mai Rory dovrebbe mandarmi un messaggio? Probabilmente non ha dedicato a quel bacio neanche la metà dei pensieri che ci ho dedicato io.

Ed è questo il vero problema, no?

Perché se dicessi qualcosa adesso — se tirassi fuori l'argomento, se ammettessi che per me *ha significato* qualcosa — sarei io la stupida. Quella *disperata*. E mi rifiuto di essere quella che confonde un momento di attrazione per qualcosa di più.

Non di nuovo. Non dopo James. Non dopo essere rimasta in piedi in una cucina tre anni fa, con in mano una partecipazione di nozze, a chiedermi come diavolo avessi potuto credere in qualcosa che non è mai esistito.

Emetto un respiro, lento e controllato. Qualunque cosa sia — qualunque cosa *quello* sia stato — non importa.

Perché Rory Keane è solo un lavoro, e io sono una professionista.

Prendo il telefono e rispondo a Danny:

Ehi, sto andando a letto. Ci sentiamo nel
weekend. Tutto bene, baci.

Non sono pronta a entrare nei dettagli. Non ho ancora elaborato del tutto le implicazioni, e l'ultima cosa di cui ho bisogno è l'aria da "te l'avevo detto" di Danny, anche via messaggio. Per assicurarmi un blackout delle comunicazioni, ficco il telefono in profondità tra i cuscini del divano e ci crollo sopra.

Ma è impossibile rilassarsi. Rivivo la serata ancora e ancora, sperando di poter sia alterare il risultato sia provare di nuovo quelle sensazioni.

È solo desiderio. È sempre e solo quello. Rimane sempre e solo quello.

Perché, l'amore? L'amore è tutta un'altra cosa. Qualcosa che promette il per sempre ma trova sempre un modo per andare in pezzi.

Ho imparato la lezione a mie spese.

L'ultima volta che mi sono permessa di credere nel per sempre, ero in un appartamento proprio come questo, un anello di fidanzamento al dito, la voce roca per parole che non hanno cambiato niente.

In piedi in cucina, James proprio di fronte a me, braccia conserte, mascella contratta, occhi fissi sul pavimento come se fosse già con un piede fuori dalla porta.

E forse lo era. Forse se ne stava andando da mesi. Forse ero solo io a non prestare attenzione.

«Non so cosa vuoi che ti dica», dice lui alla fine, con voce tagliente.

Mi aggrappo al bancone per non tremare. «Potresti iniziare con la verità.»

Lui emette una risata vuota, passandosi una mano tra i capelli. «La verità? La verità è che hai già deciso come andrà a finire questa conversazione, Lara.»

Sussulto, non per le sue parole, ma per quanto suonino giuste. Come se mi conoscesse meglio di quanto io conosca me stessa.

«Semplicemente non capisco come siamo arrivati a questo punto», dico, odiando il modo in cui la mia voce trema. Odiando il fatto che lo sto *implorando*.

James espira platealmente, facendo un passo indietro come se stesse cercando di allontanarsi fisicamente dal peso di questa conversazione. «Lara, è da un pezzo che siamo a questo punto.»

Le parole mi arrivano come uno schiaffo.

«No, *tu* non ci sei stato» sbotto. «Ti sei allontanato, hai accampato scuse, mi hai trattata come se fossi... solo... *qui*...»

«Ma tu *sei* solo qui!» mi interrompe lui, con la frustrazione che trabocca. «Sei sempre qui. Seduta alla tua scrivania, sepolta nel lavoro, a correggere le parole di tutti gli altri, ma senza mai dire una stramaledetta parola su quello che *vuoi* davvero.»

Faccio un passo indietro, vacillando. Le sue parole mi colpiscono, fin troppo vicine alla realtà, fin troppo vere.

«Non è giusto.»

«Ah no?» La sua voce si addolcisce, ma non in un modo che conforta. In un modo che mi fa capire che questo momento, questa *fine*, è già stata decisa.

Serro le labbra, deglutendo il nodo che ho in gola.

«James» dico, con un filo di voce. «Se non vuoi più stare qui, dimmelo e basta.»

A quel punto mi guarda, mi guarda davvero, e io so, *so* cosa sta per succedere.

«Lara, credo che per noi sia finita.»

Annuisco, anche se mi sembra che il pavimento mi sia stato strappato da sotto i piedi.

«Giusto.» La mia voce è piatta, fredda, come se sapessi che era inevitabile. «Quindi... è tutto qui?»

James esita. «Non volevo che finisse così.»

«E allora perché è finita così?»

Non risponde. Forse non ha una risposta.

O forse ce l'ha, e sono io a non volerla sentire.

Il silenzio si allunga tra di noi. È la conversazione più onesta che abbiamo avuto da mesi.

Alla fine, James sospira. Prende il cappotto dalla sedia, se lo getta sul braccio e indugia per una frazione di secondo di troppo. Come se aspettasse che io cambiassi idea. Come se aspettasse che io lo fermassi.

Non lo faccio.

Perché l'amore non basta.

Perché non importa quanto tu voglia che qualcuno resti, a volte... non lo fa.

A volte, non ha mai avuto intenzione di farlo.

La porta si chiude alle sue spalle e io lascio andare un respiro.

E così, di punto in bianco, smetto di credere nell'amore.

Perché non è reale. Non nel modo in cui lo descrivono i libri.

È lussuria, attrazione, alchimia... chiamala come vuoi. Ma il vero amore? Quello che dura? Quello che non svanisce nel nulla o va in pezzi non appena la vita diventa scomoda?

Quella è finzione.

E io, per quanto mi riguarda, preferisco mantenere le mie aspettative *realistiche*.

Il ricordo persiste ancora, come l'odore di toast bruciato in cucina molto tempo dopo che i resti carbonizzati sono stati gettati nel bidone della spazzatura fuori.

Sono rannicchiata sul divano, un bicchiere di vino in una mano, cercando di non recuperare il telefono da sotto il cuscino, resistendo alla ridicola tentazione di mandare un messaggio a Rory. *Niente di significativo, ovviamente. Giusto qualcosa di leggero. Casuale.*

Qualcosa che non renda ovvio che ho passato l'ultima ora a rivivere la scena del bacio.

Che diavolo sto facendo?

Rovescio la testa all'indietro contro i cuscini e gemo. Non posso credere di averlo permesso. *L'ho baciato.* Ho iniziato io. Non è stato un qualche momento di romantica serendipità in cui siamo stati travolti da forze al di là del nostro controllo. *No. Sapevo esattamente cosa stavo facendo*. E l'ho fatto lo stesso.

Porto le ginocchia al petto, cercando di raggomitolarmi per diventare più piccola, per occupare meno spazio. Come se potessi ridurre fisicamente i miei sentimenti a qualcosa di gestibile.

Perché questo? Questo non è gestibile. Questo è un problema.

So come finisce questa storia.

L'ho imparato con James. L'ho visto con i miei genitori, che si girano ancora intorno come coinquilini piuttosto che come partner. L'amore, quello vero, *non dura*. Inizia con la passione, con l'alchimia, con un insopportabile *bisogno* di stare insieme, e poi... svanisce. Si raffredda. Diventa qualcosa di stantio o, peggio, di amaro.

E l'idea di permettere che accada di nuovo, di lasciare che qualcuno si avvicini abbastanza da ferirmi di nuovo in quel modo? No. Assolutamente no.

Scommetto che Rory non se ne sta seduto ad analizzare il nostro bacio, a chiedersi cosa significhi. Che sta benissimo, a battere sulla tastiera il suo manoscritto, *senza pensare affatto a me*.

E perché dovrebbe?

Non è questo tipo di cosa, mi ricordo. Lui non è quel tipo di ragazzo. Rory Keane è divertente. È un flirt. È temporaneo.

Ed è perfetto. È esattamente quello di cui ho bisogno.

Non il tipo di cosa complicata, da innamoramento folle e improvviso, che ho giurato non avrei mai più fatto.

Bevo un altro sorso di vino e scaccio dalla mente il ricordo di James, di quella conversazione finale, degli anni che ho passato a convincermi che saremmo stati per sempre.

Questa volta non farò lo stesso errore.

Questa volta sarò più *intelligente*.

Non lascerò che i sentimenti si mettano di mezzo.

Non *posso*.

Appoggio il bicchiere di vino con più forza del necessario e il suo incontro con il tavolino produce un sonoro "clink".

Basta.

Questa spirale finisce ora.

Mi alzo, allungando le braccia e le gambe come per scrollarmi di dosso il peso dei ricordi. La stanza è in penombra, il ronzio della città fuori è una presenza costante e stabile. Espiro, lentamente e in modo controllato, e mi dirigo dritta alla scrivania. Se il mio cervello insiste a ossessionarsi per Rory, allora canalizzerò quell'energia in qualcosa di produttivo.

Il manoscritto. La cosa su cui avrei dovuto concentrarmi fin dall'inizio.

Sfoglio i miei appunti, scorrendo le ultime pagine che mi ha mandato Rory, ignorando la leggera stretta allo stomaco al pensiero di lui.

Perché è solo questo. Una reazione fisica. Un'attrazione passeggera.

E io so come compartimentalizzare.

Mi fermo su un passaggio: una confessione romantica di Oliver a Sophie.

«Non so quando sia successo, ma è successo. Un giorno, eri semplicemente lì. E ora non riesco a immaginare una vita in cui tu non ci sia.»

Deglutisco, serrando le labbra. Troppo sentimentale. Il tipo di frase che fa credere alla gente che l'amore sia inevitabile.

Lo sostituisco con qualcosa di più sicuro, di più logico.

«Mi piace stare con te. Per me è abbastanza.»

Molto meglio.

Vado avanti, respingendo i pensieri che si aggrappano ai margini della mia mente. È questo che faccio. Io sistemo le cose. Le rendo più pulite, più lineari, meno pericolose.

Ed è esattamente così che gestirò Rory Keane.

Ci siamo baciati. Tutto qui. Non deve significare nulla.

Domani lo vedrò. Parleremo del libro.

Traccerò una linea tra di noi e mi assicurerò che nessuno dei due la oltrepassi di nuovo.

Chiudo la cartellina del manoscritto, impilandola ordinatamente sulla mia scrivania. Ogni cosa è al suo posto. Il libro. I miei pensieri. La mia determinazione.

Eppure...

Le mie dita si soffermano sulla cartellina, esitanti. Il mio battito cardiaco è regolare, controllato, ma c'è qualcosa al di sotto. Un barlume di qualcosa a cui non voglio dare un nome.

Perché quando ho baciato Rory, è stato *diverso*.

Non solo sconsiderato, non solo calore o attrazione o un momento di scarsa lucidità.

Qualcosa di più profondo. Qualcosa di pericoloso.

E questo lo rende dieci volte più terrificante.

Devo andare a letto, lasciarmi alle spalle la giornata di oggi, e soprattutto la serata. Non riprenderò quella strada. Non posso.

Mi alzo dal divano e cerco l'interruttore della luce, spegnendola con più forza del necessario.

Questo non è amore. È lussuria.

E finché me lo ricorderò, andrà tutto bene.

È sabato pomeriggio e il ronzio ritmato della mia tastiera è l'unico suono nel mio salotto, a parte il sospiro infastidito che mi lascio sfuggire di tanto in tanto quando una frase si rifiuta di collaborare. Le mie dita si librano sui tasti, ora immobili, mentre fisso il cursore lampeggiante sui nuovi capitoli che Rory mi ha mandato.

«Pensa solo a lavorare», borbotto a mezza voce, cercando di convincermi. Gli occhiali mi scivolano sul naso e li tiro su, un rito che sembra accadere più spesso quando sto revisionando il suo materiale. Una coincidenza? Improbabile.

Scorro di nuovo il documento, esaminando la scena che lui aveva tanto insistito per "ricercare" insieme. La coppia di finzione, versioni appena velate di noi, con mia grande mortificazione, è nel bel mezzo di un battibecco, i loro dialoghi scoppiettanti di un flirt mascherato da rivalità. È fastidiosamente ben scritto. Peggio, mi è vertiginosamente familiare. Sento la voce di Rory in ogni riga, vedo il modo in cui i suoi occhi si increspano agli angoli quando è particolarmente soddisfatto di sé. Il ricordo del suo sorriso sghembo di ieri sera mi punzecchia come una gomitata nelle costole.

«Smettila», mi ordino, scuotendo la testa così forte da far oscillare la coda di cavallo. «Non si tratta di lui. Si tratta del lavoro.»

Ma il problema è che non si tratta solo del lavoro. Non più. Ci siamo baciati. Ci siamo baciati davvero, e sono stata io a iniziare. Rory Keane è riuscito a incunearsi nel mio cervello come una scheggia che non riesco a togliere. E forse non voglio neanche.

Il pensiero mi sconvolge a tal punto che per poco non faccio cadere la tazza di caffè dalla scrivania. La afferro appena in tempo, le dita che si stringono attorno alla ceramica come se tenersi ad essa potesse darmi stabilità. Il caffè è sicuro. Prevedibile. Rory non è nessuna delle due cose.

«Concentrati», sussurro, fissando lo schermo. Il cursore mi risponde lampeggiando, inutile come sempre.

Il telefono vibra accanto alla tastiera, facendomi sussultare. Guardo la notifica. Un messaggio di Danny:

> Come procede il manoscritto del border collie?
> Stai ancora resistendo al suo ovvio fascino, o
> devo iniziare a pianificare l'hashtag per il vostro
> matrimonio?

«Uff», gemo, ma non posso fare a meno di trattenere una risata. Certo che Danny avrebbe sentito *una perturbazione nella Forza*. Non sono ancora pronta a dirgli niente e digito velocemente una risposta:

> Va tutto bene. Tutto a posto. Nessun bisogno di
> resistere al fascino.

Una palese bugia, ma un giorno mi perdonerà.

Non appena premo invio, compare un altro messaggio. Questo non è di Danny. È di Rory:

> Stai ancora pensando a ieri sera? Non
> preoccuparti, inizierò a pianificare la nostra
> prossima sessione di ricerca. Prego.

Fisso lo schermo, sentendo il calore che mi sale lungo il collo. La sfacciataggine di quest'uomo. Ma anche... la sfrontatezza del mio stupido cuore che perde un battito alla vista del suo nome che illumina il mio telefono.

Dovrei ignorarlo. Fingere di non averlo visto. Meglio ancora, rispondere con qualche commento pungente che chiarisca che quello che è successo ieri è stato certamente un caso isolato. Invece, il mio pollice si libra sulla tastiera, indeciso.

«Non abboccare», mi dico con fermezza. «*Non* abboccare.»

Eppure, contro ogni buon senso, o forse proprio per questo, mi ritrovo a digitare una risposta.

> Curiosità professionale. Era solo questo. Non lusingarti, Keane.

Premo invio prima di poterci ripensare, pentendomi all'istante di quanto suoni malizioso. Flirtare non era l'obiettivo. L'obiettivo erano i confini professionali. Giusto?

I puntini che indicano che sta scrivendo compaiono all'istante. Appoggio il telefono a faccia in giù sulla scrivania, determinata a non concedergli altro spazio nella mia testa per oggi. Tranne che, ovviamente, lo riprendo in mano trenta secondi dopo.

> Lusingato comunque

> Goditi i nuovi capitoli, Lara. La tua metodologia di ricerca mi ha aiutato molto.

«Maledetto.» Eppure, mi sorprendo a sorridere. *Maledetto.*

Chiudo il portatile con uno scatto deciso, appoggiandomi allo schienale della sedia e fissando il soffitto. Doveva essere semplice. Revisionare il libro. Mantenere un rapporto professionale. Ignorare l'attrazione magnetica del ridicolo carisma di Rory Keane.

Sto fallendo clamorosamente su tutta la linea.

«Solo lavoro», dico ad alta voce un'ultima volta, ma le parole suonano vuote adesso. Perché in fondo, conosco la verità. Niente di tutto questo sembra più *solo lavoro*. Quel bacio non è stato solo un errore. È stato un cambiamento, uno spostamento tettonico, e ora non si può più tornare indietro.

Giuro a me stessa che tutte le future riunioni editoriali si terranno online; non c'è assolutamente bisogno che siamo nella stessa stanza. È tutto assolutamente gestibile da remoto.

DIECI

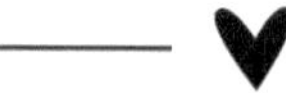

La ghiaia scricchiola sotto i piedi mentre trascino a fatica la valigia lungo lo stretto sentiero del giardino, con la borsa del portatile che mi sbatte contro il fianco a ogni passo maldestro. Il cottage si profila davanti a me: caratteristico, pittoresco e decisamente irritante. Certo che Fiona doveva pensare che fosse una buona idea. Niente urla «collaborazione professionale» più di isolare due persone in un rifugio di campagna con un Wi-Fi discutibile e una sfilza di decisioni sbagliate.

Ovviamente, Fiona non sa del bacio della settimana scorsa.

Ovviamente, non potevo dirle il vero motivo per cui non volevo andare nel Somerset.

E quindi, ora sono qui. Ovviamente.

«Incantevole, non trovi?» la voce di Rory mi arriva da sopra la spalla, fin troppo divertita per i miei gusti. Mi segue a ruota, la sua valigia che rotola senza sforzo, perché ovviamente è così.

«Incantevole» ripeto seccamente, stringendo il manico della borsa come se potesse mettere le ali e volare via se lo lasciassi andare. «Se ti piacciono le cose leziose e la vicinanza forzata.»

«La vicinanza forzata può essere divertente» dice, superandomi con disinvoltura sui gradini che portano alla porta d'ingresso. «Dipende dalla compagnia.»

Ingoio la risposta tagliente che mi ribolle in gola e lo seguo dentro, decisa a non lasciarmi coinvolgere. L'aria profuma leggermente di lavanda e di legno invecchiato, il tipo di fragranza che si trova nelle candele troppo costose destinate a donne che non hanno mai conosciuto lo stress. È fastidiosamente rilassante, il che mi irrita ancora di più.

Rory sta già ispezionando l'ambiente, con le mani in tasca, emanando una sicurezza rilassata che si irradia da lui come la luce del sole. Odio vederlo così a suo agio, come se fosse al posto suo, come se tutta questa ridicola messinscena fosse un grande scherzo che intende godersi fino in fondo. Nel frattempo, io sono ferma all'ingresso, aggrappata alle mie cose come un mulo da soma impazzito, cercando di non inciampare sul pavimento irregolare in pietra.

«Accogliente» dichiara, voltandosi verso di me. «Cosa ne pensi?»

«Che addebiterò a Fiona i danni morali» brontolo, superandolo per requisire la prima superficie disponibile come mio spazio di lavoro. Il tavolo da pranzo andrà bene: solido, funzionale e convenientemente lontano dal camino, dove Rory si è già spaparanzato su una poltrona come una specie di dandy letterario.

Mentre tiro fuori il portatile e sistemo i miei taccuini con precisione chirurgica, sento i suoi occhi addosso. Il suo sguardo ha un peso, un calore che mi fa venire la pelle d'oca sotto la giacca. Tengo gli occhi fissi sul tavolo, fingendo di non notarlo.

«Ti serve una mano a sistemarti?» offre, con un tono leggero ma velato di qualcosa che suona come una sfida.

«Credo di potercela fare a collegare un portatile senza aiuto, grazie» rispondo, sistemandomi gli occhiali e mantenendo la concentrazione fissa sullo schermo. Le dita aleggiano sulla tastiera, anche se non sto ancora scrivendo nulla. Ho solo bisogno di sembrare impegnata. Distratta. Disinteressata.

«Come vuoi.» Sento il fruscio di lui che si muove sulla sedia, seguito da una risatina che mi fa venire il nervoso. «Diventi sempre così seria quando collabori con qualcuno, o questo trattamento è riservato solo a me?»

«Alcuni di noi prendono il proprio lavoro sul serio» dico, alzando finalmente lo sguardo giusto il tempo di lanciargli un'occhiata eloquente.

«Ah, quindi io sono speciale.»

«Speciale è una parola per descriverti» borbotto, concentrandomi di nuovo sull'allineare i bordi del mio taccuino con precisione militare. Se tengo le mani occupate, forse riuscirò a distrarmi dal ricordo delle sue labbra sulle mie, dal modo in cui il mio cuore aveva perso un battito in quella frazione di secondo prima che la logica intervenisse a rovinare tutto.

«Dai, Lara» dice dopo un attimo, la sua voce più morbida ora, quasi suadente. «Non è poi così male, no? Una piccola gita in campagna, aria fresca, un po' di collaborazione creativa...»

«Limitiamoci alla collaborazione» lo interrompo. Lui inarca un sopracciglio, ma non insiste, e di questo gli sono grata.

Rory si avvicina lentamente e si unisce a me al tavolo da pranzo. Sembra irritantemente imperturbabile, come se fossimo qui per una chiacchierata informale piuttosto che per un'operazione chirurgica sul disastro che è il suo secondo atto.

«Okay» dico, rompendo finalmente il silenzio. «Iniziamo dal problema più ovvio.»

«Ti prego, fai pure» risponde lui con nonchalance, facendomi un gesto con la mano libera come per invitarmi a distruggerlo. La sua sicurezza, giuro, è sia estenuante che... No, è solo estenuante.

«Il tuo protagonista, Oliver» – enfatizzo il nome come se fosse un affronto personale – «passa metà del secondo atto, quando non è impegnato in inseguimenti in auto ed esplosioni, a struggersi per essere stato lasciato, ma dovremmo credere che si stia innamorando di un'altra. È emotivamente incoerente. Non puoi avere profondità se rimani in superficie.»

«Ah, sì» dice Rory, annuendo solennemente. «La profondità. Nemica giurata di un buon struggimento.»

«Rory» sbotto, «sono seria. Stai evitando il lavoro emotivo. Oliver deve davvero *provare* qualcosa che vada oltre l'autocommiserazione. Altrimenti, i tuoi lettori non si berranno la storia d'amore.»

«Ma se il crogiolarsi di Oliver fosse parte del punto? Forse ha paura di provare qualcosa di reale perché lo rende vulnerabile. La vulnerabilità è terrificante, Lara. Non sei d'accordo?»

«La vulnerabilità rende un personaggio riconoscibile» ribatto con calma. «Ma solo se è guadagnata. Al momento, Oliver sembra un adolescente imbronciato che non sa cosa vuole.»

«Mi suona familiare» dice Rory a mezza voce, abbastanza forte da farsi sentire.

«Come scusa?»

«Niente» dice lui con fare innocente. «Seriamente, però, pensi che la mancanza di profondità emotiva sia il problema più grande?»

«Uno dei tanti» ammetto, tenendo gli occhi sul manoscritto. «Anche il ritmo è sbagliato, e alcuni dei nuovi dialoghi sembrano... forzati. Come se stessi cercando troppo di fare il brillante.»

«Credo di aver perso un po' la bussola. È stato strano non incontrarci di persona la settimana scorsa per lavorare alla revisione. Mi è mancato, sai. Lavorare con te.»

«Lavorare con me o discutere con me?» chiedo, sospettosa.

«C'è differenza?» scherza lui, ma c'è una vena di sincerità nel suo tono.

«Torniamo a Oliver» dico con fare svelto. «Ha bisogno di un arco emotivo chiaro. Inizia a chiederti di cosa ha paura. Che cosa lo frena?»

«La paura del rifiuto, forse.» La risposta di Rory arriva in fretta, ma i suoi occhi indugiano su di me un po' troppo a lungo, come se stesse sondando il terreno. «O la paura di essere ferito di nuovo. È qualcosa in cui ci si può ritrovare, no?»

«Certo» rispondo. «Basta che non diventi una scusa per evitare una crescita. I lettori vogliono vederlo evolvere, non stagnare.»

«Va bene» concede. «E se le scrivesse una lettera? Qualcosa di crudo, non rifinito. Vulnerabile.»

«Finalmente» dico, esalando un sospiro come se avessi aspettato da sempre che arrivasse a questa ovvia conclusione. «Ora sì che ci siamo. Ma deve essere guadagnato. Niente cliché sui tramonti o paragoni tra i suoi occhi e le pietre preziose.»

«Nemmeno gli zaffiri?» mi stuzzica lui.

«Soprattutto gli zaffiri.»

«Ok, capito. Anche se, per la cronaca, penso che sia una frase pazzesca.» Tira fuori il portatile e inizia a scrivere, e il nostro ritmo di prima si ristabilisce lentamente mentre ci scambiamo idee. È quasi... divertente, lavorare così. Quando non è insopportabilmente compiaciuto, Rory ascolta davvero. E quando non sono ipercritica, potrei persino apprezzare il modo in cui le nostre menti si incastrano. È una produttività da impazzire. Quasi pericoloso, a dire il vero.

Con Rory completamente immerso nella riscrittura del finale del primo atto, ne approfitto per andare a curiosare di sopra. I miei timori iniziali che Fiona non avesse pensato a controllare che ci fossero due camere da letto vengono rapidamente fugati. Ce ne sono due e sono entrambe bellissime. È puro stile cottage-core e me ne innamoro all'istante. Rivendico la più piccola delle due. Non perché mi senta particolarmente magnanima, ma perché è quella con il bagno in camera. Da quando sono entrata nei trent'anni, due anni fa, ho scoperto che la mia vescica di notte diventa iperattiva, e l'ultima cosa di cui ho bisogno è essere vista nelle prime ore del mattino mentre corro di ritorno dal bagno in comune in pigiama.

Ci metto solo qualche minuto a disfare la valigia e il cottage mi sembra subito una seconda casa. Mi stendo sul copriletto per riposare gli occhi e, complice la levataccia e il lungo viaggio in auto, mi addormento.

Quando mi sveglio, sono piena di energia ed entusiasmo, e scendo le scale di corsa con una gran voglia di tisana. Rory è immerso nella scrittura di nuovo materiale, quindi cerco di non disturbarlo; sfoglio invece la piccola ma eclettica selezione di libri di cucina allineati accanto al bollitore.

Con una ricetta per la tajine mandata a memoria e la solenne promessa di provare a cucinarla questa settimana, mi siedo al tavolo della cucina e mi stiro, cercando di sciogliere alcuni nodi alla schiena.

Rory imita il mio movimento, solo che invece di stiracchiarsi, inclina la sedia all'indietro su due gambe, in equilibrio precario.

«Non farlo» lo ammonisco automaticamente. «Ti spaccherai la testa e non sarò io a portarti in ospedale.»

«Buono a sapersi che posizione occupo per te.» Lascia che la sedia torni a poggiare su tutte e quattro le gambe con un tonfo, poi incrocia le braccia dietro la testa. «Allora... a proposito di quel bacio.»

L'aria tra noi cambia così all'improvviso che giurerei di averlo sentito. La mia schiena si irrigidisce. «*Quale* bacio?»

«Dai, non te lo sei dimenticata.»

«Certo che no, ma è irrilevante.»

«Davvero? Perché io non credo affatto che lo sia.»

«Beh, ti sbaglieresti. Siamo qui per lavorare, ricordi? Non per rivangare un... un errore di valutazione.» La mia voce vacilla leggermente sulle ultime parole, e mi odio per questo.

«Scelta di parole interessante.»

«Lascia perdere, Rory.»

«D'accordo. Se insisti. Torniamo al lavoro, allora?»

«Torniamo al lavoro» ripeto, costringendomi a concentrarmi di nuovo sulla pagina. Ma la tensione rimane, elettrica e irrisolta, vibrando nell'aria tra noi.

«Intesa» dice lui all'improvviso, rompendo il silenzio come un sasso gettato nell'acqua ferma.

Alzo lo sguardo, accigliata. «Che c'entra?»

«Nel libro» chiarisce, anche se il modo in cui il suo sguardo guizza verso di me suggerisce che non sta parlando *solo* del libro. «Prima hai detto che alla storia d'amore manca intesa. Che sembra... piatta.»

«Sì, perché è così» rispondo, con la mia voce da editor che si attiva automaticamente. «Le interazioni tra i tuoi protagonisti sono ancora troppo superficiali. Non c'è una vera scintilla, nessuna della profondità emotiva degli altri tuoi libri. Stanno solo...» faccio una pausa, cercando la parola giusta. «Recitando una parte.»

«Allora risolvimi questo dilemma. Pensi che l'intesa si possa creare? O è qualcosa che deve già esistere?»

«Stiamo davvero facendo questa conversazione?»

«Perché no? È pertinente.» Si alza e inizia a camminare avanti e indietro. «Se il problema con Sophie e Oliver è la mancanza di un'intesa credibile, forse dovremmo esaminare cosa la rende credibile.»

«Buona fortuna. L'intesa, ironia della sorte, non è un esperimento scientifico, Rory. Non puoi semplicemente...» agito vagamente la penna, «...progettarla a tavolino.»

«Sono d'accordo, non è scienza. È connessione umana. Disordinata, complicata, imprevedibile. Non è questo che dici che devo catturare sulla pagina?»

Il secondo atto del suo manoscritto è effettivamente piatto. La storia d'amore manca di vita, di spontaneità. Sembra troppo studiata, troppo provata, come se i personaggi stessero recitando le loro parti invece di viverle. E se devo essere onesta con me stessa (un grosso *se*), ho passato più notti di quante voglia ammettere a fissare il soffitto, chiedendomi perché mi importi così tanto di sistemarlo. Chiedendomi perché il suo fallimento lo senta così personale.

«Smettila.»

«Di fare cosa?»

«Di avere senso.»

Rory ride, si alza e si versa da bere.

Strizzo gli occhi. «Hai quello sguardo.»

Rory si appoggia al bancone di fronte a me, tutto una sicurezza indolente, mescolando lo zucchero nel tè come se non stesse per dire qualcosa di ridicolo. «Quale sguardo?»

«Quello che di solito precede un'idea terribile.»

Lui sorride, portandosi la tazza alle labbra. «E se fosse un'idea fantastica?»

«Altamente improbabile.»

Mi studia per un momento, come se stesse valutando il suo approccio, poi posa la tazza con un clic deciso. «Ovviamente qui c'è qualcosa.»

Inarco un sopracciglio. «Qualcosa?»

«Lo sai.» Fa un gesto con la mano tra di noi, con la massima disinvoltura. «Intesa. Tensione. Tutta quella faccenda del 'lo faranno o non lo faranno?' attorno a cui stiamo danzando da quando ci siamo baciati l'altra sera.»

Sbuffo, ignorando il calore che mi punge la pelle al ricordo. «Non mi ero accorta che stessimo danzando attorno a qualcosa.»

«Oh, eccome se lo siamo.» Inclina la testa, come se si stesse divertendo fin troppo. «E invece di combatterla, ti propongo di... assecondarla.»

Sospiro, premendomi le dita sulle tempie. «Assecondarla?»

Fa un gran sorriso. «Amici di letto.»

Lo fisso, sbattendo le palpebre. «Stai scherzando.»

«Sono serissimo.» Incrocia le braccia, imitando la mia postura. «Siamo incastrati insieme per le prossime quattro settimane, a lavorare su questo libro. Tu sei la mia editor. Io, il tuo disastroso e riluttante manoscritto. C'è attrazione... lo sappiamo entrambi. Quindi perché non divertirci un po' nel frattempo? Niente impegno, niente complicazioni.»

Lo scruto, in attesa della battuta finale. Che non arriva.

«Pensi che andare a letto insieme ti aiuterà a finire il libro?»

Trasalisce. «Non la metterei proprio in questi termini.»

«E tu come la metteresti?»

«Direi che entrambi otteniamo qualcosa da questo accordo.»

Mi lascio sfuggire una risata secca. «Stai davvero usando la scrittura come scusa per fare sesso?»

«Non una scusa,» dice, con un sorrisetto. «Più un incentivo.»

Scuoto la testa, sorseggiando l'ultimo fondo del mio tè, cercando di guadagnare tempo prima di fare qualcosa di ridicolo, come prenderlo davvero in considerazione.

«E quando inevitabilmente ci scoppierà tutto in faccia?» chiedo.

Fa spallucce, per nulla infastidito. «Non succederà. Siamo entrambi adulti. Niente aspettative, niente pressioni. Solo... un esperimento di chimica.»

Alzo gli occhi al cielo. «Sei una vera piaga.»

«Tu dici così, ma ci stai pensando.»

Maledizione, è vero.

«Scusa,» dice, senza sembrare affatto dispiaciuto. «È una brutta abitudine. Fa parte del pacchetto, immagino.» Gesticola vagamente, come se la sua intera esistenza fosse un lungo esercizio di persuasione senza sforzo. «Ma seriamente, cosa ti frena? Hai paura di perdere il controllo?»

«Il controllo non è il problema,» mento, incrociando le braccia. «Qui si tratta di professionalità. Di confini.»

«I confini possono essere flessibili,» ribatte lui, con voce bassa e suadente. «Specialmente quando portano a un'arte migliore.»

«Rory, sei incredibile.»

«Grazie,» risponde, sorridendo come se gli avessi appena fatto un complimento. «Senti, capisco... sei cauta. Prudente. Ma a volte, Lara, correre dei rischi è l'unico modo per creare qualcosa di straordinario.»

«Rischi,» ripeto, mentre la mia mente scorre i mille modi in cui questa cosa potrebbe andare spettacolarmente a rotoli. La mia reputazione rovinata, i miei sentimenti aggrovigliati in un pasticcio, e una di noi, *cioè io*, con il cuore spezzato; un errore che ho giurato di non commettere mai più dopo James. Ma poi c'è un altro pensiero, più silenzioso, più difficile da ignorare: *E se avesse ragione?*

«Pensaci,» dice, la sua postura ingannevolmente rilassata mentre il suo sguardo resta fisso sul mio. «Tu mi sproni, io ti sprono. Manteniamo la professionalità durante le ore di lavoro, e dopo...» Lascia la frase in sospeso, facendola aleggiare in modo provocante.

«E dopo, cosa?»

«Dopo, vediamo cosa succede,» conclude, il suo sorriso che si allarga. «Senza legami. Solo... per il bene del libro, ovviamente.»

«Ovviamente,» gli faccio eco debolmente, anche se nulla di tutto questo sembra ovvio. O sicuro. O sensato.

«Andiamo, Yates.» La sua voce si addolcisce, scherzosa, ma non scortese. «Sei la migliore editor con cui abbia mai lavorato. Lasciami dimostrare che posso essere all'altezza della situazione. Letteralmente.» Fa un risolino e io gemo, nascondendomi il viso tra le mani.

Dio, aiutami, penso, anche se, se sia una preghiera o una maledizione, non saprei dirlo.

«E va bene,» dico, la parola che mi viene strappata di bocca come se fosse stata levata con un piede di porco. Ho le braccia così strette sul petto che mi sorprendo di non essermi lussata qualcosa. «Lo *prenderò in considerazione*.»

«In considerazione?» ripete Rory, le sopracciglia che si sollevano in finta incredulità, il suo sorriso che fa quella cosa che lo fa sembrare sia fanciullesco che fin troppo sicuro di sé. «Lara Yates, hai appena accettato di essere... reciprocamente vantaggiosa?»

«Non tirare troppo la corda.» Gli lancio un'occhiataccia che farebbe sussultare la maggior parte degli uomini. Rory, ovviamente, sembra solo più divertito.

«Non corda. Solo chimica.» La sua voce si abbassa leggermente, e c'è qualcosa nel modo in cui lo dice – dolce, scherzoso, ma anche intenzionale – che mi provoca un involontario sfarfallio nel petto.

«Confini,» annuncio, ignorando qualunque cosa fosse quella. Schiocco le dita per dare enfasi, come se stessi chiamando all'ordine questa ridicola riunione. «*Se*, e questa è un'ipotesi, se lo facciamo, ci saranno delle regole.»

«Regole.» Annuisce solennemente, anche se il tic all'angolo della bocca lo tradisce. «Adoro le regole.»

«Chissà perché, ma ne dubito.» Mi sistemo gli occhiali, soprattutto per non doverlo guardare dritto negli occhi quando dico la parte successiva. «Questa cosa resta separata dal lavoro. Completamente. Il manoscritto viene prima di tutto. Se questo,» gesticolo vagamente tra di noi, come a indicare un invisibile e idiota accordo che fluttua nell'aria, «si mette di mezzo, finisce tutto. Immediatamente.»

«Capito.» Sorseggia il suo drink, osservandomi con troppa insistenza adesso. È snervante, il modo in cui Rory mi guarda, come se non fossi solo un insieme di regole editoriali e confini professionali, ma una persona vera. Preferisco quando la gente si attiene alla prima definizione.

«Inoltre,» continuo, schiarendomi la gola, «niente effusioni in pubblico. La discrezione non è negoziabile.»

«Discrezione.» Rory alza lo sguardo, fingendo di soppesare la cosa. «Quindi niente scritte "Rory + Lara" sulla porta di nessun bagno? Niente urla "Tu mi completi" dai tetti?»

«Esatto.» Lo fulmino con uno sguardo eloquente. «E se mi

chiami "tesoro" o "piccola" anche solo una volta, tu e il tuo libro sarete davvero abbandonati a voi stessi.»

«Annotato.» Fa un sorrisetto, ma la sua espressione si addolcisce, appena percettibilmente. «Altro, o sono ufficialmente autorizzato a considerare questa la migliore idea che abbia mai avuto?»

«Non correre troppo,» dico, abbassando lo sguardo sul taccuino di fronte a me. Lo apro e comincio a scarabocchiare cose senza senso, qualsiasi cosa pur di non guardare l'uomo che è appena riuscito a convincermi a... cosa, esattamente? Un accordo? Un disastro annunciato? Entrambi?

«Ehi,» dice Rory dopo un attimo, il suo tono più pacato ora, meno giocoso. «Grazie per la fiducia. So che è... complicato.»

Complicato non rende neanche lontanamente l'idea, ma non lo correggo. Invece, alzo lo sguardo e colgo sul suo viso un'espressione che non riconosco. Non il sorriso spavaldo, non il sorrisetto affascinante. Qualcosa di più vicino alla sincerità, venato di incertezza. Mi sbilancia abbastanza che tutto quello che riesco a fare è un cenno secco del capo prima di tornare a guardare in basso.

«Bene allora,» dice, prendendo posto al tavolo da pranzo. «È ora di tornare a salvare il mio capolavoro letterario, no?»

«Finalmente ti esce qualcosa di sensato dalla bocca.» Mi aggrappo al cambio di argomento come a un'ancora di salvezza, tornando ai miei appunti con molto più entusiasmo di quanto chiunque dovrebbe mai provare per delle modifiche strutturali. «A proposito, il capitolo dodici ha ancora bisogno di una revisione completa. Tutta quella scena con Sophie che accetta le sue scuse così in fretta? Incredibilmente banale.»

«Ah, sì. La scena del sesso riappacificatore.» Ghigna, allungando la mano verso il suo portatile. «Quello che non capisci, Yates, è che è *romantico*. Sai, come noi.»

UNDICI

Sono appoggiata al bancone della cucina, a fissare il mio debole riflesso nella finestra buia. Mi ero dimenticata di quanto sia silenziosa la campagna. Niente traffico, niente sirene, niente chiasso di festaioli sulla via del pub, o di ritorno.

La voce di Rory echeggia dal salotto, dice qualcosa su come i dialoghi scadenti dei film siano praticamente un crimine contro l'umanità. Lo ascolto con un orecchio solo, annuendo di tanto in tanto perché pensi che gli stia prestando attenzione.

Perché non ci riesco. Non del tutto.

Questo *accordo* tra di noi... Va bene. È informale. Senza legami. Niente sentimenti complicati. Solo due adulti consenzienti che, guarda caso, hanno una chimica pazzesca.

Mi sto facendo di nuovo troppe paranoie.

La verità è che mi sono data delle regole. Dei paletti. Li ho tracciati con la precisione di una delle mie note editoriali: linee pulite, nessuna ambiguità. Rory non si incastra nella mia vita in nessun modo che vada oltre... questo. Non può. Non ho le energie per gestirlo, non quando ho ancora così tanto da realizzare, non quando...

«Ancora a rimuginare, Yates?» La sua voce mi strappa dalla mia spirale di pensieri, e quando alzo lo sguardo lo trovo appoggiato allo stipite della porta, una spalla contro il telaio. La sua camicia di lino bianca è tutta una piega, e c'è una sorta di sicurezza indolente nel modo in cui mi studia, come se sapesse esattamente a cosa sto pensando.

«Rimuginare è il tuo campo, Keane» rispondo, mantenendo un tono leggero. È più facile così: le battute sono sicure. Le battute non hanno conseguenze.

«Mh-mh.» Fa un passo verso di me e il cuore mi perde un battito. «Continua a raccontartelo.»

«Qualcuno deve pur farlo.» Prendo il mio bicchiere d'acqua, fingendo di dover fare qualcosa con le mani.

«Spiritosa» dice, annullando completamente la distanza tra noi. È molto più alto di me, il che è fastidioso perché gli dà un vantaggio sleale. Quando inclina la testa, i suoi occhi si agganciano ai miei, e all'improvviso sento il desiderio di sprofondare nel suo petto.

«Rory» comincio, con l'intenzione di ammonirlo, ma la voce mi esce più debole di quanto volessi.

«Rilassati» sussurra. «Niente paranoie stasera. Solo... questo.»

E poi mi bacia.

È un gesto deliberato, come se lo avesse pianificato per ore, forse giorni. Le sue labbra sono calde, morbide, ma non c'è nulla di esitante nel modo in cui reclamano le mie. La sua mano mi scivola dietro al collo, il pollice che mi sfiora la mascella, e in un attimo il mondo si inclina.

Dimentico tutto: le regole, i paletti, le fragili scuse a cui mi sono aggrappata come a un'ancora di salvezza. Riesco a pensare solo a lui. Al calore della sua bocca, al leggero sfregamento della barba corta contro la mia pelle, al suo sapore di camomilla e di qualcosa di più dolce a cui non so dare un nome.

Mi si mozza il respiro quando approfondisce il bacio, mentre l'altra mano mi trova la vita, tirandomi a sé come se non sopportasse l'idea di spazio tra di noi. Il bicchiere d'acqua mi scivola dalla presa, atterrando da qualche parte sul bancone con un tonfo sordo, ma registro a malapena il suono.

È totalizzante. Lui è totalizzante. E per la prima volta, mi chiedo se forse non abbia sottovalutato quanto sia davvero pericoloso Rory Keane.

Il suo bacio è una domanda a cui non ricordo di aver accettato di rispondere.

Le mie mani premono contro il suo petto, forse per spingerlo via, forse per darmi un sostegno, ma non appena sento il suo calore sotto le dita, ogni pensiero di resistenza si disperde come fogli sparsi al vento. La sua bocca si muove con un'intenzione che mi ruba il respiro e lo sostituisce con qualcosa di molto più pericoloso: il bisogno.

«Aspetta» riesco a dire tra un bacio e l'altro, che mi lasciano stordita e senza appigli. «Non dovremmo...»

«Non dovremmo cosa?» soffia Rory contro le mie labbra, la sua voce così bassa da farmi tremare le ginocchia. Non smette di baciarmi, non davvero. Le sue labbra sfiorano l'angolo della mia bocca, poi la mascella, poi appena sotto l'orecchio, dove sembra sapere esattamente come farmi perdere il controllo.

«Pensare» butto fuori, anche se mentre lo dico sento quanto poco convincente io suoni. Il mio cervello è già in pappa, e il modo in cui i suoi denti mi sfiorano leggermente il lobo dell'orecchio non aiuta per niente.

«Pensare è sopravvalutato» dice, le sue parole calde contro la mia pelle, e c'è un maledetto sorrisetto nella sua voce. Ovviamente.

Invece di fare un passo indietro, afferro il tessuto della sua camicia, tirandolo più vicino come se una parte traditrice di me volesse ancorarsi a lui. La parte logica della mia mente, quella che urla di paletti e pessime idee, sta rapidamente perdendo terreno. È difficile ragionare con la logica quando il polso martella e il tuo corpo si gode ogni singolo tocco.

Bruscamente, si ferma e si allontana. «So cosa abbiamo concordato prima. Ma ho bisogno di saperlo. È questo che vuoi?»

«Rory» dico, il suo nome che mi esce morbido e senza fiato. «Sì. Sì, lo è.»

«Davvero?» Le sue labbra trovano di nuovo le mie. Questa volta, mi bacia lentamente e profondamente, una sorta di tormento deliberato che non lascia spazio a pensieri coerenti.

Non so chi si muova per primo, ma all'improvviso stiamo barcollando all'indietro, o in avanti, o di lato. Non ho idea di quale direzione sia, perché riesco a concentrarmi solo su di lui. Le sue mani sono sulla mia vita, le mie tra i suoi capelli, e in qualche modo arriviamo in corridoio e su per le scale senza inciampare.

«Porta» dice Rory, la voce roca, e mi rendo conto che sta aspettando che sia io a indicargli la strada.

«Giusto» mormoro, cercando a tentoni dietro di me la maniglia della porta della camera da letto più vicina. Il cuore mi batte così forte che mi sorprende che nessuno di noi due faccia commenti. Finalmente, la porta si apre e ci riversiamo dentro la sua camera da letto, le nostre bocche che non si separano mai.

L'urgenza tra noi è elettrica, scintilla a ogni tocco e a ogni suono. La mia schiena sbatte contro il muro e ansimo, ma lui è lì, a soffocare il suono con un altro bacio. Le sue mani scivolano giù fino ai miei fianchi, provocando brividi che mi corrono sulla pelle anche attraverso gli strati di tessuto.

«Pensi ancora troppo?» mi prende in giro, la sua voce densa di divertimento e di qualcosa di più oscuro che mi fa contorcere lo stomaco.

«Stai zitto» sbotto, ma esce più disperato che infastidito, specialmente quando lo tiro più vicino a me per la cintura dei suoi jeans.

La sua risata è bassa e maliziosa, e prima che io possa pensare a una risposta arguta, le sue labbra sono di nuovo sulle mie, mettendo a tacere tutto tranne l'incendio che divampa tra noi.

Il letto ci trova, o forse siamo noi a trovare lui; non mi importa più dei dettagli. Tutto ciò che so è che lo spazio tra noi scompare del tutto, e il mondo si restringe al suo calore e al modo in cui le sue mani sembrano sapere esattamente dove andare.

«Un guaio», sussurro contro la sua bocca, anche se non so se sto parlando di lui o di me. Probabilmente di entrambi.

«Un bel guaio», ribatte lui, e odio quanto senso abbia questa cosa, adesso.

Le sue mani mi trovano i fianchi, decise eppure esasperatamente delicate, come se stesse cercando di tirarmi fuori qualcosa che non sapevo di avere. Rory ci sposta senza sforzo, con movimenti sicuri ma senza fretta, e io capisco, con un misto di frustrazione e fascino, che sta conducendo lui, guidandomi come se fossimo in una specie di danza intricata di cui solo uno di noi conosce i passi.

«Rilassati», mi sussurra all'orecchio, il suo respiro caldo e fastidiosamente rassicurante.

«Chi dice che non sono rilassata?»

«Mh, e io che ci stavo quasi credendo», scherza, tirandosi indietro quel tanto che basta per guardarmi. È snervante ed eccitante allo stesso tempo. «Ma non preoccuparti, Yates. Sono molto bravo con le distrazioni».

«Un po' arrogante, non ti pare?» rispondo seccata, cercando di recuperare un briciolo di controllo. Ma poi il suo pollice scorre lungo la mia mascella, inclina il mio viso verso di sé e qualsiasi risposta arguta avessi preparato mi muore sulle labbra.

«Sicuro di me», mi corregge, «c'è una bella differenza».

Prima che possa ribattere — non che mi siano rimaste argomentazioni coerenti — mi bacia di nuovo, lentamente e con deliberazione questa volta, come a sfidarmi a continuare a pensare invece che a sentire. E, dannazione, sento tutto: la sua bocca, decisa ma morbida, il modo in cui le sue mani scivolano sui miei fianchi, accendendo scintille sotto la pelle, il calore che cresce tra noi.

«Meglio», sussurra quando finalmente prendiamo fiato, la voce roca per qualcosa di primordiale e incredibilmente irresistibile. Una delle sue mani si intreccia tra i miei capelli, tirando dolcemente, mentre l'altra mi scivola lungo la schiena, trova la curva della mia vita e vi si posa come se fosse il suo posto.

«Non montarti la testa», riesco a dire. Le mie unghie scendono leggere sul suo petto e fingo di non notare il modo in cui il suo respiro si blocca, il modo in cui le sue pupille si scuriscono in risposta. Almeno non sono l'unica a perdere la testa qui.

«Troppo tardi», ribatte lui con arguzia, ma c'è una dolcezza sotto la spavalderia, un'attenzione che continua a cogliermi di sorpresa. È nel modo in cui osserva il mio viso dopo ogni tocco, ogni bacio, come se aspettasse un permesso anche mentre prende il comando. È disarmante, inebriante.

Sto per dire qualcosa — cosa esattamente, non ne ho idea — quando mi solleva sul letto, con movimenti fluidi e sicuri. Il materasso si abbassa sotto il mio peso, e prima che possa elaborare il cambiamento, lui è sopra di me, i suoi occhi inchiodati ai miei con una concentrazione che dovrebbe essere illegale.

«Stai ancora pensando troppo?» chiede, riecheggiando il suo commento precedente, ma ora non c'è umorismo nel suo tono, solo una sfida silenziosa. Le sue dita scendono lungo il mio braccio in un modo che mi fa venire la pelle d'oca.

«Sta' zitto», sussurro, tirandolo giù verso di me perché le parole sono diventate ufficialmente inutili. La tensione si spezza e all'improvviso non c'è più spazio, né esitazione, solo noi, in completa sintonia, come se l'avessimo fatto mille volte prima e non ne avessimo ancora abbastanza.

Ogni tocco sembra sia deliberato che istintivo, come se ci stessimo scoprendo e ricordando a vicenda nello stesso istante. Le sue mani trovano la pelle nuda sotto la mia camicetta, e il contrasto tra l'aria fresca e i suoi palmi caldi mi provoca un brivido. Lui se ne accorge, ovvio che se ne accorge, e il sorrisetto soddisfatto che segue è abbastanza da farmi venire voglia di prenderlo a schiaffi, o di baciarlo con più foga. Scelgo la seconda.

«Un guaio», dico di nuovo, con la voce soffocata contro la sua spalla.

«Un bel guaio», ripete lui, le sue parole una vibrazione bassa contro la mia clavicola. Le sue labbra lasciano una scia proprio lì, accendendo terminazioni nervose di cui ignoravo l'esistenza, e ho la netta sensazione di essere completamente, irrimediabilmente surclassata.

Ma poi incrocia di nuovo il mio sguardo, il suo sorriso si addolcisce in qualcosa di quasi reverenziale e, per un secondo — solo un secondo — sembra meno un gioco e più la forza di gravità, inevitabile e innegabile.

La sua bocca si muove come se mi conoscesse meglio di quanto io conosca me stessa: intenzionale, totalizzante, devastante. A un certo punto, perdo il conto di dove siano le sue mani, e francamente anche le mie, perché lui è ovunque allo stesso tempo. C'è un momento, fugace ma elettrico, in cui i nostri movimenti vacillano, e poi ridiamo: una risata bassa, senza fiato, quel tipo di risata che rende tutto ancora più incendiario. Le sue dita tracciano disegni lungo la mia spina dorsale, attirandomi più vicino.

«Stai mettendo alla prova i limiti, Keane?» riesco a dire, anche se la mia voce trema più di quanto vorrei.

«Voglio solo assicurarmi», sussurra contro il mio orecchio, «che per te vada ancora bene che sia una cosa casuale».

La frase è una sfida mascherata da domanda. La mia risata mi si blocca in gola, trasformandosi in qualcosa di più simile a un gemito quando le sue labbra trovano un punto appena sotto la mia mascella che rende il pensiero coerente un'impresa erculea.

«Sta' zitto», dico finalmente, ma non c'è malizia dietro le mie parole, solo resa.

Siamo un groviglio di arti, respiro e pelle, ogni movimento deliberato eppure esplorativo, come se nessuno di noi due riuscisse a credere che ci sia permesso farlo. E, oh, lui è scrupoloso — le sue mani, le sue labbra, il suo corpo — un uomo che non scorre semplicemente una pagina; ne legge ogni parola, due volte, in cerca del sottotesto. Quando crolliamo insieme, la stanza sembra diversa, come se l'aria stessa si fosse modificata per adattarsi a ciò che è appena successo tra noi.

Fisso il soffitto, il ritmo affannoso del mio respiro che a poco a poco si calma. Ho i capelli appiccicati alla fronte, sento le gambe di gelatina e da qualche parte in un angolo della mia mente, sto già rielaborando questo momento per trasformarlo in qualcosa di meno... monumentale. Qualcosa che non renderà impossibile il domani.

Okay, penso tra me e me, cercando di domare i miei pensieri. Va bene così. Le persone normali lo fanno di continuo. Casual. Divertente. Nessun legame. Nessun problema.

Ma la verità è che, sdraiata qui con lui — il suo braccio premuto contro il mio, il suo respiro ritmicamente costante che mi dà stabilità e al tempo stesso mi fa infuriare — mi sento tutto tranne che casual. Non è solo il mio corpo a essere stanco; lo è la mia determinazione, la mia barriera accuratamente costruita tra logica e sentimento. Perché non doveva essere così... intenso.

Sbircio verso di lui con la coda dell'occhio. Sembra assolutamente imperturbato, come uno che è appena riuscito a far atterrare un aereo senza nemmeno essersi accorto che stava precipitando. Il petto mi si stringe, non per rimpianto o vergogna, ma per una chiarezza netta e terrificante: sono in un guaio più grande di me. E la cosa peggiore? Potrebbe addirittura piacermi.

Il letto si muove quando Rory si sposta accanto a me, turbando l'equilibrio attentamente fragile che ho finto di mantenere. Tengo gli occhi fissi sul soffitto, come se avesse tutte le risposte scritte da qualche parte nelle crepe dell'intonaco, se solo aguzzassi abbastanza la vista.

«Stai pensando», dice, la voce bassa e irritantemente divertita. «Riesco quasi a sentire gli ingranaggi che girano da qui».

«È impossibile», rispondo impassibile, continuando a fissare il soffitto. «I pensieri non fanno rumore».

«I tuoi sì», ribatte lui con naturalezza, e sento il materasso abbassarsi di nuovo mentre si puntella su un gomito. Ora è più vicino e sento che mi sta guardando, mi sta studiando con quella fiducia incrollabile che mi fa venire voglia sia di baciarlo di nuovo, sia di tirargli addosso qualcosa di pesante.

«Allora, avanti,» rispondo. «Di' pure la cosa compiaciuta che ovviamente muori dalla voglia di dire.»

«Oh, no,» dice con leggerezza. «Mi sto solo godendo il momento. Sai, prendo appunti... a scopo di ricerca.»

Questo cattura la mia attenzione. La testa scatta verso di lui così velocemente che penso di essermi stirata qualcosa. «Ricerca?»

«Mmm,» mormora, divertendosi chiaramente fin troppo. «Niente male, a proposito. Per la ricerca.»

«Mi prendi in giro?» riesco a dire, anche se le parole escono deboli, quasi senza fiato, in un modo che tradisce quanto io sia scossa. Il che, ovviamente, non fa che allargare il suo sorriso.

«Perché dovrei scherzare su una cosa così importante?» risponde lui con innocenza, ma c'è un lampo nei suoi occhi che mi dice che sa *esattamente* quello che sta facendo. Sta cercando di provocarmi e, cosa peggiore, ci sta riuscendo.

«Incredibile,» dico. Che faccia tosta. L'*audacia*.

«Rilassati,» dice, con un tono che si addolcisce quel tanto che basta per disarmarmi ancora di più. «Sto scherzando. Per quel che vale... non mentivo quando ho detto che non era male.»

«Niente male,» faccio eco, senza inflessione. Un cuscino gli colpisce il viso prima ancora che io mi renda conto di averglielo lanciato. È anche un bel colpo, secco e diretto, anche se il tonfo soddisfacente dura poco, perché Rory si mette a ridere, con una risata bassa e imperturbabile, come se se lo aspettasse.

«Davvero?» La sua voce è intrisa di divertimento mentre sistema il cuscino che ora ha in grembo, appoggiandosi con noncuranza alla testiera del letto come se non avessi appena dichiarato guerra. «Questa è la tua risposta? Ricorrere alla violenza?»

Le mie dita si arricciano attorno al bordo di un altro cuscino e valuto se lanciare un secondo attacco. «Se pensi che *quella* fosse violenza, è chiaro che non mi conosci molto bene.»

Lui alza le braccia in segno di tregua, e io mi stendo di nuovo, accoccolandomi sul suo petto. Il suo braccio destro mi avvolge le spalle ed è incredibilmente bello essere stretta. Essere desiderata.

Doveva essere una cosa semplice. Casual. Un po' di divertimento per sfogarsi, niente di più. Ma mentre sono qui nel suo letto, a fissare il soffitto, sento il peso della verità che mi schiaccia: sono nei guai. Guai grossi, complicati e a forma di cuore.

Il silenzio si allunga, denso di tutto ciò che non è stato detto. Lo sento lì, a pochi centimetri da me, e ci vuole ogni briciolo di forza di volontà per non muovere la testa. Per non guardarlo di nuovo e rischiare di sprofondare ancora di più in qualunque cosa sia questa.

«Notte, Lara,» dice infine.

«Notte,» rispondo, in un sussurro appena udibile.

Resto sdraiata a lungo dopo che il suo respiro si è regolarizzato, fissando i contorni sbiaditi delle ombre che danzano sui muri. Non dovrebbe essere così. Non dovrebbe sembrare... *importante.*

Ma lo è.

E questo mi terrorizza.

DODICI

Mi sveglio in un silenzio di quelli che sono fin troppo rumorosi. La luce accecante del mattino filtra attraverso le persiane, dura e spietata, illuminando il caos nella mia testa molto più efficacemente di quanto vorrei. Il mio corpo si muove prima che la mente si metta in pari: la memoria muscolare mi mette a sedere, le gambe scendono dal letto, i piedi cercano le pantofole, che avevo premurosamente lasciato accanto al mio letto... nella stanza di fronte al corridoio. Merda, ho passato la notte nella sua stanza.

È lì nel letto, profondamente addormentato. Sento il suo odore. Pelle calda, sapone al cedro e qualunque sia l'aroma delle decisioni avventate. Niente di serio, mi ricordo. Eravamo d'accordo. Due adulti che prendono decisioni discutibili ma mantengono le cose semplici.

«Semplice» è una bugia che mi sono raccontata alle 22:37, quando l'ho baciato in cucina e per tutte le scale, e un'altra che mi sono ripetuta quando le sue mani mi sono scivolate lungo la schiena in un modo che sembrava tutt'altro che casuale.

Mi alzo e trovo la mia camicetta appoggiata sullo schienale di una sedia. Ringraziamo il cielo per le piccole fortune. Almeno non sto cercando la biancheria intima scomparsa o raccogliendo i pezzi della mia dignità dal pavimento. Infilandomi nel tessuto fresco, sistemo il colletto e mi do una rapida occhiata allo specchio. Capelli: un disastro, ma recuperabile. Trucco: inesistente, ma almeno i miei occhiali sono dove dovrebbero essere, appollaiati sul comodino. Atteggiamento professionale: intatto, anche se la persona che lo indossa si sente come se fosse stata colpita da schegge emotive.

«Controllati» mi dico mentre mi lego i capelli in una coda bassa. Ormai è un mantra, affidabile come il caffè o le scadenze.

Il telefono vibra sul comodino, una gradita distrazione. Lo afferro prima che possa svegliare la bella addormentata, scorro le email, le notizie e una chat di gruppo dello staff in cui si chiede chi vuole andare a bere qualcosa a metà settimana stasera (spoiler: io no). C'è anche il lavoro, che come sempre mi attende, stabile e affidabile nelle sue richieste. Un'email dal marketing sul libro di Rory, oggetto: *Urgente - Feedback necessario al più presto.*

«Ma certo» sospiro, aprendola. Il feedback è la mia zona di comfort. È bianco o nero, concreto, privo di tutte le cose complicate e grigie, a differenza di qualunque cosa sia questa con Rory.

Niente di serio. Ripeto la parola come se fosse un incantesimo per evitare che il mio cervello vada in cortocircuito. Non c'è posto per le complicazioni qui, nessuno spazio per i sentimenti personali che si riversano nelle acque professionali. Ho lavorato troppo duramente, ho sacrificato troppo di me stessa per costruire questa carriera, per lasciarla andare in fumo per una... okay, due notti di pessime decisioni avvolte in buone intenzioni.

Cerco di concentrarmi, scorrendo l'email col pollice. Gergo di marketing, numeri di vendita rivisti, domande sui dati demografici di riferimento: è un terreno sicuro, beatamente impersonale. Il petto mi si rilassa leggermente, il ritmo familiare del lavoro che spinge tutto il resto ai margini.

Prima il lavoro, poi i sentimenti, mi dico, anche se so benissimo che «poi» non è sulla mia agenda. Non ora, mai.

Attraverso la stanza, con la gonna in una mano e la giacca sull'altra. La camicetta è abbottonata... be', quasi. Gli ultimi due bottoni sono ancora dispersi, ma non ho intenzione di mettermi a cercarli carponi. Le avventure occasionali non hanno un ufficio oggetti smarriti.

Raggiungo la porta, la mano sospesa sulla maniglia, e mi fermo giusto il tempo di fare un respiro. Inspira, espira. Reset. Va tutto bene. *Va* tutto bene. Ieri sera è stato... divertente. Avventato, certo, ma anche circoscritto. Una scatolina ordinata di sesso fantastico chiusa con un fiocco di comprensione reciproca: niente legami, niente complicazioni, niente emozioni incasinate.

Una cosa da una volta e via. Niente di che.

Poi, dato che questa è la mia vita, sento la sua voce alle mie spalle.

«Te ne vai già? Come, niente caffè? Niente bacio d'addio?» Il tono di Rory è leggero, venato di divertimento, come se questa fosse una deliziosa routine del giorno dopo che abbiamo provato centinaia di volte.

«Che presunzione» dico, girandomi appena per guardarlo da sopra la spalla. È appoggiato alla testiera del letto, le lenzuola raccolte intorno alla vita come se fosse il protagonista di una campagna pubblicitaria per «bastardi presuntuosi». Ha i capelli in disordine, delle ciocche scure gli cadono sulla fronte in un modo che non dovrebbe essere così attraente alle... che ore sono? Le sette di mattina? Le nove? Chi lo sa? Il tempo perde di significato quando cerchi di scappare senza farti notare.

«Presunzione?» ripete, alzando un sopracciglio. «Lara, sei sgattaiolata fuori dal letto come se stessi fuggendo dalla scena di un crimine. Perdonami se ho pensato che offrirti della caffeina potesse essere un gesto di cortesia.»

«Sono in ritardo. Il lavoro, ricordi? Quella cosa per cui la gente mi paga per farti rispettare le scadenze.»

«Ah, sì. Il lavoro. Dove fingeremo che tu non abbia appena definito ieri sera "quella cosa".»

«Ieri sera è stato esattamente quello che doveva essere» dico, mantenendo un tono di voce uniforme. «Niente di più, niente di meno.»

«Giusto.» Inclina la testa, studiandomi come se fossi un colpo di scena particolarmente complicato che non ha ancora deciso se amare od odiare. «E io che pensavo che gli editor dovessero essere brutalmente onesti.»

«L'onestà brutale non richiede spiegazioni» ribatto, di nuovo con la mano sulla maniglia. «È efficiente. Come andarsene prima di colazione.»

«Se lo dici tu.»

Non rispondo. Invece, apro la porta ed esco, lasciando che si chiuda alle mie spalle con uno scatto che ha una finalità che non sento del tutto.

La mia mano indugia sulla maniglia un secondo più del dovuto, come se il mio corpo non avesse ancora recepito il piano di fuga attentamente elaborato dal mio cervello.

Ma la sua voce — *E io che pensavo che gli editor dovessero essere brutalmente onesti* — mi si attacca addosso come un post-it con mezza frase scarabocchiata sopra. Non finita. Incompleta.

«Efficiente» non spiega perché sento il petto stretto, o perché devo consapevolmente rilassare la mascella prima di dirigermi verso il santuario della mia stanza.

Quando faccio la doccia e scendo al piano di sotto per iniziare ufficialmente la giornata, il profumo di caffè ha già invaso l'aria, per gentile concessione dell'incursione di Rory nella vita domestica. Quell'uomo è in grado di affascinare una folla, scrivere un bestseller e, a quanto pare, preparare un'ottima caffettiera di caffè. Aggiungiamolo alla lista dei motivi per cui non dovrei permettergli di farmi effetto. Troppo fascino è pericoloso; lo sanno tutti.

Mi siedo a capotavola, dove pile di pagine del manoscritto mi fissano come un'accusa. Perfetto. Qualcosa di tangibile. Qualcosa di reale. Non... la notte scorsa. O le sue prese in giro. O il modo in cui mi guardava come se fossi un enigma e al tempo stesso la sua soluzione. Solo lavoro.

Il lavoro è sicuro. Il lavoro è prevedibile. Il lavoro non ti abbandona-

«Buongiorno,» dice, scivolando sulla sedia di fronte a me. Ha in mano due tazze, una delle quali spinge nella mia direzione. Il caffè ha un odore ricco, scuro e fin troppo invitante... un po' come chi me l'ha portato, se fossi incline a fare questo tipo di paragoni. Cosa che, ovviamente, non sono.

«Grazie,» dico, con voce secca, anche se la mia mano mi tradisce allungandosi subito verso la tazza. Ne bevo un sorso e lascio che il calore si diffonda in me, tenendo gli occhi fissi sul manoscritto di fronte a me. Non interagire. Non incoraggiarlo. Semplicemente... revisiona.

«Da dove cominciamo?»

«Ho una lista,» dico, picchiettando la penna contro il margine di pagina quarantasette.

«Perché la cosa non mi sorprende?»

«A cominciare da questa sfilza di aggettivi qui. Avevi davvero bisogno di tre modi diversi per descrivere il sorriso di lei? Abbiamo capito. È radiosa, luminosa, *e* abbagliante.»

«È l'interesse amoroso,» dice lui, alzando le spalle. «Pensavo che avresti apprezzato un po' di varietà.»

«La varietà è sopravvalutata,» ribatto, cerchiando le parole incriminate. «Scegline uno. Altrimenti sembra che tu non riesca a deciderti.»

«Okay. Cos'altro?»

«All'inizio del terzo atto, le motivazioni di Oliver non sono ancora chiare,» spiego, mantenendo un tono professionale. Distaccato. «Hai costruito tutto questo conflitto interiore, ma poi lui semplicemente... la perdona? Senza esitazione? Senza conseguenze? Sembra una cosa non guadagnata.»

«D'accordo, hai ragione,» dice Rory, annuendo lentamente. «E se... se aggiungessimo una scena in cui lui prima la affronta? Cioè, mette davvero tutto in chiaro prima di decidere se perdonarla o meno?»

«Potrebbe funzionare,» ammetto, a malincuore colpita dalla rapidità con cui cambia rotta. «Ma non basta un semplice confronto. Ci deve essere un momento in cui anche lui si mette in discussione, si chiede se è pronto a fidarsi di nuovo. Rendila complicata.»

«Capito.»

«Inoltre, togli il cliché del tetto,» aggiungo, indicando l'appunto che avevo scarabocchiato in inchiostro rosso in fondo alla pagina. «Nessuno ha rivelazioni profonde stando su uno skyline al tramonto. È una cosa trita e ritrita.»

«Ehi, a me *piacciono* i tetti,» protesta Rory, ma c'è una scintilla giocosa nei suoi occhi. «Sono romantici.»

«Sono una pigrizia,» ribatto. «E tu sei meglio di così.»

«Wow,» annuisce lui. «Un complimento e un insulto nella stessa frase. Ambasciatrice, mi vizi davvero.»

«Non abituartici.»

Ci immergiamo più a fondo nel terzo atto, scambiandoci idee come in una partita di ping-pong verbale. E da qualche parte, tra il discutere i meriti di un gesto plateale rispetto a una riconciliazione silenziosa, mi rendo conto di una cosa strana. Lui sta... ascoltando. Ascoltando davvero. E non nel modo plateale, fatto di cenni e sorrisi, come fa la maggior parte degli autori quando faccio a pezzi le loro creature. È coinvolto, pieno di energia, si nutre dello slancio della nostra conversazione, come se fosse l'atto stesso della collaborazione a far scattare qualcosa in lui. Vuole sinceramente che *Completamente, per Sempre* sia il miglior libro possibile. È disposto a riscrivere interi capitoli se questo migliora la narrazione.

E, fastidiosamente, sta facendo scattare qualcosa anche in me.

«Aspetta,» dice all'improvviso, schioccando le dita. «E se il grande punto di svolta non fosse lei che si scusa con lui? E se fosse lui che si rende conto di non aver bisogno delle sue scuse per andare avanti? Cioè, la sua pace interiore viene da dentro, non da lei.»

Sbatto le palpebre, colta alla sprovvista dal cambio di prospettiva. È... una buona idea. Davvero buona. Migliore di qualsiasi cosa abbia suggerito io. La mia penna si libra sul manoscritto mentre cerco di elaborare la sensazione sconosciuta che si arriccia nel mio petto. Orgoglio? Ammirazione? No. Decisamente fame.

«Potrebbe... funzionare,» dico con cautela, non fidandomi di aggiungere altro. Perché la verità è che non funziona e basta: è geniale. E il fatto che io possa aver giocato anche solo un piccolo ruolo nell'aiutarlo ad arrivarci è tanto esaltante quanto terrificante.

«Visto?» dice Rory, rivolgendomi un sorriso trionfante. «Te l'avevo detto che i tetti sono romantici.»

Apre il portatile e riattiva lo schermo, scorrendo per trovare la pagina nel documento, pronto a scrivere la scena. Ma poi si ferma e alza lo sguardo.

«Ehi, Lara?»

«Sì?»

«Grazie.» La sua voce è bassa. Quando finalmente alzo gli occhi, il suo sorriso è più dolce, meno studiato. Più reale.

«Per cosa?» chiedo, con la mia voce che è poco più di un sussurro.

«Per avermi aiutato a migliorarlo,» dice semplicemente.

E maledizione, il modo in cui mi sta guardando in questo momento... come se fossi più della sua editor, più di una semplice distrazione passeggera.

La mano di Rory sfiora la mia mentre allunga il braccio per prendere una penna che non è nemmeno dalla *sua* parte del tavolo. Il tocco è fugace, abbastanza casuale da poter essere ignorato, se non fosse che sembra tutto tranne che casuale. Mi blocco a metà frase, le parole che evaporano come vapore sull'asfalto.

«Smettila,» dico, inarcando un sopracciglio.

«Smettere di fare cosa?» La sua voce si abbassa, più suadente, il tono scherzoso che si addolcisce in qualcosa di più caldo. Più pericoloso.

«Dovresti fare brainstorming, non... guardarmi con fare tenebroso.»

«Tenebroso?» Ridacchia, e il suono è ricco, più profondo di prima. «Io non ho un fare tenebroso. Io ardo. C'è una bella differenza.»

«È discutibile,» dico, ma vorrei ridere. Maledetto.

«Ammettilo,» dice, il suo sorriso che si allarga. «Stai sorridendo. Pensi che io sia divertente.»

«Beh, qualcuno deve pur pensarlo,» ribatto. Perché la verità è che *è* divertente. E arguto. E disarmante bravo a farmi dimenticare perché dovrei mantenere le distanze.

Il silenzio si allunga, teso e vibrante. Dovrei distogliere lo sguardo, ma non lo faccio. Guardo lui, invece, e improvvisamente il tavolo sembra troppo piccolo, la stanza troppo calda.

Prima di rendermi pienamente conto di ciò che sto facendo, sono in piedi. La sedia stride sul pavimento, un rumore abbastanza forte da riportarmi bruscamente alla realtà, se non fosse che non mi fermo. Giro intorno al tavolo, annullando lo spazio tra noi in tre rapidi passi.

«Sto verificando una teoria,» dico seccamente, la voce più ferma di come mi sento.

«E quale sarebbe?» La sua espressione cambia, la sorpresa gli balena sul viso, ma l'attesa nei suoi occhi è inconfondibile.

«Se il tuo sguardo è rovente oppure no,» rispondo, e subito dopo lo bacio.

Non è esitante o cauto, né nessuna delle cose che ho passato anni a impormi di essere. È calore, attrito e folle abbandono, e per una volta nella vita, non mi importa delle conseguenze.

Rory reagisce all'istante, afferrandomi la vita con le mani e tirandomi a sé, annullando l'ultimo briciolo di spazio tra di noi. Il bacio si approfondisce, la sua bocca si muove contro la mia con una fame che eguaglia la mia. Una mano gli scivola lungo la mia schiena, con le dita che si intrecciano tra i miei capelli, mentre l'altra mi tiene saldamente ferma.

Ansimo contro le sue labbra, e lui sfrutta l'occasione a suo vantaggio, la sua lingua che si insinua nella mia bocca in un modo che minaccia di farmi cedere le ginocchia. Mi aggrappo alla sua camicia.

«Stai ancora a pensarci troppo?» dice, il suo respiro caldo e irregolare.

«Stai zitto,» riesco a dire, tirandolo su dalla sedia per raggiungermi.

Dimenticato il manoscritto, il tavolo da pranzo diventa un campo di battaglia: uno scontro di bisogno, frustrazione e verità non dette. Le sue labbra scendono lungo la mia mascella fino al punto sensibile appena sotto l'orecchio, e soffoco un gemito, reclinando la testa all'indietro per dargli maggiore accesso.

«Dio, Lara,» sussurra, la sua voce roca e distrutta, come se lo stessi disfacendo tanto quanto lui sta disfacendo me. E forse è così. Forse stiamo entrambi sfrecciando verso qualcosa che non possiamo controllare, qualcosa che inevitabilmente ci manderà in frantumi.

Ma in questo momento non mi importa. In questo momento, c'è solo lui – il suo tocco, il suo calore, il suo tutto – e per una volta, mi lascio andare.

L'aria fresca dalla finestra aperta mi sfiora le spalle nude, e mi rendo conto troppo tardi di essere ancora in piedi in mezzo alla cucina, spettinata e completamente disfatta. Il mio sguardo si posa sulle pagine del manoscritto sparse sul tavolo – vittime dimenticate della nostra... deviazione – e una fitta di colpa mi attanaglia il petto. Guardo Rory.

«Non farlo,» dico, alzando una mano prima che possa parlare. «Qualunque cosa tu stia per dire, non dirla.»

«Dire cosa?» Fa spallucce, fin troppo compiaciuto. «Che sei bella quando sei un po' fuori di testa? Perché è la verità.»

«Rory.»

«Ok, ok. Non dirò una parola.»

«Bene.» Afferro la mia camicetta dallo schienale di una sedia, per la seconda volta stamattina, e me la infilo, abbottonandola con più forza del necessario. «Perché non parleremo di questo. Mai.»

«Davvero? Mai?» Il suo tono è leggero, scherzoso. «Mi sembra un peccato. Voglio dire, stavamo facendo dei progressi notevoli su...»

«No,» lo interrompo, questa volta a voce più alta. «Questo non cambia niente. Siamo ancora qui per lavorare al tuo romanzo, e basta. Niente complicazioni. Niente distrazioni.»

«Certo,» dice con noncuranza, «se è così che vuoi giocare.»

«È esattamente così che voglio giocare.»

TREDICI

Giorno tre. La novità dell'isolamento in campagna è ufficialmente svanita e si è instaurata una routine, se si può definire routine il delicato equilibrio tra scrivere, revisionare ed evitare la tensione sessuale latente.

Abbiamo discusso le modifiche principali, concordato la direzione da prendere, e ora Rory è sepolto nel suo manoscritto, con la fronte aggrottata e le dita che volano sulla tastiera in quello stato febbrile, quasi di trance, che suggerisce stia davvero facendo progressi. Mi godrei la vittoria, ma ho imparato a mie spese a non cantare vittoria troppo presto.

Mentre lui lavora, colgo l'occasione per dare un'occhiata al manoscritto di un'altra mia autrice che mi è arrivato in posta. Di solito non mi piace passare da un progetto all'altro, perché ci vuole tempo per entrare e uscire dalla giusta mentalità. Sto facendo un'eccezione perché non vedevo l'ora di leggere l'ultimo libro di Rebecca, da quando la Scott & Drake ha annunciato che aveva firmato un contratto per due libri dopo il suo meraviglioso esordio.

Ma è stata una pessima idea. Ho letto la frase già tre volte e, dovessi morirci, non riesco a capire se sia geniale o insopportabile.

«Stai fulminando quello schermo come se volessi invitarlo a fare a botte nel parcheggio» la voce di Rory rompe il silenzio, suadente e con un pizzico di divertimento. Si appoggia all'estremità opposta del tavolo, le braccia incrociate sul petto, un sopracciglio inarcato in finta preoccupazione.

«Forse è così» dico. «Se non altro, mi farebbe bene sgranchirmi le gambe.»

«Ah, be', in tal caso...» inclina la testa verso la finestra, da cui il sole del tardo pomeriggio filtra attraverso le tende. «Che ne dici di staccare per oggi? Andiamo a fare una passeggiata. Prendiamo un po' d'aria prima che ti si incrocino gli occhi per sempre.»

«Staccare?» alzo lo sguardo, incredula. «Hai una scadenza, Keane. Le scadenze non vanno a spasso.»

«Vero» dice, scostandosi dal tavolo con la grazia indolente che solo una persona così odiosamente alta può permettersi. «Ma le editor sì. E anche gli scrittori. O almeno così mi dicono.» Il suo sorriso è disarmante, ma mi rifiuto di lasciarmi abbindolare. Ho costruito un'intera carriera sull'essere immune al fascino, specialmente al suo.

«Non hai un capitolo da riscrivere?» ribatto, incrociando le braccia e lanciandogli la mia migliore occhiataccia da "non-la-passerai-liscia".

«Tutti gli esperti dicono che non si dovrebbe stare seduti davanti a un computer per più di quarantacinque minuti di fila» replica lui, dirigendosi già verso la porta. «Andiamo, fuori è bellissimo.»

Esito, abbassando lo sguardo sulla solita pagina sullo schermo e sulla tazza di tè mezza vuota accanto. L'aria fresca sembra allettante, certo, ma l'aria fresca con Rory? Quello è... complicato.

«E va bene» brontolo, alzandomi e lisciando le pieghe della camicetta. «Ma se questa si trasforma in una specie di passeggiata ispiratrice nella natura in cui inizi a fare le imitazioni di Alberto Angela, ti abbandono nel bosco.»

«Affare fatto» dice, tenendo la porta aperta con una plateale galanteria. «Ma solo perché probabilmente mi perderei senza di te.»

Il sentiero è morbido sotto i nostri piedi, la luce del sole chiazzata filtra attraverso il baldacchino di foglie sopra di noi. In lontananza si sente il cinguettio degli uccelli e l'aria è pregna di profumo di pino. È idilliaco. Pittoresco. Sembra uscito da uno dei suoi romanzi.

Eppure, tutto ciò su cui riesco a concentrarmi è il silenzio tra noi. Non imbarazzante, esattamente, più quel tipo di silenzio che sembra pieno, carico di qualcosa di non detto. Una parte di me vorrebbe riempirlo, dire qualsiasi cosa per rompere l'incantesimo, mentre un'altra si aggrappa a quella quiete come a un'ancora di salvezza.

Rory cammina un passo davanti a me, con le mani infilate con noncuranza nelle tasche. C'è una naturalezza in lui qui fuori, la sua solita energia irrequieta placata dal ritmo del sentiero. Mi chiedo se anche lui lo senta, lo strano peso della notte scorsa che preme su di noi. Il modo in cui tutto è cambiato, quasi impercettibilmente, come una placca tettonica che scivola sotto la superficie.

Non che io stia pensando alla notte scorsa. Più di tanto.

«Sei terribilmente silenziosa» dice Rory all'improvviso, voltandosi a guardarmi con un sorriso canzonatorio. «Dovrei preoccuparmi?»

«Mi sto solo godendo la pace» rispondo, mantenendo un tono leggero. «È raro che tu stia così zitto. Dovrei assaporarmela finché posso.»

«Giusto, ma seriamente, stai bene? Sembri... diversa.»

«Diversa come?»

«Non saprei» dice, tornando a guardare il sentiero davanti a sé. «Immagino che dovrò continuare a camminare per capirlo.»

Eccolo di nuovo, quel cambiamento, sottile ma innegabile. Mi mordo l'interno della guancia, resistendo all'impulso di insistere, di chiedergli cosa intenda. Invece, lascio che il silenzio si estenda di nuovo tra noi, ogni passo che ci porta più a fondo nel bosco e più lontano da qualsiasi distanza di sicurezza fossimo riusciti a mantenere prima.

«Attento» dico mentre Rory scavalca una radice con la grazia di un cerbiatto appena nato. «Non vorremmo mica che il grande romanziere rosa si slogasse una caviglia in mezzo alla natura. Immagina i titoli dei giornali.»

«*Immagina le vendite dei libri*» ribatte lui, lanciandomi un'occhiata da sopra la spalla. «*Scrittore sopravvive a una terribile esperienza nel bosco. Trova l'ispirazione. Scrive un capolavoro. Milioni di persone in lacrime.*»

«Pagherei oro per vederti provare a sopravvivere qui fuori. Sono quasi certa che la tua idea di "vita spartana" includa il servizio in camera tiepido.»

«Ehi, ti faccio sapere che una volta ho fatto campeggio per un intero weekend.» Flette i bicipiti. «Niente Wi-Fi. Niente minibar. Allo stato brado. Solo io, le stelle e una mucca molto arrabbiata, che non era affatto contenta che avessi deciso di piantare la tenda nel suo "quartiere".»

«Davvero eroico.» La sua assurdità è quasi accattivante. Quasi.

Camminiamo ancora un po', il suono delle foglie scricchiolanti sotto i piedi che riempie gli spazi tra noi. Lo scambio di battute è familiare, facile, come infilarsi un vecchio maglione. Solo che questo particolare maglione si è sformato, tirato da pensieri che non riesco più a incasellare ordinatamente.

«I tuoi genitori» dice Rory all'improvviso, il suo tono che cambia quel tanto che basta per attirare la mia attenzione. «Cosa pensano di quello che fai?»

Esito, non perché non sappia la risposta, ma perché l'ho provata così tante volte. «Sono... persone pratiche». Mantengo un tono di voce uniforme, misurato. «Mio padre è un ragioniere in una società di ingegneria, mia madre è un'insegnante di storia. A loro piacciono le cose che possono quantificare. Il successo in numeri, i progressi in passi chiari. La mia carriera non segue esattamente un percorso che loro riescano a comprendere».

«È difficile quantificare un genio dell'editoria?» chiede lui.

«Qualcosa del genere» dico con un'alzata di spalle, anche se le parole sembrano più pesanti di quanto vorrei. «Credo che abbiano sempre pensato che mi sarei dedicata a qualcosa di più stabile. Legge, forse. Finanza. Di certo non l'editoria. Ma, be', eccomi qui».

«Eccoti qui» ripete lui, con la voce ora più dolce. «E fammi indovinare... ti chiedono ancora quando ti troverai un "lavoro vero"?»

«Non con queste parole esatte» ammetto, sorridendo debolmente. «Ma sì, c'è sempre questo sottofondo di... delusione. Come se fossi un pezzo di un puzzle che non riescono a incastrare».

«È ridicolo» dice Rory, accigliandosi. «Semmai, dovrebbero vantarsi di te a ogni cena. Sei brillante, Lara».

Le sue parole mi colgono di sorpresa, uno strano calore mi sale lungo il collo. Devio il discorso, perché cos'altro posso fare? «Chiaramente non li hai conosciuti. I complimenti non sono il loro modo di dimostrare affetto».

«Comunque» insiste lui, con un'espressione seria. «Stai facendo qualcosa che ti appassiona. E questo vale più del rientrare nelle aspettative di chiunque».

«Parla un uomo che probabilmente non ha mai dovuto preoccuparsi delle aspettative».

«Ah, ma è qui che ti sbagli» dice, schivando un ramo basso. «Però questa storia la terrò in serbo per quando avremo finito la bottiglia d'acqua e il pacchetto di biscotti alla crema che ho accidentalmente lasciato nell'ingresso mentre mi mettevo gli scarponi».

«Non l'hai fatto davvero».

«Sì, invece. Scusa».

«Sei proprio un coglione».

«Già. Soprattutto perché adesso ucciderei per un biscotto».

Rory fa spallucce e continua a camminare, i polsini della giacca che sfiorano il tessuto dei jeans a ogni passo. Sta fischiettando, ovviamente sta fischiettando, e la melodia è esasperatamente allegra, in netto contrasto con lo scricchiolio delle foglie secche sotto i piedi e lo schiocco occasionale di un ramoscello.

«Finisce mai?» gli grido dietro, corricchiando per stargli dietro. «L'offensiva di charme, intendo. O sei geneticamente programmato per essere così insopportabilmente ottimista?»

Si volta a guardarmi da sopra la spalla. «Insopportabilmente? Ahi. E io che pensavo di essere delizioso».

«Saresti delizioso se mi lasciassi dettare il passo».

«Non è colpa mia se hai le gambe da leprecauno» ribatte lui, con un gran sorriso.

«Affascinante *e* discriminatorio sull'altezza. Che partitone» rispondo, ma adesso sto sorridendo anch'io. Contro ogni buonsenso. È fastidiosamente difficile non farlo quando mi guarda in quel modo: sorriso sbieco, occhi segnati da piccole rughe agli angoli, come se stesse trattenendo una battuta ancora migliore.

«D'accordo, rallento». Si adegua al mio passo, il suo braccio sfiora il mio per un brevissimo istante prima di allontanarsi. Non è nulla, davvero, ma lo sento comunque, come una minuscola scossa elettrica.

«Prego» dice lui con magnanimità, come se mi avesse appena regalato la luna.

«Wow» dico, impassibile. «Un gentiluomo e uno studioso».

«Studioso?» Lui ride, un suono basso e ricco che sembra incresparsi tra gli alberi. «È da un po' che non me lo sentivo dire».

«Non provare a negarlo» dico, con un sorrisetto. «Basandomi solo sul tuo sorriso sfacciato, scommetterei un bel po' di soldi che eri il preferito dei tuoi genitori. Te la cavavi sempre mentre tutti gli altri dovevano fare il lavoro pesante».

«Okay, prima di tutto» dice, alzando un dito «si chiama essere pieni di risorse, non farla franca. E secondo» un altro dito si unisce al primo «ti faccio sapere che essere conosciuto per la propria bellezza e non per il proprio cervello ha il suo prezzo. Quindi, in realtà, la vittima in tutto questo sono io».

«Certo» dico, incapace di reprimere una risata. «Povero Rory. Dev'essere stato *così* difficile crescere essendo il cocco di casa».

«Senti, non è colpa mia se ero oggettivamente il più carino» dice. «Essere il più piccolo significa solo che finisci sotto un diverso tipo di riflettori. Tutti gli altri avevano già capito cosa fare della propria vita, e poi c'ero io, che scarabocchiavo poesie sui tovaglioli e dicevo che da grande volevo scrivere libri».

«Scandaloso» dico, anche se la mia voce è più bassa ora, meno giocosa. C'è qualcosa nel modo in cui lo dice, un barlume di autoironia, forse, che mi fa venir voglia di procedere con cautela.

«A chi lo dici» risponde con un sorriso ironico. «Non è che abbiano organizzato parate per l'idea. Tranne Aoife, ovviamente. È stata l'unica a non guardarmi come se fossi fuori di testa».

«Tua sorella?» chiedo, inclinando la testa.

«Sì». Il suo sguardo si sposta sul sentiero davanti a noi, la mascella contratta in modo quasi impercettibile. «Lei... lei semplicemente capiva, capisci? Tutta quella storia del bisogno di creare. Era sempre lei a spingermi a fare di più, a sognare più in grande. Mi ha fatto credere di potercela fare davvero».

«Sembra che fosse la tua più grande fan» dico a bassa voce.

«Lo era» dice, la sua voce quasi un sussurro ora. «Lo è ancora, credo. Anche se non è...». Le sue parole restano sospese nell'aria come nebbia.

Non insisto. Percepisco il peso di qualunque cosa non stia dicendo, il modo attento con cui la tiene rinchiusa dietro il fascino disinvolto e le rapide deviazioni. Invece, lascio che il silenzio si allunghi tra noi, offrendo quel poco di spazio che posso.

«Comunque» dice alla fine, sforzando un sorriso che non arriva agli occhi. «Basta parlare di me. Parliamo ancora delle tue gambe da leprecauno».

«Non ti lamentavi ieri sera».

«E non mi lamento neanche adesso. Ma certo, non sono forse le più belle gambe da leprecauno di tutta *Tír na nÓg*?»

«Ma va' a quel paese».

«Va bene, allora».

A parte il canto degli uccelli, l'unico suono è lo scricchiolio degli scarponi sulle foglie umide e il fruscio occasionale del vento tra le fronde degli alberi. È... pacifico. Quasi disarmante. Non mi fido.

«Bene» dice all'improvviso, rompendo il silenzio. «Tocca a te».

«Tocca a me fare cosa?» chiedo, anche se so esattamente dove vuole andare a parare. Ha sondato i confini della mia vita personale, così attentamente custodita, per tutto il giorno, rimuovendo strati con un misto di fascino e perseveranza.

«A condividere la storia delle tue origini». Inclina la testa verso di me. «Hai sentito la mia: il piccolo di casa, la pecora nera, il ragazzo d'oro, bla bla bla. Ora voglio sapere come Lara Yates è diventata la regina dell'inchiostro rosso e dei feedback taglienti».

«Regina dell'inchiostro rosso?» sbuffo. «Questa è nuova».

«Dai. Sputa il rospo. Quando hai capito per la prima volta che da grande volevi distruggere i sogni degli scrittori?»

«Wow. Ci sai davvero fare con le parole» dico, impassibile, ma lui non ha intenzione di lasciar perdere.

«E va bene» dico con un sospiro, sistemandomi gli occhiali per abitudine. «Se proprio vuoi saperlo, non ho iniziato con l'idea di fare l'editor. Volevo scrivere».

«Davvero?» Sembra sinceramente sorpreso, il che, okay, ci sta. Non sono esattamente l'emblema dei sogni estrosi e creativi. «Cos'è successo?»

«È successa la vita», dico, mantenendo un tono volutamente leggero. «A quanto pare, scrivere è difficile. E caotico. E richiede un livello di vulnerabilità che all'epoca non ero particolarmente interessata a coltivare. L'editing, invece? Quello sì che aveva un senso per me. Era pulito. Preciso. Potevo prendere il caos di qualcun altro e trasformarlo in qualcosa di coerente. Qualcosa di... migliore.»

Non risponde subito e, quando lo guardo di nuovo, la sua espressione è pensierosa, come se stesse soppesando le mie parole, esaminandole da ogni angolazione. È snervante.

«Questa è una risposta molto diplomatica», dice alla fine. «Ma non spiega perché tu abbia smesso del tutto di scrivere.»

«Chi ha detto che ho smesso?» La bugia mi esce troppo in fretta, troppo d'istinto, e me ne pento subito. Lui solleva le sopracciglia in una sfida silenziosa e io sospiro di nuovo, questa volta più pesantemente. «Okay, va bene. Ho smesso. Contento?»

«Non particolarmente.» Il suo tono è mite, ma c'è una punta di qualcos'altro al di sotto. Curiosità, forse. O preoccupazione. «Perché hai smesso?»

«Perché non era abbastanza buono.» Le parole restano sospese a mezz'aria tra noi, taglienti, crude e fin troppo oneste. Mi schiarisco la gola, cercando di recuperare un barlume di controllo. «Voglio dire, *io* non ero abbastanza brava. Almeno, non secondo i miei canoni. E se non potevo soddisfare quelli, allora che senso aveva?»

«Ah.» Annuisce lentamente, come se questo spiegasse tutto,

cosa che non fa assolutamente. «Il vecchio paradosso del perfezionista. Se non è perfetto, non vale la pena farlo.»

«Qualcosa del genere», concordo, dando un calcio a un sasso sul sentiero. Dio, perché gli ho permesso di trascinarmi qui fuori? L'aria fresca è sopravvalutata.

«È ridicolo, lo sai», dice, con la voce ora più morbida. «Nessuno inizia essendo perfetto. Diavolo, nessuno finisce per essere perfetto. Nemmeno tu, Regina della Penna Rossa.»

«Grazie per il discorso d'incoraggiamento, coach.»

«Quando vuoi», risponde con un debole sorriso. Ma non insiste oltre e, per questo, gli sono assurdamente grata.

Svoltiamo una curva del sentiero e all'improvviso gli alberi si aprono, rivelando un'ampia radura in pendenza che si affaccia sulla valle sottostante. La vista è mozzafiato: colline ondulate immerse nella luce soffusa e dorata del tardo pomeriggio, che sfumano in un orizzonte che sembra estendersi all'infinito. Per un istante, nessuno dei due parla. Non c'è niente da dire.

«Wow.»

«Già», dice Rory a bassa voce, venendo a mettersi accanto a me. Però non guarda la valle. Guarda me.

Il cielo sopra di noi sta cambiando, i suoi blu pallidi si stanno approfondendo in sfumature più ricche di ambra e rosa. È difficile credere che questa sia l'Inghilterra. Sembra di stare sul ciglio di qualcosa di vasto e inconoscibile e, per la prima volta da molto tempo, non sento il bisogno di riempire il silenzio.

La brezza si alza, insinuandosi nella radura e sfiorandomi il collo con dita fresche. Rabbrividisco, solo per un attimo, un fremito rapido e involontario. Ovviamente, Rory se ne accorge. A lui non sfugge nulla.

«Hai avuto un brivido?», chiede, mentre già si sta togliendo la giacca. Il suo tono è disinvolto, ma c'è qualcosa nel suo modo di muoversi, ponderato ma senza presunzione, che adoro.

«Sto bene», dico in fretta, anche se non è vero. L'aria della sera si è fatta tagliente, fredda e pungente, e il mio maglione è ridicolmente inadeguato. Ma ammetterlo mi sembra di perdere una battaglia non dichiarata che non riesco a definire.

«Ma dai», dice ironicamente, facendosi più vicino. Prima che io possa pensare a un'altra scusa, la sua giacca mi avvolge le spalle, calda, pesante e con il suo vago profumo. È un cliché assurdo, l'eroe galante che presta la sua giacca alla damigella in pericolo, eppure, invece di deriderlo, mi ritrovo ad afferrare i baveri, stringendomela addosso.

«Dopotutto la cavalleria non è morta», dico, più che altro perché il sarcasmo mi sembra più sicuro.

«Non abituartici», dice con un sorrisetto. «Se la temperatura scende di altri due o tre gradi, te la sfilerò di dosso senza tante cerimonie.»

«Lasciandomi a morire dimenticata in un fosso per ipotermia?»

«Dimenticata, no! Probabilmente riceverai una menzione nei ringraziamenti, insieme ai miei genitori, al mio agente e a Dio. Ottima compagnia.»

Lo guardo di sbieco, cercando di leggere la sua espressione senza darlo a vedere. Non c'è nessuna scintilla maliziosa nei suoi occhi adesso, nessuna traccia del suo solito fascino sfacciato. C'è invece un'apertura, un calore quieto e costante, che mi disarma completamente.

«In ogni caso, penso che torneremo al cottage prima di dover prendere decisioni difficili su chi mangerà chi.»

«Buono a sapersi.»

Restiamo lì in silenzio, con la radura che si estende ampia e vuota intorno a noi, l'orizzonte dipinto di tenui colori crepuscolari. Dovrebbe essere imbarazzante, stare così vicini, senza dire nulla. Ma non lo è. Anzi, sembra... facile. Come se fossimo inciampati in un ritmo che nessuno dei due sapeva di stare cercando.

«Ti capita mai di...» comincio, poi mi fermo, scuotendo la testa.

«Di fare cosa?» mi incita, con lo sguardo fisso sul mio profilo.

«Niente. Lascia perdere.» Faccio un gesto vago con la mano, ma lui non molla la presa.

«No, continua. Cosa?» chiede di nuovo, questa volta più dolcemente.

«Ti capita mai di... desiderare di poter spegnere il cervello? Di smettere di rimettere tutto in discussione per cinque minuti e semplicemente *esistere*?» Le parole mi escono di bocca prima che possa fermarle, crude e senza filtri, e mi pento subito di averle lasciate scappare.

«Sempre», dice Rory a bassa voce, come se fosse la cosa più ovvia del mondo. E in qualche modo, quella semplice ammissione colpisce più a fondo di qualsiasi grande dichiarazione.

Mi volto a guardarlo e, per un momento, il resto del mondo svanisce. Ci siamo solo io e lui, sull'orlo di qualcosa a cui non so ancora dare un nome. Qualcosa che sembra terrificante e inevitabile allo stesso tempo.

«Immagino che siamo entrambi un bel casino, eh?» dico, tentando un debole sorriso.

«Parla per te. Io sono uno spasso», ribatte lui, con il suo sorrisetto che ritorna, ma gli occhi rimangono dolci.

E così, la tensione si allenta, scivolando in qualcosa di più leggero, più facile. Ma non scompare del tutto. Rimane lì, vibrando appena sotto la superficie, un silenzioso promemoria di tutto ciò che non stiamo dicendo.

Rory si para di fronte a me, bloccando il sentiero come un posto di blocco compiaciuto alto un metro e ottanta. Incrocia le braccia sul petto e sul suo viso c'è una sfida, chiara come il sole.

«Allora», dice, con la voce venata di malizia. «Che ne dici di alzare la posta? Il primo che torna al cottage vince.»

«Vince *cosa*, di preciso?» chiedo. È una risposta automatica, in realtà sto solo prendendo tempo, perché non c'è modo che io acconsenta a qualsiasi assurdità stia architettando.

«Il diritto di vantarsi, ovviamente», dice, scrollando le spalle. Poi, con un occhiolino, aggiunge: «A meno che tu non abbia paura che ti faccia mangiare la polvere.»

«Paura? Di te?» Lo indico con esagerata incredulità. «Tu scrivi romanzi rosa per vivere, Rory. Non facciamo finta che tu faccia il doppio lavoro come atleta olimpico irlandese.»

«Parole grosse da parte di uno che probabilmente non corre dai tempi del liceo». Mentre lo dico, sto già spostando il peso, valutando il sentiero sconnesso davanti a noi. Ci sono radici ovunque, pozze di fango, e non sono del tutto convinta di non storcermi una caviglia entro i primi dieci secondi.

«D'accordo», aggiungo dopo un istante, perché a quanto pare ho zero istinto di autoconservazione quando si tratta di battute competitive. «Ma non piangere quando perderai».

«Non preoccuparti, Yates. Sarò magnanimo nella vittoria». E prima che io possa rispondere, è già partito, sfrecciando lungo il sentiero come un indemoniato, tutto gambe lunghe e sfrontata sicurezza.

«Imbroglione!» gli urlo dietro, mettendomi già in moto. Il sentiero si sfoca sotto i miei piedi mentre parto, il crepitio dei ramoscelli e il soffio d'aria fresca mi riempiono le orecchie. Da qualche parte, più avanti, la risata spensierata di Rory giunge fino a me.

«Attenta al fango!» mi grida da sopra la spalla.

Non mi importa nemmeno di avere il fiato corto mentre gli urlo di rimando: «*Tu* sta' attento al fango!».

E proprio così, la tensione tra noi si spezza, sostituita da un'energia selvaggia e senza fiato che somiglia molto alla libertà.

QUATTORDICI

È il nostro ultimo giorno al cottage, e il leggero ticchettio della pioggia contro i vetri della finestra è stranamente rilassante mentre fisso gli ultimi capitoli di Rory. Ora c'è un ritmo nelle sue parole, una profondità che prima non c'era. È come guardare qualcuno che finalmente trova il pezzo giusto per completare un puzzle con cui ha armeggiato per secoli.

«Era ora» dico sottovoce, godendomi la lettura della storia per la prima volta. Non che lo ammetterei mai con lui, ma ha fatto dei veri progressi. Il ritmo è più serrato, i dialoghi più acuti. E le note emotive... Dio, quell'uomo sa descrivere il desiderio in un modo che mi fa sentire come se mi stessi intromettendo in qualcosa di privato.

Fiona aveva ragione su questo viaggio. Per quanto mi sia lamentata di essere stata trascinata in mezzo al nulla con uno dei nostri autori di punta, uno che, siamo onesti, ha un ego grande quanto Londra, lei sapeva quello che faceva. Rory aveva bisogno di concentrazione e, a quanto pare, io avevo bisogno... be', di qualunque cosa sia questa. Un cambio di scenario? Un promemoria che fare l'editor non è solo un lavoro di smistamento, ma a volte implica una vera e propria collaborazione? Qualunque cosa sia, sta funzionando. Per entrambi.

La porta alle mie spalle si apre di scatto e una folata d'aria umida annuncia il ritorno di Rory. Alzo lo sguardo mentre entra a grandi passi, con enormi borse della spesa riutilizzabili che gli pendono da entrambe le spalle, e un'aria fin troppo allegra per uno che ha scritto circa quarantamila parole in una settimana. Ha i capelli umidi, leggermente arricciati alle estremità, e sulla giacca ha una spruzzata di gocce di pioggia che si scrolla di dosso con una scrollata disinvolta.

«Ho fatto la scorta» dichiara, con la voce squillante e una fastidiosa sicurezza. Lascia cadere le borse sul bancone e inizia a disfarle senza degnarmi neanche di uno sguardo. «Ne ho abbastanza di pasti al microonde e cibo da asporto. Per la nostra ultima sera, ceneremo con qualcosa di cucinato in casa.»

«Davvero? Peccato, ci sono due lasagne al microonde in frigo che adesso andranno sprecate.»

«Portatele a casa con te se vuoi, ma stasera, Yates, ceneremo come dei. Offro io.»

«Fa' pure, accomodati. Spero che qualunque cosa tu abbia in mente sia commestibile.»

«Non solo commestibile.» Tira fuori un mazzetto di erbe fresche e lo posa con un gesto teatrale. «Memorabile. Dirai ai tuoi amici che non hai mai mangiato meglio in vita tua.»

«Le aspettative sono alte» lo avverto. Anche se, a dire il vero, la mia curiosità è stuzzicata.

Rory non mi dà l'impressione di essere uno che passa molto tempo in cucina, troppo impegnato a rimuginare su storie d'amore e a incantare i membri dei club del libro online. Ma c'è una sicurezza nel modo in cui si muove ora, tirando fuori gli ingredienti dalle borse con una disinvoltura consumata che è quasi... sconcertante.

«Non avere quell'aria scettica» dice senza voltarsi, come se potesse sentire il mio sopracciglio alzato nel silenzio. «Ci penso io.»

«Le ultime parole famose.» Mi alzo, stiracchiandomi e sentendo il dolore alle spalle per essere stata seduta per ore curva sul portatile. Attraverso la stanza e mi appoggio allo stipite della porta della cucina, a braccia conserte. «E cosa sarebbe questo "io", esattamente?»

«Pazienza, Yates.» Mi lancia un sorriso da sopra la spalla, di quelli che probabilmente fanno svenire metà delle donne in Gran Bretagna. «Lo vedrai presto.»

«Che paura» dico, ma resto dove sono, osservandolo mentre tira fuori una confezione di pomodorini, uno spicchio d'aglio e una pagnotta di pane appena sfornato. C'è una fluidità nei suoi movimenti che non mi aspettavo, qualcosa di quasi ritmico mentre sciacqua le verdure e allinea gli ingredienti sul bancone. Si è già tolto la giacca e si è rimboccato le maniche, rivelando quegli avambracci che sono fin troppo seducenti per qualcuno che sostiene di guadagnarsi da vivere con le parole.

«Sei stranamente sicuro di te» osservo, inarcando un sopracciglio. «Dovrei preoccuparmi?»

«Solo se hai qualcosa contro il buon cibo» ribatte, tirando fuori una forma di parmigiano e posandola con enfasi. «Fidati, ci penso io.»

«Adesso la stai menando. Si stanno creando delle aspettative.» Inclino la testa, osservandolo mentre tira fuori una bottiglia di olio extravergine d'oliva. «Ti rendi conto che sono sopravvissuta fino a oggi senza fidarmi di nessuno che dica "fidati di me" senza ironia, vero?»

«Ah, ma io non sono uno qualunque» dice Rory, senza perdere un colpo. Le sue mani si muovono veloci, prendendo un coltello dal cassetto e posandolo accanto a un tagliere. «Sono l'uomo il cui manoscritto *tu* hai detto che aveva del potenziale. Dovrà pur contare qualcosa.»

«"Potenziale" è un termine relativo. Tendo a usarlo per tutti i nuovi autori, indipendentemente dalla loro abilità» lo prendo in giro.

«Visto? Detto da te, è praticamente un'approvazione entusiasta» dice, con un sorrisetto mentre taglia i gambi legnosi da un mazzo di asparagi. «Forse ti stai addolcendo.»

«Poco probabile» rispondo, anche se non mi muovo dallo stipite della porta. C'è qualcosa di stranamente affascinante nell'osservarlo così, tanto a suo agio, così... risoluto.

Rory si muove nella minuscola cucina come se ne fosse lo chef da anni. Il coltello nella sua mano brilla mentre trita una cipolla con una precisione che non avrei creduto possibile per qualcuno che la seconda mattina qui aveva definito l'avocado spalmato sul pane tostato «il suo piatto forte».

Il suono ritmico della lama che incontra il tagliere di legno riempie lo spazio, e inizio a sentirmi un po' a disagio per non fare nulla per aiutare.

Getta la cipolla tritata in una padella pronta con un gesto esperto del polso, poi afferra un peperone rosso.

«Hai imparato a cucinare, hai seguito dei corsi, o...?»

«Mamma mi ha insegnato.»

«Una donna intelligente.»

«Lo è» dice, affettando il peperone con la stessa rapida precisione. «È stato più che altro un ultimatum, in realtà. A quindici anni ho deciso che volevo diventare vegetariano. Credevo mi avrebbe reso più alternativo o qualcosa del genere. Lei mi ha guardato e ha detto: "Bene, ma non ho intenzione di preparare due cene diverse ogni sera".» Sorride, chiaramente divertito dal ricordo. «Quindi, o imparavo a cucinare, o sarei sopravvissuto per sempre a bastoncini di carote e hummus.»

«Fammi indovinare», dico, inarcando un sopracciglio. «Hai passato una fase in cui tutto quello che preparavi era a base di tofu».

«Come fai a saperlo?» Ride, adagiando delicatamente due tranci di salmone nella padella con un appagante sfrigolio. «Per un po' sono stati solo piatti saltati in padella e tristi stufati di lenticchie. Ma poi mi sono appassionato ai programmi di cucina e ho iniziato a sperimentare. A quanto pare, è divertente quando ti rendi conto che una ricetta è solo uno spunto, un suggerimento, e la magia accade quando trovi il coraggio di buttarci dentro le cose un po' a caso».

«Divertente», sbuffo. «Ti credo sulla parola».

«Ma dai. Non hai mai cucinato qualcosa tanto per il gusto di farlo?» La sua espressione è a metà tra la presa in giro e la genuina curiosità.

«Fare i popcorn al microonde conta?»

«Sei un caso disperato, Lara Yates», dice, scuotendo la testa. «Dobbiamo lavorarci su».

«Passo volentieri, grazie».

«Comunque», continua lui, mescolando il contenuto della padella mentre il profumo di aglio e cipolle riempie l'aria, «mia mamma ha sempre detto che saper cucinare mi sarebbe stato utile, se mai avessi voluto fare colpo su qualcuno».

«È questo che stai facendo?», chiedo, indicando i fornelli. «Un elaborato tentativo di stupirmi con la tua abilità culinaria?»

«Chi ha detto che ho bisogno di farti colpo?» I suoi occhi incontrano i miei, scuri e maliziosi. Poi fa spallucce, con totale nonchalance. «Ma se posso, perché no?»

«Fiducioso, eh?»

«Abbastanza». Spolvera qualcosa di verde e profumato sulla padella — prezzemolo, forse. Coriandolo? — e dà un'ultima mescolata. «Vedrai. La cena è quasi pronta e ti prometto che sarà meglio dei noodles istantanei».

Il cottage ha un profumo incredibile. È quel tipo di odore che fa dimenticare al tuo stomaco di essere mai stato pieno: pepe fragrante, erbe aromatiche che sbocciano al calore e qualcosa di ricco e pungente che non riesco a identificare.

«Bene, momento della verità», annuncia lui, interrompendo il filo dei miei pensieri.

Si volta, reggendo due piatti guarniti alla perfezione. Ad accompagnare il salmone, ci sono asparagi arrosto e fagiolini all'aglio. È un piatto vivace e fresco, con scaglie di peperoncino rosso che spiccano contro le lance di asparagi verdi caramellate. È quasi troppo bello per essere mangiato.

«Non farti ingannare dalla presentazione», mi avverte. «Ci sono circa dieci secondi di margine tra un salmone poco cotto e uno troppo cotto».

«Ha un aspetto fantastico», dico sporgendomi sul piatto per assorbirne i meravigliosi aromi.

«Vero? Non me la prenderò se mi supplicherai per il bis».

«Ci sono sempre quelle lasagne in frigo, se ci serve un piano B». Afferro la forchetta, puntando a un pezzo d'asparago con deliberata lentezza mentre lui mi guarda a braccia conserte, l'immagine stessa della sicurezza.

Bene. O la va o la spacca.

Il primo boccone mi colpisce come una rivelazione. I sapori

sono brillanti e stratificati: la dolcezza dei pomodorini arrostiti, la vivacità del limone, il sottile pizzicore del peperoncino che persiste in fondo alla lingua. È il tipo di pasto che andrebbe assaporato, ma io vorrei solo essere lasciata in pace per divorarlo.

«Allora?», mi sprona lui, tagliando il suo salmone. Aspetta, aspetta davvero e, per un secondo, dimentico come si parla.

«Okay», riesco finalmente a dire, deglutendo. «È... mangiabile».

«Mangiabile?» Solleva un sopracciglio, ma vedo il sollievo nei suoi occhi, il modo in cui le sue spalle si rilassano, anche solo di poco.

«E va bene», ammetto, posando la forchetta con esagerata riluttanza. «È incredibile. Assolutamente delizioso».

«Ah! E io che pensavo saresti stata più difficile da conquistare».

«Conquistare?», sbuffo. «Non corriamo troppo. È solo salmone».

«Già», dice a bassa voce, il suo sguardo che si aggancia al mio per un istante di troppo. «Solo salmone».

Rory fa roteare la forchetta, raccogliendo alcuni fagiolini. «Sai», esordisce, con un lampo malizioso negli occhi che mi mette subito in allerta, «questa è probabilmente la prima volta che non rovino completamente una cena con qualcuno».

«Lo trovo difficile da credere dopo averti visto all'opera stasera».

«Difficile da credere o no, è la verità». Allunga la mano verso la bottiglia di vino e mi riempie di nuovo il bicchiere. «C'è stata quella volta... primo appuntamento, molto elegante, o almeno così pensavo all'epoca. Decisi di preparare questo... come lo chiamai? Oh! 'Banchetto Rustico Mediterraneo'».

«Sembra ambizioso».

«Ambizioso non rende l'idea». Gesticola animatamente, quasi rovesciando il bicchiere di vino. «Immagina la scena: un banchetto a base di melanzane crude, couscous bruciato e un hummus così aglioso da poter respingere i vampiri per chilometri».

«Wow», dico, posando la forchetta per dedicargli tutta la mia attenzione. «E come ha reagito la tua accompagnatrice a questo capolavoro culinario?»

«All'inizio ha cercato di essere gentile», dice, sospirando platealmente. «Ma poi... non ce l'ha più fatta. Ha sputato una boccata di couscous a metà frase. È schizzato un po' dappertutto».

«Dappertutto?»

«Dappertutto», conferma, indicando vagamente la stanza come se fosse ancora perseguitato dal ricordo. «Sul tavolo. Sul pavimento. Sulla mia camicia. Onestamente, penso che un po' sia finito nella sua borsa. È stata una carneficina».

«C'è stato un secondo appuntamento?»

«Purtroppo no».

Rory si appoggia allo schienale della sedia, con un sorriso pigro che gli increspa le labbra mentre si lecca il bordo della forchetta. Non è niente — solo un gesto distratto — ma per qualche inspiegabile ragione, mi colpisce come una scossa. Il mio sguardo scatta sulla sua bocca e sento l'aria tra noi cambiare, in modo sottile ma carico, come i secondi prima di un temporale estivo.

«Mi stai fissando», dice, con la voce bassa e canzonatoria. Le parole sono leggere, ma i suoi occhi — ora sono inchiodati ai miei, scuri e intensi, e all'improvviso mi manca il respiro.

«Non è vero».

«Sì che è vero». Il suo sorriso si allarga, compiaciuto e irritante, e vorrei cancellarglielo dalla faccia. O forse... fare qualcosa di completamente diverso.

«E va bene», dico, spingendo indietro la sedia con più forza del necessario. «Hai un po' d'olio d'oliva o qualcosa del genere sul mento».

«Bel tentativo». Si passa il dorso della mano sulla mascella, continuando a guardarmi, divertito. «Ma non c'è niente, vero?»

«Non più», confermo, alzandomi di scatto. Il cuore mi batte all'impazzata, i pensieri sono un groviglio e, onestamente, ho bisogno di spazio. Distanza. Prospettiva. Ma invece di andarmene come farebbe una persona sana di mente, faccio esattamente un passo verso di lui.

E poi lo bacio.

Non è programmato. Nemmeno lontanamente. Un secondo prima sto fulminando con lo sguardo quella sua faccia stupidamente compiaciuta e quello dopo le mie mani gli stanno afferrando il davanti della camicia, tirandolo verso di me mentre le mie labbra si schiantano contro le sue.

Per un istante, si blocca. Abbastanza a lungo da far insinuare il panico — *Oh Dio, cosa sto facendo?* — e poi le sue mani sono su di me, salde e insistenti, e mi attirano a sé. Il bacio si fa più profondo, lento all'inizio, ma si trasforma rapidamente in qualcosa di caldo, urgente e completamente fuori controllo.

Le sue dita si intrecciano tra i miei capelli, inclinandomi la testa all'indietro, e io ansimo contro la sua bocca. Lui approfitta dell'apertura, la sua lingua sfiora la mia e la sensazione mi provoca un brivido lungo la schiena. Questa è follia. Follia pura, senza filtri. Ma la sua presa è salda, mi ancora a lui, e mi ritrovo ad appoggiarmi a quella presa, a lui.

«Porca miseria, Lara, non ho ancora servito il dolce», dice. C'è un attimo di esitazione, quanto basta per permettermi di tirarmi indietro, se volessi.

Ma non lo faccio.

«Stai zitto, Keane», sussurro, tirandolo di nuovo giù verso di me.

La sedia stride rumorosamente mentre lui si alza, sollevandomi senza sforzo. Le mie braccia gli si avvolgono istintivamente intorno al collo e, prima che me ne renda conto, stiamo barcollando verso il divano, urtando i mobili lungo il tragitto. Mi adagia sui cuscini, il suo peso mi preme addosso, solido, caldo e assolutamente travolgente.

«Aspetta», riesco a dire, la voce appena udibile sopra il rimbombo nelle mie orecchie. «E per...»

«Dopo», dice lui con fermezza, zittendomi con un altro bacio. Le sue mani mi scivolano lungo i fianchi, trovano l'orlo del mio maglione e all'improvviso non c'è più, scagliato da qualche parte alle nostre spalle. Dovrei protestare — è sconsiderato, impulsivo, non è assolutamente il motivo per cui sono venuta qui — ma quando le sue labbra scendono lungo il mio collo, ogni pensiero coerente evapora.

«Dio, sei impossibile», dico, anche se mi esce più come un gemito.

«Ti stai lamentando?» ghigna, mentre le sue dita armeggiano abilmente con i gancetti del mio reggiseno.

«Non montarti la testa», ribatto, anche se le parole sono prive di mordente. Specialmente quando la sua mano si infila sotto il tessuto, sfiorando la pelle nuda, e io mi inarco istintivamente contro di lui.

«Troppo tardi».

La sua bocca trova di nuovo la mia, e il resto è un turbine confuso di calore e movimento: la sua camicia che raggiunge i miei vestiti sul pavimento, le sue mani che mappano ogni centimetro di me, la mia gamba che si aggancia al suo fianco mentre lui si sistema tra le mie. È frenetico e caotico, così diverso da me, ma Dio, sembra così giusto. Come se tutto il resto finora fosse stato in bianco e nero, e questo — *questo* — fosse a colori.

Il petto di Rory si alza e si abbassa sotto la mia guancia, la sua pelle ancora calda e umida per via del caos che abbiamo appena scatenato. Neanche il mio respiro si è ancora normalizzato, arriva a piccoli ansimi superficiali mentre mi concentro sulle travi di legno del soffitto sopra di noi. Una è storta, noto, perché a quanto pare questo è il momento giusto per le critiche architettoniche.

«Beh», dice Rory, la voce bassa e più roca del solito, rompendo il silenzio. Si sposta leggermente sotto di me, sistemandosi in modo che una delle mie gambe — nuda, intrecciata con la sua — non penzoli goffamente dal divano. «Se questa è la tua reazione alla mia cucina, ho quasi paura di vedere cosa succederà quando ti stupirò per davvero».

Una risata mi sfugge prima che possa fermarla. Non è giusto con quanta facilità lo faccia: mi scombussola, e poi si comporta come se non fosse mai stato nulla di che. Mi tiro su su un gomito, socchiudendo gli occhi verso di lui anche se le mie labbra si contraggono.

«Non lasciare che ti dia alla testa. Avrò bisogno di un secondo pasto per controllare che tu non sia un fuoco di paglia».

Mi sposto leggermente, allontanandomi quel tanto che basta per sedermi, avvolgendomi la coperta dal retro del divano sulle spalle come un'armatura. I miei occhiali sono da qualche parte dall'altra parte della stanza, gettati via nella foga del momento, e il mondo sembra più morbido senza di loro: contorni sfocati e colori tenui. Appropriato, in un certo senso, dato lo stato dei miei pensieri.

«Ehi». Rory si mette a sedere, i capelli scuri deliziosamente scompigliati e lo sguardo fisso su di me. Adesso non c'è nessun sorrisetto, nessuno scambio di battute facile dietro cui nascondersi. Solo lui: aperto e indifeso in un modo che non mi aspettavo. «Stai bene?»

«Sì», dico in fretta, troppo in fretta. Non incrocio il suo sguardo; invece, mi affaccendo a lisciare la coperta sulle mie gambe, fingendo che ci sia una piega invisibile che ha urgente bisogno di essere sistemata. «Sto solo... pensando».

«Pensando», ripete, con un tono indecifrabile. Non insiste, però. Non preme per avere chiarimenti né cerca di alleggerire l'atmosfera con una battuta. Invece, si siede completamente, il suo ginocchio sfiora il mio, e aspetta. Paziente. Saldo.

Il problema è che non riesco a smettere di pensare a come mi ha guardata prima, come se fossi qualcosa che stava cercando senza rendersene conto. A quanto mi sia piaciuta questa settimana, la sua compagnia, il nostro accordo: perdere il controllo, volerlo, prenderlo. A quanto sarà peggio il dolore quando tutto questo inevitabilmente andrà in pezzi.

Perché succederà. Deve succedere. Doveva essere solo un po' di divertimento. Un accordo reciprocamente vantaggioso. Casual. Non doveva essere *questo*. Lui. Noi.

«Te ne penti?» La voce di Rory interrompe la mia spirale di pensieri, dolce ma ferma, riportandomi al presente. Non c'è accusa, solo curiosità. Come se si stesse preparando a una risposta che non vuole sentire.

«Onestamente?» Mi costringo a guardarlo, notando la leggera piega sulla sua fronte, la cauta speranza che aleggia nella sua espressione. Il petto mi si stringe dolorosamente, e lo odio: quanto mi importi, quanto vorrei che non fosse così. «Non lo so».

Non è una bugia. Non me ne pento, non di come le sue mani si sono sentite su di me, o del modo in cui mi ha fatta sentire viva come non mi sentivo da anni. Ma mi pento di quanto pericolosamente io stia rasentando il limite di qualcosa da cui potrei non uscire intatta. Qualcosa di più profondo, più complicato, più reale di quanto avessi mai avuto intenzione di lasciare che diventasse.

«Ci sta», dice dopo un attimo, appoggiandosi di nuovo ai cuscini, senza mai staccare lo sguardo dal mio. Non c'è delusione nella sua voce, né giudizio, solo una tranquilla accettazione, come se capisse più di quanto io sia disposta ad ammettere ad alta voce.

E forse è questo che mi spaventa più di tutto.

Allunga la mano verso la coperta, tirandola dolcemente finché non cedo e gli permetto di attirarmi di nuovo contro di lui. Le sue braccia mi avvolgono, solide e calde, e per un breve, fugace momento, mi lascio andare a quel contatto. A lui. All'idea impossibile e terrificante che forse, solo forse, non devo affrontare tutto da sola.

Ma anche mentre i miei occhi si chiudono, la mia mente si rifiuta di tacere. Perché se stasera ha dimostrato qualcosa, è che sono già dentro fino al collo, più di quanto avessi mai voluto, e non c'è modo di sapere come — o *se* — troverò la via d'uscita.

QUINDICI

Il bizzarro ristorante di falafel, che in qualche modo è diventato un pellegrinaggio mensile, spunta alla vista non appena giro l'angolo, con i miei tacchi che battono sul marciapiede in un ritmo staccato che rispecchia i battiti del mio cuore. In ritardo. Di nuovo. La mia solita puntualità è stata sabotata da una mattinata infinita di riunioni una dopo l'altra, una casella di posta elettronica straripante di manoscritti e, oh, non dimentichiamoci, il ritardo assolutamente delizioso della metro, che mi ha lasciata incastrata tra un uomo che si lava una volta al mese e un'adolescente che masticava una gomma come se gli dovesse dei soldi.

Lo vedo subito, Danny. Ovviamente è già qui, spaparanzato al nostro solito tavolo sul retro come se il locale fosse suo. Ha una forchetta in una mano e il suo drink nell'altra, e si scusa per essere andato avanti e aver ordinato.

«Guarda chi si è degnata di farsi vedere», grida prima ancora che io raggiunga il tavolo, con il suo sorriso ampio e insopportabile. «Ritardo strategico o semplice ritardo? Non rispondere, lo so già».

«Ciao, Danny, mi dispiace tanto», ansimo, scivolando sulla sedia di fronte a lui e posando la borsa con più forza del necessario. Mi sfilo la giacca – era una buona idea stamattina alle sette, non più adesso – e la drappeggio sullo schienale della sedia. «Piacere di vederti, anche per me».

«Cosa è successo stavolta? Conference call dall'inferno? Un'emergenza con un editor? O...» il suo tono cambia, ora finto cospiratorio, «dovrei congratularmi con te perché finalmente hai una vita?»

«Lavoro», rispondo secca, agitando una mano come per scacciare una mosca. «Sai com'è. Scadenze, autori, parole su una pagina. Tutto molto affascinante».

«Certo. Perché questo spiega perfettamente perché tu stia brillando come se qualcuno ti avesse appena fatto una serenata a torso nudo sotto il balcone».

«Come, scusa?» La mia voce esce più acuta del previsto, ma afferro il menù che ho di fronte e ci seppellisco la faccia, fingendo di non conoscerne il contenuto a memoria. Qualsiasi cosa pur di evitare il suo sguardo, e quel sorriso saputo.

Prendo il bicchiere di tè alla menta che Danny ha ordinato per me – sia benedetto, almeno conosce le mie priorità – e ne bevo un lungo sorso. O almeno ci provo. Nell'istante in cui il bordo mi tocca le labbra, la sua voce arriva, carica di quel suo tipico sarcasmo.

«Ah, eccola lì», dice Danny, appoggiandosi allo schienale della sedia con un'aria di teatrale soddisfazione. Incrocia le braccia sul petto come un oracolo onnisciente. «L'inconfondibile radiosità di chi è stato... pienamente apprezzato».

Il sorso che stavo progettando? Abbandonato. Invece, inspiro bruscamente, e il tè decide che preferirebbe fare il suo debutto in grande stile attraverso la mia trachea piuttosto che nel mio stomaco. Tossisco violentemente, quasi sbattendo il bicchiere sul tavolo mentre cerco di riprendere fiato.

«Cristo, Danny!» La mia voce esce strozzata, con gli occhi che lacrimano sia per l'attacco alla gola che per la mortificazione che mi divora. «Non potresti evitare?»

«Scusa», dice con flemma, senza sembrare minimamente dispiaciuto. Anzi, ora il suo sorriso è ancora più ampio, chiaramente deliziato dalla mia esperienza di pre-morte. «Ma te la sei cercata. Pelle luminosa, una scintilla in più negli occhi, e arrivi in ritardo? Se queste non sono le vibrazioni del post-sesso coi fiocchi, allora non so quali siano».

«Sei insopportabile», borbotto, afferrando un tovagliolo per tamponare il tè che sono riuscita a versarmi sulla mano.

«Ammettilo», insiste lui, inclinando la testa e studiandomi come se fossi una curiosa opera d'arte che sta cercando di decifrare. «Qualcuno sta mettendo un po' di brio nelle tue giornate. Chi è? O lei? O loro? Sputa il rospo, donna».

«Non c'è nessuno», dico con fermezza, riacquistando finalmente abbastanza autocontrollo per fulminarlo con lo sguardo. Ma è uno sguardo debole; è difficile evocare una vera indignazione quando si è colti in flagrante.

«Mmm-hmm». Solleva le sopracciglia e fa un gesto vago verso di me con una mano. «Allora spiega il rossore, tesoro. E non venirmi a raccontare la favola del 'fa caldo qui dentro'. Siamo in Inghilterra, fa perennemente freddo e umido».

«Te lo stai immaginando», dico, sollevando il mento in quella che spero sembri disinvoltura, ma che probabilmente mi fa solo sembrare stitica. «Si chiama trucco, Danny. So che non hai familiarità con il concetto, ma a volte le donne lo usano».

«Bel tentativo», ribatte lui all'istante. «Ma a meno che Boots non abbia iniziato a vendere un bronzer 'Appena Rotolata Fuori dal Letto Dopo una Notte di Passione', resto fedele alla mia teoria originale».

«Sei ridicolo». Riempio il mio bicchiere dalla teiera d'argento, decisa a salvare un briciolo di dignità, ma la mano mi tradisce quando trema leggermente. Ovviamente Danny se ne accorge. Perché ovviamente se ne accorge.

«Ridicolo? Forse», dice lui, con tono leggero. «Ma ho anche ragione».

«E va bene. Hai vinto. Sei contento?»

«Estasiato», risponde lui, liscio come l'olio. «Ma non fermarti qui. Avanti, chi è il fortunato birbante?»

«Rory», dico, interrompendolo prima che possa iniziare a elencare nomi. La parola atterra tra noi come una granata vagante, e mi preparo all'impatto.

Per un secondo, Danny mi fissa, sbattendo le palpebre una, due volte, come se avessi parlato in aramaico. Poi le sue sopracciglia schizzano così in alto che quasi scompaiono tra i capelli.

«Rory *Keane*?» La sua voce si alza, incredula, e so che non mi libererò mai più di questa storia. «Nel senso di Mr. 'Idolo del Romance Internazionale'? Quel Rory?»

«Ne conosci un altro?»

«Beh, no», ammette Danny. «Ma non lo avevo esattamente immaginato come il tuo tipo. Cos'è successo? Ti ha sedotta con metafore tragiche e sonetti sussurrati?»

«Niente di... plateale. È solo... successo. Naturalmente».

«Certo. Perché niente esprime 'naturale evoluzione' come saltare a letto con un uomo le cui copertine dei libri dovrebbero avere un'etichetta di avvertenza per svenimenti spontanei».

«Vuoi smetterla di essere così...» cerco la parola giusta ma non la trovo, «così *tu* al riguardo?»

«Mai» dice lui, allegro, ma poi il suo sorriso si addolcisce, diventando più pacato, più pensieroso. «Allora, fammi capire bene. Stai andando a letto con Rory Keane. *Il tuo cliente.*» La sua enfasi su «cliente» è sottile ma pungente, come una leggera spinta con un bastone appuntito.

«Non il *mio* cliente» lo correggo, picchiettando sul bordo del bicchiere. «Un cliente della Scott & Drake. C'è una bella differenza.»

«Certo. Okay.» Danny fa un gesto vago con la mano, ma la sua fronte si corruga ancora di più. «E quindi? È solo una storiella così, senza impegno? Un po' di divertimento?»

«Esatto.» La mia voce esce decisa, sicura, come se avessi provato questa battuta davanti allo specchio. Cosa che, a essere onesta, potrei aver fatto.

«Mh-mh.» Danny non sembra convinto. Anzi, ora ha un'aria decisamente scettica, con le labbra strette in una linea sottile. «Lara, ti rendi conto di chi stiamo parlando, vero? Rory Keane? Il tipo la cui reputazione potrebbe riempire un'intera pagina di risultati di Google, e non tutti lusinghieri?»

«Sì, ne sono consapevole» dico. «Conosco benissimo la sua reputazione, grazie tante.»

«Allora spiegami perché hai pensato che mischiare affari e piacere fosse una buona idea» dice, con la voce venata di esasperazione. «Perché da amico, e da persona che ha assistito alle tue reazioni anche al più piccolo dramma lavorativo, faccio fatica a vedere come possa finire bene.»

«Dio, parli come un manuale delle risorse umane.»

«Forse» dice, alzando le spalle. «Ma parlo anche come uno che ti conosce meglio di quanto credi, Lara. E te lo dico: stai giocando col fuoco. Rory Keane non è esattamente noto per la sua... stabilità.»

«Neanch'io» ribatto con una battuta, cercando di alleggerire l'atmosfera, ma l'espressione di Danny non cambia di una virgola. Ora è serio, la sua preoccupazione chiaramente impressa sul suo volto. La cosa mi turba più di quanto voglia ammettere.

«Senti» dice a bassa voce, incrociando le mani sul tavolo. «Non sto dicendo che tu non sappia cavartela da sola. Dio solo sa quanto sei intelligente. Ma questo? Lui? Solo... sta' attenta, okay?»

«Lo sono sempre» rispondo con leggerezza, forzando un sorriso che sento un po' troppo tirato.

Danny non risponde subito. Invece, mi osserva per un lungo istante, il suo sguardo carico di qualcosa che non riesco a definire. Alla fine, espira e si passa una mano tra i capelli già disordinati.

«Va bene» dice alla fine, con un tono più leggero ma che tradisce ancora una nota di preoccupazione. «Ma non venire a piangere da me quando ti scoppierà tutto in faccia.»

«Non lo farò» dico. «Lascia che te lo metta in chiaro, così possiamo tutti andare avanti con le nostre vite, d'accordo?»

Danny solleva un sopracciglio, inclinando la testa come un golden retriever perplesso. «Oh, questa me la voglio proprio sentire.»

«Rory e io...» faccio una breve pausa, rifiutandomi di lasciarmi scomporre dal lampo di divertimento nella sua espressione. «Siamo due adulti consenzienti che si trovano a lavorare insieme e... occasionalmente, apprezzano la reciproca compagnia in modo molto informale. Tutto qui. Nessun legame. Nessuna complicazione. Nessun coinvolgimento emotivo.»

«Certo» dice Danny con flemma. «Perché *tu* sei un tale baluardo del distacco emotivo. Raccontami di più sulla tua nuova capacità di compartimentalizzare i sentimenti, perché devo essermi perso la comunicazione.»

«Oh, andiamo, Danny. Non è fisica nucleare.»

Lui sbuffa. «No, ma sei *tu*. Non sei esattamente la testimonial delle storie senza impegno. Voglio dire, sei la stessa donna che ha pianto quando ha ucciso per sbaglio il suo personaggio dei Sims.»

«Quello era diverso!» sbotto, puntando la forchetta nella sua direzione. «Mortimer Goth meritava di meglio, e lo sai benissimo!»

«Non sei fatta per le avventure occasionali. Credimi, dovrei saperlo: sono stato il tuo confidente per ogni singola relazione che hai avuto dall'università. E diciamo solo che nessuna di esse gridava "storia tranquilla e spensierata".»

«Beh, forse sono cambiata» controbatto. «Le persone evolvono, Danny. Non tutti rimangono ancorati alle proprie abitudini come te, con le tue playlist di Spotify vecchie di dieci anni e il tuo rifiuto di provare il latte d'avena.»

«Il latte d'avena sa di rimpianto» dice lui, serio, ma i suoi occhi non lasciano i miei. «Puoi anche pensare di avere tutto sotto controllo, Lara, ma te lo dico: stai facendo un gioco pericoloso. Rory Keane non è un esperimento innocuo. È... complicato. E tu? Tu non sei neanche lontanamente distaccata quanto credi.»

«Grazie per il voto di fiducia, *migliore amico del cuore*.»

«Non sto cercando di rovinarti la festa o altro, okay? È solo che... ti conosco. E non voglio vederti soffrire perché sei troppo impegnata a convincerti che è tutto divertimento e zero sentimenti. Ci sei già dentro fino al collo, anche se non vuoi ammetterlo.»

«Okay. Grazie per la preoccupazione. Senti, ci stiamo divertendo. Tutto qui. Divertimento. Punto. Fine della storia.»

«Ceeerto.» Danny solleva un sopracciglio. «È carino come pensi che dire "divertimento" dodici volte in una frase lo renda vero.»

A quel punto rido, soprattutto perché se non lo facessi, potrei urlare o, peggio, *prendere in considerazione* le sue parole. «Oh, mio Dio, Danny. La tua preoccupazione è stata registrata e archiviata sotto "Non necessario". Possiamo andare avanti, adesso?»

«Bene, così finisce il mio sermone di oggi» replica lui, sorridendo. «Per caso ordinerai le patatine di patate dolci?»

«Lo chiedi perché vuoi rubarmele?»

«Forse.»

«Ecco perché nessuno si fida dei project manager. Si prendono sempre troppe libertà.»

«No. È che sono più buone quando sono nel piatto di qualcun altro. Non ha senso, ma è una verità innegabile, e su questo non transigo.»

Ordiniamo le patatine e una teiera di tè alla menta fresco, e io mi appoggio allo schienale della sedia, decisa a godermi ciò che resta della mia pausa pranzo. Qualunque cosa accada dopo, qualunque casino in cui potrei starmi cacciando con Rory, so che Danny sarà ancora lì. Con il suo sorrisetto. A rubarmi le patatine. A farmi notare le mie sciocchezze.

E onestamente? Questo basta. Per ora, almeno.

SEDICI

Siamo tornati a Londra da quasi una settimana quando propongo a Rory di rivederci di persona. Nel momento in cui lasciamo il marciapiede affollato per entrare nella libreria dell'usato, è come se qualcuno avesse premuto il tasto "muto" su Londra. Il caos della città si dissolve alle nostre spalle, sostituito dal ronzio sommesso delle luci fluorescenti sopra le nostre teste e dal fruscio delicato delle pagine sfogliate da qualche parte sul retro. L'aria profuma di carta vecchia, cera per mobili e appena un velo di polvere: è come entrare in un ricordo che non sapevi di avere. Mi si stringe il petto, ma non in modo sgradevole; è una sensazione simile a quella di tornare a casa.

«Wow» sussurra Rory al mio fianco, la sua voce che si abbassa a un bisbiglio riverente, come se fosse entrato in una chiesa invece che in una libreria angusta, stretta tra un caffè e una lavanderia a secco. «Questo è... notevole.»

«Notevole in senso buono?» gli chiedo con un'occhiata, notando come il suo solito sorriso spavaldo si sia addolcito in qualcosa di più tranquillo. Genuino. La cosa mi spiazza per un istante, prima che mi riprenda con un'alzata di spalle. «Voglio dire, non è Foyles, ma fa il suo dovere.»

«Stai scherzando? Questo posto sembra il tipo di luogo in cui i libri prendono vita dopo l'orario di chiusura.» Sorride come uno scolaretto.

«Attento» dico seccamente, dirigendomi verso la corsia più vicina. «Se idealizzi troppo questo posto, potrei pensare che tu sia una di quelle persone che comprano libri solo per l'estetica e non li leggono mai.»

«Chi ha detto che non lo sia?» Mi segue, abbastanza vicino da farmi percepire la sua presenza senza doverlo guardare, il che è... una distrazione.

«Be', lo scoprirò presto» ribatto, lasciando scorrere le dita leggere sulle coste dei libri rilegati. «Se inizi a citare a sproposito la Austen o a definire Hemingway "sottovalutato", ti lascio qui a cavartela da solo.»

«Ne terrò conto» promette Rory, ma la sua voce tradisce una risata.

Ci infiliamo tra le corsie strette, superando torri pendenti di narrativa e pile precarie di biografie. Mi fermo di colpo davanti a uno scaffale sul retro, inclinando la testa per esaminare un titolo familiare.

«Questo» dico, sfilando un tascabile consunto e sollevandolo perché possa vederlo. La copertina è sbiadita, gli angoli piegati. «*Rebecca*. L'ho letto per la prima volta a quattordici anni. Sono rimasta sveglia tutta la notte perché non riuscivo a metterlo giù.»

«Du Maurier» dice subito Rory. «La casa inquietante, la gelosia ossessiva, le sfumature sinistre. Sembra proprio da te a quattordici anni.»

«Come scusa?» inarco un sopracciglio, anche se sono segretamente compiaciuta che lo conosca. «Stai insinuando che fossi un'adolescente tormentata?»

«Insinuando? No. Lo sto affermando? Assolutamente.»

«D'accordo» ammetto, rimettendo il libro sullo scaffale. «Forse avevo qualche... tendenza tormentata. Ma apprezzavo anche la maestria. Il ritmo, la tensione, il modo in cui costruisce l'angoscia senza spiegare tutto. È stata la prima volta che ho capito che le storie potevano fare una cosa del genere.»

«Ha senso» dice, ora con un tono più dolce. «Il tuo modo di fare editing è quello di chi ha imparato da autrici come lei: preciso, implacabile, ma... elegante.»

Lo fisso, colta di sorpresa dal complimento. Mi lascia abbastanza turbata da farmi passare in fretta a un'altra sezione.

«Da questa parte» dico bruscamente, indicando una raccolta di antologie poetiche. «La mia via di fuga preferita quando i romanzi sembravano troppo grandi. La poesia mi è sempre sembrata... gestibile. Come una singola scena distillata nella sua forma più pura.»

«Lasciami indovinare» dice Rory, scorrendo le coste dei libri. «Sylvia Plath per i giorni più cupi, Mary Oliver per quelli più sereni?»

«Non male. Anche se, se proprio vuoi saperlo, ho avuto anche una seria fase Pablo Neruda. C'è qualcosa nel desiderio struggente in spagnolo che colpisce più a fondo.»

«Desiderio struggente, eh?» La sua voce si abbassa, scherzosa. «Allora *ce l'hai* un lato tenero.»

«Non farci l'abitudine.»

«Troppo tardi.»

Rory si mette al mio fianco. Il suo braccio sfiora brevemente il mio, un tocco leggero che indugia nella mia mente più a lungo di quanto dovrebbe.

Va tutto bene. Davvero. Siamo solo due colleghi che sfogliano libri insieme. Niente di sconvolgente.

Tranne, ovviamente, che sembra molto più di questo.

Il giardino è nascosto dietro il negozio, celato in piena vista. Uno stretto cancello di ferro cigola mentre lo apro, i cardini che protestano contro anni di incuria. Il profumo di gelsomino in fiore e di terra umida ci accoglie come un vecchio amico, addolcendo i contorni dell'aria fresca della sera. Qui c'è più silenzio, il ronzio lontano del traffico di Londra ridotto a un debole sussurro nella brezza. Per un momento, è come se fossimo entrati in una realtà alternativa, una in cui la città non ti opprime il petto con altrettanta forza.

«Sapevi che c'era questo posto qui dietro?» chiede Rory, con voce bassa, quasi riverente. Passa una mano lungo il muro di mattoni coperto d'edera, le dita che sfiorano le foglie come se temesse che possano sbriciolarsi al suo tocco.

«Certo» rispondo, guidandolo più all'interno. «Non è esattamente un segreto, ma la maggior parte della gente non si disturba a cercare il silenzio quando il rumore è così facilmente disponibile.»

«Sembra una cosa che scriveresti in una delle tue note di revisione. "Trova il silenzio. Lascia respirare la storia".» Mi lancia un'occhiata, ma non c'è malizia, solo riconoscimento.

«Attento, Keane» ribatto, stringendo gli occhi. «Ricorda la mia nota sulle metafore scadenti.»

Lui fa un sorrisetto, ma per una volta non c'è una risposta pungente.

Indico una panchina consumata sotto un albero nell'angolo, il legno sbiancato in un grigio dal tempo e dalla pioggia. «Sediamoci prima che tu inizi a comporre poesie sull'"oasi nascosta" o qualunque altra sciocchezza ti stia frullando per la testa.»

«Non tentarmi» dice, seguendomi mentre mi lascio cadere sulla panchina. Il legno scricchiola sotto di noi, gemendo sotto il peso di due persone.

Restiamo seduti in silenzio per un istante, di quel tipo che non ha bisogno di essere riempito. Le mie spalle si rilassano mio malgrado, e lascio vagare lo sguardo sulle lucine da tè che tremolano, appese alla bell'e meglio tra i rami. È... pacifico. E fastidiosamente intimo, in un modo a cui non mi ero preparata.

«Allora...» rompe il silenzio per primo Rory, appoggiandosi allo schienale e allungando un braccio lungo la parte superiore della panchina. Disinvolto, come se fossimo solo due amici che si godono il pomeriggio e non qualunque cosa complicata siamo in realtà. «Autore preferito. Spara.»

«È una richiesta assurdamente riduttiva» sbuffo. «Non puoi distillare una vita intera di letture in un unico nome.»

«Certo che puoi. Guarda.» Senza esitare un istante, dice: «Toni Morrison. Fatto.»

«Sbruffone.» Ma non posso fare a meno di sorridere. «E va bene. Virginia Woolf. Contento?»

«Ammetto di essere colpito» dice, inclinando la testa verso di me. «Perché la Woolf?»

«La sua prosa è viva. Fluida. Come se scrivesse lo spazio tra le cose invece delle cose stesse.» Faccio spallucce, sentendomi d'un tratto a disagio. «In più, non aveva paura dell'imperfezione. Le sue bozze erano disordinate, persino caotiche, ma in qualche modo quel caos si trasformava in genialità.»

«Ah.» Annuisce lentamente, la sua espressione che si addolcisce, diventando più pensierosa. «Dal caos alla genialità. Sembra un buon mantra per la vita.»

«O un'ottima descrizione di cosa vuol dire revisionare i tuoi manoscritti.»

«Ci sta» ammette. «E, per la cronaca, non hai torto sulla Woolf. Ma se parliamo di prosa fluida, Baldwin le dà del filo da torcere.»

«James Baldwin?» chiedo, per essere sicura che stiamo parlando dello stesso autore. «Scelta interessante per uno che scrive romanzi rosa contemporanei ad alta tensione.»

«Perché? Perché non scrive lieti fine. Non indora la pillola. Scava nel casino di tutto quanto – amore, dolore, identità – e riesce comunque a renderlo meraviglioso. È a questo che punto. O almeno, ci provo.»

«Disordinato ma meraviglioso» ripeto a bassa voce, più a me stessa che a lui. Il mio istinto è quello di deviare il discorso, di aggiungere un altro strato di sarcasmo per mantenere la conversazione su un piano superficiale e sicuro. Ma... non lo faccio.

«Okay, tocca a te» dice, la sua voce che si fa strada nel groviglio dei miei pensieri. «Qual è la tua lettura da piacere colpevole? E non dirmi che non ne hai una. Tutti ce l'hanno.»

«E va bene» ammetto con un sospiro teatrale. «Romanzi rosa Regency da quattro soldi. Più ridicoli sono i titoli, meglio è.»

«'Il Duca che Osò'?» indovina, sogghignando. «'Il suo Conte Scandaloso'?»

«Prova con 'Il Voto Segreto del Visconte'» dico, e lui ride di nuovo, un suono caldo e disinvolto nella fresca aria notturna.

«Per questo pagherei oro. Lara Yates rannicchiata con un romanzo strappacorsetti. Gli occhiali storti, intenta a scarabocchiare furiosamente i margini con l'inchiostro rosso.»

«Non essere assurdo» ribatto, reprimendo un sorriso. «Non annoterei mai un tascabile. È un sacrilegio.»

«Sono contento di vedere che hai dei limiti» scherza, dandomi un colpetto leggero alla spalla con la sua.

«Qualcuno deve pur averne.» Lo guardo di sottecchi, le parole che mi sfuggono prima che possa fermarle. «Lo sa il cielo che tu non ne hai.»

«Ahi!» Il suo sorriso si piega in un angolo, il suo sguardo che trattiene il mio per un secondo di troppo.

«Comunque» dico bruscamente, raddrizzando gli occhiali e distogliendo lo sguardo. «Dovremmo andare. Questo giardino è carino, ma non è esattamente isolato termicamente. Sto congelando.»

«Giusto» dice Rory, alzandosi e offrendomi una mano. Esito solo una frazione di secondo prima di prenderla, la sua stretta calda contro le mie dita gelide. «Non vorrei che ti prendessi un raffreddore, Yates. Non posso permettermi di avere la mia editor fuori gioco.»

«Esatto» dico, ma la scusa suona debole persino a me. Mentre riattraversiamo il cancello per tornare al ronzio della città, rischio un'occhiata verso di lui. La sua espressione è indecifrabile, ma c'è una quieta intensità che mi rimane impressa nella mente molto tempo dopo che il momento è passato.

Va tutto bene. Tutto a posto.

Tranne che, ovviamente, non mi sento affatto a posto.

L'ascensore suona e Rory esce per primo, tenendo la porta con un gesto disinvolto del polso mentre lo seguo. Tipico. Sempre quel tanto di fascino da far sembrare tutto naturale. Il bar sul tetto è già in fermento, anche se è tutt'altro che affollato. Ringhiere di vetro circondano lo spazio, offrendo una vista mozzafiato sullo skyline frammentato di Londra.

È il tipo di momento panoramico che farebbe sospirare malinconicamente una persona qualunque o, peggio, la spingerebbe a tirare fuori il telefono per un post su Instagram con l'hashtag #blessed. Ma io rimango lì, a braccia conserte, cercando di non dare a Rory la soddisfazione di sapere che è bellissimo... e, devo ammetterlo, romantico.

«Bello, no?» dice da qualche parte dietro di me, la sua voce bassa e pacata. Non c'è traccia di presunzione, il che è irritante perché ero prontissima ad alzare gli occhi al cielo.

«Accettabile» dico invece.

«Detto da una che revisiona romanzi rosa per vivere» ribatte, avvicinandosi, abbastanza da farmi sentire il suo leggero calore ancor prima che la sua spalla tocchi la mia, «suona quasi come un complimento.»

Restiamo lì per un istante, a guardare le luci che si accendono in lontananza come stelle che si svegliano. È così fastidiosamente romantico.

«Allora, cosa beviamo per celebrare l'occasione? Qualcosa di pretenzioso con un rametto di rosmarino dentro?»

«Lascia fare a me.» Lancia le parole alle sue spalle mentre si dirige al bar. Rimango lì, con le mani infilate nelle tasche del cappotto, cercando di non sentirmi a disagio.

Non ci mette molto a tornare, con due bicchieri in mano. Ne posa uno davanti a me con enfasi, il liquido ambrato che riflette il bagliore caldo delle lucine appese sopra di noi.

«Old Fashioned» dice semplicemente, scivolando sulla sedia di fronte a me. «Niente rosmarino, niente fronzoli. Proprio come piace a te.»

Sgrano gli occhi, sorpresa. «Come fai a...»

«Non essere così scioccata, Yates.» Si appoggia allo schienale, l'angolo della bocca che si solleva. «L'hai menzionato sul tuo Instagram. A quel terribile evento di settore, ricordi? Hai fatto un commento sarcastico sulla moda dei cocktail destrutturati.»

«È stato... mesi fa.» La mia voce vacilla leggermente. «Hai letto tutti i miei social media?»

«Certo. Quando Fiona ha chiamato per dirmi che eri la mia nuova editor, dovevo sapere con chi andavo a letto, per così dire.» Il suo tono è leggero, ma c'è qualcosa sotto.

«Beh» dico, afferrando il bicchiere e bevendo un sorso deciso per mascherare la mia reazione. Il drink brucia liscio e dolce, proprio come piace a me. «Buono a sapersi che sei capace di fare una ricerca di base sul personaggio.»

«Direi che i miei sforzi di ricerca sono a dir poco approfonditi» dice, facendomi l'occhiolino.

«Salute» dico, facendo tintinnare leggermente il mio bicchiere contro il suo. La città si stende sotto di noi, viva e scintillante, e per un momento, mi lascio sprofondare nel suo ronzio silenzioso. Ma poi sento il suo sguardo su di me, fisso e risoluto, e mi riporta indietro come la forza di gravità.

«D'accordo, Yates,» dice. «Se dovessi scegliere un libro, un solo libro, da leggere per il resto della tua vita, quale sarebbe?»

«È una domanda impossibile,» dico subito, prendendo un altro sorso del mio drink. «Nessun lettore serio risponderebbe. È come chiedermi di scegliere un figlio preferito.»

«Hai dei figli?» chiede, inarcando un sopracciglio.

«Ovviamente no.» Alzo gli occhi al cielo. «È un'ipotesi.»

«D'accordo,» concede, con un sorriso da scolaro. «Restringerò il campo. Sei bloccata su un'isola deserta...»

«Perché in questi scenari sono sempre io quella che finisce naufraga?» lo interrompo, incapace di trattenermi. «Sono naufragata? Incidente aereo? Ho fatto arrabbiare Poseidone?»

«Concentrati, Yates,» dice, con un sorrisetto malizioso. «Un libro. Qual è?»

«Qualcosa di pratico. *Come costruire una zattera con risorse minime,*» propongo, e la sua risata è improvvisa e brillante.

«Certo che sceglieresti un manuale di sopravvivenza,» dice. «E già che ci sei, probabilmente lo correggeresti anche.»

«Solo se ce ne fosse bisogno. Va bene, tocca a te,» dico, posando il mio bicchiere vuoto con un tonfo leggero. «Isola deserta. Un libro.»

«Facile,» dice senza esitazione. «*Orgoglio e Pregiudizio.*»

«Sul serio?» Sono sinceramente sorpresa. «Abbiamo un signor Darcy, qui?»

«Non sottovalutarlo,» dice, sporgendosi verso di me, con i gomiti appoggiati al tavolo. «È un capolavoro. Senza tempo. E poi, ho pensato che se fossi bloccato su un'isola, potrei usare l'ispirazione per struggermi come si deve.»

«Naturalmente,» dico, con le labbra che fremono. «Passeresti le giornate a uscire dall'acqua con i tuoi calzoni?»

«Ora sì che ci capiamo,» dice, ridendo, e mi costringo a unirmi a lui, anche se l'aria tra noi cambia sottilmente, in modo quasi impercettibile. La sua risata svanisce, lasciando dietro di sé un silenzio tangibile.

«Rory...» comincio, ma le parole mi si aggrovigliano in gola perché all'improvviso si è avvicinato. Non di molto, ma abbastanza. Abbastanza da farmi vedere la debole traccia di barba lungo la sua mascella, il modo in cui il suo sguardo scivola sulle mie labbra per una frazione di secondo prima di incrociare di nuovo il mio. Mi si mozza il fiato e, per una volta, non riesco a pensare a una sola battuta tagliente per sviare.

«Posso...?» comincia, con la voce bassa, ma non finisce la frase. Si sposta semplicemente, annullando la distanza rimasta con una calma sicurezza che mi toglie la terra da sotto i piedi.

Il bacio è caldo, morbido, e vorrei che non finisse mai. Mi sporgo in avanti, solo di un millimetro, e tutto il resto svanisce.

L'aria tra noi sembra fragile, come se una mossa sbagliata potesse mandarla completamente in frantumi. Il mio cuore batte così forte che sono sicura che il suo suono rimbombi sulle tegole del tetto, ma Rory non dice una parola. E nemmeno io. Restiamo lì, sospesi in questa strana immobilità vibrante, e io fisso il suo profilo mentre lui guarda la città, con la mascella contratta e le dita che tamburellano sul ginocchio.

«Senti, Rory...» mi interrompo, incerta su cosa voglia dire davvero. «Passare la giornata con te è stato... piacevole,»

«Giusto,» dice lui in fretta. «*Piacevole.*»

«Ok, è stato molto più che piacevole, ma stasera torno a casa da sola.»

Frugo nella borsa e tiro fuori la chiavetta USB che porto con me da tutto il giorno, quella che ho dovuto cercare per tutto l'appartamento, caricata con le ultime correzioni al suo manoscritto. Dargliela sembra stranamente una transazione dopo tutto quello che è appena successo tra noi, ma sembra anche una cosa sicura. Come se stessi chiudendo di scatto il coperchio di una scatola che non avrebbe mai dovuto essere aperta.

«Tieni. I tuoi appunti. Ho pensato che li avresti voluti al più presto.»

«Il lavoro,» dice, prendendo la chiavetta con una risatina amara. «Si torna sempre al lavoro con te, eh?»

«Qualcuno deve pur tenerti in riga. Abbiamo tre settimane, Rory. Devi rispettare quella scadenza. È semplice. Non ci rivedremo finché non avrai apportato queste modifiche.»

«Giusto,» ripete lui, infilando la chiavetta nella tasca della giacca. Per un secondo, sembra che voglia dire altro. Invece, si alza e mi offre una mano. «Andiamo. Ti accompagno di sotto.»

«Grazie,» dico, lasciando che mi aiuti a rimettermi in piedi. Il calore della sua mano indugia a lungo dopo che mi ha lasciata.

Scendiamo in ascensore in silenzio, la serata finita bruscamente. Fuori, la città vibra al suo ritmo, ma sembra stranamente distante, come se la stessi guardando attraverso un vetro. Mi fermo sul marciapiede, voltandomi verso di lui.

«Buonanotte, Rory,» dico a bassa voce, sistemandomi gli occhiali per abitudine.

«Notte, Lara,» risponde lui, con la voce altrettanto smorzata. Esita un momento, poi mi fa un piccolo cenno con la mano prima di andarsene, la sua figura che scompare tra la folla.

Resto radicata sul posto per un altro istante, con il fantasma di quel bacio ancora impresso sulla mia pelle. Poi scuoto la testa, raddrizzo le spalle e mi ricordo di respirare.

Era solo un bacio, mi dico con fermezza, *non diverso dai tanti che ci siamo scambiati prima*. Ma mentre mi avvio verso la stazione della metropolitana, non posso fare a meno di sentire che qualcosa di fondamentale è cambiato e che ho appena messo piede in un territorio inesplorato, senza nessuna mappa per guidarmi indietro.

DICIASSETTE

Il treno sussulta mentre si ferma e scendo sulla banchina, con l'aria densa di quella nauseante miscela di fumi di diesel e cemento umido. È strano come persino l'odore sembri un giudizio. Bentornata a casa, Lara Yates, dove sei sempre o troppo o non abbastanza.

Sistemo la tracolla della borsa del portatile sulla spalla, il suo peso mi sbilancia leggermente. La stazione è identica a come la ricordavo quando sono partita per l'università quattordici anni fa, fino al cartello «FUORI SERVIZIO» attaccato con lo scotch sul distributore automatico. La nostalgia non mi colpisce, si insinua, lenta e insidiosa, avvolgendomi come l'edera tra le crepe di una vecchia pietra.

Il viaggio in taxi dalla stazione a casa dei miei genitori è tranquillo, vale a dire soffocantemente familiare. File di case di mattoni identiche si confondono fuori dal finestrino, ognuna indistinguibile dall'altra, fatta eccezione per l'occasionale, sfacciata esibizione di individualismo sotto forma di intonaco di cemento. Quando il taxi si ferma davanti a casa, sento il petto stringersi, come se avessi trattenuto il respiro da quando sono scesa dal treno.

La porta d'ingresso si apre prima ancora che io riesca a slacciarmi la cintura di sicurezza, ed eccola lì: mamma. Continua a scrutare il mondo con quel particolare misto di preoccupazione e leggera disapprovazione che ha sempre indossato come un'armatura, le braccia strette al petto. Ha i capelli più corti di quanto ricordassi, tinti di una tonalità troppo scura per sembrare naturale. Non saluta con la mano, sta semplicemente lì, incorniciata sulla soglia come se si stesse preparando a qualsiasi versione di me fosse comparsa questa volta.

«Beh, ce l'hai fatta», dice mentre trascino la valigia su per i gradini. Niente ciao, niente abbraccio. Solo quelle quattro parole, pronunciate con quel tono che riesce in qualche modo a suonare sia sollevato che deluso.

«Già». Forzo un sorriso che sembra più una smorfia. «Sono ancora in grado di usare i mezzi pubblici».

«A malapena», risponde, squadrando le mie scarpe come se la ofendessero. Sono delle scarpe basse e comode, ma a quanto pare non *abbastanza comode*.

Dentro, la casa ha odore di lucidante al limone e di qualcosa di leggermente bruciato; una combinazione tanto persistente quanto sgradevole.

Papà compare sulla soglia del salotto, con gli occhiali da lettura appollaiati sulla punta del naso. Alza lo sguardo dalle parole crociate giusto il tempo di borbottare un «Ciao, tesoro» poco convinto, prima di ritirarsi nella sicura fortezza della sua poltrona.

«Ciao, papà», rispondo, anche se è già scomparso dietro il fruscio delle pagine del giornale. Un classico.

«Hai mangiato in treno?», chiede mamma, con lo sguardo che saetta verso la borsa del mio portatile. Non perché le importi se ho mangiato, ovviamente, ma perché muore dalla voglia di chiedere se ho lavorato per tutto il viaggio.

«Sì», mento, perché spiegare che ho passato due ore a leggere di un duca immaginario che rapisce una contessa porterebbe solo a domande a cui non sono pronta a rispondere.

«Bene», dice, con tono secco ed efficiente. «Sembri stanca».

«Grazie», sorrido raggiante. «Esattamente quello che ogni donna vuole sentirsi dire».

Non ride, si limita a stringere le labbra in un modo che mi fa sentire di nuovo una bambina di dieci anni.

«Beh, non restare lì impalata», dice bruscamente, girandosi già verso la cucina. «La cena è tra un'ora, e viene tua cugina Emma».

Ma certo che viene. Perché niente dice «bentornata a casa» come sentirsi ricordare in tutti i modi in cui non sei all'altezza di qualcun altro.

«... e poi stiamo pensando a un matrimonio in primavera», cinguetta Emma, con la voce brillante e zuccherosa come la limonata che mamma insiste a servire agli ospiti. «Sai, fiori di ciliegio, un'estetica dai colori pastello tenui, magari una cerimonia all'aperto, tempo permettendo, ovviamente».

«Ovviamente», le faccio eco distrattamente, facendo roteare la forchetta tra i broccoli spappolati nel mio piatto. Sono stati lessati fino a diventare una poltiglia, il che mi sembra appropriato, dato il mio attuale stato emotivo.

Emma non sembra notare, o non le importa, che il mio entusiasmo è genuino quanto i complimenti di mamma. Va avanti come un treno, agitando una mano curata in aria come se stesse già lanciando il bouquet. «Non volevamo niente di troppo pretenzioso, capisci? Tim e io siamo per la *semplicità*».

«Mmm», dico in modo vago, guardando i miei genitori dall'altra parte del tavolo. Papà è concentrato sul suo pollo arrosto come se contenesse le risposte ai grandi misteri della vita, mentre mamma annuisce al monologo di Emma, con un'espressione a metà tra il cortese interesse e la compiaciuta soddisfazione.

«Sembra... bello», aggiungo, perché qualcuno deve pur dire qualcosa, e a quanto pare quel qualcuno sono io.

«Vero?», esclama Emma, raggiante come solo le persone con una pelle perfetta e una fiducia in sé stesse sconfinata sanno essere. «Cioè, so che non è per tutti», i suoi occhi si spostano su di me, giusto un attimo, abbastanza da pungere, «ma Tim e io ci sentiamo così pronti, capisci? Tipo, perché aspettare?».

«Già, perché mai aspettare», borbotto a mezza voce. Emma

non mi sente, ma mamma sì. La sua secca inspirazione è quasi teatrale.

«Emma, tesoro», dice mamma, guidando la conversazione da professionista. «Hai già deciso le damigelle?».

«Non ufficialmente», ridacchia Emma, anche se è ovvio che sa esattamente chi sarà, e chi non sarà, al suo fianco nel suo grande giorno. Spoiler: non sono io.

«Beh, avrai un sacco di tempo per decidere», la rassicura mamma, prima di rivolgere la sua attenzione a me. Ed eccolo che arriva: il cambio di rotta. «A proposito di tempo, Lara, come va il lavoro? Immagino che ti tenga ancora impegnata».

«Sempre», rispondo, sforzando un sorriso tirato. «Sai com'è».

«Davvero?», ribatte lei, inclinando la testa in quel modo che mi fa venire voglia di urlare in un cuscino. «Insomma, lavori sempre, no? Anche nei fine settimana?»

«L'editoria non è esattamente come l'insegnamento, mamma», dico, mantenendo un tono leggero nonostante la tensione che mi opprime il petto. «Non abbiamo una campanella che suona e ci permette di andare tutti a casa. Le scadenze non si prendono giorni di ferie».

«Mm», fa lei, stringendo le labbra quasi impercettibilmente. «Ma sicuramente potresti trovare il tempo per...»

«Per cosa, mamma?», la interrompo. «Per organizzare un matrimonio? Perché a meno che tu non abbia uno sposo nascosto in dispensa, credo di essere a posto così».

Le parole restano sospese, imbarazzanti e pesanti, finché Emma non si schiarisce la gola, chiaramente a disagio. «Credo che i matrimoni siano, uhm, sopravvalutati per alcune persone», propone, con la voce che vacilla abbastanza da farmi pentire di aver sbottato.

«Scusa», dico, abbassando lo sguardo sul piatto. I broccoletti mi fissano, senza essermi d'aiuto.

«Tutto quello che volevo dire», continua mamma, ignorando la tensione da vera professionista, «è che non ti farebbe male prenderti una pausa ogni tanto. Lavori così tanto, Lara... troppo, davvero. Non dovresti essere da sola. Non alla tua età».

«Grazie, mamma, proprio quello che avevo bisogno di sentirmi dire».

«Beh, lo dico solo perché ci tengo», dice, con un tono quasi sulla difensiva. «E perché, onestamente, a volte mi preoccupo per te. Metti così tanta energia nella tua carriera, ma...»

«Ma cosa?», la incalzo, con la voce più bassa ora. Più piccola.

«Niente», dice in fretta, spazzando via briciole immaginarie dalla tovaglia. «Fa' finta che non abbia detto niente».

«Fatto», rispondo, anche se la rabbia sta cominciando a ribollire.

Emma si agita sulla sedia, chiaramente disperata di cambiare argomento. «Allora, uh, comunque, a proposito della torta...»

Le sue parole svaniscono nel rumore di fondo mentre mi concentro sul tagliare il pollo in pezzi precisi e uniformi, fingendo che il tavolo non si stia stringendo intorno a me. Le parole di mia madre riecheggiano nella mia testa, sempre più forti a ogni ripetizione: *Lavori troppo. Sembri stanca. Mi preoccupo per te.*

Traduzione: Non sei abbastanza. Non lo sei mai stata.

«Scusatemi», dico bruscamente, spingendo indietro la sedia. «Devo andare in bagno».

Nessuno mi ferma mentre salgo di sopra, nella mia vecchia cameretta. Mi appoggio alla porta chiusa, fissando i lievi segni di Blu Tack che tracciano ancora la mappa di dove i miei poster occupavano un tempo il posto d'onore, sforzandomi di respirare. Di lasciar correre.

Ma il nodo rimane, aggrovigliato e ostinato, rifiutandosi di sciogliersi.

I suoni ovattati della conversazione al piano di sotto – la risata di Emma, la voce di mia madre, penetrante anche quando cerca di essere gentile – si affievoliscono un po', ma non abbastanza. Mai abbastanza.

La stanza è più piccola di quanto ricordassi. O forse sono solo diventata troppo grande per essa, come un vecchio cardigan che tengo in fondo all'armadio per un sentimentalismo fuori luogo.

Gli scaffali sono stipati di libri, i dorsi allineati in file irregolari, alcuni inclinati precariamente come se fossero stremati dal sorreggersi per tutti questi anni. Titoli che divoravo in poche ore, mondi in cui fuggivo quando questa casa sembrava troppo soffocante. È travolgente e confortante allo stesso tempo, come essere avvolta in una coperta che odora vagamente di polvere e malinconia.

Mi inginocchio accanto al letto, sollevando la trapunta a fiori che è rimasta qui da quando mia madre l'ha comprata in saldo da Marks & Spencer quando avevo dodici anni. Le mie dita rovistano alla cieca finché non urtano del cartone. La scatola è più pesante di quanto mi aspetti, o forse sono solo fuori allenamento a sollevare il peso della me adolescente.

La trascino fuori e mi siedo a gambe incrociate sul pavimento. Il coperchio oppone resistenza per un momento prima di cedere, rivelando il suo contenuto caotico: quaderni, fogli sparsi e qualche busta stropicciata. Una capsula del tempo di angoscia e ambizione.

Il primo diario che prendo ha una copertina viola glitterata. Ovviamente. Lo apro e vengo subito accolta dalla mia stessa calligrafia: lettere grandi e arrotondate scarabocchiate sulla pagina con l'urgenza di chi pensava che ogni parola fosse importante.

Il mio primo e unico tentativo di tenere un diario. Ho iniziato la prima pagina il 1° gennaio e sono arrivata solo al 5 febbraio. Oh, Dio. No. Lo chiudo di scatto, con la faccia in fiamme come se qualcuno potesse entrare e vedere. Come se a qualcuno importasse cosa pensasse la me quattordicenne di... Do di nuovo un'occhiata alla pagina. «...*se Ben oggi ha notato il mio nuovo taglio di capelli*». Santo cielo.

«Andiamo avanti», dico sottovoce, scavando più a fondo nella scatola. Un altro quaderno cattura la mia attenzione, questo nero e con la spirale, i bordi sfilacciati dall'essere stato ficcato in troppi zaini. Quando lo apro, le pagine sono piene di storie scritte a metà, frammenti di dialoghi, idee annotate in una stenografia frenetica.

Una cattura la mia attenzione: una scena tra due personaggi di cui non riconosco più i nomi, che litigano per qualcosa di drammatico e sconvolgente. Il dialogo è chiaramente influenzato da Brontë e Hugo, che stavo leggendo all'epoca, grondante di melodramma, ma c'è qualcosa di crudo. Di onesto. Riesco quasi a sentire la versione di me stessa che ha scritto queste righe, rannicchiata proprio su questo pavimento, versando tutto quello che avevo in queste parole perché non sapevo dove altro metterlo.

Sfoglio altre pagine, più in fretta ora. Ci sono inizi di storie – così tanti inizi – ma nessuno è finito. Ognuno interrotto a metà frase, a metà pensiero, come se fossero stati abbandonati nell'istante in cui richiedevano più di quanto fossi disposta a dare.

«Un classico», sussurro, appoggiandomi alla struttura del letto. Il nodo familiare mi si stringe nel petto, lo stesso che mi porto dentro dalla cena. Da sempre.

Perché eccola qui, messa a nudo di fronte a me: la prova che sono sempre stata brava a iniziare le cose e pessima a finirle. La prova che anche allora – anche prima delle scadenze, delle riunioni editoriali e della pressione costante di correggere il lavoro degli altri – dubitavo di essere abbastanza brava da creare qualcosa che valesse la pena conservare.

Lascio che il quaderno si chiuda sul mio grembo, fissando il soffitto. Gli adesivi a forma di stella che si illuminano al buio sono ancora lì, sbiaditi e scrostati. Me ne stavo sdraiata qui di notte, immaginando che fossero vere, chiedendomi come sarebbe stato protendersi verso qualcosa di così lontano e riuscire davvero ad afferrarlo.

«Patetica», dico ad alta voce, anche se la voce mi si incrina sulla parola. Mi asciugo una guancia prima ancora di rendermi conto che le lacrime sono lì.

Ricaccio il quaderno nella scatola e la spingo sotto il letto con un piede, come se questo potesse in qualche modo seppellire il groviglio di emozioni che mi si arrampica su per la gola. Lontano dagli occhi, lontano dal cuore... o almeno, è quello che mi dico. Solo che il peso non scompare. Rimane lì, pesante e sgradito, a premermi sul petto come una di quelle coperte ponderate che la gente giura servano a calmarti. Spoiler: non sta funzionando.

«Sistemare», dico ad alta voce. La mia voce rimbalza sulle pareti, sorprendendomi. Mi passo una mano sul viso e ci riprovo, questa volta più dolcemente. «Sono brava a sistemare le cose».

Questo è vero. Dammi un manoscritto pieno di buchi nella trama e personaggi piatti, e lo rimetto in sesto. Asciugare la prosa, riorganizzare le scene, alzare la posta in gioco... ormai è praticamente una seconda natura. Ho passato anni a perfezionare questa abilità, ritagliandomi un piccolo angolo nel mondo dell'editoria dove sono quella che sistema tutto. La chirurga. La persona che migliora le storie degli altri.

Ma creare qualcosa da zero? Quello è... diverso. È terrificante.

L'ultima volta che ci ho provato – provato sul serio – è stato otto anni fa, quando ero appena entrata alla Scott & Drake come assistente editoriale e battevo sui tasti furiosamente ogni sera come se la mia vita dipendesse da quello. E forse era così, in un modo piccolo e melodrammatico. Volevo disperatamente essere brava. Scrivere qualcosa che non fosse solo decente, ma grandioso. Qualcosa che contasse.

E quando non ci sono riuscita? Quando le parole sulla pagina non corrispondevano a quelle che avevo in testa? Ho mollato. Proprio come faccio sempre.

«Oddio». Mi porto un cuscino sulla faccia come se potesse attutire i pensieri che vanno fuori controllo. «Ma cosa sto combinando?»

Non si tratta solo di scrivere. Riguarda tutto. Il mio lavoro, la mia vita, la mia infinita serie di routine meticolosamente studiate che danno l'impressione che io abbia tutto sotto controllo quando, in realtà, la maggior parte del tempo mi sento come se andassi avanti col pilota automatico. Fare l'editor è sicuro. Comodo. So cosa ci si aspetta da me e soddisfo quelle aspettative con un'efficienza spietata, perché è quello che faccio. È ciò che sono.

O no?

Sotto il cuscino, espiro, lentamente e con un tremito. La verità – la brutta, scomoda verità – è che non lo so più. Non so per cosa sto lavorando né perché. Non so se voglio salire più in alto nel mondo dell'editoria o se ho già toccato il soffitto. Non so nemmeno se fare l'editor sia abbastanza. Non quando l'idea di scrivere persiste ancora in un angolo della mia mente, insistente e dolorosa, come una vecchia ferita che non si è mai veramente rimarginata.

Ho il telefono in mano prima ancora di rendermi conto di averlo afferrato. Ormai è istintivo, questo ciclo infinito di distrazioni. Instagram, e-mail, qualcosa, qualsiasi cosa per impedire al mio cervello di avvitarsi troppo su se stesso. Solo che il Wi-Fi qui è pessimo come sul treno e il segnale è quasi inesistente. Eppure, scorro senza meta, osservando la rotellina del caricamento girare come se alla fine potesse svelare i segreti dell'universo, o almeno regalarmi un meme abbastanza divertente da farmi pensare che sia valsa la pena fare questo viaggio.

Lo schermo ha un piccolo scatto, si blocca, poi mi rimanda alla schermata iniziale. Perfetto. Emetto un respiro che assomiglia più a un ringhio e lascio cadere il telefono sulla pancia. Rimbalza una volta prima di fermarsi lì, prendendomi in giro con la sua faccia vuota e inutile.

Chiudo gli occhi, ma questo non fa che peggiorare le cose. Senza nient'altro a occupare lo spazio tra le mie orecchie, la mia mente vaga. E dove va? Dritta a Rory Keane, come fa sempre quando non presto attenzione.

È stupido, davvero. Lui è solo... un tipo. Un tipo ridicolmente affascinante e fastidiosamente talentuoso che in qualche modo mi ha convinta ad accettare questa cosa, qualunque essa sia. Amici. Amanti. Amici che a volte vanno a letto insieme, ma che di certo non parlano di sentimenti, perché quello rovinerebbe l'atmosfera informale. Sì, siamo noi. Informali. Assolutamente normali.

Eppure, eccoci qui. O meglio, eccomi qui, sdraiata su un letto singolo nella mia cameretta d'infanzia, a fissare le stelle fosforescenti che hanno perso da tempo il loro bagliore, chiedendomi se Rory oggi mi abbia anche solo pensata.

«Oddio», gemo, spiaccicandomi il cuscino sulla faccia. «Sei patetica».

Ma questo non ferma le domande. Mi ha pensata? Gli importa che io sia qui, bloccata in periferia, a perdere lentamente la testa? O sta benissimo, vivendo la sua vita perfetta, completamente ignaro del fatto che io sto analizzando ogni dettaglio delle nostre conversazioni passate?

Informali. Come se ripeterlo abbastanza volte nella mia testa potesse renderlo vero. Perché è quello su cui eravamo d'accordo. Niente legami. Niente complicazioni. Solo due persone a cui piace la reciproca compagnia, e occasionalmente i reciproci letti.

Solo che non è così semplice, vero? Non lo è mai.

Senza pensarci, afferro di nuovo il telefono. Il pollice si libra sullo schermo e, prima che possa fermarmi, sto scorrendo i contatti. Ex colleghi, vecchi amici, numeri che avrei dovuto cancellare anni fa. E poi, eccolo lì.

Rory.

Il suo nome è lì, che brilla debolmente nella penombra della stanza, come se mi stesse sfidando a premerlo. A chiamare. A mandare un messaggio. A fare *qualcosa*.

Ma cosa potrei mai dire? Ciao, volevo solo controllare se sei ancora insopportabilmente attraente ed emotivamente non disponibile. Bene, ottimo, a presto.

Sì, no grazie. Blocco lo schermo e getto il telefono accanto a me, a faccia in giù, come se nasconderlo potesse nascondere anche il caos che ho in testa. Ma il suo peso persiste, opprimente e insistente, riportando i miei pensieri a lui, non importa quanto io cerchi di indirizzarli altrove.

Va tutto bene, mi dico. Siamo esattamente ciò che abbiamo detto che saremmo stati. Niente di più, niente di meno.

Mi sdraio di nuovo sul letto, fissando il soffitto come se contenesse una qualche risposta. È solo vernice beige e una lieve crepa che, se strizzi gli occhi, assomiglia vagamente all'Italia. Lo stesso soffitto che fissavo a sedici anni, sognando cose come il college o lasciare questa città o, Dio mi perdoni, sposare Jake Gyllenhaal. E invece eccomi qui, a trentadue anni, sdraiata esattamente nello stesso punto, non più vicina a capire cosa voglio di quanto lo fossi allora.

Solo che ora, invece di sognare a occhi aperti Jake nella sua uniforme dei Marines, penso a Rory Keane e alla sua mascella stupidamente perfetta. Non proprio un progresso.

La verità, quella a cui giro intorno da settimane, si insinua attraverso le crepe che ho cercato così attentamente di stuccare. Mi piace. Non nel modo informale del "è divertente uscire con te". Nel modo pericoloso, che fa battere il cuore, del "perché non mi ha ancora risposto al messaggio". Il tipo di sentimento che vuole di più. Più tempo. Più notti. Più... tutto.

Ma ammetterlo ad alta voce? Perfino solo con me stessa? È

come camminare sul ghiaccio sottile e sentirlo scricchiolare sotto i piedi.

Perché cosa succede se lo dico, se ammetto di aver già infranto l'unica regola che ci eravamo dati, e lui no? E se per lui tutta questa storia fosse davvero così semplice come avevamo promesso che sarebbe stata? E se a lui andasse benissimo mantenere le cose leggere, mentre io sono qui a riscrivere mentalmente il nostro primo incontro per trasformarlo in una tragedia alla Nicholas Sparks?

Mi metto a sedere di scatto, gettando via il cuscino. Il telefono è ancora lì, a faccia in giù sul materasso, e sembra quasi ronzare di accuse. Mi dà della vigliacca senza nemmeno illuminarsi.

Okay, penso. Mettiamo che gli scriva. Mettiamo che gli dica che provo sentimenti che non dovrei. Qual è la cosa peggiore che potrebbe succedere?

Esiterebbe. Non mi rifiuterebbe su due piedi, non Rory, ma ci sarebbe una pausa, un attimo di troppo prima della sua risposta. E in quel silenzio, sentirei tutto quello che so già, ma che sono stata troppo stupida per accettare. *Oh, Lara,* inizierebbe, non volendo deludermi, probabilmente stringendomi la mano con sincerità. E poi mi ricorderebbe, con delicatezza, sempre con delicatezza, che non erano questi i nostri accordi. Questo doveva aiutarlo a scrivere il miglior libro possibile. Niente di più, niente di meno.

E avrebbe ragione.

Mi lascio ricadere sul letto, espirando con forza. *Sei ridicola,* mi dico, ma le parole non sortiscono l'effetto sperato.

Perché la verità è che Rory non ha fatto nulla per farmi pensare che provi lo stesso. Anzi, è sempre stato coerente. Affettuoso, sì. Premuroso. Ma mai più di ciò che avevamo stabilito di essere. Mai niente che suggerisca che *questo*, qualunque cosa *questo* sia, possa esistere al di fuori del nostro temporaneo rapporto editor/autore, al di là delle pagine del suo manoscritto.

E la vera beffa? Sapevo a cosa andavo incontro. Ho accettato io. Sapevo quali fossero i pericoli. Allora perché sono qui a letto, a sezionare ogni sguardo, ogni tocco, ogni pausa prolungata, come se qualcosa di tutto ciò significasse davvero qualcosa?

Non significa niente.

È il libro che conta. Quella è la priorità. È per questo che lo sto facendo. E se mi è rimasto anche solo un briciolo di amor proprio, mi darò una regolata e mi concentrerò.

Chiudo gli occhi, costringendo la tensione ad abbandonare il mio corpo. Non ha senso continuare a rimuginarci sopra, non ha senso indulgere in fantasie stupide. Ho un lavoro da fare. Non sarò l'editor che si avvicina troppo, che complica le cose senza motivo. Non sarò la ragione per cui questo libro non verrà terminato.

Quindi, qualunque cosa io creda di provare, non importa.

Faccio un respiro profondo, poi un altro. Lo seppellirò. Lo metterò sotto chiave.

Il libro viene prima di tutto. Deve essere così.

DICIOTTO

Per tutto il fine settimana, resisto all'impulso di chiamare, mandare messaggi o contattare in qualsiasi modo Rory prima del nostro concordato incontro editoriale di domani. Voglio dargli lo spazio per scrivere e lui, be', nemmeno lui mi ha chiamata, il che dimostra la mia tesi.

Perciò, quando arriva il messaggio, proprio mentre mi sto sistemando sul divano con una tazza di tè e il mio ultimo piacere proibito – un romanzo storico assurdamente drammatico che include sia corsetti strappati che pirati – non me lo aspetto affatto. Il telefono vibra contro il bracciolo e la mia reazione immediata è di fastidio.

> Usciamo a bere qualcosa stasera? Parliamo del libro. Rory x

La curiosità mi divora; a giudicare dalla sua bozza più recente, sono sinceramente entusiasta di leggere l'ultima versione per vedere come ha incorporato i miei appunti e reso la storia sua. Il pollice si libra sulla tastiera. Da un lato, probabilmente non è nulla, solo Rory che fa Rory, tutto fascino e spontaneità. Dall'altro... No, non c'è nessun altro lato.

Eppure, esito. Ma la verità è che non sono riuscita a smettere di pensare al suo libro. Nelle ultime settimane, si è trasformato da mediocre a buono, un'impresa non da poco, considerando da dove siamo partiti. Anche se è ancora lontano dall'essere il prodotto finito, sembra anche più crudo rispetto ai suoi soliti lavori ben levigati, come se avesse messo a nudo una parte nascosta di sé e stesse davvero cercando di crescere come scrittore.

Va bene.

Chiedo i dettagli prima di potermene pentire.

Dove e quando?

La risposta è immediata, come se avesse aspettato che cedessi.

Alle 20. Da Flanaghan's, a Piccadilly. Il primo giro lo offro io.

Quando spingo la pesante porta di legno di Flanaghan's, me ne sto già pentendo. Il bar è scarsamente illuminato, tutto legno scuro e calde luci ambrate, con il basso brusio delle voci e il tintinnio dei bicchieri che riempiono l'aria. È accogliente ma affollato, il tipo di posto dove le persone vengono a rilassarsi dopo lunghe giornate di lavoro in impieghi che segretamente odiano.

Il mio cervello da editor scatta quasi all'istante, analizzando tutti i piccoli dettagli. I poster vintage incorniciati alle pareti. I divanetti in pelle consumata che sembrano essere lì da decenni. Il barista che versa con maestria una cascata di liquido blu in un bicchiere senza versarne una goccia.

E poi lo vedo. Rory. Seduto a un tavolino in un angolo, semi-nascosto dall'ombra di una lampadina di Edison appesa al soffitto. Lo stomaco traditore mi si rivolta alla sua vista, ma metto da parte quella sensazione, costringendo i miei ormoni all'obbedienza.

Mi faccio strada tra la folla, schivando un uomo che gesticola selvaggiamente con il suo boccale di birra e una coppia che discute a voce bassa ma intensa. Più mi avvicino al tavolo di Rory, più diventa evidente che si è... vestito bene. Non in modo esagerato, ma abbastanza da farmi esitare a metà passo.

Indossa una camicia scura, con le maniche arrotolate fino ai gomiti proprio come si deve. I primi due bottoni sono slacciati, lasciando quel tanto che basta per suggerire una studiata noncuranza, pur avendo un aspetto fastidiosamente impeccabile. I suoi capelli – sempre leggermente scompigliati in quel modo del tipo "oh, mi sono venuti così per caso" – stasera sono sospettosamente perfetti, come se ci avesse davvero dedicato del tempo.

«Davvero?» chiedo mentre mi avvicino. «Solo un drink informale?»

Mi dico che è semplicemente così che è Rory Keane. Non si tratta di me. Non sta assolutamente cercando di impressionarmi.

... Giusto?

«Beh», dico mentre scivolo sulla sedia di fronte a lui, appoggiando la borsa con gesto deliberato, «non sembra che tu sia appena uscito dal set di un servizio fotografico di GQ?» Lascio che il mio sguardo si sposti con enfasi dalla sua camicia alle maniche ben arrotolate. «Mi sono persa la circolare? C'era un dress code per stasera?»

Le labbra di Rory si contraggono in un ghigno, un angolo che si solleva più dell'altro. È esasperatamente sicuro di sé, come se sapesse esattamente cosa sta facendo. Perché ovviamente lo sa.

«Un tipo non può metterci un po' di impegno?» Si appoggia allo schienale della sedia, le dita che sfiorano il fianco del bicchiere. «E poi, tutto il resto è nella cesta del bucato.»

«Mmh.» Incrocio le braccia, inclinando la testa. «E cosa, di grazia, avresti fatto se questa fosse stata una vera discussione sul manoscritto? Ti saresti portato una giacca da camera di velluto? Un monocolo?»

«Sarebbe allettante» dice lui con disinvoltura, con gli occhi che gli brillano nella luce soffusa. «Ma ho pensato che sarebbe stato difficile prendere appunti strizzando gli occhi.»

«Ah, la praticità ha la meglio.»

«Sempre.» Solleva il bicchiere per bere un sorso. Poi, abbassandolo quanto basta per incrociare il mio sguardo, aggiunge: «Anche se, ammetto, mi fa piacere vedere che ho catturato la tua attenzione.»

«Sono un'editor. Osservare i dettagli è letteralmente il mio lavoro.»

«È così che lo chiamiamo?»

Qualunque sia il suo gioco, sono determinata a non lasciarlo vincere. Anche se una parte di me – una parte molto piccola e molto stupida – si chiede se forse, solo forse, dopotutto *stia* cercando di far colpo su di me.

«D'accordo» dico, prendendo il bicchiere di stout che, a detta di Rory, è la migliore che si possa trovare fuori dall'Irlanda. Le mie dita sfiorano la condensa sul bicchiere mentre lo scruto con quella che spero passi per distaccata professionalità. «Ti prego, dimmi che hai fatto le modifiche.»

«Dritto al sodo» dice lui. «Non mi chiedi nemmeno com'è andata la mia giornata? Magari mi ci fai arrivare con un po' di conversazione leggera?»

«La tua giornata è irrilevante ai fini della possibilità di inviare o meno qualcosa ai correttori di bozze.»

«Spero che troverai le modifiche di tuo gradimento. Ti aspettano nella tua casella di posta. Te le ho mandate prima di uscire, pronte perché tu le faccia a pezzi.»

«Non le faccio a pezzi» lo correggo mentre controllo il telefono e vedo che in effetti c'è un'email di Rory con un allegato. «Semmai... le smantello delicatamente in nome del miglioramento.»

«Ah.» Si sporge in avanti, appoggiando gli avambracci sul tavolo. Il movimento attira la mia attenzione – sfortunatamente – sul modo in cui le maniche arrotolate rivelano abbastanza avambraccio da essere una distrazione. «Delicato smantellamento. È così che chiami i cinquantatré commenti che hai lasciato solo sui primi due capitoli?»

«Cinquantadue» ribatto, fulminandolo con uno sguardo eloquente. «Uno di quelli non era un commento. Era una domanda.»

«Giusto. Errore mio.»

Dovrei distogliere lo sguardo. Non lo faccio. Invece, i miei occhi si soffermano sulla minuscola fossetta che appare all'angolo del suo sorriso, un tratto che ho notato esattamente due volte prima d'ora, ma che mi rifiuto di ammettere di trovare affascinante. Stringo la presa attorno al bicchiere e mi costringo a concentrarmi su qualcos'altro, *qualunque altra cosa.*

Le luci del bar cambiano senza clamore, un quieto abbassarsi che ammorbidisce i contorni di ogni cosa. Le lampade a soffitto, così luminose e cliniche solo un'ora fa, ora brillano di una calda tonalità ambrata, come se qualcuno avesse avvolto la stanza nel miele. Anche il chiacchiericcio intorno a noi sembra essere diminuito, il ronzio un tempo chiassoso ridotto a bassi mormorii e a occasionali scoppi di risa da angoli lontani. È come se l'universo stesso avesse deciso di cospirare contro di me, avvolgendo me e Rory in questo bozzolo non intenzionale di intimità.

«Tutto bene? Sei diventata terribilmente silenziosa all'improvviso» dice Rory, la sua voce che irrompe nei miei pensieri. «Non starai già esaurendo gli appunti per me, vero?»

«Neanche per sogno» rispondo secca, facendo roteare l'ultimo sorso di liquido scuro nel mio bicchiere per avere qualcosa da fare. «Sto solo cercando di decidere quale difetto sviscerare adesso. Ci sono così tante opzioni.»

La sua risata è bassa e ricca, il suono si insinua nel piccolo spazio tra noi come fumo.

«Mi ferisci, Yates. Davvero.»

«Bene. Continua a sanguinare, forma il carattere.» Alzo il bicchiere come per brindare a lui.

«Ammettilo» dice, la voce così bassa da scivolare sotto il brusio delle conversazioni intorno a noi. «Questo potrebbe passare per un appuntamento.»

«Dici?» ribatto, inarcando un sopracciglio. Il mio tono è disinvolto – ben collaudato – ma la domanda atterra più pesante di quanto volessi. La parola *appuntamento* aleggia nell'aria tra noi, più greve di quanto dovrebbe.

«Beh, vediamo.» Inclina la testa, il suo sorriso che si avvicina a un ghigno lupesco. «C'è un bar, da bere, luci discutibili. Tutti elementi classici, non diresti?»

«Manca un elemento chiave» faccio notare, costringendomi a sembrare impassibile.

«Che sarebbe?» Il suo sguardo è diretto – troppo diretto – e devo guardare altrove prima di annegarci dentro.

«Il romanticismo» dico seccamente.

«Hai ragione. Neanche un briciolo. Neanche un'ombra.» La sua negazione non fa che rafforzare il fatto che Rory Keane – un uomo pagato per scrivere di gesti grandiosi e baci rubati – è seduto accanto a me e mi guarda come se *io* fossi il colpo di scena che non si aspettava. E la cosa peggiore? Non mi dispiace.

«Okay» dice dopo un momento, girandosi leggermente per essere più di fronte a me. C'è qualcosa di diverso nella sua espressione ora, un cambiamento che non riesco a decifrare. «Posso chiederti una cosa?»

«Da quando chiedi il permesso?»

«Giusta osservazione» ammette. «Ma questa è importante.»

«Avanti, allora» dico, preparandomi a... a cosa, esattamente? Non ne sono sicura. A una domanda sulle modifiche, forse. O a un tentativo poco velato di dire qualcosa di salace. Quello che *non* mi aspetto è:

«Perché non scrivi i tuoi libri?»

Sgrano gli occhi. «Cosa?»

«Mi hai sentito.»

«Rory...» Scoppio in una risata nervosa, posando il bicchiere. «Da dove salta fuori questa domanda?»

«Dal manoscritto sulla chiavetta che mi hai dato.» La sua voce è calma, ferma, come se non avesse appena fatto detonare una bomba nel mezzo della nostra conversazione. «Quella che probabilmente avevi dimenticato fosse ancora salvata lì.»

Lo stomaco mi si stringe. «Di cosa stai parlando?»

«Un vecchio file» dice, osservandomi attentamente ora, come se stesse valutando se sto per scappare. «Non aveva un'etichetta o altro. Beh, si chiamava doc.doc, quindi quasi non l'ho aperto. Ma la curiosità ha avuto la meglio, e... be'...» Fa spallucce, come se il resto della frase non fosse monumentale. «Diciamo solo che non ho smesso di leggere.»

Lo fisso, le parole che mi mancano per la prima volta stasera. Forse per la prima volta in assoluto.

«Pagina uno» continua dolcemente, avvicinandosi. «È bastato quello. Mi hai catturato da pagina uno, Lara. E quando ho finito, non potevo crederci. Non potevo credere che avessi nascosto *quel* talento per tutto questo tempo.»

«Rory» riesco a dire, anche se la mia voce esce più flebile di quanto vorrei. «Non avresti dovuto vederlo. Non è... non è niente. Solo una vecchia bozza con cui ho giocherellato secoli fa.»

«Niente?» Aggrotta le sopracciglia, incredulo. «Lara, è *geniale*. I personaggi, il ritmo, i dialoghi: c'è tutto. È acerbo, certo, ma è reale. Ed è bello. Davvero bello.»

«Basta», dico in fretta, scuotendo la testa. Sento i palmi delle mani sudati e la stanza sembra più piccola, in qualche modo, come se i muri si stessero avvicinando. «Non importa. Non è...»

«Non è cosa?», insiste lui con dolcezza. «Non è pronto? Non è perfetto? Perché, ti svelo un segreto: nessun libro lo è mai. Lo sai meglio di chiunque altro.»

«Rory...», comincio, ma lui mi interrompe.

«Sai quanti scrittori ucciderebbero per il tuo istinto? Per la tua voce? Hai passato la tua carriera a migliorare le storie degli altri, nascondendoti dietro la tua penna rossa, ma Lara...» Si ferma, il suo sguardo si aggancia al mio. «Anche tu meriti di essere vista.»

Non riesco a respirare. O a pensare. O a parlare. Riesco solo a starmene qui seduta, sconvolta, mentre le sue parole si fanno strada dentro di me, più in profondità di quanto abbiano il diritto di fare.

Le mie dita si stringono attorno al bordo del tavolo, ancorandomi mentre il peso delle parole di Rory si posa sul mio petto. *Anche tu meriti di essere vista.* Risuonano nella mia testa, indesiderate e implacabili, come una canzone che non ho chiesto di sentire ma che non riesco a dimenticare.

«Rory», dico finalmente, con una voce più ferma di quanto mi aspettassi. «Non è come pensi. Quel manoscritto... Non era destinato a essere visto da nessun altro. Mai.»

Lui inclina la testa con curiosità, quegli occhi scuri ancora fissi su di me come se stesse cercando di capire come funziono.

«Perché no?»

«Perché è vecchio.» La mia risata esce fragile e poco convincente. «E confuso. E incompiuto. E...» Prendo fiato, sistemandomi gli occhiali anche se non ne hanno bisogno. «*Personale.*»

«Esatto.» Lo dice come se fosse la cosa più ovvia del mondo, come se avesse appena dichiarato che il cielo è blu o che l'acqua è bagnata. «È per questo che è così bello.»

«Rory.» Il suo nome mi sfugge come un sospiro. «Non capisci. L'ho scritto...» Mi fermo, cercando le parole giuste, ma mi vengono in mente solo quelle che mi metterebbero troppo a nudo. «È stato tanto tempo fa. Stavo solo pasticciando. Non è...»

«Non vale la pena condividerlo?», conclude lui per me, con un tono dolce ma inquisitore. «Fidati di me quando dico che sei meglio della metà degli autori nella scuderia della Scott & Drake.»

«Ti prego, smettila», sbotto. È più facile sembrare irritata che ammettere la verità: che le sue parole stanno toccando un tasto dentro di me che ho tenuto sepolto per anni. Qualcosa di fragile, sciocco e fin troppo pieno di speranza.

«Sono sincero.» La sua bocca si piega in un piccolo sorriso complice, ma non c'è niente di presuntuoso. Anzi, è disarmante. Maledetto. «Ti nascondi in bella vista, Lara. Correggi il lavoro degli altri quando dovresti pubblicare il tuo. Hai il talento. La voce. Il fegato...»

«Basta», lo interrompo. «Non ho il...» La mia voce si incrina. *Coraggio? Fiducia? Stupidità? Tutte le opzioni precedenti?*

«Sì, che ce l'hai», ribatte lui con fermezza, superando la mia esitazione come se niente fosse. «Semplicemente non vuoi ammetterlo.»

«Perché lo stai facendo?» La domanda mi sfugge prima che possa fermarla. «Perché ti interessa?»

«Perché so cosa si prova.» La sua risposta è immediata. «A dubitare di sé stessi. A mettere in discussione ogni parola che metti sulla pagina, chiedendoti se sia abbastanza buona. Ma lo è, Lara. *Tu* lo sei.»

L'aria tra di noi sembra diventata incredibilmente densa, pesante di cose non dette e di cose che non sono sicura di essere pronta a sentire. Distolgo lo sguardo, concentrandomi sulla candela tremolante al centro del tavolo. La sua luce soffusa sembra prendersi gioco di me, romanticizzando un momento che non dovrebbe sembrare così significativo.

«Senti», dice Rory dopo un attimo, con tono schietto. «Se non vuoi credere a me, forse crederai al fatto che non sono riuscito a metterlo giù. Sono stato sveglio fino alle tre di notte a leggerlo, poi l'ho riletto il giorno dopo, e tu dici che è una bozza? Immagina cosa potrebbe diventare se lo finissi davvero.»

«Rory...» Non so più nemmeno cosa sto cercando di dire. I miei pensieri sono un groviglio confuso, ognuno si scontra con l'altro prima che io possa afferrarlo. So solo che mi sento esposta, come se lui stesse vedendo una parte di me che non mi rendevo nemmeno conto di proteggere così ferocemente.

«Pensaci e basta», dice lui dolcemente. «È tutto quello che ti chiedo.»

«Non sono abbastanza brava.»

«Questa è una stronzata», dice secco.

Sussulto di nuovo. Ha appena...?

«Come scusa?»

«Questa. È. Una. Stronzata.» Ogni parola è un piccolo pugno, e in qualche modo sembra meno un insulto e più come se mi stesse porgendo uno specchio in cui non voglio guardarmi. «Non inganni nessuno, tanto meno me. Penso solo che tu sia spaventata.»

«Spaventata?» La mia risata è priva di umorismo. «Ma per favore. Io *correggo* gli scrittori, ricordi? Sono perfettamente felice di stare dove mi compete: dietro le quinte. Non tutti vogliono essere messi sotto i riflettori, Keane. Alcuni di noi preferiscono evitare l'inevitabile schianto.»

«Sì, certo», dice, il suo tono grondante di sarcasmo. «Perché evitare il fallimento è assolutamente la stessa cosa che evitare il successo.»

«Non tutti hanno bisogno anche del successo», ribatto, anche se le parole hanno un sapore amaro mentre lasciano la mia bocca.

«Continua a raccontartelo», dice Rory.

«Non tutti *hanno bisogno* di essere visti. Alcuni di noi stanno benissimo a lasciare che gli altri si accaparrino i riflettori mentre noi facciamo il lavoro sporco dietro le quinte. Sai, le cose che contano *davvero*.»

«Certo.» Non batte nemmeno ciglio, non sussulta al tono pungente che ho perfezionato nelle riunioni editoriali. No, Rory Keane se ne sta lì seduto, calmo come un monaco, come se avesse aspettato proprio questo momento. «Perché sei così altruista, vero? Solo un'umile editor che si assicura che noi altri riceviamo le nostre stellette dorate.»

Rory si stringe il naso tra le dita e sospira. «Basta con le stronzate, Lara. Non si tratta dei riflettori, vero? Si tratta di cosa succede se qualcuno guarda troppo da vicino. Se ti vedono davvero.»

«È ridicolo», dico in fretta, ma suona debole persino alle mie orecchie. «Non tutto è una sorta di profonda questione psicologica...»

«Non lo è? Io penso che tu sia spaventata, Lara. E lo capisco. Mettersi in gioco? Lasciare che la gente giudichi il tuo lavoro? È terrificante. Ma non startene qui a dirmi che preferiresti rimanere invisibile quando la verità è che hai solo paura di essere vista.»

«Basta.» Ne ho abbastanza. Basta con questa conversazione. Basta con lui. Devo andarmene da qui.

La consapevolezza mi colpisce come uno schiaffo, fredda e stridente, e all'improvviso mi muovo prima ancora di aver deciso di farlo. La mia sedia stride rumorosamente contro il pavimento mentre mi alzo, il suono che taglia il silenzio carico di tensione come un coltello. Le mie mani cercano a tentoni la borsa, goffe e scoordinate in un modo che mi fa incazzare perché è la prova, la prova innegabile, che mi è entrato sotto pelle.

«Lara? Dove stai andando?» La sua voce è calma, ma c'è una nota tagliente, un accenno di incredulità che quasi mi fa fermare. Quasi.

«A casa,» mi sento dire, anche se non sono del tutto sicura di pensarlo davvero. Il cuore mi martella così forte che potrebbe sfondarmi la cassa toracica da un momento all'altro, e sento il bruciore delle lacrime che mi salgono agli occhi. No. Non qui. Non di fronte a lui.

«Non farlo,» inizia lui, ma sono già a metà strada verso la porta, stringendo la tracolla della borsa con le nocche bianche. La mia vista si restringe, concentrandosi sull'uscita come se fosse l'unica cosa a tenermi a galla. Non oso guardarmi indietro. Se lo facessi, potrei crollare completamente, e non posso permettermelo, non qui, non ora, e sicuramente non di fronte a Rory Keane.

Sono a metà strada verso la porta quando la sua voce fende l'aria alle mie spalle, diretta e implacabile.

«Non scappare da questa situazione, Lara.»

Non è un tono di voce alto, ma basta a gelarmi sul posto. C'è qualcosa nel suo tono: frustrazione, certo, ma anche preoccupazione, come se pensasse che io stia per fare qualcosa di irreversibile. Come se lasciare questa stanza fosse una specie di punto di non ritorno.

Le mie dita si stringono sulla tracolla della borsa, il cuoio che mi morde il palmo della mano. Gli do le spalle, ma sento il suo sguardo come un peso che preme tra le mie scapole. Per un secondo, una frazione di secondo, valuto l'idea di voltarmi. Dire qualcosa. Qualsiasi cosa. Ma cosa potrei mai dire? Che si sbaglia, che non capisce, che non sono quello che lui sembra così ostinato a credere che io sia?

Invece, resto lì, immobile, con il respiro corto e irregolare. Il silenzio si protrae, pesante e carico di aspettativa, sfidandomi a romperlo. E per un attimo terrificante, quasi lo faccio. Le mie labbra si schiudono, ma non ne esce alcun suono.

«Certo,» dice Rory a bassa voce, riempiendo il vuoto che mi sono lasciata alle spalle. «Preferiresti scappare piuttosto che rischiare di essere vista.»

Le parole mi colpiscono come uno schiaffo, precise e devastanti. Le sento depositarsi dentro di me, calde e sgradite, e ogni nervo del mio corpo urla di reagire. Di voltarmi e dirgli esattamente dove può ficcarsela, la sua psicoanalisi da quattro soldi. Ma poi? Gli darei ragione perdendo il controllo?

No. Non qui. Non con lui.

«Pensa a finire il tuo dannato libro e smettila di preoccuparti del mio.» Scuoto la testa e marcio verso la porta.

L'aria fuori è più fresca, la strada più tranquilla, ma non serve a placare la tempesta che mi infuria dentro. Il mio cuore batte all'impazzata, il petto è stretto in una morsa e i miei pensieri sono un groviglio caotico di rabbia, umiliazione e, Dio mi aiuti, qualcosa di pericolosamente vicino alla speranza.

Speranza di cosa, esattamente? Che abbia ragione lui? Che non dovrei avere paura? Che forse, solo forse, lui veda in me qualcosa per cui valga la pena lottare?

DICIANNOVE

Sono passati anni dall'ultima volta che è stata convocata una riunione di crisi alla Scott & Drake. All'epoca ero una editor junior, relativamente nuova al mondo dell'editoria. Fu una faccenda brutale che vide l'intero team di produzione sul banco degli imputati per aver cambiato tipografo prima dell'uscita di un libro importante senza aver completato le dovute verifiche, né informato Fiona e il resto del consiglio di amministrazione. Il nuovo tipografo consegnò un prodotto di qualità inferiore, che dovette essere mandato al macero. Costò alla casa editrice un bel grattacapo e decine di migliaia di sterline per la ristampa. Costò il posto al responsabile della produzione e a due senior manager.

Avevo sperato di non doverne mai più vedere un'altra. Ma esserne io il soggetto, o per lo meno una delle principali responsabili? È il momento più imbarazzante della mia carriera professionale. Spingo la pesante porta a vetri e ogni testa si volta verso di me per una frazione di secondo prima di tornare a scattare sui portatili. Ogni testa, cioè, tranne quella di Rory, il cui sguardo mi segue attraverso la stanza e si sofferma a lungo anche dopo che mi sono accomodata al mio posto. La tensione è palpabile, sospesa nell'aria come una nuvola carica di pioggia che minaccia di scoppiare da tutta la settimana.

Sono tutti consapevoli che l'ultimo manoscritto di Rory è un disastro. Dopotutto, è per questo che la riunione è stata convocata. Molti di loro probabilmente non l'hanno letto, non per intero, ma i difetti sono stati certamente condivisi con il team allargato, e sono preoccupati. E a ragione.

Non so spiegarmi cosa sia andato storto, perché non è la storia a cui stavamo lavorando nel cottage, né è simile alle bozze che ha scritto da allora. Quello che abbiamo ora è qualcosa di completamente diverso. Rory non si è limitato a gettare il bambino con l'acqua sporca, ha anche gettato la vasca da bagno fuori dalla finestra e, per sicurezza, ha lanciato una granata nel bagno.

Le mie mani sono ferme, grazie a Dio, anche se sento il calore che mi sale lungo il collo. *Professionale. Fredda. Distaccata.* Questo è quello che mi dico mentre mi sistemo, aprendo la cerniera della mia cartella in pelle con lenta precisione. La penna è pronta, in un tentativo convincente di nascondere il caos che ho in testa.

«Non guardarlo», mi ricordo, perché se lo facessi, temo ciò che potrei dirgli. Un autore di bestseller rosa che non riesce a finire il suo libro, e anche l'uomo che è riuscito a trasformare la mia vita già complicata in una gigantesca emicrania editoriale. Non c'è spazio per i sentimenti personali qui, non con così tanto in gioco. Non quando siamo di fronte a scadenze più strette della giacca su misura di Fiona.

«Bene». La voce di Fiona fende il chiacchiericcio e il ticchettio delle tastiere, imponendo un silenzio immediato. Non alza la voce; non ne ha mai bisogno. L'autorità emana da lei a ondate, dalla cadenza deliberata delle sue parole al clic secco della sua penna quando le rimette il cappuccio. «Andiamo dritti al punto. Abbiamo otto giorni per mandare questo manoscritto in stampa, o non avremo nessun libro».

La stanza si irrigidisce all'unisono, il peso delle sue parole ci cala addosso come piombo. La sbircio con la coda dell'occhio mentre si sporge leggermente in avanti, con i palmi piatti sul tavolo. Fiona Scott in modalità professionale e senza fronzoli è uno spettacolo da ammirare: equilibrata, implacabile e quel tanto che basta intimidatoria da tenere tutti sulle spine.

«Non si tratta solo di rispettare una scadenza», continua, con il suo tono secco, ogni parola che si conficca come un dardo perfettamente mirato. «Si tratta di credibilità. Della nostra reputazione. Rory, i suoi ultimi due libri hanno scalato ogni classifica immaginabile. Se facciamo un passo falso con questo, sembriamo incompetenti. Lei sembrerà incompetente. E l'incompetenza, signore e signori, non vende libri».

Annuisco debolmente, fingendo di annotare qualcosa mentre il mio stomaco si attorciglia in nodi sempre più fantasiosi. Nessuna pressione, allora. Solo il futuro del nostro autore più redditizio e della casa editrice in bilico su un precipizio. Perfetto.

«Ora», dice Fiona, stringendo lo sguardo, «abbiamo bisogno di soluzioni. Non di scuse, non di ritardi: di soluzioni. Questo manoscritto ci sta scivolando tra le dita e se qualcuno non lo afferra presto, lo perderemo del tutto». Lascia che le parole restino sospese per un momento.

«Domande? Commenti?». I suoi occhi perlustrano di nuovo la stanza, sfidando chiunque a parlare. Tengo la bocca chiusa, ma la mia mente corre. Soluzioni. Ciò che Fiona intende veramente è che dobbiamo capire come rimediare al casino di Rory senza pestargli l'ego, o il mio, a quanto pare, dato che sono l'editor responsabile di traghettare questo disastro verso la pubblicazione. Niente di che. Solo un altro giovedì alla Scott & Drake.

Rory, con le braccia strette al petto, l'immagine di un uomo che non vuole essere lì e che di certo non è abituato che si parli di lui, invece che a lui. Ha la mascella serrata e fissa il manoscritto davanti a sé come se gli avesse insultato la madre. Non saprei dire se stia per discutere con lei o per prendere fuoco spontaneamente, ma entrambe le opzioni sembrano probabili.

«Be'», dice infine, con voce tagliente, «sono lieto che ci siamo riuniti oggi per sezionare la mia anima di fronte a un pubblico in studio».

«La tua anima?», ribatto, inarcando un sopracciglio. «Divertente, non mi ero resa conto che la tua anima avesse una sottotrama che non va ancora assolutamente da nessuna parte».

I suoi occhi scattano a incontrare i miei. Oh, bene. Ce la giochiamo adesso.

«Prendersi del tempo per rivalutare è essenziale per Sophie», ribatte lui. «Si lega al tema principale...»

«Di cosa? Dell'indulgente contemplazione del proprio ombelico?», lo interrompo, mantenendo il mio tono uniforme, professionale. Per lo più. «Rory, quando ho suggerito di sostituire l'inseguimento in auto con qualcosa di un po' più concreto, parlavo dell'ambientazione. La struttura narrativa richiede ancora la stessa spinta emotiva, solo non in un veicolo. Ora Oliver sguazza nell'autocommiserazione per tre capitoli di fila. Ne abbiamo parlato più e più volte».

«Perdonami se scrivo personaggi con una certa profondità», sbotta, la sua frustrazione che si avvolge intorno a ogni sillaba. «Non tutti vogliono sagome di cartone, Lara. Alcuni di noi puntano alla sfumatura».

«*Sfumatura*», ripeto, lasciando che la parola aleggi tra di noi, assaporandone il retrogusto amaro. «Rory, c'è differenza tra una sfumatura e l'indecisione. Questa bozza sembra un passo indietro. Adesso Oliver passa una quantità esagerata di tempo a fissare fuori dalla finestra e a rimuginare sui suoi errori passati. Questa non è profondità, è solo un riempitivo.»

«Giusto, perché Dio non voglia che un romanzo rosa abbia una vera complessità emotiva», ribatte lui, il tono della voce che si alza quel tanto che basta per attirare le occhiate di sbieco degli sfortunati presenti al tavolo.

Fiona non batte ciglio, il che rende la sua presenza ancora più minacciosa. Come una leonessa in attesa di balzare sulla preda.

«La complessità emotiva non è il problema», dico, mantenendo la voce bassa e controllata. «Ma ai lettori deve importare cosa succederà dopo. E al momento? Non gliene importerà, perché non sta succedendo nulla, a parte qualche battuta spiritosa. Il ritmo è ancora sballato dopo la metà del libro, Rory. Se non lo sistemi, abbandoneranno il libro a metà lettura.»

«Forse noteranno i problemi di ritmo perché l'editor non ha fatto il suo lavoro», dice sottovoce, ma abbastanza forte da farsi sentire. Abbastanza forte da farsi sentire da tutti.

La stanza piomba nel silenzio. Le mie guance avvampano, ma mantengo la calma, o almeno spero di farlo. Lancio un'occhiata a Fiona, che ci osserva entrambi con quel tipo di neutralità studiata che potrebbe tranquillamente passare per uno sguardo mortale. Fantastico.

«Come, scusa?» dico, la voce ingannevolmente calma, anche se la mia presa sulla penna si stringe come se fosse l'unica cosa che mi ancora alla sanità mentale.

«Mi hai sentito.» Rory si appoggia allo schienale della sedia, con le braccia ancora incrociate, la sua espressione che mi sfida a contraddirlo.

«Per quanto ne so», dico, raddrizzando la schiena, «non è mio compito riscrivere il tuo libro. È mio compito assicurarmi che il tuo libro valga la pena di essere letto. Se non sei contento dei miei appunti, forse dovresti concentrarti sul sistemare il manoscritto invece di dare la colpa a me perché ne sottolineo i difetti.»

«Difetti», ripete lui. «Intendi le parti della storia che semplicemente non ti piacciono? Ammettilo, Lara. Non si tratta del libro, si tratta del fatto che vuoi che tutto rientri nei tuoi schemini precisi.»

«Schemini?» La parola ha un sapore acido mentre esce dalla mia bocca. «Oh, ti prego. Pensi che non voglia che questo libro abbia successo? Che non voglia che *tu* abbia successo? Perdonami se mi preoccupo di pubblicare qualcosa che non sembri una lunga seduta di terapia mascherata da trama.»

«Forse se ti lasciassi andare ogni tanto, capiresti», ribatte lui, le sue parole intrise di qualcosa di più oscuro, di più personale. Troppo personale.

«Lasciarmi andare?» La mia voce trema, più per la rabbia che per altro. «Stai dicendo sul serio...»

«Basta!» La voce di Fiona fende la tensione come una frustata, silenziandoci entrambi all'istante. La sua espressione è indecifrabile, ma la sua pazienza è chiaramente appesa a un filo.

Smetto di guardare Rory negli occhi, concentrandomi invece sugli appunti scarabocchiati sul mio taccuino che improvvisamente sembrano sfocati. Il cuore mi martella nel petto, i pensieri corrono veloci. Non lo guardo più, ma sento il suo sguardo su di me, pesante e implacabile, che mi brucia come un'accusa da cui non so come difendermi.

«Posso lavorare solo con il materiale che mi viene presentato, non posso...»

«Ho detto, basta.» La voce di Fiona taglia la stanza con la grazia di una ghigliottina. L'aria sembra tremare sotto il suo peso, e quasi sussulto. Quasi.

Di fronte a me, Rory si appoggia allo schienale della sedia, braccia conserte, mascella serrata. La sua aria di sfida si irradia come il calore dell'asfalto, ma per ora resta in silenzio. Astuto.

«Devo ricordarvi cosa c'è in gioco?» chiede Fiona, il tono lento e misurato, come se stesse parlando a dei bambini particolarmente ottusi. Appoggia le mani piatte sul tavolo, le unghie curate che ticchettano contro il legno lucido, e ci fissa entrambi. «Non si tratta solo di un libro. Si tratta della *sua* reputazione, Rory. E della reputazione della Scott & Drake come casa editrice che consegna sempre e comunque un lavoro di qualità. Non siamo nel ramo delle narrazioni raffazzonate o dei rancori personali mascherati da divergenze creative.»

«Personali...» comincio, ma lo sguardo che mi lancia mi gela le parole in gola.

«Mi lasci finire», sbotta, le sue vocali secche che cadono come un colpo di martelletto. «Non mi interessa quale irrisolta... qualunque cosa sia questa», fa un gesto vago tra me e Rory, «abbiate portato in questa stanza. Quello che mi interessa è consegnare un manoscritto che rifletta il livello di eccellenza per cui siamo conosciuti. Il vostro piccolo battibecco», il suo sguardo si assottiglia, «non sta aiutando nessuno. Meno che mai voi stessi.»

Colgo un lievissimo fremito della bocca di Rory, come se stesse reprimendo un sorrisetto.

Oh no, raggio di sole, adesso non ci provi nemmeno. Lo fulmino con lo sguardo, sfidandolo a dire una stupidaggine, ma per fortuna opta per il silenzio. Per una volta.

«Ecco come funziona», continua Fiona, la sua voce come un rullo di tamburi che annuncia l'inevitabile. «Risolvete questa cosa. Oggi. Non mi importa come lo farete, ma troverete un terreno comune, e lo farete senza sprecare altro del mio tempo. Sono stata chiara?»

«Cristallino», dice Rory con disinvoltura, anche se c'è un filo di tensione nella sua voce, una rigidità che suggerisce che si sta mordendo la lingua per non dire quello che pensa davvero.

Ovviamente riesce a sembrare affascinante anche quando si sta trattenendo a stento.

Beato lui.

«Bene.» Fiona si raddrizza, lisciando la parte anteriore della giacca con efficienza sbrigativa. Lancia un'occhiata a me, poi a Rory, e sospira, il tipo di sospiro che porta con sé anni passati a gestire persone difficili. «Perché se questo libro esce e non è assolutamente perfetto, non saranno solo le vostre teste a saltare, ma anche la mia. E non ho intenzione di permetterlo.» Detto questo, prende il suo taccuino e si dirige a grandi passi verso la porta senza voltarsi indietro. Il resto del team di marketing e pubblicazione si alza immediatamente, ognuno di loro con lo sguardo fisso sul telefono mentre la seguono fuori.

L'ultima a uscire ha la presenza di spirito di chiudere la porta dietro di sé, e il silenzio che ne consegue è quasi soffocante. Tamburello con la penna sul mio taccuino, fissando gli appunti scarabocchiati che potrebbero benissimo essere scritti in sanscrito per il senso che hanno ora. Sento un peso sul petto, ma mi sforzo di respirare regolarmente, di incanalare tutta la mia frustrazione nel ritmico clic-clic-clic della penna. Va tutto bene. Sto bene. Sono una professionista. Posso gestire la situazione.

«Be', è stato divertente», dice Rory, rompendo il silenzio. C'è un'amarezza nella sua voce che è nuova, meno scherzosa, più tagliente. «Tutto bene? Hai l'aria di una che sta architettando il mio omicidio.»

«Sto bene», dico seccamente, anche se le mie mani stringono la penna un po' più del necessario. Tengo lo sguardo fisso sulla pagina davanti a me, rifiutandomi di incrociare i suoi occhi, perché so, *lo so*, che se lo facessi, vedrei quel maledetto miscuglio di arroganza e vulnerabilità che mi fa sempre sentire in bilico. «Pensavo che stessimo facendo progressi, ma quell'ultima bozza...»

«Già. O si fa come dice Lara, o niente, no? Un esercizio per spuntare delle caselle».

«Dannazione, Rory». La mia frustrazione esplode più aspra

di quanto volessi, e me ne pento all'istante. Ma prima che possa rispondere, mi allontano dal tavolo, e le gambe della sedia stridono rumorosamente sul pavimento. Sento la pelle troppo tesa, i pensieri troppo forti, e ho bisogno... di spazio. Di aria. Di qualcosa che sciolga il groviglio di emozioni che mi si attorciglia dentro.

Mentre raccolgo le mie cose, cerco di concentrarmi sulle parole di Fiona, sulla posta in gioco che mi ha messo bene in testa. Il futuro del libro, della casa editrice, delle nostre carriere: tutto è appeso a un filo. È questo che conta. È l'unica cosa che conta, mi dico con fermezza. Eppure, per quanto continui a ripeterlo come un mantra disperato, non riesco a scrollarmi di dosso il peso insistente dello sguardo di Rory, né il modo in cui le sue parole mi si conficcano sotto la pelle come schegge.

Concentrati, c'è ancora tempo per rimediare. Raccolgo le mie cose e mi dirigo verso la porta. Non c'è altro da dire. Professionalità. Contegno. Distanza. Sono questi i miei pilastri. Non... questo casino di sentimenti, qualunque cosa sia. Decisamente non questo.

Sono a metà del corridoio quando mi accorgo di aver lasciato la mia penna preferita sul tavolo. Ma tornare indietro non è un'opzione.

«Che se la sbrighi lui», dico ad alta voce mentre mi dirigo a passo di carica verso il mio ufficio. Le mie pulsazioni sono una tempesta che non riesco a silenziare e che mi scuote a ogni passo. Eppure, eccomi qui, a fuggire dal campo di battaglia come una stagista che ha premuto per sbaglio "Rispondi a tutti" il suo primo giorno di lavoro.

L'Uber si allontana, lasciandomi sul marciapiede davanti a casa di Rory. Andarmene sbattendo la porta prima mi è sembrata una piccola vittoria, ma so che è stato un gesto meschino e autolesionista. Rory ha una scadenza, il che significa che *noi* abbiamo una scadenza. Grazie alla mia sfuriata, abbiamo perso un pomeriggio e una serata che avremmo potuto usare per cercare di risolvere questo casino.

Busso alla sua porta, pensando solo ora che sarebbe stato saggio controllare prima che fosse ancora sveglio e, soprattutto, a casa.

La porta si spalanca così in fretta che faccio un balzo indietro, con il pugno ancora a mezz'aria. Rory è lì, a piedi nudi, con indosso una maglietta stropicciata e un paio di jeans. Ha i capelli in disordine, un groviglio di onde scure sparate in ogni direzione, come se ci avesse passato le mani in mezzo, o se li fosse strappati. Mi guarda sbattendo le palpebre, e la confusione lascia il posto a qualcosa di più cupo.

«Lara», dice, il mio nome è un sussurro roco che sembra grattare via i bordi della mia determinazione. «Cosa...?»

«Dovevo parlarti». Le parole escono troppo in fretta, secche e tremolanti, come se potessero andare in frantumi se cercassi di trattenerle ancora. Ho la gola secca e il cuore mi batte così forte che sono sicura che possa sentirlo.

Appoggia un braccio contro lo stipite, socchiudendo gli occhi mentre mi studia. «È quasi mezzanotte. Non poteva aspettare fino a domani mattina?»

«Probabilmente sì», dico, sforzando una risata che suona fragile. «Ma volevo scusarmi».

La sua bocca forma una O perfetta per la sorpresa, ma si fa da parte. «Oh, allora è meglio che entri».

Non mi muovo. Non subito. Invece, resto lì, a fissarlo, a osservare il modo in cui la maglietta gli aderisce alle spalle, la debole ombra di barba sulla mascella, il barlume di sfinimento ed esasperazione nei suoi occhi. E per un secondo, lo odio: per essere qui, per guardarmi in quel modo, per aver cambiato il suo libro in modo così drastico senza avvisarmi.

Ma soprattutto, odio me stessa. Per come mi sono comportata. Perché mi importa. Per essere venuta. Perché ho bisogno di lui in modi che non riesco nemmeno a iniziare a decifrare senza rischiare tutto ciò che ho costruito intorno a me.

«Lara», dice di nuovo, più piano questa volta, e qualcosa nel suo tono spezza il fragile filo che mi stava trattenendo.

Entro e, prima di poterci ripensare, prima di poter dare a lui, o a me stessa, la possibilità di fare domande o di erigere muri, afferro il davanti della sua maglietta e lo spingo contro la parete accanto alla porta. Il suo respiro si blocca e le sue mani si alzano istintivamente per trovare l'equilibrio, o forse per sorreggere me, ma non mi fermo. Non penso. Lo bacio e basta.

Con forza.

Non è un bacio aggraziato, né elegante, e nemmeno particolarmente coordinato. È disperato, disordinato, un miscuglio di denti e calore e frustrazione che si riversa fuori da me in un unico gesto sconsiderato e irreversibile. Le sue labbra sono calde, morbide ma decise contro le mie, e per un momento terrificante e perfetto, non si muove. Mi lascia semplicemente prendere, mi lascia riversare su di lui ogni briciolo di rabbia, desiderio e confusione.

E poi mi bacia a sua volta.

È come accendere un fiammifero sulla benzina. Le sue mani scivolano sulla mia vita, tirandomi più vicino, ancorandomi mentre tutto il resto — la stanza, il mondo, il mio autocontrollo così faticosamente costruito — svanisce. Una mano si intreccia tra i miei capelli, inclinandone la testa quanto basta per approfondire il bacio, mentre l'altra preme sulla parte bassa della mia schiena, schiacciandomi contro di lui con una forza che minaccia di farmi cedere le ginocchia.

Affondo le dita nelle sue spalle, le unghie che si impigliano nel tessuto della maglietta mentre premo più forte, bisognosa di sentire qualcosa di solido, di reale, anche mentre tutto dentro di me si disfa. Non c'è più spazio tra noi, non c'è posto per l'aria, per i dubbi o per la logica. Solo l'intensa, elettrica attrazione di lui, di questo, della folle, innegabile verità che ho passato mesi a cercare di seppellire.

Quando finalmente ci stacchiamo, ansimanti, la mia fronte si appoggia alla sua e, per la prima volta dopo un'eternità, mi lascio respirare. Respirare davvero.

«Okay», dice Rory, con la voce ruvida e spezzata, le dita ancora strette tra i miei capelli. «Quindi... lo facciamo adesso?»

«A quanto pare», riesco a dire, anche se la mia voce è poco più di un sussurro. Le labbra mi pizzicano ancora, il cuore batte all'impazzata e non riesco a guardarlo direttamente, perché so, Dio, *lo so*, che se lo facessi, vedrei riflesso in lui esattamente quello che provo io.

E a quel punto non avrei altra scelta che affrontarlo.

La camicia di Rory finisce sul pavimento. Le mie mani sono ovunque, scorrono sui piani duri del suo petto, sulla curva delle sue scapole, come se stessi cercando di memorizzarlo solo con il tatto. La sua pelle è calda sotto i miei palmi, incredibilmente calda, e per un attimo di vertigine mi chiedo se prenderò fuoco standogli così vicino.

«Sei sicura di volerlo?» chiede Rory, le sue parole mi sfiorano la pelle facendomi venire un brivido lungo la schiena.

«Non parlare» sbotto, tirando la vita dei suoi jeans con più forza del necessario. Le mie dita armeggiano con il bottone, tremano, impazienti. «Solo...» dico, deglutendo a fatica mentre il respiro mi si mozza. «Solo... non farlo.»

Perché se parla, diventerà reale, e se è reale, allora dovrò affrontare tutto quello che verrà dopo. Le conseguenze, il casino, l'insopportabile verità che ho negato nelle ultime settimane. E in questo momento, non posso permettermi di pensare. Non posso permettermi di sentire nient'altro che questo: il calore del suo corpo, la pressione della sua bocca sulla mia, quella spinta cruda e dolorosa che rende impossibile fermarsi.

«Okay» dice lui a bassa voce, il suo tono intriso di qualcosa a cui non voglio dare un nome. Non insiste, non discute, mi lascia semplicemente prendere il comando anche mentre le sue mani mi trovano la vita, dandomi stabilità, ancorandomi a terra in un modo di cui ho disperatamente bisogno e che odio allo stesso tempo.

La mia giacca scivola dalle spalle, ammucchiandosi ai miei piedi, seguita subito dalla camicetta. Le sue dita sfiorano la pelle nuda della mia schiena mentre mi slaccia il reggiseno con una facilità consumata, e io inspiro, tutto il mio corpo che si tende in risposta. È troppo e non abbastanza allo stesso tempo, e che Dio m'aiuti, credo che potrei davvero andare in pezzi qui tra le sue braccia.

«Solo...» mi mordo il labbro, frustrata da quanto la mia voce suoni insicura. «Lasciami fare.»

«Lasciarti fare?» Le sue labbra si piegano in un mezzo sorriso, ma non c'è umorismo, solo una tristezza lieve e pungente che cerco con tutte le mie forze di non notare. «Non è che tu mi stia dando molta scelta, qui.»

«Meglio» rispondo, forzando un sorrisetto che non sento. «Forse per una volta ascolterai.»

Lui sbuffa una breve risata, ma non dice altro. Invece, le sue mani scivolano più in basso, afferrandomi i fianchi mentre mi guida all'indietro finché le mie gambe non colpiscono il bordo del divano. Prima che possa pensarci troppo, lo tiro giù con me, attirandolo più vicino, con il bisogno di cancellare ogni centimetro di spazio tra noi.

Questo va bene. Questo è buono. Fisico. Semplice. Una soluzione, non un problema.

Ma anche mentre mi convinco di questo, c'è una crepa da qualche parte nel profondo, una sottile fessura che si allarga a ogni tocco, a ogni bacio, a ogni sospiro sussurrato che mi sfugge dalle labbra prima che possa trattenerlo. Perché questa cosa non è semplice, e non lo è mai stata, non con lui. Non con noi.

Mentre la mia gonna si unisce alla pila crescente di vestiti sul pavimento, chiudo gli occhi con forza, sperando che il buio soffochi la voce nella mia testa che mi urla di fermarmi. Di tirarmi indietro. Ma non funziona. Anzi, il buio non fa che amplificare il peso delle sue mani sulla mia pelle, il modo in cui sussurra il mio nome come se fosse una specie di preghiera, come se fossi qualcosa degno di essere venerato.

«Non che mi lamenti» dice, con voce pigra e divertita, «ma devo ammettere che... non era esattamente così che immaginavo sarebbe andata la nostra prossima conversazione.»

Siamo sdraiati nudi sul divano. Il suo divano. E la sensazione è piacevole. «Oh, stai zitto.»

Lui ride. «Dico sul serio, però. Avevo preparato un intero discorso. Pensavo che avrei dovuto strisciare ai tuoi piedi. Onestamente, la cosa mi terrorizzava. Invece, sei semplicemente piombata qui, mi hai assalito e...»

Gli lancio un cuscino. Lo schiva, continuando a sorridere beffardo. «Per la cronaca, questo non significa che sia tutto perdonato.»

Mi massaggia una spalla, le dita che scivolano sulla mia pelle in un modo che è fin troppo seducente per un uomo che mi deve ancora un libro intero. «Oh, ne sono ben consapevole» dice, tirandomi appena un po' più vicino. «Ma sei appena entrata qui come una furia per fare di me ciò che volevi, quindi perdonami se faccio fatica a prendere sul serio la tua indignazione.»

Mi scrollo la sua mano di dosso, scuotendo la testa, determinata a non lasciarmi distrarre. «È per questo che sono qui, in realtà. Per parlare del libro. Non per darti una botta di autostima.»

Solleva le sopracciglia. «Sei venuta qui per parlare del libro? Posso dire che approvo con tutto il cuore questo nuovo approccio editoriale? Certo, è poco ortodosso. Ma sai esprimere i tuoi concetti in modo forte e chiaro.»

«Smettila. Dobbiamo metterci d'accordo sulla direzione della storia e attenerci a quella.»

Il suo sorriso vacilla appena, abbastanza da farmi capire che ha colto la mia serietà. Espira e si passa una mano tra i capelli.

«Va bene. Qual è il piano?»

Incrocio le braccia, preparandomi. «Primo, niente più sorprese. Niente più cambiamenti strutturali impulsivi solo perché ti va. Dobbiamo remare nella stessa direzione, altrimenti è finita.»

I suoi occhi scrutano il mio viso, come se cercassero qualcosa, poi annuisce. «Okay.»

«Okay?» sbatto le palpebre. «Tutto qui?»

Allarga le mani. «Hai ragione. Mi dispiace di averti preso alla sprovvista. Tornerò alla bozza precedente.»

Ho il suo consenso e so che dovrei lasciar perdere. Ma non lo faccio. Non ci riesco.

«Cosa è successo? Perché questo cambiamento così drastico?»

Rory fa un respiro profondo. Il suo petto si solleva e poi espira. «Mi sentivo come se stessi scrivendo una biografia piuttosto che un romanzo. Che fossero i tuoi suggerimenti o il mio subconscio, non era più la storia di Sophie e Oliver. Era quella di Lara e Rory.»

Scuoto subito la testa. «Non credo che sia vero...»

«Oh, andiamo.» Il suo sguardo si alza per incontrare il mio, serio ma non scortese. «Lo era. I dialoghi, l'ambientazione, il conflitto... eravamo noi. Ogni scena cominciava a sembrare qualcosa di estratto dalla mia vita. Da *noi*. E io... io non posso scrivere *quella* cosa. Non ancora.»

Le sue parole mi colpiscono come un pugno che non ho visto arrivare. Lo fisso, il polso che accelera, senza sapere cosa dire.

«E quindi?» riesco a dire, con la voce troppo tesa. «Sei andato nel panico e sei tornato a fare quello che sai fare meglio?»

Rory espira, passandosi una mano tra i capelli. «Ho fatto quello che faccio sempre quando qualcosa mi arriva troppo vicino: mi sono tirato indietro. L'ho ridotto a qualcosa di sicuro, familiare. Qualcosa che *so* che funziona.»

«Schematico» dico prima di potermi fermare.

La sua bocca ha un fremito. «Esatto.»

«E pensi che quella che hai inviato sia la versione migliore? Quella che vuoi davvero pubblicare?»

Un attimo di silenzio. Poi...

«No.» La sua mascella si contrae. «Ma è quella che sono riuscito a finire.»

Le parole si posano tra noi, pesanti, verità non dette che premono ai margini.

Vorrei spronarlo, dirgli che avrebbe dovuto insistere, che avrebbe dovuto scrivere la versione vera, quella incasinata e imprevedibile, ma forse non ne ho il diritto. Forse dovrei essere grata che si sia tirato indietro. Perché se Rory non è pronto a scrivere *quella* storia... forse io non sono pronta a leggerla.

«Comunque, per la cronaca, non assomiglio per niente a Sophie.»

«Ah, davvero? E allora perché non credi nei lieto fine?»

chiede Rory, con voce bassa, quasi incerta, come se stesse sondando il terreno, del tutto preparato a una mia reazione stizzita.

Mi si stringe lo stomaco. Non per la domanda in sé, me l'hanno già fatta, anche se mai in modo così diretto, ma per il modo in cui mi sta guardando adesso.

«Non ricordo di aver mai detto di non credere nei lieto fine.»

«Non ce n'era bisogno» ribatte lui, inclinando leggermente la testa, lo sguardo che si assottiglia come se stesse sezionando ogni mia parola, ogni mio movimento. «È palese in tutte le tue revisioni. Il modo in cui elimini il sentimentalismo come se fosse muffa su del pane perfettamente buono. Il modo in cui riduci ogni scena romantica all'osso, come se avessi paura di permettere ai personaggi di provare troppe emozioni.»

«Quello si chiama rendere la prosa più asciutta» ribatto piccata. «E se riguardassi tutti i miei commenti, invece di scegliere solo quelli che supportano la tua teoria, vedresti che ho lasciato un sacco di spazio per la profondità emotiva. Francamente, se non altro, ti sto evitando di affogare i tuoi lettori in cliché triti e ritriti.»

Lui non distoglie lo sguardo. Non mi lascia scampo.

«Senti, Rory, non siamo qui per discutere le mie opinioni su... qualunque cosa sia questa. Siamo qui per assicurarci di finire questo libro. Questo è il lavoro. È tutto ciò che conta in questo momento.»

«Credi che l'amore sia reale?» chiede, le sue parole attente, deliberate. «Non nei libri o nei film o... che so io. Semplicemente... reale.»

Mi blocco. Per una volta, non ho una risposta arguta, e nemmeno un modo per sviare il discorso. Ho solo la verità, che sembra l'ultima cosa che voglio condividere con lui in questo momento.

«A volte» dico alla fine, con un filo di voce. «Ma non per tutti.»

«Perché non per te?» Il suo sguardo cattura il mio, fisso e paziente, come se fosse disposto a restare seduto qui tutta la notte in attesa di una risposta.

«Perché...» esito, la parola mi si blocca in gola. *Perché è più facile non sperare. Perché la delusione è molto meno dolorosa dell'alternativa.* Ma non dico niente di tutto ciò. Non posso.

«Perché ho visto cosa succede quando va tutto in pezzi» dico invece, con un tono secco, distante. Non è una bugia, ma non è nemmeno tutta la verità. È la versione della storia che ho provato e riprovato, quella che impedisce alla gente di fare altre domande.

«Giusto» dice Rory dopo un attimo, la sua voce neutra, anche se riesco a intravedere un barlume di qualcosa di più profondo nei suoi occhi. Delusione? Comprensione? Forse entrambe.

VENTI

«Sessant'anni sono un bel traguardo, no?» chiede Rory, senza alzare lo sguardo dal portatile. La sua voce è disinvolta, un commento buttato lì, come se mi stesse chiedendo di passargli il sale invece di invitarmi a conoscere la sua *famiglia*. «Mamma fa una festa stasera: torta, cugini, caos. C'è mezza Irlanda qui. Dovresti venire, li conosci tutti in un colpo solo.»

Mi blocco mentre sto per afferrare la mia tazza di tè, le dita che si stringono attorno al manico di ceramica. Lo guardo da sopra gli occhiali, cercando di capire quanto sia serio. Il suo tono potrà anche essere leggero, ma io conosco Rory. Nasconde le cose importanti dietro commenti superficiali, come se infilasse un segreto in una battuta sperando che nessuno se ne accorga.

«Venire... alla festa di compleanno di tua madre?» ripeto lentamente, come se quelle sillabe fossero aliene sulla mia lingua. *«Con te?»*

«Di solito è così che funzionano queste cose, sì.» Si appoggia allo schienale della sedia, stiracchiandosi finché la camicia non gli si tende sul petto. L'immagine della disinvoltura. «Lei ti adorerebbe. E sei già sopravvissuta a me, quindi il resto del clan Keane sarà una passeggiata.»

«Rory...» comincio, ma non ho idea di dove stia andando a parare quella frase. La mia mente è bloccata su *ti adorerebbe* e sul modo in cui l'ha detto, con tanta naturalezza, come se fosse un fatto scolpito nella pietra. Come se il pensiero di presentarmi alla sua famiglia non mi stesse procurando un arresto cardiaco.

«Senti,» mi interrompe, sfoderando quel sorriso disarmante che lo ha tirato fuori dai guai più spesso di quanto avrebbe dovuto. «Puoi considerarla una ricerca. Gli autori e i loro tragici retroscena. Ti sto dando del materiale, Yates.»

«Una ricerca,» gli faccio eco, odiando il suono flebile della mia voce. Conoscere sua *madre*? Non è una cosa da niente. È... importante.

«Non pensarci troppo,» aggiunge, come se sapesse esattamente cosa sto facendo. I suoi occhi incontrano i miei, addolcendosi appena. «È solo una festa. Nessuna pressione.»

Nessuna pressione. Certo. Come se questo invito non avesse alcun peso. Come se entrare nel suo mondo non significasse qualcosa di più grande di quanto entrambi siamo pronti ad ammettere. Ma tutto ciò che riesco a fare è un goffo cenno del capo, prima di dire qualcosa sul non avere niente da mettermi, mentre il cuore mi rimbomba troppo forte nelle orecchie.

L'auto ronza costantemente sotto di noi mentre lasciamo la distesa urbana di Londra e tutto sembra molto più verde e lussureggiante, con lo skyline che si rimpicciolisce nello specchietto retrovisore. Rory tamburella le dita sul volante a ritmo di una canzone che si sente appena alla radio, una melodia folk che non riconosco. Sembra così a suo agio, con una mano pigramente appoggiata sul volante, come se stessimo andando a fare la spesa invece che nella tana del leone mascherata da casa sua d'infanzia.

Io, nel frattempo, stringo la borsetta come se contenesse segreti di stato, fissando fuori dal finestrino del passeggero come se l'oscurità oltre il vetro avesse le risposte alle domande che non riesco a smettere di farmi. *Cosa significa? Perché adesso? Noi... siamo qualcosa?*

«Sei stranamente silenziosa,» dice Rory, lanciandomi un'occhiata. «Se non ti conoscessi, direi che sei nervosa.»

«Chi, io? Nervosa?» sbuffo, anche se sospetto che il risultato sia meno convincente di quanto volessi. «Mi sto solo preparando mentalmente per qualunque circo familiare in cui stai per scaraventarmi.»

«Ah, il clan Keane non è poi così male.» Sorride, la sua voce calda e scherzosa. «Un po' rumorosi, forse. Ma te la caverai. Sei più tosta di quanto sembri.»

«Certo. Perché niente urla 'tosta' come le gonne a tubino e le agende con i codici colore,» replico in tono impassibile, guadagnandomi una sua risatina. È ingiusto quanto quel suono sia bravo a smorzare la tensione.

«Non sottovalutarti. Hai gli artigli sotto tutta quella patina di perfezione.»

«Artigli o no, non sono a mio agio con la folla. O con le chiacchiere di circostanza. O...» Mi interrompo. Ammettere che conoscere la sua famiglia sembra una cosa incredibilmente intima, che mi spaventa, non è qualcosa che sono pronta a dire ad alta voce. Non ancora.

«Rilassati,» dice Rory, la sua voce più dolce adesso. «Te l'ho già detto, ti adoreranno.»

«Adorarmi? E in base a cosa, esattamente?»

«Sul fatto che io ti amo,» risponde con disinvoltura, poi fa subito una smorfia, come se le parole gli fossero sfuggite senza permesso. Si schiarisce la gola, concentrandosi un po' troppo intensamente sulla strada davanti a sé. «Voglio dire... ti adoreranno perché sei... uhm, fantastica. Ovviamente.»

Il mio cuore perde un colpo, inciampando sulle implicazioni. *Mi ama?* No, di certo no. Non poteva intenderlo in *quel* senso. O sì?

«Ovviamente,» dico, fissando dritto davanti a me, con il polso accelerato. Il silenzio che segue è denso, carico di tutto ciò che non stiamo dicendo.

E all'improvviso, il viaggio sembra molto più lungo di quanto non sia.

L'auto si ferma davanti a una villetta bifamiliare dall'intonaco bianco e granuloso che praticamente irradia calore. Delle lucine sono appese lungo la ringhiera del portico, tremolando allegramente contro il crepuscolo, e il suono attutito delle risate fuoriesce da una finestra aperta da qualche parte al piano di sopra. C'è già un gruppo di auto parcheggiate, molte con targhe irlandesi, che fiancheggiano il vialetto e si riversano sulla strada, lasciando intuire il numero di persone stipate all'interno.

«Siamo arrivati,» annuncia Rory, come se avessimo appena accostato davanti a un ristorante qualunque invece che all'epicentro della mia ansia sociale per la serata.

Spegne il motore, appoggiandosi al sedile con disinvolta sicurezza. Io, invece, sono paralizzata, stringendo la borsa come se fosse un giubbotto di salvataggio.

«Fantastico.» La mia voce è piatta, non tradisce nulla del caos che attualmente mi si agita nel petto. «Sembra... animato.»

«Non preoccuparti,» dice, guardandomi con un sorriso così disarmante che dovrebbe avere un'etichetta di avvertenza. «Non mordono. Spesso.»

«Buono a sapersi», dico, scherzando solo a metà mentre guardo di nuovo la casa. Il lontano tintinnio di piatti e le raffiche di conversazione arrivano con la brezza, sottolineati da quello che suona sospettosamente come qualcuno che si sgola cantando una melodia un po' stonata. «A meno che il canto non valga come aggressione.»

«Quello dev'essere zio Declan», dice Rory con una risatina, scendendo già dalla macchina. «E lo vale, assolutamente.»

Quando riesco ad allentare la presa delle dita sulla borsa e a scendere, lui mi sta aspettando dal lato del passeggero, con una mano tesa. Esito, perché a quanto pare la galanteria mi spiazza ancora, ma alla fine la prendo. Il suo palmo è caldo, mi riporta con i piedi per terra, mentre mi guida lungo il sentiero verso la casa.

«Rilassati», sussurra, il suo pollice che sfiora leggermente il mio prima di lasciarmi andare. «Andrà tutto bene.»

Un mazzo di chiavi è stato lasciato nella toppa e, prima che io possa voltarmi e fuggire, lui è già entrato.

Il rumore è la prima cosa che mi colpisce: una cacofonia di voci, risate e musica, tutto mescolato insieme. Poi arriva l'odore: arrosto, aglio, qualcosa di dolce e cannella nel mix. È il tipo di aroma che appartiene a una casa vissuta, non a un'abitazione, e smuove qualcosa sepolto nel profondo del mio petto. Qualcosa che preferirei restasse sepolto.

«Rory!» chiama una voce di donna da un punto imprecisato nella folla di persone radunate in salotto. Una macchia indistinta di volti si gira verso di noi e, all'improvviso, mi sento come se fossi finita su un palcoscenico senza conoscere la mia parte.

«Ehi, ma! Buon compleanno», risponde Rory, scivolando nella stanza con la massima disinvoltura, come se l'avesse fatto mille volte. Il che, ovviamente, è vero. La sua mano scivola sulla parte bassa della mia schiena, una pressione sottile che mi spinge avanti. Mi ancora e al tempo stesso mi fa battere il cuore all'impazzata.

«Tutti, lei è Lara», annuncia, con un tono disinvolto ma allo stesso tempo intenzionale. «Lara, ti presento... be', tutti.»

«Ciao», riesco a dire, con la voce che esce un po' troppo acuta. Mi sistemo gli occhiali per riflesso.

«Ah, allora è *questa* Lara», dice un uomo che deve essere zio Declan, a giudicare dalla pinta in una mano e dallo scintillio malizioso nei suoi occhi. «Rory è stato molto...»

«Declan», lo interrompe Rory con naturalezza, il sorriso tirato ma la presa sulla mia schiena salda. «Magari teniamo le storie per dopo, che ne dici?»

«Va bene, va bene.» Declan mi fa l'occhiolino. «Ma non pensare di passarla liscia, Lara.»

«Non me lo sognerei neanche», rispondo, con un tono abbastanza secco da strappargli una risata sorpresa. Bene. Il sarcasmo è più sicuro della sincerità in questo momento.

«Vieni a sederti, tesoro», dice la mamma di Rory, avvicinandosi indaffarata e avvolgendolo in un rapido abbraccio prima di rivolgere la sua attenzione a me. È bassa, con il viso tondo, ed emana un'energia che potrebbe probabilmente alimentare una piccola città. Il suo sorriso è caldo, genuino e del tutto travolgente. «È un piacere conoscerti finalmente! Sono la mamma di Rory, Evelyn. Ci ha parlato così tanto di te.»

«Davvero?» Lancio un'occhiata a Rory, ma lui si limita a stringere le spalle, per nulla pentito.

«Solo cose belle, te lo prometto», insiste lei, prendendomi

brevemente le mani tra le sue prima di trascinarmi ancora di più nel caos. «Ora, prendiamo qualcosa da mangiare. Hai provato i famigerati rustici di Declan? Oh, e c'è il trifle, o la pavlova, se preferisci. O entrambi!»

«Entrambi suona grandioso», dico docilmente, non sapendo come altro rispondere.

Rory mi segue da vicino, la sua mano non lascia mai il suo posto sulla mia schiena, come se potesse percepire l'esatto momento in cui potrei darmi alla fuga.

«E potrebbe esserci rimasta una fettina di torta di mele, se sei fortunata. Oh, e se nessuna di queste cose ti ispira, ho una vaschetta di Ben & Jerry's nel congelatore a pozzetto...»

«*Mamma*. Ce la caveremo. Non agitarti adesso, è il tuo compleanno. Rilassati.»

«Non posso rilassarmi, ho delle salsicce da cocktail nel forno che devono essere girate e ho mandato Shiv al negozio all'angolo a prendere altra maionese per la salsa Thousand Island. Lara, nel frattempo ti prendo qualcosa da bere, devi essere assetata.»

Evelyn si dirige lungo il corridoio verso la cucina, chiaramente in missione per assicurarsi che io sia ben nutrita e dissetata.

«Visto?» sussurra lui, abbastanza piano da far sentire solo me. «Te l'avevo detto che le saresti piaciuta.»

«È discutibile», rispondo, guadagnandomi un'altra sua risata. Ma quando noto il modo in cui sua madre si volta e sorride a lui, e a me, mi chiedo se non abbia davvero ragione. Be', quasi.

Il salotto vibra di conversazioni sovrapposte, raffiche di risate che punteggiano l'aria come una melodia che non riesco a seguire del tutto. Ogni angolo è occupato: cugini di tutte le età sparsi sul pavimento a sfogliare vecchi album di foto, zie appollaiate sui braccioli con bicchieri di vino in mano e Rory proprio al centro di tutto, completamente a suo agio. La sua risata rimbomba per la stanza mentre uno dei suoi zii gli dà una pacca sulla spalla, e io sento una fitta di qualcosa di acuto e sconosciuto. Invidia? Forse. O solo l'assoluta stranezza di guardare qualcuno che si sente così a casa.

Siedo sul bordo del divano, con le gambe incrociate alle caviglie, cercando di mimetizzarmi il più possibile con l'arredamento.

Il mio bicchiere di vino è praticamente pieno, perché sorseggiarlo mi sembra un impegno a raggiungere un livello di relax che non sono sicura di poter toccare stasera. Di tanto in tanto, qualcuno mi lancia un'occhiata – un sorriso educato qui, una domanda di passaggio là – ma per lo più sono un'osservatrice. Un po' sopraffatta dall'energia frenetica della casa.

«A tuo agio?» La voce di Rory rimbomba sopra di me, bassa e calda, mentre si china per parlare vicino al mio orecchio. La sua mano mi sfiora la spalla, un gesto casuale ma che mi dà stabilità.

«Come un pesce fuor d'acqua», rispondo, guadagnandomi quel suo sorriso sbilenco. Sembra fin troppo compiaciuto di sé, il traditore.

«Stai andando alla grande», dice dolcemente, raddrizzandosi. «Sono già ossessionati da te.»

«Ossessionati dal vedere se imploderò, forse.»

«Anche quello.» Mi fa l'occhiolino prima di essere trascinato di nuovo in un'altra conversazione, questa volta con una cugina più o meno della sua età. Lo guardo muoversi per la stanza, affascinante senza sforzo, il centro di gravità attorno al quale tutti orbitano. È fastidiosamente accattivante.

Faccio un respiro profondo e cerco di concentrarmi su qualcosa di tangibile: le fotografie incorniciate sulla mensola del camino, i cuscini spaiati sparsi qua e là, il debole profumo di agnello arrosto e rosmarino che proviene dalla cucina. Ma è impossibile ignorare la corrente sotterranea di energia nell'aria, la sensazione che qualcosa, o qualcuno, manchi. Proprio quando penso che forse me lo sto immaginando, la porta d'ingresso scricchiola e una folata d'aria fresca serale si riversa nella stanza.

«È...?» comincia qualcuno, le parole inghiottite da un sussulto collettivo. Le teste si voltano verso l'ingresso e, all'improvviso, l'atmosfera cambia, carica di un nuovo tipo di eccitazione.

«AOIFE!» grida la mamma di Rory, la sua voce un misto di shock e gioia pura. La stanza esplode nel caos: sedie che strisciano, gente che si alza, voci che si sovrappongono in una cacofonia di nomi e saluti.

Rory si blocca a metà di una risata, la sua espressione che

oscilla tra l'incredulità e la gioia. «Non ci posso credere», dice sottovoce, già diretto verso la porta.

Seguo il suo sguardo, ed eccola lì: un turbine impressionante di riccioli neri e un cappotto verde brillante, mentre si sfila dalle spalle un enorme zaino. Sorride entrando, con le guance arrossate dal freddo, e l'intera stanza sembra inclinarsi verso di lei, magnetizzata.

«Sorpresa!» annuncia, con la sua voce cantilenante e musicale, come se la sua sola presenza non fosse già una sorpresa sufficiente.

«Santo cielo, Aoife» esclama Rory, raggiungendola in tre lunghe falcate. «Pensavo fossi ancora in Tailandia». La stringe in un abbraccio da orso che la solleva da terra, e lei ride, un suono leggero e spumeggiante. È una di quelle risate che ti fa venire voglia di unirti, anche senza sapere perché.

«Mettimi giù, brutto bestione» lo rimprovera, sebbene il suo tono non sia altro che affettuoso. Appena i suoi piedi toccano terra, gli dà un colpetto giocoso sul braccio prima di voltarsi a salutare il resto della famiglia, che si accalca per la sua attenzione. Aoife riserva l'abbraccio più grande di tutti a sua madre. Evelyn si asciuga le lacrime dalle guance, mentre cerca di snocciolare tutte le opzioni per la cena e allo stesso tempo di chiedere come sia andato il suo viaggio.

Resto piantata dove sono, osservando la scena svolgersi con uno strano misto di fascino e disagio. C'è qualcosa di disarmante in Aoife, un carisma spontaneo che attira le persone, molto simile a quello di Rory, ma più dolce, meno costruito. Si muove per la stanza come se appartenesse a ogni angolo di essa, abbracciando, ridendo e in qualche modo facendo sentire a ogni persona di aver passato l'intera serata ad aspettare solo lei.

Il mio sguardo scatta di nuovo su Aoife e Rory, fratello e sorella, vicini, con le teste chine l'una verso l'altra mentre parlano. C'è un'intesa tra loro, una complicità nata da anni e da una storia condivisa, che mi rende improvvisamente e acutamente consapevole di quanto poco io sappia davvero di Rory.

«Aoife è uno spasso. Ha una voce come Celine Dion» continua Declan, con un tono pieno di inconfondibile orgoglio.

«È sempre in giro a fare la giramondo, ma quando si fa vedere, è come se fosse Natale in anticipo».

«Sembra proprio di sì» confermo, incapace di distogliere lo sguardo. Il viso di Rory è illuminato in un modo che non avevo mai visto prima, aperto e senza difese, e Aoife gli tiene testa, gesticolando animatamente mentre parla. Qualunque tensione aleggiasse nell'aria prima si è dissolta completamente, sostituita da qualcosa di più caldo, più intimo. E per ragioni che non riesco a spiegare, questo mi mette di nuovo i nervi a fior di pelle.

«Bene, bene» dice Aoife, la sua voce che attraversa la stanza come un raggio di sole che spunta tra le nuvole. «Allora è questa la famosa Lara».

Mi raddrizzo istintivamente, colta alla sprovvista dal puro calore che emana mentre mi attraversa la stanza per venire verso di me.

La sua stretta di mano è decisa ma senza pretese, e il suo sorriso, ampio, luminoso, incredibilmente genuino, mi fa sentire allo stesso tempo notata e immediatamente scrutata.

«Famosa?» riesco a dire, con un tono molto più freddo di quello che si agita sotto la superficie. Il mio cuore martella un ritmo irregolare nel petto. «È un po' un'esagerazione».

«Niente affatto» dice Aoife, con gli occhi che brillano di un misto di malizia e ammirazione. «Ultimamente non fa che mandare messaggi su di te. Be', su di te e sul lavoro. Ma soprattutto su di te».

«Soprattutto sul lavoro» interviene lui con disinvoltura, apparendo al mio fianco con un sorriso facile. La sua mano aleggia di nuovo vicino alla mia schiena, sfiorando appena il tessuto del mio vestito, e non so dire se sia per dare stabilità a me o a sé stesso. Forse a entrambi.

«Certo, certo» lo prende in giro Aoife, la sua cadenza irlandese che si accentua con il suo divertimento. «Il lavoro. Che, per inciso, devi interamente a me. O ti sei convenientemente dimenticato di chi ti ha dato il la?»

«Il la?» La parola mi sfugge prima che possa fermarla. Entrambi mi guardano: Rory rapidamente, con circospezione;

Aoife con una sorta di curiosità disinvolta, come se si fosse appena accorta che potrei stare prestando attenzione.

«Ah, allora» dice, ridendo leggermente. «Il piccolo sporco segreto dell'impero della famiglia Keane». Agita le dita in modo teatrale, come se stesse svelando una grande cospirazione. «Rory scrive le parole, ma io lucido i diamanti grezzi».

«Lucidi» fa eco Rory, anche se ora c'è una tensione nella sua mascella che un attimo fa non c'era. «È un modo di vederla».

«Non lasciarti ingannare da lui» dice Aoife, chinandosi verso di me con fare cospiratorio, i suoi riccioli che rimbalzano a ogni movimento. «È un genio, ovviamente. Ma a volte un fratello ha solo bisogno che la sorella gli dica quando la sua protagonista si comporta da perfetta idiota o quando le sue scene d'amore sono più imbarazzanti che da far sognare».

«Capisco» dico debolmente, le labbra che si curvano in un sorriso educato che sento appiccicato in faccia. La mia mente è già in subbuglio, cercando di mettere insieme i pezzi di quello che ho appena sentito. I libri di Rory, i bestseller da milioni di copie, la gallina dalle uova d'oro di Scott & Drake, sono stati... cosa? Un progetto di gruppo?

«Sta esagerando» interviene Rory, con un tono di voce basso e cauto. «Non è-»

«Esagerando?» lo interrompe Aoife, sollevando un sopracciglio con finta offesa. «Cosa, non ti ricordi le notti passate in bianco fino all'alba per rimaneggiare quel finale orribile di *Lakewood Hearts*? O quando ho dovuto riscrivere metà di *Falling for April* perché il tuo protagonista sembrava che avesse ingoiato un dizionario dei sinonimi e contrari? Come te la sei cavata stavolta da solo, senza il mio genio a sistemare tutto, eh? Hai avuto il tuo bel da fare, Lara, non ho dubbi».

«Basta, Aoife» dice Rory, e stavolta il suo sorriso svanisce del tutto. C'è una punta di asprezza nella sua voce che la fa solo ridere più forte, incurante, o forse indifferente, alla tensione che si infittisce tra di noi.

«Comunque» continua lei, imperterrita, rivolgendosi di nuovo a me con un occhiolino. «Sai com'è fatto: tutto grandi idee e nessuna pazienza. Qualcuno deve assicurarsi che quei grandi gesti sulla pagina facciano davvero effetto, no?»

«Aoife, ti prego».

«Non preoccuparti, Lara. È ancora il genio che tutti pensano che sia. Io sono solo l'MVP invisibile dietro le quinte».

Invisibile. La parola atterra come una pietra nel mio petto, pesante e fredda. Il mio sguardo saetta su Rory, in cerca di una qualche smentita, di una rassicurazione che questa sia solo l'esagerazione scherzosa di una sorella. Ma la sua espressione, a labbra strette, colpevole, sulla difensiva, mi dice tutto quello che ho bisogno di sapere.

«Interessante» dico, anche se la mia voce esce più flebile di quanto vorrei. Sento la gola secca e irritata, come se si stesse chiudendo.

«Vero?» sorride Aoife, chiaramente soddisfatta di sé. «E io che pensavo che saresti stata *tu* quella intimidatoria, visto che sei un'editor di grido e tutto il resto. Ma guardati-» Mi indica, con un tono caloroso ma distintamente paternalistico. «Perfettamente normale. Adorabile, addirittura».

«Grazie» dico, anche se lo stomaco mi si stringe sempre di più. Normale. Adorabile. Invisibile.

Mi costringo a bere un sorso del vino che Rory mi ha dato prima, ma ora ha un sapore amaro, come aceto sulla lingua. Dall'altra parte della stanza, la mamma di Rory ride per qualcosa che ha detto un altro ospite, un suono che risuona allegro, ignaro. L'aria sembra soffocante, il calore della casa che preme sulla mia pelle come un peso che non riesco a scrollarmi di dosso.

«Scusatemi un momento», dico, posando il bicchiere su un tavolo vicino con meticolosa precisione. La mia voce suona distaccata persino alle mie orecchie, ma non riesco a farmene un problema.

«Tutto bene?», chiede Rory, corrugando la fronte, ma non lo guardo mentre gli passo accanto.

«Bene», mento, mentre i tacchi battono sul parquet mentre esco dal salone per dirigermi verso l'ingresso.

Perché ho bisogno di spazio. Di aria. Di qualcosa a cui aggrapparmi mentre la terra mi frana sotto i piedi.

Co-scrittura. Revisione. Comunque vogliano chiamarla. I dettagli ormai contano poco. Quello che conta è che l'uomo in cui ho creduto per settimane, l'uomo di cui... Dio, l'uomo di cui ho iniziato a innamorarmi, non è chi pensavo che fosse.

E questo, in qualche modo, fa ancora più male di tutte le bugie messe insieme.

I miei polmoni si dimenticano come funzionare.

Resto ferma sulla soglia del soggiorno, aggrappandomi allo stipite come se potesse impedire al mondo di girare. Sento il petto oppresso, il cuore che batte all'impazzata come una batteria frenetica che soffoca il brusio della conversazione intorno a me. Il calore che mi punge la nuca non ha niente a che vedere con la casa affollata o con il vino che ho appena toccato. Dall'altra parte della stanza, Rory sta ridendo per qualcosa che ha detto sua cugina, la testa reclinata all'indietro in quel suo modo disinvolto e noncurante, come se l'universo stesso si piegasse per metterlo a suo agio.

Co-scrittura, aveva detto Aoife, con la sua voce cantilenante e divertita, come se non avesse appena fatto esplodere una bomba proprio di fronte a me.

Deglutisco a fatica, il suono forte alle mie orecchie. Le mie dita fremono contro lo stipite della porta. Sento la pelle troppo tirata, come se il tradimento fosse penetrato in ogni mia cellula, e ora fossi costretta a indossarlo. A portarmelo addosso.

«Ehi».

La voce di Rory squarcia la nebbia, improvvisa e fin troppo vicina. Sbatto le palpebre e mi rendo conto che è in piedi di fronte a me, il suo sorriso che vacilla quando vede qualunque cosa debba esserci scritta sulla mia faccia. Sembra confuso per una frazione di secondo, ma poi qualcosa cambia. I suoi occhi si sgranano, e la sua espressione... Dio, è come vedere la maschera scivolare via dal volto di un prestigiatore nel bel mezzo di un trucco.

«È vero?», la mia voce fende gli strati di rumore che filtrano dal salone. Non mi interessa nemmeno chi possa sentire. Ora le mie mani tremano, così le stringo a pugno lungo i fianchi. «Quello che ha detto Aoife? Sui tuoi libri?»

La sua mascella si contrae. È la stessa espressione che assume quando sta per usare il bluff per aggirare un buco nella trama durante una delle nostre riunioni editoriali. Solo che questa volta, non c'è nessun manoscritto tra di noi. Nessuna distanza professionale ad attutire il colpo.

«Lara...», la sua voce è più bassa ora, quasi supplichevole, ma non fa che farmi contorcere ancora di più lo stomaco.

«Non farlo», faccio un passo indietro, sollevando una mano come se potesse impedirgli fisicamente di avvicinarsi. «Semplicemente... non farlo».

Le sue spalle si afflosciano e, per la prima volta da quando l'ho conosciuto, Rory Keane sembra completamente smarrito. Vulnerabile in un modo che non gli si addice e che forse non gli si addirà mai. Il fascino, la spavalderia... è tutto svanito. Sostituito da un ragazzo che sembra essere stato colto con le mani nel sacco. Ma non posso concentrarmi su questo, non quando il respiro si fa corto e affannoso e il mio cervello non smette di urlarmi di *sistemare questa cosa*, anche se non so come.

«Lasciami spiegare», dice, la voce bassa e concitata. «Non è...»

«Non è come sembra?», la mia risata è amara. «Non insultare entrambi fingendo che non sia esattamente come sembra, Rory».

Apre la bocca, ma non esce nessuna parola. E per una volta, il suo silenzio parla più forte di qualsiasi altra cosa.

Non aspetto che ci riprovi. I miei piedi si muovono prima che il mio cervello riesca a mettersi in pari, portandomi verso la porta d'ingresso come se fosse l'unica scialuppa di salvataggio su una nave che affonda. La casa è improvvisamente troppo rumorosa e troppo silenziosa allo stesso tempo: il brusio attutito delle conversazioni che si spegne, il tintinnio dei bicchieri che si ferma a metà di un brindisi. È una cacofonia di silenzi sbalorditi che mi insegue mentre me ne vado.

«Dove stai...», la voce di Rory si fa strada, roca e disperata, ma non mi volto. Se lo guardassi ora, la sua faccia stupidamente sincera, i suoi occhi supplichevoli, potrei crollare. E non posso permettermelo. Non qui. Non di fronte a tutta la sua famiglia.

I miei tacchi ticchettano a ogni passo, un martello che pianta chiodi nella bara di qualunque... cosa dovesse essere tra di noi. Raggiungo la porta d'ingresso, la mano che armeggia con la maniglia. L'aria sembra densa, come se stessi guadando dello sciroppo, e le mie dita non collaborano. Certo. Certo che perfino la porta stia cospirando contro di me adesso.

«Lascia che ti aiuti...», di nuovo Rory. Più vicino questa volta. Troppo vicino.

«Non ti azzardare». Finalmente riesco ad aprire la porta, e l'aria fredda della notte mi schiaffeggia come una sorta di tentativo cosmico di rianimazione. Esco senza guardarmi indietro, lasciando che la porta si chiuda con un tonfo secco e soddisfacente alle mie spalle.

VENTUNO

L'aria frizzante della sera mi pizzica le guance mentre percorro furiosamente il viale. Il tradimento mi pesa sullo stomaco, contorcendosi e rigirandosi come una creatura viva.

«Allora, come te la sei cavata stavolta da solo, senza la mia genialità a sistemare tutto, eh?» Le sue parole esatte. All'improvviso, tutto acquista un senso. Per tutto questo tempo, ogni bozza, ogni telefonata a tarda notte sui colpi di scena e sui problemi di ritmo. Aoife. Sua sorella. La sua musa segreta.

Come ho fatto a non vederlo? Gli indizi c'erano, sparsi come briciole di pane: le sue risposte vaghe quando gli chiedevo da dove prendesse le idee, il modo in cui cambiava sempre argomento quando insistevo sul perché questo libro fosse così diverso dagli altri. E Aoife... Si è inserita nella serata come se ne avesse sempre fatto parte, come se fosse il pezzo mancante che non mi ero resa conto di star cercando.

Per tutto questo tempo... Sento un nodo alla gola e sbatto le palpebre con forza per ricacciare indietro il bruciore che minaccia di traboccare. No. Non ora. Non qui. Mi rifiuto di permettere a Rory Keane, o a chiunque altro, di vedermi crollare in questo modo.

«Maledizione, Lara, aspetta!» La voce di Rory fende il silenzio della notte, ma non mi volto.

Ovviamente mi segue. Deve sempre avere l'ultima parola, no?

Accelero il passo, il sentiero di ghiaia lascia il posto a un lastricato. Ogni passo sembra un punto esclamativo che sottolinea i pensieri che mi sfrecciano in testa: *Come osa? Come osa?*

«Solo...» I suoi passi scricchiolano dietro di me, più veloci ora, più vicini. «Lara, vuoi fermarti un secondo?»

«Perché?», gli lancio la parola alle spalle, senza rallentare. La mia voce è tagliente, quasi isterica. Bene. Che senta quanto sono al limite. Che ci si strozzi. «Per inventarti un'altra storia? O magari per elaborare un nuovo finale, Rory? Qualcosa di più... soddisfacente per il tuo pubblico?»

«Possiamo parlarne? Ti prego.»

«Parlare?» Mi volto di scatto senza preavviso, costringendolo a fermarsi bruscamente a qualche metro da me. Il movimento improvviso mi fa scivolare gli occhiali sul naso e li rimetto a posto con più forza del necessario. «Parlare di cosa, esattamente, Rory? Perché credo che abbiamo già detto abbastanza.»

Allora mi guarda, mi guarda davvero. C'è qualcosa di crudo nella sua espressione, qualcosa di quasi fanciullesco nel modo in cui i capelli scuri gli ricadono disordinatamente sulla fronte, col respiro affannato per avermi rincorsa. Ma non ci casco. Non stavolta.

«Senti...», comincia, passandosi una mano tra i capelli come per guadagnare tempo. «Io non...»

«Non farlo.» Alzo una mano, interrompendolo. «Non osare provare a trovare una scusa. Non puoi risolvere la cosa con i tuoi discorsetti affascinanti o con qualsiasi cosa tu faccia per far dimenticare alla gente che sei pieno di...»

«Smettila», sbotta lui, facendosi più vicino. La sua voce è più alta ora, più arrabbiata, e mi sorprende abbastanza da interrompermi a metà frase.

Per un secondo, restiamo lì immobili, con la tensione tra noi che crepita nell'aria fredda della notte. I suoi occhi cercano i miei, disperati, selvaggi, come se stesse cercando di trovare lì qualcosa che sa di aver già perso.

«Ti prego», dice di nuovo, stavolta più dolcemente. La voce gli si incrina su quella parola, e qualcosa dentro di me si contorce dolorosamente.

Maledetto. Maledetta la sua stupida sincerità, la sua stupida serietà, il suo stupido tutto.

«Allora dimmelo», dico, con la voce bassa ma letale. «Come si inserisce Aoife in tutto questo?»

Si blocca. Solo per un secondo, ma abbastanza a lungo da farmene accorgere. Abbastanza a lungo perché la piccola, sciocca parte di me che si aggrappava alla speranza avvizzisca e muoia. Apre la bocca, ma non esce nessuna parola. È come guardare un neopatentato a cui si spegne la macchina al verde, e penso: *Oh Dio, è così, non è vero?*

«Rory.» La mia voce si incrina, ma continuo. «Volevi che credessi in te. Che mi fidassi di te. E ora non riesci nemmeno a guardarmi negli occhi e a dirmi la verità?»

Finalmente incontra il mio sguardo. Deglutisce a fatica. Esita. Di nuovo.

La mia voce si alza, alimentata dalla pura sfacciataggine del suo silenzio. «Di' qualcosa! Qualsiasi cosa! O dovrei semplicemente unire i puntini da sola? Perché lascia che te lo dica, Rory, il quadro non è per niente roseo dal mio punto di vista.»

Ancora niente. La gola gli si muove come se stesse cercando di spingere fuori le parole, ma sono bloccate da qualche parte tra il suo ego e quel briciolo di decenza che gli è rimasto. Più a lungo resta in silenzio, più tutto il resto diventa forte: il fruscio delle foglie, il ronzio lontano del traffico, il ruggito nelle mie orecchie.

«Incredibile», dico, facendo un passo indietro. Sento il petto contratto, come se tutta l'aria fosse stata risucchiata via dal mondo. «Quindi è questo. Questo è chi sei veramente.»

«Aspetta», dice infine, con voce roca ed esitante, come se sapesse che è troppo poco, troppo tardi. «Lara, non è...»

«Smettila.» Lo interrompo, scuotendo la testa. La mia rabbia inizia a vacillare, a incrinarsi ai bordi, facendo spazio a qualcosa di più profondo. Qualcosa di più pesante. «Non ti rendi nemmeno conto di quello che hai fatto, vero?»

Ed eccolo lì: quel barlume di colpa nella sua espressione. Una scintilla di rimpianto che non fa altro che farmi arrabbiare di più, perché non è abbastanza. Non lo sarà mai.

Getto le mani in aria, un gesto improvviso che squarcia il

silenzio carico tra noi. «Sai qual è la cosa divertente, Rory? Stavo davvero iniziando a crederti.» La mia voce esce più forte di quanto volessi, ma non mi importa. Le parole tremano sull'orlo della furia, come se avessero aspettato questo momento per esplodere. «Tutti quei discorsi sul blocco dello scrittore e sul ritrovare l'ispirazione... Dio, sono stata così stupida.»

I suoi occhi si sgranano, le labbra si schiudono come se stesse per interrompermi, ma io vado avanti come un treno, travolgendo ogni suo tentativo di parlare.

«Hai la *minima* idea di quanto sia umiliante scoprire nel modo peggiore che sono stata solo... Cosa? Un comodo rimpiazzo per tua sorella? Una scorciatoia per superare il tuo presunto blocco creativo?»

«Non è così...»

Lo interrompo con una risata che ha un sapore amaro in gola.

«Non provarci nemmeno, Rory. Non farlo.» Gli punto un dito contro, con la mano che trema leggermente, anche se spero che non se ne accorga. «Sei rimasto seduto lì, giorno dopo giorno, a propinarmi una sfilza di frottole su quanto fossi bloccato. Su quanto avessi bisogno di me. E per tutto il tempo, Aoife...» il suo nome mi brucia come acido sulla lingua «...che cosa stava facendo, esattamente? Riempiva i vuoti per te mentre facevi il genio tormentato?»

Si avvicina, le mani alzate come per parare un colpo. «Lara, basta. Solo... solo lasciami spiegare.»

«Oh, prego, fa' pure,» sbotto, incrociando le braccia sul petto. «Sarei proprio curiosa di sentire la spiegazione del perché mi hai mentito. Del perché mi hai usata.»

«Non ti stavo usando!» Si passa una mano tra i capelli, un gesto così frenetico che sembra quasi voglia strapparseli. «Te lo giuro, Lara, non era così. Io solo... Aoife non è stata coinvolta in questo libro, per niente. Sulla vita di mia madre, non ha scritto neanche una parola.»

«Mi sembra improbabile, data la sua piccola ammissione là dentro.»

«È partita per un viaggio prima che io tirassi fuori la trama di *Fully, Forever*. Doveva stare via un mese, ma poi si è innamorata di uno conosciuto là e mi ha detto che non sarebbe tornata e che per questo libro me la sarei dovuta cavare da solo.»

«Oh, andiamo. Esistono le email, le videochiamate e...»

«Ho scritto la prima bozza interamente da solo. Ho dovuto. Era dall'altra parte del mondo e non ne voleva sapere niente.»

Fa un passo verso di me e io ne faccio uno indietro per mantenere la distanza.

«Quando ho capito che era seria, ho iniziato a scrivere. Volevo dimostrare di potercela fare da solo.»

«Beh, congratulazioni,» dico, allargando le braccia in una finta celebrazione. «Qualcosa l'hai dimostrato, certo. Hai dimostrato di essere un bugiardo.»

Il suo viso si scompone leggermente e, per una frazione di secondo, penso di aver toccato un nervo scoperto. Ma poi parla, e le parole gli escono a fiotti, una più disperata dell'altra.

«Non stavo mentendo. Non sul blocco, non su... non sul fatto di avere bisogno di te. Dio, Lara, devi capire.» La sua voce si spezza e unisce i palmi delle mani, come se pregasse che io gli creda. «La pressione... le aspettative... è come un peso che mi schiaccia ogni secondo. Tutti si aspettano che io sia brillante, che sforni un altro bestseller, e io semplicemente... non potevo farcela da solo. Mi sono bloccato.»

«E così hai pensato: "Ehi, trascinerò Lara in questo casino",» ribatto. «Perché chiaramente, lei non ha niente di meglio da fare che salvare Rory Keane da se stesso.»

«No!» dice lui in fretta, troppo in fretta. «Non avevo pianificato che succedesse questo. Io solo... pensavo che forse, se avessi avuto qualcuno che capiva, qualcuno che credeva nel lavoro in sé...» La sua voce vacilla e lascia andare un sospiro frustrato. «Non volevo farti del male.»

Lo fisso, le braccia ancora incrociate, le unghie che mi si conficcano negli avambracci.

«Beh, ancora congratulazioni, perché ci sei riuscito lo stesso.»

Lui trasale e per un breve istante lo vedo: la sua maschera scivola via. L'affascinante e sicuro di sé Rory Keane sta svanendo per rivelare qualcosa di grezzo e vulnerabile al di sotto. Qualcosa che quasi... quasi... mi fa venire voglia di ammorbidirmi. Ma poi ricordo il silenzio di prima, l'esitazione che ha urlato più forte di qualsiasi scusa, e il barlume di compassione si spegne.

«Tu non capisci,» dico a bassa voce, il mio tono ora pericolosamente calmo. «Non mi hai solo mentito. Mi hai fatto credere in qualcosa. In te.» Il petto mi si stringe, e odio l'incrinatura che sento minacciare di insinuarsi nella mia voce. «E poi l'hai strappato via come se non significasse niente.»

«Significava *tutto*,» dice, la voce che si spezza sulla parola. «Tu significhi tutto, Lara. Io solo... ho fatto un casino, okay? Ho fatto uno sbaglio.»

Scuoto lentamente la testa, la mascella contratta mentre ricaccio indietro il nodo che ho in gola. *Sbaglio*. La parola sembra così piccola in confronto al buco profondo che ha lasciato nel mio cuore. «Uno sbaglio è dimenticare l'ordinazione di un caffè, Rory. Quello che hai fatto tu? Non è uno sbaglio. È una scelta.»

«Lara, ti prego...»

«No.» La parola mi esce tagliente prima che possa fermarla, come una delle mie correzioni a penna rossa. «Basta scuse. Basta mezze verità. Rispondimi solo a questo...» La mia voce trema, non di debolezza, ma di una furia così potente che sembra possa bruciarmi viva. «C'era qualcosa di vero? O per te ero solo un altro espediente narrativo?»

Lui trasale, come se la domanda lo avesse fisicamente lasciato senza fiato.

Bene. Che si contorca pure.

«Non è giusto,» dice, con voce bassa e tesa. «Sai che era vero.»

«Davvero?» La mia risata è vuota, amara, e così diversa da me che a stento la riconosco. «Perché in questo momento, sembra proprio che tutto questo...» gesticolo tra noi due, la mano che trema mio malgrado «...fosse solo un modo comodo per te di fare l'artista tormentato mentre io mettevo a posto i tuoi casini. Avevi bisogno di *me*, Rory? O avevi bisogno di una co-autrice che facesse un buon caffè e non chiedesse gli straordinari?»

«Smettila,» supplica, i suoi occhi che cercano disperatamente i miei, come se pensasse di poter trovare la leva giusta da tirare per annullare tutto ciò che sta crollando tra noi. «Stai distorcendo la realtà. Pensi che io l'abbia pianificato? Che mi sia seduto e abbia pensato: "Oh, sai cosa mi aiuterebbe davvero con il blocco dello scrittore? Troverò una sostituta per Aoife." Pensi che avrei potuto orchestrare *questo*?»

«Perché no?» ribatto, le parole rapide e mordaci. «Sei riuscito a ingannare tutti gli altri. Gli editori. I lettori. Cavolo, avevi convinto persino me. Quindi dimmi perché non dovrei credere che mi stavi solo usando per scrivere il tuo libro al posto tuo.»

«Perché io...» farfuglia, visibilmente soffocato da qualsiasi scusa voglia sputare. Se questo fosse uno dei suoi libri, sarebbe il punto in cui l'eroe fa una qualche grandiosa dichiarazione, qualcosa di travolgente e poetico che sistema tutto con un bel fiocco. Ma senza la mano guida di Aoife a scrivergli quella scena, appare solo... perso.

«Perché non te l'avrei mai fatto,» dice alla fine, la voce che si incrina sotto il peso delle parole. «Non avrei potuto.»

«Non avresti potuto o non avresti voluto?» insisto, calcando il silenzio che segue. «C'è una bella differenza, Rory.»

Le sue mani ricadono impotenti lungo i fianchi, le dita che si contraggono come se volessero raggiungermi ma non osassero.

«Era vero,» dice, e ora c'è qualcosa di crudo nella sua voce mentre deglutisce in cerca d'aria. «Tutto. Ogni singolo momento. Devi credermi, Lara.»

«Devo?» sussurro, odiando il tremito nella mia voce, odiando le lacrime che mi pungono gli occhi.

«Sì!» Fa un altro passo avanti, quasi abbastanza vicino da toccarmi, ma si ferma, e in qualche modo quella moderazione mi ferisce più di quanto avrebbe fatto se mi avesse afferrata. «Non eri solo qualcuno a cui mi appoggiavo quando le cose si facevano difficili. Tu *sei* la cosa, Lara. L'unica cosa che rendeva tutto degno di essere vissuto.» Le sue parole fuoriescono di getto, disperate e rozze, ognuna come una supplica. «Mi hai fatto venir voglia di essere migliore. Per te. Per noi.»

«Noi,» gli faccio eco amaramente, la parola estranea e stridente sulla mia lingua. «Che faccia tosta, detto da uno che ha passato settimane a mentirmi spudoratamente.»

«Non stavo cercando di ferirti», dice, la sua voce che si spezza di nuovo. «Lo giuro, ho pensato... ho pensato che se solo fossi riuscito a finire il libro seguendo i tuoi consigli, allora forse sarei stato... abbastanza.»

«Abbastanza per chi?», sbotto, con la rabbia che divampa di nuovo. «Per me? Perché, che ti sia chiaro, Rory: non ti ho mai chiesto di dimostrare niente. Non ho mai avuto bisogno che tu fossi perfetto. Avevo solo bisogno che tu fossi onesto.»

«Be', in quello ho fallito, no?», risponde lui, amaro, «ma non osare restare lì a far finta che quello che avevamo non fosse reale. So che l'hai sentito anche tu. Dimmi che mi sbaglio, Lara. Guardami negli occhi e dimmi che non l'hai sentito.»

Incrocio il suo sguardo, mentre il peso delle sue parole mi si posa come un macigno sullo stomaco. Ma poi mi tornano in mente le bugie, il tradimento, e mi costringo a non cedere.

«Forse sì», dico a voce bassa, con un tono freddo e secco. «Ma questo non cambia il fatto che hai rovinato tutto.»

Scuoto la testa, un movimento netto e definitivo, come una porta che sbatte. Incrocio le braccia sul petto, come se quel gesto potesse in qualche modo tenermi intera, impedire alle fratture di allargarsi ulteriormente.

«Dio, non capisci proprio, vero? Non mi hai solo mentito, Rory. Mi hai *usata*. Come una delle tue dannate scalette o delle schede dei personaggi, solo un altro strumento per portare la tua storia dove volevi.»

«Lara...»

«Non farlo», lo fulmino, alzando una mano per bloccargli il passo. «Non restare lì a cercare di riscrivere questa storia, Rory. Sono un'editor, ricordi? Riconosco un espediente narrativo quando ne vedo uno.»

Lui trasalisce, e per un attimo fugace, quasi mi sento in colpa. Quasi. Ma poi ricordo le settimane passate a esaminare il suo manoscritto, a migliorarlo, credendo che ogni parola, ogni momento che abbiamo condiviso, stesse costruendo qualcosa di reale. Non questo. Non... il nulla.

«Hai idea di quanto sia umiliante?», continuo, con la voce che si alza nonostante il nodo che mi si sta formando in gola. «Pensare che mentre mi stavo innamorando di te, tu stavi solo...» Faccio un gesto vago, rabbioso, come se le parole potessero materializzarsi nell'aria tra noi. «*Cosa?* Prendendo appunti? Raccogliendo materiale?»

«Tengo a te... ti *amo*. Questo non era un gioco per me. Ho fatto un casino, okay? Ho fatto degli errori, ma tutto quello che ho provato per te... era reale. Lo è ancora.»

«Be', buon per te», dico, con un sarcasmo che gronda dalle mie parole come veleno. «Ma il punto è questo, Rory: l'amore non basta. Non senza la fiducia. E tu? Tu l'hai annientata. Per me è finita, Rory.»

Mi allontano da lui senza voltarmi. Se lo facessi, potrei crollare del tutto, e non posso permettermelo. Non ora. Mai più.

Tiro fuori il telefono dalla borsa, con le dita che tremano mentre sblocco lo schermo. L'aria fresca della notte mi morde la pelle, ma non è niente in confronto al gelo che si sta diffondendo nel mio petto. Il mio pollice si ferma per una frazione di secondo sull'app di Uber prima che io la prema, perché Dio non voglia che esiti abbastanza a lungo da far pensare a Rory che ci sto ripensando.

«Lascia che ti accompagni a casa io», dice da dietro di me, la sua voce bassa, roca, disperata.

«Neanche per sogno», sbotto, senza nemmeno degnarlo di uno sguardo. Se lo facessi, vedrei quella faccia — quegli occhi stupidamente sinceri, quella mascella non rasata che in qualche modo lo rende ancora più irritantemente attraente — e potrei... no. No. Non lo farò. Non di nuovo.

L'app si carica lentamente, prendendosi gioco di me, e stringo il telefono come se potessi costringerlo fisicamente a muoversi più in fretta. Appare un messaggio: «Ricerca di autisti nella tua zona». Fantastico. Semplicemente fantastico. Batto il piede per terra, ogni colpo contro l'asfalto è un promemoria per non perdere il controllo. Piede sinistro, piede destro. Inspira, espira. Smettila di piangere. Non qui. Non di fronte a lui.

«Lara...» La sua voce si incrina.

«Torna dentro, Rory. Tua sorella è tornata, vai a finire il tuo libro. Dovrebbe essere facile adesso.»

Finalmente, un autista accetta la richiesta, e io espiro

tremante, sollievo e angoscia che si intrecciano nella mia gola. Sette minuti. Posso sopravvivere ad altri sette minuti di questo.

«Addio, Rory», riesco a dire, le parole che mi si incastrano leggermente in gola. Non aspetto la sua risposta. Non so nemmeno se ne abbia una. Invece, attraverso la strada e aspetto sul bordo del marciapiede, fissando la via deserta come se contenesse una qualche sorta di salvezza.

VENTIDUE

Ho passato gli ultimi tre mesi a fingere che Rory Keane non esistesse. È stato più facile di quanto mi aspettassi. La routine è una cosa affidabile e la mia mi ha inghiottita per intero: il caffè del mattino, i manoscritti di nuovi autori su cui lavorare, riunioni che si confondono l'una con l'altra. Mi sono sepolta nelle parole di altre persone, correggendo, rifinendo, perfezionando storie che non sono le sue. È quello che so fare meglio.

Dopo aver completato la revisione finale del suo libro, dopo aver apposto la mia firma sull'ultima pagina e averlo inviato ai correttori di bozze, mi sono detta che era finita. Chiuso. Acqua passata. Un capitolo chiuso, uno che non avrebbe mai dovuto essere scritto.

Eppure, è un pensiero che persiste. Non in modo plateale. Non cerco il suo nome su Google né controllo le voci di settore. Non mi chiedo dove sia, cosa stia facendo. Di certo non penso a come sia stato lavorare al suo fianco, discutere con lui, desiderarlo. Ma di tanto in tanto, colgo un commento di sfuggita in ufficio, un accenno casuale al suo libro o all'imminente lancio. E mi colpisce come il taglio di un foglio di carta: piccolo, affilato, invisibile finché non brucia.

Scaccio via il pensiero mentre mi siedo per la riunione settimanale sulle acquisizioni. Rory Keane è acqua passata. In questo momento, il mio lavoro è concentrarmi su ciò che verrà dopo. E qualunque cosa sia, non ha niente a che fare con lui.

«...quello che stiamo davvero esaminando qui è la saturazione del mercato con gli archi narrativi di redenzione del miliardario», dice Claire, la sua voce che sfreccia attraverso la sala riunioni come un dardo ben mirato.

Annuisco, la penna sospesa sul mio taccuino come se potessi davvero scrivere qualcosa. Miliardari che trovano il loro cuore in luoghi improbabili: un parco per cani, una pasticceria, un ritiro di yoga con le capre. È tutta roba già vista e già editata. Normalmente, contribuirei a questa riunione con osservazioni precise e un tocco di estro sardonico perché, diciamocelo, niente dimostra più "coinvolgimento" di una battuta intelligente sull'improbabilità che un magnate di Wall Street sappia preparare gli scones. Ma oggi, il mio cervello sembra essere in caricamento.

«Cosa ne pensa, Lara?». Il tono di Fiona è neutro, ma il suo sopracciglio inarcato non lo è altrettanto.

«Ehm, sì», dico, raddrizzandomi sulla sedia. Scorro i punti salienti sulla lettera di presentazione dell'agente letterario, cercando di formulare qualcosa di coerente. «Penso che... se intendiamo procedere con storie di questo genere, dobbiamo concentrarci su ambientazioni uniche o su poste in gioco che sembrino nuove».

«Ad esempio?». Fiona vuole di più. Come un cane con un osso, non mollerà la presa. Si appoggia allo schienale della sedia, con le braccia conserte, aspettando che io le dia una risposta.

«Beh...», esito, solo per un secondo, ma abbastanza a lungo da sentire una vampata di calore risalirmi lungo il collo. *Pensa, Lara. Pensa.* «Potremmo chiedere all'autrice di ambientare il suo libro in un settore... meno convenzionale. Forse un miliardario del settore tecnologico che ha mollato tutto per gestire un vigneto?».

«Interessante», dice Fiona, sebbene la sua espressione rimanga imperscrutabile. Il tipo di imperscrutabilità che ti fa mettere in discussione ogni decisione che tu abbia mai preso, a partire dalla tua scelta di carriera.

«Oppure», interviene Claire, una delle assistenti editoriali, dirottando misericordiosamente i riflettori, «puntiamo sulla nostalgia. Un miliardario che compra la biblioteca della sua città natale per salvarla dall'essere trasformata in un condominio».

La stanza mormora in assenso e io riesco a sfoggiare un piccolo sorriso professionale. Crisi scongiurata. Per ora. Ma la frustrazione che mi rode dentro persiste.

Non avrei dovuto esitare. Non avrei dovuto aver bisogno che Claire intervenisse. Dovrei essere io quella incrollabile, quella che ha sempre l'idea più brillante nella stanza. È la mia specialità. Solo che, a quanto pare, la mia specialità è attualmente in vacanza da qualche parte molto lontana da questa sala riunioni. Sono un disastro e non riesco a uscirne.

«Cammini con me», dice Fiona non appena la riunione finisce, il suo tono secco non ammette repliche.

«Certo», rispondo, mettendomi al suo fianco mentre avanza a grandi passi lungo il corridoio.

«Ha fatto un buon lavoro con il libro di Rory. Dovrebbe essere fiera di sé».

«Grazie. Lo sono».

Un vero complimento da parte di Fiona. Se fossi una che scommette, probabilmente ci sarebbe un seguito...

«Allora, come pensa che sia andata la riunione?», mi chiede, senza guardarmi.

«Bene», dico, attenta a mantenere la voce ferma. «Abbiamo scelto dei titoli forti e credo che le nostre offerte siano convincenti».

«Davvero?». Fiona si ferma di colpo, voltandosi verso di me. «Perché quello che ho visto io è Claire fare le scelte audaci e Lei che si lasciava semplicemente trasportare».

Ahi. Colpita e affondata. Resisto all'impulso di sistemarmi gli occhiali, un tic che Fiona conosce troppo bene, e mi sforzo di incontrare il suo sguardo. «Ammetto di non essere stata al mio meglio poco fa».

«Non solo oggi», dice Fiona, la voce che si addolcisce abbastanza da far sì che le parole arrivino più dure. «Lara, Lei ha aiutato Rory Keane a consegnare il suo manoscritto più forte fino a oggi. Era davvero un libro da cui era impossibile staccarsi. Lei è una delle editor di maggior talento con cui abbia mai lavorato. Ma negli ultimi due mesi, da quando lui l'ha consegnato, per l'esattezza, Lei mi è sembrata... distratta. Insolitamente distratta».

«Ho avuto molte cose per la testa», dico, e la scusa suona vuota anche mentre la pronuncio.

«Tutti hanno molta carne al fuoco» ribatte Fiona. «È la natura di questo lavoro. E mentre ci destreggiamo tra i vari impegni, dobbiamo anche assicurarci che nessuno vada in frantumi. Ho bisogno che Lei sia al massimo ogni giorno, specialmente con i nostri autori di fascia media che dipendono da noi per valorizzare il loro lavoro. Non tutti i clienti sono un Rory Keane, ma tutti meritano lo stesso livello di attenzione.»

Eccolo di nuovo. Il suo nome, lasciato cadere come una granata tra di noi. Mi si stringe lo stomaco, ma mantengo un'espressione neutrale.

«Capito» dico seccamente, anche se quella parola mi sembra di ingoiare del vetro.

«Bene» dice Fiona, di nuovo con il suo tono sbrigativo. «Perché non voglio dover ripetere questo discorso. Lei vale più di così, Lara. Non mi dimostri il contrario.»

Detto questo, si volta e si allontana, lasciandomi in piedi nel corridoio, con il peso delle sue parole che mi schiaccia come un macigno. *Valgo più di così.* Ma è vero? O ho preso in giro tutti, me stessa inclusa, per tutto questo tempo?

Le parole di Fiona mi rieccheggiano nella testa mentre apro la porta del mio ufficio ed entro, chiudendomela con forza alle spalle, come se cercassi di tenere la sua voce – e il dubbio assillante – dall'altra parte. L'ambiente familiare del mio ufficio di solito mi calma, ma oggi mi sembra stantio, come se fosse la vita di qualcun altro. Non la mia.

Mi lascio cadere sulla sedia, la cui pelle scricchiola sotto il mio peso, e fisso la pila di manoscritti sulla mia scrivania. Sono disposti in modo ordinato, come pretendo sempre, i dorsi allineati come soldati in attesa di ordini. Di solito, questo sarebbe soddisfacente: un segno tangibile di controllo in un settore caotico. Oggi? Ci vedo solo del disordine. Pagine e pagine di storie altrui che dovrei limare, perfezionare, valorizzare.

«Sia migliore» aveva detto Fiona. Come se fosse così semplice. Come se mi bastasse schioccare le dita per tornare a essere una specie di maga dell'editing, intoccabile e incrollabile. Ma qui non c'è nessuno schiocco di dita. Solo il suono del mio respiro, superficiale e irregolare, mentre siedo immobile, con le mani abbandonate in grembo.

«Riprenditi, Yates» mi dico sottovoce, guardando il manoscritto in cima alla pila. Un romanzo rosa. Che Dio mi aiuti. Il titolo, *Desideri spazzati dal vento*, campeggia sulla copertina con un carattere svolazzante. Lo prendo, sfogliando le prime pagine. Cliché ovunque: amanti sfortunati, passioni proibite, una notte di tempesta in cui tutto cambia. In circostanze normali, sarei spietata, squarciando i cliché con la mia penna rossa e godendomi il processo.

Oggi non riesco nemmeno a trovare l'energia per trovarlo divertente.

Invece, il volto di Rory mi balena nella mente: il suo sorriso sbieco, le sue stupide fossette, la sua assurda sicurezza che in qualche modo faceva sembrare facile la vulnerabilità. E poi, peggio ancora, la sua voce: *Sei così pronta a correggere il lavoro degli altri, Lara. Hai mai pensato al motivo per cui non ti butti con il tuo?*

«Smettila» sibilai, sbattendo il manoscritto sulla scrivania. Il suono rimbomba tra le pareti, spaventandomi. La mano mi trema mentre la ritiro.

Il punto è... che non aveva torto. È questo che brucia di più. Sotto il fascino, le mezze verità e la capacità di vedere troppo e troppo in fretta, lui mi ha vista. E l'ho odiato. Lo odio ancora.

Maledizione. La stanza sembra ancora troppo piccola, i muri troppo stretti, il peso delle aspettative che mi preme sul petto.

Questo lavoro una volta mi esaltava. Mi faceva sentire viva. Ora, tutto ciò che sento è di essere bloccata, come se stessi correndo in tondo, inseguendo scadenze, evitando errori, sistemando le cose per tutti tranne che per me stessa. Forse Fiona ha ragione. Forse non sono più tagliata per questo.

No. No. Mi rifiuto di cadere in questa spirale.

Mi premo i palmi sulle tempie, cercando di scacciare il dubbio. Fuori, sento delle risate smorzate da un ufficio vicino. Qualcun altro sta avendo successo: probabilmente sta chiudendo un accordo o sta dando un feedback brillante o qualsiasi cosa facciano gli editor "migliori".

Do di nuovo un'occhiata a *Desideri spazzati dal vento*. Poi al resto della pila di proposte: ogni manoscritto rappresenta i sogni di un autore, le sue ambizioni, la sua anima. Ognuno rappresenta mesi e forse anni della vita di chi scrive. Il mio lavoro è esaminarli e decidere se sono abbastanza buoni per la Scott & Drake. Lo stomaco mi si rivolta. Vorrei che mi importasse. Dio, *ho bisogno* che mi importi. Ma in questo momento, tutto ciò che sento è la distanza pesante e dolorosa tra chi sono e chi ero.

Okay, una cosa alla volta. Solo una.

La penna mi scivola dalle dita, cadendo rumorosamente sulla scrivania. Non la raccolgo.

Invece, spingo indietro la sedia e mi alzo, percorrendo avanti e indietro lo stretto spazio del mio ufficio. Tre passi fino alla finestra. Tre passi indietro fino alla porta. Non riesco a concentrarmi su nulla. Non ora. Non con la *sua* voce che si ripete nella mia testa come se avesse una specie di lasciapassare per tormentarmi.

Hai paura di essere vista, Lara.

Sbuffo a bassa voce, incrociando le braccia strette sul petto. La sfacciataggine. L'assoluta audacia di Rory Keane nel dirmi le cose in faccia come se fosse una specie di oracolo di verità personali. Come se mi conoscesse meglio di quanto io conosca me stessa.

Che cosa significa poi?

Ma la verità è che so esattamente cosa intendeva. E peggio ancora, so che non aveva torto.

Smetto di camminare, appoggiandomi al bordo della scrivania. Le mie mani si aggrappano al legno freddo come se potesse darmi stabilità. Una carrellata di ogni momento in cui ho scelto la sicurezza al rischio, l'invisibilità alla vulnerabilità.

L'università. È iniziato lì, no? Quando il mio professore di scrittura creativa mi suggerì di inviare il mio racconto a *The London Magazine*. Avevo sorriso educatamente, ringraziandolo per le sue "gentili" parole, e poi avevo seppellito il manoscritto in un cassetto così profondo che avrebbe potuto essere una tomba. Troppo rischioso. Troppo esposta. E se lo avessero odiato? E se lo avessero amato? In entrambi i casi, non avrei potuto gestirlo.

Meglio rimanere nell'ombra, ho sempre pensato. È comodo. È familiare. *È più sicuro.*

E oh, quanto mi sono aggrappata a quella sicurezza. Correggere il lavoro degli altri, sistemare i loro errori, *dare forma alle loro storie*. Mai le mie. Sempre le loro. Perché dare forma alla storia di qualcun altro non richiede di essere vulnerabili. Non richiede la convalida da parte di qualcun altro. Non esige che tu metta il tuo cuore sulla pagina e rischi di vederlo fatto a pezzi.

«Dio» gemo, pizzicandomi la radice del naso sotto gli occhiali. «Quando sono diventata un tale cliché?»

Il volto di Rory mi balena nella mente: il modo in cui la sua mascella si era contratta quando aveva detto quelle parole, come se mi stesse sfidando a controbattere ma sapesse già che non l'avrei fatto. Mi ha letto dentro. Attraverso le camicette perfettamente stirate, le critiche taglienti e l'aria di imperturbabile professionalità che ho passato anni a perfezionare.

«Hai paura che ti vedano.»

L'aveva detto come una sfida. Come se stesse cercando di provocarmi. E dannazione, ci stava riuscendo.

Chiudo forte gli occhi, ma i ricordi continuano ad affiorare. Il modo in cui la sua voce si era addolcita quando aveva aggiunto: «Ti stai nascondendo, Lara. Ed è un peccato. Perché hai più talento di quanto credi».

Mi si stringe la gola, un calore mi pizzica agli angoli degli occhi. Odio tutto questo. Odio che sia riuscito a colpirmi. Odio che le sue parole abbiano colto nel segno, costringendomi ad affrontare cose che per anni ho tenuto diligentemente chiuse in una scatola.

Perché la verità è che ho sempre dubitato di me stessa. Ho sempre dato per scontato che qualunque cosa avessi da dire non fosse abbastanza valida, abbastanza intelligente, abbastanza importante. È per questo che durante le riunioni restavo in silenzio, a meno che non fossi assolutamente sicura di avere ragione. Per questo revisionavo i manoscritti con precisione chirurgica, terrorizzata dall'idea di tralasciare qualcosa e di dimostrare a Fiona, o a chiunque altro, che si sbagliava a fidarsi di me.

Ed è per questo che non ho mai detto la verità a Rory. Su quanto ammirassi la sua stesura finale. Su quanto volessi credere nella sua storia, anche quando i miei dubbi urlavano più forte. Su quanto io...

No. Scuoto la testa, stroncando il pensiero prima che possa mettere radici. Non voglio pensarci. Non ora. Forse mai.

Ma una cosa è chiara: Rory ha visto in me qualcosa della cui esistenza ho passato la vita intera a convincermi del contrario. E per quanto voglia ignorarlo, classificarlo come un bugiardo, un impostore e un narcisista presuntuoso, non posso ignorare la verità che si cela dietro le sue parole.

«Più talento di quanto creda», dico, saggiando la frase sulla lingua. Suona estranea. Scomoda. Ma c'è qualcosa, una scintilla di possibilità, piccola e fragile ma innegabilmente viva.

«Forse ha ragione», ammetto a bassa voce. Le parole restano sospese nell'aria, pesanti per il carico di tutto ciò che implicano.

Forse è ora di smettere di nascondermi.

Abbasso lo sguardo sulla mia borsa a tracolla.

Faccio un respiro profondo, metto la mano nella tasca con la cerniera, tiro fuori la chiavetta USB e la inserisco nel portatile. Per un attimo non succede nulla. Poi una lucina verde inizia a lampeggiare. Ci sono solo due file: una prima bozza della storia di Rory, con centinaia di revisioni, prima che lo convincessi a eliminare l'inseguimento in auto e il colpo di scena esplosivo a metà libro, e il mio manoscritto. La *mia* storia. Non quella di qualcun altro, per una volta.

Fisso il nome di un documento che non apro da otto anni.

Doc.doc

Otto anni. Un tempo sufficiente a farmi ricrescere i capelli e a convincermi che quel particolare fallimento era meglio tenerlo sepolto in una bara digitale.

«Aprilo e basta», sussurro tra me e me, come se parlare da sola potesse rendere la cosa meno patetica. Le mie dita esitano sul trackpad. Non si muovono. Dio, adesso anche le mie mani si ribellano.

Ma il cuore mi martella nel petto come se avessi corso una maratona, e ogni battito mi urla di espellere la chiavetta. Di estrarla. Di andarmene. Di tornare a revisionare il lavoro degli altri, a fare a pezzi le loro frasi mentre le mie restano qui, intatte, mai messe alla prova, invisibili.

«Ok. E va bene.» Cerco di scacciare i dubbi e faccio doppio clic sul file. Lo schermo tremola, ed eccolo lì: *Il desiderio tra noi, di Lara Yates*, scritto con un font odiosamente ottimista di cui ora rimpiango la scelta. È come guardare una versione più giovane e ingenua di me stessa, che pensava di potercela fare davvero. Povera illusa. Non riesco ancora a credere che Rory l'abbia letto.

La prima frase mi fissa, un rigo per cui un tempo mi sono tormentata per settimane. Inizio a leggere. All'inizio è come riaprire una vecchia ferita: sensibile e familiare, ma non del tutto insopportabile. Poi, da qualche parte verso pagina due, il dolore si fa sentire.

La mia protagonista, Ashley, una pragmatica junior editor alle prese con la sua incasinata vita sentimentale, adesso la sento terribilmente vicina. Troppo vicina. L'ho scritto davvero io? O il mio subconscio ha semplicemente preso appunti sul mio futuro e ha deciso di lasciarmi delle briciole di pane?

I parallelismi sono lampanti. Il protagonista maschile, Matthew, un potatore scorbutico ma irresistibile, con un sorrisetto e un bagaglio emotivo non indifferente... Be', potrebbe anche avere il nome di Rory tatuato sulla fronte. L'abitudine di Ashley di analizzare troppo ogni interazione, fingendo allo stesso tempo che non le importi? C'è. Il modo in cui continua a respingere le persone perché è più facile che ammettere di volere davvero qualcosa, o qualcuno? C'è eccome.

«Mio Dio.»

Ma invece di chiudere il file e trascinarlo nel cestino, dove meriterebbe di stare, continuo. Pagina dopo pagina, scena dopo scena, vengo risucchiata in questo mondo che ho creato e nelle emozioni che ribollono sotto la superficie. È grezzo, a tratti goffo, ma al suo centro c'è qualcosa di vero, qualcosa che prima non vedevo. All'epoca, ero troppo impegnata a cercare di renderlo perfetto, a smussarne gli angoli fino a renderlo sterile. Ora, riesco a vedere che la struttura è solida; ha solo bisogno di qualche ritocco per migliorare il ritmo.

Sepolto sotto la goffaggine, qualcosa brilla. Una particolare espressione qui, un'osservazione inaspettata là. Piccole scintille di qualcosa di potente, grezzo ma vivo. È come rovistare in una soffitta impolverata e trovare una vecchia scatola di tesori dimenticati: metà è spazzatura, certo, ma l'altra metà? L'altra metà è intrigante.

«Okay, non è terribile», ammetto a malincuore. «Decisamente recuperabile.»

Le mie mani trovano la tastiera quasi senza pensare. Inizio con piccole correzioni: snellire la prosa, tagliare il superfluo, sostituire i cliché con immagini più specifiche. Poi, prima di rendermene conto, sto riscrivendo intere parti, inserendo dettagli e riflessioni che all'epoca non avrei mai osato includere. Cose che ho visto, provato, vissuto da allora. Una frecciatina sul peso delle aspettative. Una confessione impacciata e fin troppo onesta nel bel mezzo di un litigio. Un momento di silenzio che dice più di quanto le parole potrebbero mai fare.

Più lavoro, meno mi sembra una revisione e più un espirare dopo aver trattenuto il respiro per anni. Mi concedo di scrivere in modo disordinato e imperfetto, senza preoccuparmi che sia rifinito o commerciabile o una qualsiasi delle cose che pretenderei da uno dei miei autori. Per una volta, non mi preoccupo di chi lo leggerà, sto solo scrivendo per me.

«Non cadde con grazia», digito, cancellando senza tante cerimonie l'imbarazzante frase di apertura originale. «Cadde come un albero colpito da un fulmine: all'improvviso, con violenza, e in un modo impossibile da ignorare.»

Mi fermo, rileggendo la frase. È perfetta? No. Ma è onesta e intrigante. E in questo momento, mi sembra abbastanza.

Quando arrivo al punto centrale – un'accesa discussione tra Ashley e Matthew che finisce con un bacio che nessuno dei due ammette di aver voluto – devo smettere di leggere. Ho il cuore che batte all'impazzata e la testa che mi gira. È così ovvio cosa c'è da sistemare. Il dialogo è rigido, la tensione annacquata. Non ho lasciato che provassero abbastanza, non ho lasciato che *io stessa* provassi abbastanza quando l'ho scritto. Se aggiungessi qualche capitolo extra alla fine del primo atto, spiegherebbe meglio la ferita emotiva che Ashley si porta dentro, e questo garantirebbe un risultato più efficace più avanti nel romanzo.

Solo qualche commento, cerco di convincermi mentre passo il documento in modalità revisione. Le mie dita iniziano a digitare nuovi commenti quasi automaticamente, catturando idee, scrivendo frammenti di dialogo da poter inserire in seguito. Le parole riempiono il margine destro come un flusso di coscienza, più veloci di quanto riesca a organizzarle, ma non mi fermo. Se mi fermassi, il dubbio si insinuerebbe di nuovo, sussurrandomi che sto sprecando il mio tempo. Che non sarò mai all'altezza dei veri scrittori professionisti, come Rory, che sembrano far trasudare genialità da ogni pagina.

Rory. Il suo solo nome mi stringe qualcosa in petto. Lo scaccio via, concentrandomi sugli appunti che ho davanti. Questo non riguarda lui. Non del tutto, almeno. Ma per quanto odi ammetterlo, incontrarlo – le discussioni, l'intimità, il modo in cui sembra semplicemente *capirmi*– ha cambiato qualcosa in me. E forse, solo forse, era esattamente ciò di cui avevo bisogno per rimettere finalmente in sesto questa storia.

Evidenzio sezioni di prosa, aggiungo sempre più commenti e cancello intere scene come se stessi cercando di sfuggire ai miei stessi ripensamenti.

«Ashley non lo direbbe». Evidenzio un passaggio del dialogo in giallo brillante. Lei... lei devierebbe il discorso. Farebbe un commento sarcastico invece di ammettere ciò che prova.

Scrivo un nuovo dialogo. Il primo atto sta prendendo forma, pezzo dopo pezzo frastagliato, più ritmato ora, più vivo. Aggiungo un commento per tornarci più tardi: *Più tensione qui. Lascia che lei lo desideri, ma che lo combatta più duramente.*

Un piccolo sorriso mi increspa l'angolo della bocca mentre vado avanti, modellando la storia in qualcosa che sento più mio.

La stupida voce di Rory mi torna in mente – *Hai paura di essere vista.*

«Sì, be'», dico, con le dita che volano sulla tastiera, «forse sono pronta a essere vista».

Il cursore lampeggia, impaziente e implacabile. Le dita mi dolgono leggermente per la digitazione – non so nemmeno da quanto tempo sono seduta qui, curva sulla tastiera come una specie di gremlin caffeinato. La tazza accanto a me è vuota, una macchia di rossetto secco sul bordo. Probabilmente ho dei fondi di caffè tra i denti. Molto glamour.

Mi appoggio allo schienale della sedia, allungando le braccia sopra la testa finché la spina dorsale non scricchiola in segno di protesta. Mi sfugge un respiro – lungo, profondo, tremolante in un modo che sembra troppo personale per un ufficio vuoto. Il mio sguardo cade sullo schermo. Parole. Le *mie* parole. Pagine e pagine. Alcune rifinite, altre più ruvide della barba di un giorno di Rory, ma sono lì. Reali. Mie.

Una risata nervosa mi sgorga prima che possa fermarla, velata di incredulità. Non è perfetto – neanche lontanamente – ma per una volta, non sembra un fallimento. Sembra... onesto. Come se avessi tirato via uno strato protettivo che non sapevo nemmeno di indossare e avessi lasciato trapelare qualcosa di crudo.

«Be'», sussurro, sistemandomi gli occhiali come se questo potesse in qualche modo farmi vedere più dritto, più chiaro. «Eccoti qua, piccola cosa incasinata».

Il manoscritto mi fissa di rimando, senza scusarsi, sfidandomi a continuare. Dovrei essere terrorizzata. E lo sono. Un po'. Ma sotto quella paura c'è qualcos'altro, qualcosa di più caldo, più forte: determinazione.

Per anni, sono stata quella silenziosa – la restauratrice, la rifinitrice, l'impalcatura invisibile che sorregge il capolavoro di qualcun altro. Mi sono detta che mi andava bene così, che stare in secondo piano mi si addiceva. Ma seduta qui adesso, fissando queste frasi imperfette e ferocemente vive, sento quella bugia crollare. Forse Rory aveva ragione. Forse ho passato così tanto tempo a nascondermi dietro le storie degli altri che ho dimenticato di averne una mia.

E forse – solo forse – è arrivato il momento di cambiare le cose.

Sposto il mouse sull'icona di salvataggio, con la mano che trema leggermente. È ridicolo, in realtà. Salvare un documento di Word non dovrebbe sembrare un evento così monumentale, eppure è così. È come scegliere qualcosa – come scegliere *me*. Clicco.

Lo schermo lampeggia una volta, confermando che il file è al sicuro. C'è ancora da modificare, ovviamente. Non ho nemmeno ancora rivisto le ultime cento pagine. Ci sono problemi di ritmo, specialmente nella parte centrale, e potrei ancora cambiare la migliore amica in un migliore amico per giocare di più sulla vena di gelosia del protagonista maschile. Ma c'è un percorso chiaro. Una via da seguire.

Il mio battito cardiaco rallenta. Mi siedo di nuovo, le mani abbandonate inerti in grembo mentre una strana e sconosciuta calma si posa su di me. Non l'assenza di nervosismo – ne ho ancora un bel po' che mi ronza intorno – ma una quieta certezza al di sotto. Lo sto facendo. Nel bene e nel male, sto finalmente lavorando al mio manoscritto dopo una pausa di otto anni. A quale scopo? Non ne sono ancora del tutto sicura, ma è semplicemente bello essere di nuovo con le mani in pasta.

Mentre guardo verso la finestra, la luce del tardo pomeriggio filtra attraverso le veneziane, dipingendo strisce d'oro sulla mia scrivania. Fuori, la città ronza, indifferente a questa minuscola rivoluzione che sta avvenendo nell'ufficio d'angolo della Scott & Drake Publishing. Ma io la sento – una scintilla di speranza, ostinata e nuova, che mette radici dentro di me.

«Okay», sussurro a nessuno in particolare, la parola sommessa ma ferma, una promessa a me stessa. «Vediamo un po'».

VENTITRÉ

La sala riunioni è così immacolata da darmi il prurito. La scrivania in acciaio e vetro tra di noi potrebbe fungere da passerella... se le passerelle fossero progettate per intimidire. Mi muovo leggermente sulla sedia, lisciandomi la gonna, che all'improvviso sento troppo stretta, troppo costrittiva. Di fronte a me, Vanessa Scott, cofondatrice della Scott & Drake Publishing e distruttrice di ego a tutto tondo, si sporge in avanti con la concentrazione di un laser. Le sue unghie curate tamburellano ritmicamente su una cartellina aperta. In cima, il mio nome è stampato in modo ordinato.

«Beh, Lara,» dice, «questa volta ti sei superata.»

Forzo un sorriso. *Superata?* Sottintende che il mio lavoro di solito non sia a questo livello... non so se nel complimento si nasconda una frecciatina o meno. Annuisco, perché cos'altro puoi fare quando il capo del tuo capo ti guarda come se fossi un trucco di magia che non ha ancora capito del tutto?

«I dati di prevendita di Rory hanno ufficialmente superato le duecentomila copie, e manca ancora una settimana al lancio,» continua Vanessa, le cui labbra si curvano in un sorriso tanto raro quanto calcolato. «Hai preso un bravo scrittore e lo hai reso eccezionale. Il team non fa che parlarne. Un successo di questo tipo non capita per caso.» Fa una pausa, lasciando che il complimento resti sospeso nell'aria come un'esca.

«La ringrazio,» dico, sistemandomi gli occhiali anche se non ne hanno bisogno. Ho la gola secca, così deglutisco e me ne pento subito, quando il suono sembra innaturalmente forte nel silenzio. «È stato... un lavoro di squadra.»

«Non essere modesta,» replica Vanessa, respingendo la mia schermatura con un gesto della mano. «Scrittori come Rory non capitano tutti i giorni, ma non facciamo finta che il suo ultimo successo non sia direttamente legato alla tua genialità editoriale. Fiona ha dato un'occhiata a una prima bozza e ha detto che lasciava molto a desiderare.» I suoi occhi si stringono leggermente, calcolatori. «Il che ci porta al motivo per cui L'ho chiamata qui, oggi.»

Ci siamo. L'imboscata. Mi raddrizzo sulla sedia, cercando di sembrare composta, o almeno meno incline alla fuga.

«Visti i suoi trascorsi,» dice Vanessa, «vorremmo offrirLe la posizione di direttrice editoriale. Con effetto immediato.» Lo dice con tale nonchalance, come se mi stesse chiedendo se gradissi del latte nel caffè.

Il cuore ha un sussulto. Direttrice editoriale. Queste parole dovrebbero farmi sentire trionfante, gratificata. Invece, un'inquietudine strisciante mi si attorciglia in fondo allo stomaco. Direttrice. Che significa responsabile. Visibile.

«Caspita,» riesco a dire, con voce calma e ferma. Dentro, regna il caos. «È... un'offerta incredibile.»

«Sì, lo è,» concorda Vanessa, con quel tipo di sicurezza che suggerisce che non sia un'opzione discutibile. «Abbiamo bisogno di qualcuno che sappia scovare gemme nascoste, coltivarle e correre dei rischi.» Il suo sguardo mi inchioda al mio posto, sfidandomi a battere ciglio. «Lei ha dimostrato di avere l'istinto, e la tenacia, per fare proprio questo. Il libro di Rory ne è la prova.»

Annuisco di nuovo, la testa che si muove come se fosse staccata dal resto del corpo. I miei pensieri sono un groviglio confuso di orgoglio e panico. Orgoglio perché, insomma, *ehi*, una pietra miliare nella mia carriera. Panico perché sento già i sussurri: *È stata fortunata.*

«Certo,» continua Vanessa, ignara della festa della sindrome dell'impostore che impazza nel mio cervello, «questo ruolo richiederà un certo livello di audacia. Sostenere autori esordienti significa scommettere, su di loro e su se stessi. Lei è pronta a farlo?»

Lo sono? Il petto mi si stringe. Dovrei dire di sì. Sì, sono pronta a plasmare il talento grezzo in oro da bestseller. Sì, sarò all'altezza della sfida. Sì, certo, questo è il mio posto. Ma la verità è che non so se lo sono. Perché se fallissi? Se il libro di Rory fosse stato un colpo di fortuna e io fossi solo un'imbrogliona con una penna rossa e un'abilità nel fingere?

«Assolutamente,» dico invece, perché a quanto pare la mia bocca non ha alcun riguardo per la mia crisi esistenziale.

«Bene.» Vanessa sorride di nuovo, stavolta più ampiamente, ma non per questo in modo meno intimidatorio. «Lo annunceremo ufficialmente alla riunione dello staff di venerdì. Nel frattempo, inizi a pensare a quale sarà il suo primo progetto. Voglio qualcuno di inaspettato. Qualcuno con un potenziale che solo lei sa vedere.»

«Capito,» dico, anche se il mio cervello sta urlando: *Annullare! Annullare!* L'idea di selezionare personalmente nuovi talenti è esaltante, e assolutamente terrificante. E se scegliessi la persona sbagliata? E se rovinassi la loro carriera prima ancora che inizi?

«Congratulazioni, Lara,» dice Vanessa, alzandosi e porgendomi la mano. «Se lo è meritato.»

«Grazie,» rispondo, imitando il suo movimento e stringendole la mano con quella che spero sia compostezza professionale e non pura disperazione.

Mentre lascio la sala riunioni, mi sembra che le gambe si muovano con il pilota automatico.

«Congratulazioni, Lara!» cinguetta qualcuno mentre passo davanti all'area ristoro, la sua voce che a malapena riesce a superare il rombo del sangue che mi martella nelle orecchie. Riesco a fare un sorriso tirato e ad alzare una mano in una vaga approssimazione di saluto, ma il mio passo non rallenta. Se mi fermassi, potrei sbriciolarmi in mille pezzi di insicurezza proprio qui, in mezzo ai corridoi lucidissimi e affollatissimi della Scott & Drake.

Il posto è un brulicare di movimento: assistenti che sfrecciano con pile precarie di manoscritti, editor rannicchiati sulle soglie a discutere di copertine, il ronzio delle stampanti che sputano contratti che probabilmente cambieranno la vita di qualcuno. È tutto così familiare, eppure oggi mi sento come se ci stessi camminando dentro indossando la pelle sbagliata, come un'impostora che cerca di mimetizzarsi in un mondo in cui è capitata per caso.

«Direttrice editoriale,» provo il nuovo titolo mentre scanso un gruppo di stagisti raggruppati intorno alla macchinetta del caffè. Le parole suonano estranee, persino assurde, come se appartenessero a qualcun altro. Qualcuno che non è segretamente terrorizzato di essere smascherato come un'imbrogliona.

Quando raggiungo la reception, i miei pensieri sono un guazzabuglio di *e se* e *come diavolo*.

Come diavolo mi sono cacciata in questa situazione? E se Vanessa avesse fatto un errore? E se non riuscissi a essere all'altezza delle sue aspettative?

La brezza fresca mi colpisce non appena metto piede in strada, scacciando l'immobilità soffocante dell'aria dell'ufficio. Mi fermo sul marciapiede, lasciando che il rumore di Londra mi avvolga. È caotico, ma stranamente rassicurante, come se la città stessa mi stesse ricordando di inspirare, espirare, ripetere.

Alzo lo sguardo al cielo, grigio e carico di nuvole, poi lo abbasso sulle punte lucide delle mie scarpe. Le mani mi finiscono sui fianchi e chiudo gli occhi per un momento, cercando di soffocare la tempesta che infuria nella mia testa.

Riprenditi, Yates. Ma le parole non attecchiscono. Invece, la mia mente vaga fino a Rory: la sua solita sicurezza che si sgretolava come vernice vecchia, la sua sommessa confessione davanti a un bicchiere di vino a tarda notte sul fatto che non fosse sicuro che il suo nuovo libro fosse «abbastanza». Di come non fosse sicuro che *lui* fosse abbastanza.

E adesso, ferma qui sul marciapiede affollato, lo capisco. Dio, se lo capisco.

Perché per quanto lo avessi rassicurato allora, dicendogli che non doveva dimostrare niente, la verità è che non sono sicura che crederei a quelle parole se qualcuno le dicesse a me. Non quando ogni parte di me si sente come se fossi stata gettata nella parte più profonda della piscina senza saper nuotare.

Il peso di tutto questo mi schiaccia: questa paura che forse stiamo solo fingendo entrambi, aspettando che qualcuno se ne accorga. Ma poi penso a come Rory si sia tirato fuori da quella spirale, a come abbia riversato ogni briciolo di dubbio e insicurezza in qualcosa di reale, di tangibile. E forse... forse posso farlo anch'io.

«Va bene», sussurro, sistemandomi la giacca e raddrizzando le spalle. La città pulsa intorno a me, ma in qualche modo è confortante. Come se non importasse se fallirò o avrò successo; il mondo continuerà a girare in ogni caso.

Faccio un respiro profondo e muovo un passo, confondendomi nel flusso di pedoni. Il dubbio continua a rodermi ai margini della mente, ma c'è anche la determinazione, testarda e implacabile. Perché se Rory può combattere i suoi demoni, forse, solo forse, posso combattere i miei.

VENTIQUATTRO

Il manoscritto è appoggiato sul tavolino da caffè. Trecentottanta pagine in formato A4, stampate su un solo lato, con interlinea doppia. Ho rimaneggiato, lucidato, ritoccato e modificato praticamente ogni parola sullo schermo, ma questa è la prima volta che lavoro su una copia cartacea. Il mio ultimo baluardo prima di poter dire con sicurezza che è finito.

Probabilmente.

Forse.

Dipende da come andrà questa lettura.

Con un respiro profondo, allungo la mano e volto il frontespizio. La mano mi trema leggermente, ma la ignoro. La prima pagina mi fissa: Capitolo Uno.

Ci siamo.

Inizio a leggere, aspettandomi il peggio. Preparandomi a cliché, metafore goffe e dialoghi rigidi, ma scopro che è tutto il contrario. Una prosa serrata, intelligente, che scorre così naturale da non riconoscerla quasi come mia. Per un secondo, mi chiedo se l'abbia plagiata.

Beh, questo è... inaspettato.

E poi continuo. La mia mente da editor prende il sopravvento, sezionando ogni parola, ogni virgola, ogni pausa. Non posso farci niente, è il mio lavoro. Ma invece di un disastro, trovo una storia. Un ritmo che funziona. Personaggi che respirano. E poi arrivano i capitoli più recenti, quelli che ho scritto dopo che Rory è piombato nella mia vita come una specie di tornado troppo sicuro di sé.

Quei capitoli? Sono vivi.

Riesco a vederlo in quelle pagine, nell'arguzia affascinante del mio protagonista, nella vulnerabilità caotica della mia eroina. Le sue impronte digitali sono ovunque, e non perché mi abbia dato appunti o suggerimenti o cose del genere. È qualcosa di più sottile. È intessuto nella trama stessa della storia. Piccoli momenti, piccole verità, presi in prestito da conversazioni che all'epoca non pensavamo fossero importanti.

L'ironia non mi sfugge. Rory per primo ha trasformato la nostra storia in finzione, modellando e distorcendo pezzi di noi in qualcosa di appetibile per i lettori, qualcosa di ambizioso. E ora, eccomi qui, a fare la stessa identica cosa.

Tranne che... è diverso.

Perché questa non è una messinscena. Non sto scolpendo una storia d'amore patinata e perfettamente strutturata basata su di noi. Non c'è una risoluzione pulita in tre atti, nessuna grande dichiarazione a comando. Non si tratta di trasformare il dolore in una storia d'amore perfettamente commerciabile. Si tratta di capirlo. Capire lui. Capire me stessa.

«Certo che dovevi spuntare anche qui» sbuffo, scuotendo la testa mentre volto pagina. «Proprio non riesci a farne a meno, vero?»

Ma anche mentre alzo gli occhi al cielo, non posso negare il calore che mi sboccia nel petto. Perché, a un certo punto, questo ha smesso di essere un esercizio di autoflagellazione e ha iniziato a sembrare... speranza.

Giro un'altra pagina, le dita che sporcano leggermente l'inchiostro. Le parole si offuscano per un momento, e sbatto le palpebre con forza, costringendole a tornare a fuoco. Sono ore che ci lavoro, o forse minuti; il tempo sembra elastico quando stai cercando di decidere se sei un genio o completamente fuori di testa. In ogni caso, una cosa è chiara: Rory avrà anche preso dei pezzi di me e li avrà trasformati in finzione, ma si è limitato a prenderli in prestito. Io ho preso dei pezzi di lui e li ho capiti.

Ed è per questo che, stavolta, è diverso.

La scena che sto leggendo è una delle più recenti, una delle comparsate involontarie di Rory. La mia eroina cammina avanti e indietro per il suo appartamento, litigando al telefono con il protagonista. Il loro botta e risposta è impeccabile ma stratificato con qualcosa di più pesante, qualcosa di non detto. È bello. *Davvero* bello. Il tipo di dialogo che ti fa tendere l'orecchio, che ti fa sentire come se stessi origliando qualcosa di reale.

«Okay» dico ad alta voce, perché a quanto pare sono arrivata allo stadio in cui rispondo al mio stesso manoscritto. «Questo non era affatto male.»

Non era affatto male diventa rapidamente *in realtà è grandioso* man mano che continuo a leggere, ogni pagina che mi trascina più a fondo in questo mondo che ho costruito, pezzo dopo pezzo minuzioso. Certo, ha bisogno di una terza parte, di un altro editor che individui i difetti. Ma quello che funziona è... praticamente tutto. C'è una voce, qui, un ritmo. Personaggi che sembrano persone, non marionette. C'è un cuore.

Quando arrivo alla fine del capitolo, sono seduta più dritta, con la mia mente da editor insolitamente silenziosa. Per una volta, non sta sezionando o dubitando. Al suo posto si è insinuato qualcos'altro, una sensazione che ho passato anni a evitare. Orgoglio.

È allora che mi colpisce: *questo non è solo bello. È degno.*

E quel pensiero? Quella singola scintilla di convalida? È tanto esaltante quanto terrificante. Perché se è degno, se *io* sono degna, allora non ho più scuse. Nessuno scudo dietro cui nascondermi, nessuna battuta autoironica su come io sia «solo» un'editor che scrive per diletto. Se credo in questa storia, anche solo un po', potrei davvero dover fare qualcosa al riguardo.

Poso le pagine, alzandomi di scatto. Il mio battito cardiaco è forte, troppo forte, come se il solo suono potesse mandare in frantumi questa fragile consapevolezza. Il manoscritto sta lì, silenziosamente accusatorio, mentre io vado avanti e indietro per il soggiorno. Un passo, due passi, mi volto. E ricomincio.

«Proporlo a un editore?» borbotto a mezza voce. «Certo. Perché no? Già che ci siamo, potrei anche aprirmi il petto e dare a qualcuno il mio cuore ancora pulsante.»

Perché sarebbe questo, no? Proporre questo manoscritto significa invitare qualcun altro a vedere tutto, tutta me stessa, le parti che ho tenuto nascoste così a lungo da aver quasi dimenticato che esistessero. Significa rischio. Vulnerabilità. Umiliazione potenzialmente catastrofica.

Eppure... non riesco a smettere di pensare a Rory. È stato lui a dirmi, mesi fa, tra una bozza e l'altra del suo libro: «È la paura che ti fa capire che sei sulla strada giusta. Nessuno ha paura della mediocrità». All'epoca, avevo alzato gli occhi al cielo con così tanta forza da pensare di essermi slogata qualcosa, ma adesso? Adesso, mi sembra che stesse parlando direttamente a me, come se in qualche modo sapesse che questo momento sarebbe arrivato.

Rory capisce. Sa cosa vuol dire inseguire qualcosa che sembra troppo grande, troppo personale e troppo impossibile, tutto in una volta. Sa cosa vuol dire mettersi in gioco, anche quando ogni istinto ti urla di restare nell'ombra, al sicuro. E lui lo fa lo stesso. Ogni volta.

«Beato te» brontolo, anche se non c'è astio nella mia voce. Solo una debole, riluttante ammirazione.

E forse anche un po' di invidia. Perché la verità è che lo voglio, quel coraggio. Voglio essere la persona che fa il grande passo, che crede in se stessa abbastanza da rischiare la caduta. O per lo meno, voglio sapere che, se anche dovessi fallire miseramente, non sarà perché non ci ho nemmeno provato.

Do di nuovo un'occhiata al manoscritto, che se ne sta pazientemente sul tavolino, con le pagine leggermente sollevate agli angoli e l'inconfondibile peso della possibilità. Lo stomaco mi si attorciglia, un misto di terrore e speranza.

Allora. Che si fa?

La domanda rimane sospesa nell'aria, senza risposta ma viva, sfidandomi a scoprirlo.

È pronto. O almeno, più pronto di così non sarà mai. Ho passato settimane a fare ritocchi, a ripensarci, a convincermi che avesse bisogno solo di un'altra revisione. Ma la verità è che non ho paura delle modifiche, ho paura di ciò che verrà dopo. L'invio. Il giudizio. Il fallimento pubblico.

È proprio per questo che non posso mandarlo a nessuno della Scott & Drake. Se lo rifiutassero, dovrei andare al lavoro ogni giorno con la consapevolezza che i miei colleghi — *le persone che mi vedono come l'editor, quella che sistema le storie, non quella che le scrive* — sanno che non sono stata all'altezza. E se lo accettassero? Non saprei mai se è perché il libro se lo meritava o perché si sono solo sentiti in obbligo.

Perciò lo manderò a un'agente letteraria. Un paio di occhi nuovi. Qualcuno che non mi conosce, a cui non interessano le politiche d'ufficio, ma solo il lavoro. Perché se questo libro ha una possibilità, voglio che ce la faccia da solo. E se non ce l'ha? Devo essere l'unica a saperlo.

Il cursore lampeggia come a volermi schernire, sfidandomi a tirarmi indietro. Le mani mi tremano leggermente sulla tastiera, non per la caffeina stavolta, ma per qualcosa di più pesante, di più crudo. Paura, forse. O speranza. Si assomigliano quando sono così vicine.

Il primo passo è abbastanza semplice: aprire il portale per l'invio. Il sito si carica lentamente, ogni rotellina che gira è un'altra opportunità per il dubbio di insinuarsi. Ma non glielo permetto. Non stavolta. Mi concentro invece sulla meccanica dei gesti — il clic del mouse, il tocco dei tasti — come se scomporre l'azione in compiti più piccoli mi impedisse di notare la portata di ciò che sto per fare.

Scrivo il titolo del libro nell'apposito campo. Le dita vacillano per una frazione di secondo prima che le costringa a continuare. *Autrice. Credo di esserlo io.*

«Carica file» leggo, trascinando il documento con i primi tre capitoli nel riquadro azzurro luminoso. Il petto mi si stringe mentre la barra di avanzamento procede a rilento, con i secondi che si allungano a dismisura. Infine, incollo la lettera di presentazione. È fatta. Il punto di non ritorno.

Prima di poterci pensare troppo, premo invio.

C'è un leggero fruscio mentre il file scompare nel cyberspazio e, per un momento, tutto si ferma. Silenzio. Come se l'universo stesso stesse trattenendo il fiato insieme a me.

E poi mi colpisce: una scarica di adrenalina così violenta da lasciarmi stordita. Mi appoggio allo schienale della sedia, espirando con un tremito, mentre la portata di ciò che ho appena fatto si fa strada dentro di me. È andato. È là fuori. Irrecuperabile. Il mio lavoro, il mio cuore, il mio rischio: ora è tutto nelle mani di qualcun altro.

Una risata affiora inaspettata, sorprendendomi con la sua vivacità. Non è proprio sollievo, e nemmeno trionfo. È qualcosa di più simile alla libertà, che si srotola dentro di me come un nastro finalmente sciolto dal suo nodo. Per la prima volta dopo anni, mi sento... leggera.

Dò un'occhiata fuori dalla finestra, dove le luci della città tremolano contro il cielo notturno come minuscoli punti di possibilità. Da qualche parte, là fuori, qualcuno potrebbe leggere presto le mie parole, giudicarle. E, si spera, apprezzarle.

Mi alzo, stiracchiando la tensione che mi si è avvolta stretta nelle spalle come molle compresse. La sedia scricchiola in segno di protesta alle mie spalle mentre la spingo indietro. Qui dentro c'è silenzio, troppo silenzio, quel tipo di silenzio che ti rende iperconsapevole del tuo respiro, dei tuoi pensieri. Il ronzio del frigorifero in cucina è improvvisamente assordante.

Il viaggio non è finito. Anzi, potrebbe essere solo l'inizio. Ma qui, in piedi, a piedi nudi nel mio salotto, a fissare il messaggio di conferma sullo schermo, mi sento finalmente pronta ad affrontarlo, ad affrontare tutto. Qualunque cosa accada, credo che andrà bene.

VENTICINQUE

Southbank brulica di vita, una sinfonia caotica di artisti di strada, chiacchiericcio e l'urlo occasionale di qualche bambino troppo esuberante. Cerco di concentrarmi sulla voce di Danny mentre si fa strada tra la folla al mio fianco, con le mani infilate con noncuranza nelle tasche della giacca.

«È una mia impressione», dice, schivando uno skateboarder fuori controllo con la grazia di chi è abituato al caos della città, «o questo posto dà sempre l'idea che tutti abbiano deciso collettivamente di dimenticare il concetto di spazio personale?»

«Questa è Londra», rispondo, scansando una coppia che si sta facendo un selfie con una statua vivente. «Una lezione magistrale sulla gestione degli spazi.»

«Sulla *cattiva* gestione degli spazi, semmai.»

Facciamo qualche altro passo prima che la testa di Danny scatti verso qualcosa più avanti. Il suo viso si illumina come quello di un bambino che vede Babbo Natale, cosa che mi mette subito sull'attenti. Quello sguardo è sinonimo di guai.

«Ah, ecco di cosa parlavo», annuncia, dirigendosi leggermente a destra senza aspettare la mia risposta. Il mio sguardo segue il suo, posandosi — ovviamente — su un chiosco di gelati. E pazienza se abbiamo pranzato appena venti minuti fa.

«Non ci pensare nemmeno», lo ammonisco, anche se il mio

tono è privo di mordente. Lui sta già scrutando il listino come se fosse la Stele di Rosetta.

«Dai, Lara», dice, strascicando il mio nome in quel modo melodrammatico che sa mi irrita. «La vita è troppo breve per passare davanti a un gelato soft senza riconoscerne l'esistenza.»

Alzo un sopracciglio. «Abbiamo letteralmente appena mangiato. Tipo, *adesso*.»

«Dettagli», mi liquida con un gesto della mano, avvicinandosi per ispezionare le opzioni. «E poi, il dessert non ha a che fare con la fame. Ha a che fare con lo spirito. E il mio spirito dice che ho bisogno di una doppia porzione di caramello salato con zuccherini.»

«Zuccherini?» ripeto, incredula, perché ovviamente *lui* è il tipo di persona che ordina gli zuccherini come se avesse otto anni. «Ti rendi conto che sei un uomo adulto, vero?»

«Certo», dice con disinvoltura, voltandosi a guardarmi da sopra la spalla. «Ma che senso ha essere un uomo adulto se ogni tanto non puoi comportarti come un bambino? Dovresti provarci qualche volta. Potrebbe scioglierti un po'.»

«Grazie, passo.» C'è qualcosa di quasi contagioso nel suo entusiasmo, anche quando è rivolto a una cosa ridicola come il gelato.

«Come vuoi», risponde con un'esagerata alzata di spalle. «Ma non venire a piangere da me quando ti colpirà l'invidia da dessert. Non ne avrai neanche una leccata.»

«Sì, sopravvivrò», dico, incrociando le braccia mentre lo guardo farsi avanti per ordinare. Il venditore gli porge un cono con una montagna precaria di riccioli dorati e — già — una quantità assurda di zuccherini colorati e sciroppo di lamponi. Danny ne prende un morso trionfante, poi si volta verso di me con quel tipo di espressione soddisfatta che si vede nelle pubblicità.

«Visto? Felicità in forma commestibile.» Mi porge il cono, offrendomelo. «Un morso. Solo uno. Prometto che non comprometterà la tua facciata da severa editor.»

«Passo», dico. Mi conosce troppo bene per prendere sul serio le mie parole e la verità è che non sono davvero infastidita. Divertita, forse. Affascinata mio malgrado, decisamente.

«Pazienza per te», canticchia, tornando al mio fianco con l'aria di un uomo che non ha nessun posto dove andare e tutto il tempo del mondo. Il sole si riflette sui suoi capelli mossi, la brezza gli scompiglia la giacca mentre lecca un'altra goccia di caramello dalla cima del cono. Sembra così completamente a suo agio, per nulla turbato dall'energia frenetica che vibra intorno a noi, che quasi lo invidio. Quasi.

«Ok, ma domanda ipotetica», dico mentre riprendiamo a camminare insieme. «Cosa succede se ti cade quella cosa? Devo far finta di non conoscerti?»

«È audace da parte tua presumere che lascerei mai accadere una tale tragedia», ribatte, tenendo il cono in alto come se fosse un artefatto sacro. «Questo è un legame forgiato sulla fiducia, Lara. Tra un uomo e il suo gelato.»

«Certo», dico, alzando gli occhi al cielo. «E io che pensavo riservassi la tua lealtà agli esseri umani.»

«Gli esseri umani sono sopravvalutati», dichiara, per poi rivolgermi un rapido sorriso. «Presenti esclusi, ovviamente.»

Danny vira improvvisamente a sinistra, quasi scontrandosi con un uomo che tiene in mano un intero mazzo di girasoli. Mi fermo di colpo, guardandolo puntare una delle bancarelle di libri usati come se fosse uno scrigno del tesoro nascosto. Il cono gelato — miracolosamente intatto — gli pende precariamente dalla mano, ma con l'altra sta già afferrando un tascabile consunto appoggiato di sbieco.

«Ah», dice, girando il libro con fare teatrale come se stesse ispezionando il Santo Graal. «Eccola qui. Il gioiello della corona che stavo cercando: *La guida definitiva di Rory Keane alla pretenziosa fama letteraria.*» Mi lancia un sorriso diabolico, picchiettando l'indice sulla copertina impolverata.

«Molto spiritoso», dico, avvicinandomi mio malgrado. Il libro non è nemmeno di Rory — è un qualche vecchio manuale di auto-aiuto — ma la performance di Danny mi ha strappato un sorrisetto prima che potessi fermarmi. Lui se ne accorge, ovviamente. Se ne accorge sempre.

«Dai, ammettilo», dice, sventolandomi il libro in faccia come se fosse la prova della mia colpevolezza. «Stai segretamente sperando che io trovi una copia pirata del suo prossimo successone prima del lancio ufficiale. Magari qualcosa intitolato *Come non essere uno stronzo*.»

«Primo, questo richiederebbe che Rory finisca le sue bozze senza che io gli tenga la mano», ribatto, anche se lo stomaco mi si contorce a disagio al pensiero del lancio. Abbasso lo sguardo sui dorsi dei libri allineati ordinatamente sulla bancarella, fingendo interesse per un Agatha Christie malconcio. «Secondo, non sei divertente.»

«Davvero?» Danny inarca un sopracciglio e si china verso di me con fare cospiratorio. «Perché quel misto di lamento e alzata d'occhi di poco fa sembrava una risata che cercava di scappare. Non combatterla, Lara, arrenditi al riso. Libera le risatine.»

«Fidati, non è una risata. È disperazione.» So cosa sta per succedere. Lo sento arrivare dal modo in cui Danny mi guarda, il suo scherzo che cambia marcia per trasformarsi in qualcosa di molto più intenzionale.

«Disperazione? Per la presentazione del libro, intendi?» Il suo tono è fintamente disinvolto, ma è impossibile fraintendere l'intento dietro le sue parole. Rinfodera a caso il libro sullo scaffale senza guardare, concentrando tutta la sua attenzione su di me. «È tutto il giorno che eviti di parlarne. Pensavi che non me ne sarei accorto?»

«Forse non voglio solo annoiarti con i drammi dell'editoria.»

«Bel tentativo.» Danny si avvicina, bloccandomi del tutto la vista degli scaffali. Non che li stessi leggendo davvero. «Ma sappiamo entrambi che non è così. Allora, che succede? Hai paura dei riflettori? O è proprio Rory che ti fa venire voglia di inscenare la tua morte e fuggire all'estero?»

«Nessuna delle due cose» mento, con voce troppo rapida, troppo sulla difensiva. «Sto benissimo. È solo che... non è il tipo di ambiente che fa per me, tutto qui.»

«Ah-ah. Certo. E immagino che il fatto che tu stia praticamente tremando ora che ne ho parlato sia solo... cosa? Una nuova e divertente stranezza?»

«Lascia perdere, Danny» lo ammonisco, ma il mio tentativo di essere risoluta sortisce l'effetto di un aeroplanino di carta fradicio.

Lui non si muove, la sua espressione si addolcisce ma rimane insistente.

«Senti, ho capito» dice, abbassando la voce quanto basta per farmi fermare sui miei passi. «Grandi eventi, gente cerimoniosa e affettata, tutta quell'atmosfera del "ehi, guardatemi tutti"... non è esattamente l'idea di divertimento di Lara Yates. Ma evitare il problema non risolverà qualunque cosa ti stia frullando in quella tua testa iperanalitica. È anche la tua serata.»

Mi volto dall'altra parte, come se la vista sul fiume potesse offrirmi una via di fuga dalla sua raffica di domande.

«Non è la presentazione in sé, okay? È... tutto ciò che ci sta intorno. Rory, il libro, il fatto che io...» Deglutisco a fatica. Sento la gola chiusa e la mia voce si abbassa. «Il fatto che gli ho praticamente dovuto strappare quel libro di dosso. E ora devo starmene lì e fingere di esserne orgogliosa. Di lui.»

«Aspetta» fa Danny, arrestandosi di colpo. Fa un passo leggermente avanti a me, costringendo anche me a rallentare. «Glielo hai dovuto strappare di dosso? Cosa significa?»

«Esattamente quello che sembra» rispondo, agitando una mano in modo vago. «Hai idea di quanta parte di quel libro venga da *me*? Strutturare scene, sistemare dialoghi, note dettagliate su cosa andava cambiato...»

«Ma, correggimi se sbaglio, non è quello che fa un editor?»

«Sì, ma in qualche modo, tra tutte le modifiche e le riscritture, lui ha quasi iniettato me nel libro, ha iniettato noi. Ha trasformato noi nei personaggi e i personaggi in noi.»

«E il risultato è una storia fantastica. L'hai detto tu stessa.»

«Lo è. Senza dubbio, è la cosa migliore che abbia mai scritto.»

Danny mi lancia un'occhiata di sottecchi, sinceramente confuso. «Scusa, e questo sarebbe un problema perché...?»

«Perché non voglio essere un personaggio nella storia di qualcun altro. Non voglio che altri leggano frammenti di quello che dico quando sono felice, o assonnata, o infuriata.»

«Tutti gli scrittori non prendono in prestito dalla vita reale?»

«Forse sì, ma...» esito, le parole mi si bloccano in gola per un attimo. «Ma poi c'è l'altra parte. La parte in cui io so cose su Rory che nessun altro sa. Cose che rendono tutto questo successo...

vuoto. Come se avessi aiutato a costruire una casa sapendo che le fondamenta erano incrinate.»

«Okay, fermati.» La voce di Danny scatta verso di me, e all'improvviso è di fronte a me, bloccandomi completamente il passaggio. Gli vado quasi a sbattere contro, indietreggiando di un passo.

«Davvero?» dico, fulminandolo con lo sguardo. «Che stai facendo?»

«Sto cercando di farti capire una cosa.» Il suo tono è leggero, ma la sua espressione no. Si piazza con fermezza, le braccia incrociate sul petto come se mi stesse sfidando a superarlo. «Stai ricominciando con quella storia.»

«Quale storia?»

«Quella in cui ti convinci di essere la cattiva nelle storie di tutti gli altri. Come se fossi una specie di burattinaia editoriale che muove i fili, e il povero Rory Keane fosse solo la tua marionetta inconsapevole.» Scuote la testa, esasperato. «Lara, andiamo. Lo sai che non è vero.»

«Ne sono sicura?» ribatto secca, incrociando le braccia per imitarlo. «Perché mi sento proprio come se avessi superato un limite. Se la gente sapesse quanta parte di quel libro fosse mia...»

«Basta» dice di nuovo, più deciso questa volta. I suoi occhi incontrano i miei, fermi e incrollabili. «Non hai superato nessun limite. Hai fatto il tuo lavoro. Anzi, ti sei fatta in quattro, come sempre. E sì, forse Rory si è appoggiato a te più di quanto farebbe la maggior parte degli autori, ma non è colpa tua. È colpa sua.»

Apro la bocca per controbattere, ma lui alza una mano per interrompermi. «No. Non cominciare nemmeno. Non hai colpe, non stai screditando nessuno, e non sei assolutamente responsabile di qualsiasi crisi esistenziale possa avere Rory Keane riguardo al suo processo creativo. Ti è concesso» sottolinea la parola come se fosse un concetto straniero «essere orgogliosa del tuo contributo senza sentirti in colpa. Perché, indovina un po'? Senza di te, quel libro non sarebbe nemmeno la metà di quello che è.»

«Non che ci voglia molto» rispondo, fissando il marciapiede.

«Non farlo» dice Danny dolcemente, avvicinandosi. La sua voce si ammorbidisce, ma la sua posizione non cambia. «Non sminuirti. Sei geniale, Lara. E meriti di essere riconosciuta per tutto quello che metti sul tavolo, anche se ti mette a disagio, anche se ti spaventa a morte. Perché nascondersi per sempre dietro le quinte? Non è genialità. È paura.»

Incrocio le braccia strette contro il petto, il segnale universale per: *ho chiuso con questa conversazione.*

Ma Danny non molla. «Rory Keane ti deve l'anima... okay, forse metà della sua anima. E questa presentazione? Non si tratta di presentarsi per lisciare l'ego di Rory; si tratta di farsi vedere per qualcosa che hai contribuito a realizzare. C'è una bella differenza.»

«Non per me» brontolo, lo sguardo che saetta verso il fiume. L'acqua ondeggia contro le sponde e, per un secondo, vorrei potermici dissolvere. Semplicemente sprofondare nella corrente e lasciarmi trasportare lontano. In un posto dove né Rory Keane né il suo stupido e sopravvalutato capolavoro letterario esistano, e nemmeno questa conversazione.

Danny sospira, un suono esagerato ma non scortese. «Che ne dici di questo: non devi rimanere per tutto il tempo. Ti presenti, annuisci con aria saggia durante la sua lettura, fai conversazione educatamente per venti minuti al massimo, poi sgattaioli fuori dal retro quando iniziano a mettersi in fila per farsi firmare i libri. Diamine, ti aiuterò anche a pianificare la via di fuga. Cronometreremo tutto alla perfezione, così potrai sparire mentre tutti sono distratti dagli stuzzichini.»

Lo guardo, socchiudendo gli occhi con sospetto. «Stai cercando di corrompermi con una strategia di uscita anticipata?»

«Sì» risponde senza esitare. «E con del cibo. Perché ti conosco: sarai troppo stressata per mangiare prima, quindi dopo passeremo da qualche parte a prendere dei ravioli celebrativi o qualcosa del genere. Scegli tu.»

Le mie braccia si sciolgono appena un po', ma mantengo un tono gelido. «Sei davvero determinato a farmi andare a quella cosa, eh?»

«Farti andare? No.» Sorride, sporgendosi leggermente come se stesse condividendo un segreto. «Incoraggiarti vivamente con fascino, persuasione e una logica incrollabile? Assolutamente sì.»

VENTISEI

Entro nell'atrio principale del Museo di Storia Naturale e mi sento subito come se fossi finita sul set del film di qualcun altro. Stasera, la maestosa architettura vittoriana è inondata da una luce calda e sapientemente posizionata dal basso, che proietta ombre danzanti su pilastri di marmo e soffitti a volta. La magnificenza del museo è già di per sé notevole, ma unita agli sforzi meticolosi del nostro team di marketing, lo spazio sembra assolutamente magico.

Sopra di me, l'enorme scheletro di una balenottera azzurra – Hope, come la chiamano al museo – è sospeso al soffitto, la sua colossale struttura congelata in un tuffo eterno. Le ossa, che riflettono il blu e il rosa grazie all'illuminazione dell'evento, si estendono per tutta la lunghezza dell'atrio, proiettando ombre allungate sulle pareti.

Più indietro, un gigante preistorico incombe: la cassa toracica di un dinosauro si inarca sopra le nostre teste come i resti di un naufragio, le sue vertebre una spina dorsale frastagliata e antica contro i pannelli di vetro e la pietra dorata.

Le ossa sono sospese tramite cavi quasi invisibili, dando l'inquietante illusione che le creature siano in pieno volo, nel disperato tentativo di accaparrarsi un posto in prima fila per la presentazione del libro.

Mi guardo intorno, cercando un modo per dare una mano – un modo per intervenire – ma è tutto finito. I tavoli sono allestiti in modo impeccabile, la biancheria è fresca di bucato, i centrotavola sono discreti ma eleganti. Gli schermi di proiezione si stagliano con grazia in alto, mostrando a rotazione immagini vivide della copertina del libro, intervallate da citazioni accuratamente scelte dalle prime recensioni entusiastiche. Al centro di tutto c'è un espositore lucido e sovradimensionato di copie cartonate appena stampate, disposte con la stessa precisione di sculture in una galleria. E lì, più grande del vero, accanto a esse, c'è il ritratto d'autore di Rory, scattato in bianco e nero: la sua disinvolta sicurezza si irradia dalla tela come un faro.

Non mi è rimasto assolutamente nulla da fare. Le mie impronte da editor qui sono invisibili, nascoste ordinatamente dietro la patina del marketing e le luci soffuse. Il libro ormai esiste a prescindere da me e, a quanto pare, anche Rory.

Dovrei andarmene. *Voglio* andarmene. I tacchi stanno già ruotando verso l'uscita quando, per qualche inspiegabile motivo, mi blocco. Dannazione.

Mi volto a guardare l'espositore e il ritratto d'autore accanto.

«Non farlo» borbotto tra me e me, sistemandomi gli occhiali come se potessero in qualche modo proteggermi dall'attrazione della curiosità che sta mettendo a dura prova la mia determinazione.

Rory Keane, autore di bestseller e mia personale spina nel fianco professionale. E anche l'uomo con cui ho deciso di avere una relazione da amici di letto, che nessuno dei due è stato in grado di gestire. Sorvoliamo sul fatto che ho praticamente sputato sangue su ogni bozza di questo dannato libro, tirandoglielo fuori quando si è ritrovato senza il suo solito co-autore. Sorvoliamo sul fatto che l'ho aiutato a trovare il cuore della storia che ora sta promuovendo al mondo intero. Niente. Lui ne è uscito a testa alta, lasciandomi solo con un ego ferito, un'acuta delusione e una persistente sensazione di incompiuto.

Vali più di così, mi dico, stringendo più forte la tracolla della borsa. «Non hai bisogno di un epilogo. Non hai bisogno di vederlo. E di certo non hai bisogno di stare in mezzo a una folla di fan in delirio mentre lui si crogiola nello splendore della sua stessa genialità.»

Eppure, i miei piedi restano piantati a terra. Fisso di nuovo il poster lucido, il nome di Rory a grandi lettere cubitali. Rory Keane. L'uomo che non è mai riuscito a decidere cosa volesse: dalle sue trame, dalla sua carriera, da *me*. Eppure, contro ogni logica, ha ottenuto comunque tutto.

Certo che sta avendo successo. Perché non dovrebbe?

Il telefono vibra nella borsa, riportandomi di scatto alla realtà. Lo tiro fuori, sperando a metà in una distrazione, ma è solo un'e-mail di promemoria per una riunione di domani. Niente di urgente. Nessuna scusa per andarmene, per ora. E io sto cercando delle scuse.

Ma le sto cercando davvero? Perché la verità, la brutta e scomoda verità, è che una parte di me *vuole* essere qui. Non perché mi manchi Rory (Rory non mi manca *assolutamente*), ma perché c'è una piccola, meschina soddisfazione nel sapere di aver contribuito al suo successo. Sono stata io a spingerlo a scavare più a fondo, a scrivere qualcosa di vero. Se ha intenzione di salire lassù a leggere dal *nostro* libro, non dovrei almeno poter assistere?

Ed eccolo qui, il nocciolo del problema. Se resto, dovrò affrontarlo. Se non resto, passerò la serata a chiedermi cosa avrà detto, come avrà reagito il pubblico alla lettura, se si sarà accorto che non c'ero. In ogni caso, perdo io.

Le dita si stringono attorno alla tracolla, le nocche diventano bianche. Faccio un respiro profondo, cercando di placare il tumulto di emozioni che mi vortica dentro. Dolore. Rabbia. Una curiosità che ha un sapore sospettosamente simile alla speranza. Niente di tutto ciò ha senso. Tutto sembra eccessivo.

Inventati una scusa e vattene.

È la voce di una persona che si rifiuta di lasciare che un uomo affascinante con belle parole le sconvolga ulteriormente la vita.

Ma i miei piedi? Ancora una volta, si rifiutano di muoversi.

Mi avvicino all'espositore dei libri, attratta come una falena dalla fiamma.

Il suo nome brilla in lettere dorate in rilievo sulle copertine lucide, gridando praticamente *bestseller*. Perché lo è. È davvero irritante.

Il cuore mi sobbalza, per poi inciampare in un ritmo irregolare. Certo che lo fa. Perché niente dice "hai completamente superato qualcuno" come il tuo sistema cardiovascolare che inscena una rivolta alla vista del suo nome.

Il libro è più pesante di quanto mi aspetti, solido tra le mani. Chiaramente non si è badato a spese per questa prima tiratura. Mi guardo intorno, irrazionalmente certa che qualcuno mi stia osservando, giudicandomi per questo momento di debolezza. Nessuno lo sta facendo, ovviamente. L'universo non è così crudele. Solo... abbastanza crudele da aver permesso alle nostre orbite di scontrarsi.

Il pollice sfiora il bordo della copertina e, prima di potermi convincere a non farlo, lo apro. Direttamente alla pagina della dedica. Da stupida. Come una che non ha imparato la lezione.

Le parole mi colpiscono come un maglio:

A L.Y. -
PER AVERMI INSEGNATO COSA SIGNIFICA SCRIVERE CON
TUTTO IL CUORE.
PER AVERMI VISTO QUANDO IO NON RIUSCIVO A VEDERE ME
STESSO.
PER TUTTO. SEMPRE.

Mi si mozza il fiato, come se mi avessero tolto l'aria dai polmoni. Per un secondo, resto lì impalata a fissare la pagina, le lettere che si confondono fino a non avere più senso. Eppure, ne hanno anche *troppo*. Ogni parola sembra un dardo scagliato con cura, che colpisce il bersaglio con precisione.

«Sempre» sussurro tra me e me, assaporando la parola come se fosse nuova, sconosciuta. Sento un nodo alla gola mentre qualcosa di caldo e insopportabile mi sboccia nel petto. Rabbia? Tristezza? Speranza? Dio, non lo so più. È tutto ingarbugliato, un groviglio inestricabile di emozioni che non ho idea di come sbrogliare.

«Sul serio?» sibilo, fulminando la pagina con lo sguardo come se potesse ricambiare. «Può permettersi di farlo? Può... dedicare un libro e semplicemente...» Chiudo il libro di scatto, stringendolo al petto come se potesse scappare. Mi bruciano gli occhi e, per un attimo terrificante, penso che potrei davvero mettermi a piangere. Ma no. Non qui. Non ora.

Stringo più forte il libro, con le unghie che affondano nella sovraccoperta. È esattamente per questo che non volevo venire. Il motivo per cui mi ero detta che non me ne sarebbe importato. Perché Rory Keane non fa mai le cose a metà. Non con la sua scrittura. Non con il suo fascino. E a quanto pare, nemmeno con la sua capacità di fare a pezzi i muri che ho costruito con tanta cura con un solo, maledetto paragrafo.

«Sei proprio un'idiota» mi sussurro, ma le parole mancano di mordente. Suonano vuote, persino alle mie orecchie. Il mio riflesso mi fissa dalla copertina lucida, distorto e deformato, e odio quanto sembro piccola. Vulnerabile.

Sempre.

Se ci penso abbastanza, perderà il suo potere. Ma ovviamente, persiste, avvolgendomi come fumo, rifiutandosi di lasciarmi andare. Maledetto lui. Maledetto il suo stupido talento e le sue stupide parole e...

Le dita mi tremano mentre rimetto il libro sulla pila, attenta a non disturbare gli altri. Ma non importa. Il danno è già stato fatto. Quelle parole sono impresse a fuoco nel mio cervello, tatuate all'interno delle mie palpebre.

«Vattene» sussurro, con la voce tremante ma decisa. «Semplicemente, vattene». E questa volta i miei piedi obbediscono. Più o meno. Un passo, poi un altro. Ma il peso che ho sul petto non si alleggerisce. Anzi, diventa più pesante, tirandomi giù, legandomi a qualcosa che pensavo di essermi lasciata alle spalle.

Sempre.

La parola mi si aggrappa addosso come un'ombra mentre mi dirigo verso l'uscita.

Il libro mi fissa dalla pila, esattamente dove l'ho lasciato. La sua costola è lucida e senza pretese, ma potrebbe anche urlare il mio nome. Odio che sia lì, posato innocentemente come se non contenesse una granata di emozioni con il mio nome inciso sulla sicura.

Sempre.

La parola echeggia nella mia mente, annidandosi sotto le costole come un uncino, tirandomi indietro... o forse avanti. Verso di lui.

Incrocio le braccia strette sul petto, ignorando il modo in cui il mio polso insiste ad accelerare. La dedica non era solo una serie di sciocchezze poetiche avvolte nel solito fascino di Rory. No, era intenzionale. Calcolata. Un invito mascherato da addio. Riesco quasi a sentire la sua voce insinuarsi tra le parole, bassa e ferma, che mi sfida a fare qualcosa al riguardo.

Non posso partecipare alla presentazione, adesso. Che senso avrebbe? Me ne starei in fondo, fingendo di essere solo un volto tra la folla? O sarei così stupida da marciare dritta verso Rory e pretendere una spiegazione? No. No, è meglio fingere di stare male e andare a casa. Logico. Professionale. Sicuro. È in questo che sono brava, no?

Spingo l'uscita laterale e l'aria fredda della notte mi colpisce la pelle come uno schiaffo. Le strade fuori sono tranquille, a parte il clacson di qualche taxi e il brusio delle conversazioni di gruppi diretti verso piani più eccitanti per il venerdì sera. Faccio un respiro profondo, premendomi le dita sulle tempie. Ho fatto la scelta giusta. Andarsene era l'unica opzione. Non c'è assolutamente alcun motivo per sottopormi al circo che c'è là dentro.

Sono già a metà del marciapiede quando sento il mio nome.

«Lara!»

Mi volto e trovo Danny che avanza verso di me, con un'aria in parte sollevata e in parte esasperata. È leggermente senza fiato, la giacca blu scuro del completo storta e i capelli scompigliati, come se avesse litigato con il vento.

«Stai...» Si interrompe, squadrandomi. «Aspetta un attimo. Dove diavolo sei stata? Ti ho chiamato. Dovevamo vederci alla stazione.»

Faccio una smorfia, rendendomi conto di aver messo il telefono in silenzioso ore prima. «Oh. Giusto. Sì, scusami.»

Danny mi guarda socchiudendo gli occhi, poi osserva il grande ingresso del museo alle mie spalle.

«Aspetta, eri dentro?»

«No.» Incrocio le braccia. «Cioè, tecnicamente sì. Ma ora non più.»

Sbuffa bruscamente. «Lara, ma che diavolo...?»

«È complicato» borbotto, già odiando la piega che sta prendendo questa conversazione.

«Oh, ci scommetto.» Incrocia le braccia, studiandomi. «E con complicato intendi "del tutto evitabile ma che richiede un intervento perché stai di nuovo rimuginando su tutto in modo catastrofico"?»

«Danny...»

«Perché» continua lui imperterrito, ignorandomi, «la parte difficile l'hai fatta. Sei arrivata fin qui.»

Lo fisso. «Non è... vero.»

Lui sorride beffardo. «Lara, ti conosco.»

«Ok, va bene. Sì. Me ne sono andata.» Sospirò, passandomi una mano tra i capelli. «Mi sembrava... sbagliato. Stare lì dentro. Come se fossi complice di tutta questa faccenda. Nel sostenerlo.»

Danny inclina la testa. «O forse hai sentito qualcosa, e la cosa non ti è piaciuta?»

Gli lancio un'occhiata tagliente. «Non ho sentito niente.»

«Certo.» Sbuffa. «Ok, allora cerchiamo di essere pratici. Sei un'editor. Ti sei fatta un mazzo così per questo libro. Hai detto tu stessa che si preannuncia già un bestseller. È anche un tuo successo. Non devi parlare con Rory se non vuoi, ma dovresti essere lì dentro. Dovresti andarne fiera.»

Esito, le dita che si contraggono lungo i fianchi. Ha ragione, ovviamente. Odio che abbia ragione.

«E» continua, «avevamo un accordo. Ho fatto tutta questa strada con la promessa di vino costoso e la vaga possibilità di pettegolezzi sulle celebrità. Non puoi lasciarmi a cavarmela da solo in una stanza piena di gente dell'editoria. Finirei adottato da qualche agente letterario intellettualoide che legge solo romanzi sperimentali di seicento pagine sul lutto e il capitalismo.»

Sbuffo bruscamente. «Quindi si tratta della tua sofferenza, giusto?»

«Ovviamente.» Sorride. «Ma anche di te. Senti, capisco perché stai andando fuori di testa, ma quel che è fatto è fatto. Hai lavorato al libro. Ora è nel mondo. Tanto vale celebrare il fatto che hai fatto un lavoro dannatamente buono.»

Do un'altra occhiata al grande ingresso del museo.

Danny mi dà una gomitata. «Dai, Lara. Fallo per me. Fallo per il vino. Fallo perché, in fondo, sai che preferiresti pentirti di essere andata piuttosto che pentirti di non esserci stata.»

Espiro lentamente, la mia determinazione che vacilla.

«E va bene» borbotto.

Danny alza le mani in segno di vittoria. «Eccola qui.»

«Sta' zitto e cammina prima che cambi idea.»

Fa un gran sorriso, prendendomi a braccetto mentre ci voltiamo di nuovo verso il museo. «Oh, altroché se cammino. Dritto al bar, per le mie pene.»

Alzo gli occhi al cielo, ma quando do un'occhiata all'orologio, mi blocco. «Aspetta. Manca ancora un'ora prima che inizi l'evento.»

Danny si ferma a metà passo, scandalizzato. «Mi stai dicendo che sono corso qui, pieno di preoccupazione e giusta indignazione, solo per scoprire che abbiamo ben sessanta minuti da ammazzare?» Fa "tsk" in modo plateale, scuotendo la testa. «Non temere, cara Lara, poiché ho la soluzione.»

«Oh, Dio.»

Si raddrizza, assumendo il suo tono più magniloquente. «Ci dirigeremo al The Queen's Arms, e lì saremo accolti con le migliori stout, ale e vini finché non avranno inizio i festeggiamenti.»

Sospiro, divertita mio malgrado. «Vuoi solo bere qualcosa prima.»

«Assolutamente,» dice lui. «E, idealmente, anche delle patatine. Non posso affrontare un evento letterario a stomaco vuoto.»

Esito, ma lui mi dà una leggera spinta, guidandomi lontano dai gradini del museo.

«Andiamo. Un drink aiuterà. Fortificherà lo spirito. Annegherà i dubbi. E poi, potrai godere della mia deliziosa compagnia ancora un po'.»

Scuoto la testa, cedendo finalmente. «E va bene. Ma se bevo prima di un evento di settore, offri tu.»

Danny si porta una mano al cuore. «Sarà un onore.»

E con questo, svoltiamo verso il pub, con lo stomaco ancora attanagliato ma con la mia determinazione un po' più salda.

VENTISETTE

Quando torniamo al museo, la sala dell'evento freme di energia, una sorta di vibrante anticipazione che mi fa venire la pelle d'oca. Appena mettiamo piede dentro, mi pento all'istante di tutto. Di ogni *singola* scelta che mi ha portata qui. Dai tacchi neri che mi stringono le dita dei piedi alla giacca che ho afferrato in un maldestro tentativo di proteggermi da qualunque cosa questa serata potesse riservarmi. Niente di tutto ciò funziona. Mi sento ancora esposta. Quasi nuda.

Danny mi dà un colpetto sul braccio con il gomito, un promemoria silenzioso che non sono sola in questo circo.

«Respira», mormora, come se stesse parlando a un cavallo imbizzarrito. «O almeno fai finta.»

Allunga una mano per prendere la mia mentre superiamo il guardaroba ed entriamo nella sala principale.

«Bella affluenza», dice qualcuno alle mie spalle, con un tono disinvolto, come se stessimo parlando del tempo invece che della presentazione del libro dell'anno. Mi sposto di lato per lasciarlo passare e trascino Danny nell'angolo della stanza, cercando di sparire.

«Adoro quello che hai fatto con il nostro punto di osservazione. Se ci accovacciamo un po', potremmo passare per piante decorative.»

Gli lancio un'occhiataccia. «Non eri costretto a venire, sai.»

«E perdermi questo?» Fa un gesto verso lo sfarzo che ci circonda. «Ti prego. È la cosa più divertente che faccio da anni.»

Cercare di nascondersi non serve a niente. La sala è viva – gente che chiacchiera, ride, sorseggia champagne da delicati flûte – e anche se nessuno mi sta guardando, mi sento osservata. Troppo osservata.

Perché sono di nuovo qui? Forse è curiosità professionale. Forse è masochismo. Probabilmente entrambe le cose.

I miei occhi scrutano la stanza contro ogni buon senso, cercandolo. Cercando Rory. Ovvio. Perché a quanto pare, l'autocontrollo è diventato un optional. Sento la gola stretta, e non solo perché l'aria profuma di profumi costosi e ansia. Questo non è il mio mondo. Non proprio. Eppure, eccomi qui, in piedi al centro di tutto, con il cuore che batte all'impazzata come se stessi aspettando qualcosa.

Correzione: qualcuno.

«Un bicchiere di bollicine?» mi offre Danny, prendendone due dal tavolo. Scuoto la testa, e lui fa spallucce. «Oh, be'. Ormai l'ho toccato, sarebbe maleducato non berlo.»

Le luci si abbassano leggermente e il brusio della conversazione si attenua mentre Rory sale sul piccolo palco. È... *bello.* Certo che lo è. Alto, disinvolto, con indosso quella combinazione fastidiosamente perfetta di sicurezza disinvolta e fascino su misura: una giacca blu navy su una camicia bianca, con le maniche arrotolate come se stesse per sporcarsi le mani con qualcosa di creativo e profondo. I suoi capelli scuri sono artatamente spettinati, cosa che so per certo gli richiede almeno cinque minuti davanti allo specchio, fingendo che sia un look naturale.

«Buonasera», dice, con la sua voce che fende il silenzio come miele caldo, vellutata e incredibilmente ferma.

La folla si sporge in avanti, letteralmente. Danny applaude con entusiasmo. Persino io mi sento ondeggiare un po' in avanti, come per una forza magnetica a cui non riesco a oppormi. Fantastico. Semplicemente fantastico. Il mio piano di mimetizzarmi con la tappezzeria sta andando a gonfie vele.

«Grazie a tutti per essere qui stasera a celebrare la pubblicazione di *Completamente, per sempre.*» Il suo sguardo sorvola la stanza, senza posarsi su di me – grazie a Dio – ma il petto mi si stringe ugualmente, una reazione involontaria che non ho autorizzato. «Questo libro è... be', è speciale per me. Per molte ragioni.»

Mi irrigidisco. Ho i palmi umidi contro lo stelo freddo del calice di champagne che stringo come se fosse un'ancora di salvezza. Non farlo, Rory. Attieniti al copione. Racconta di quanto tempo ci è voluto per scriverlo, o di quanta caffeina è stata consumata durante le revisioni. Fai una battuta sulle scadenze. Qualsiasi cosa, tranne quello che penso tu stia per dire.

Non apre ancora il libro. Rimane appoggiato sul leggio come un segreto in attesa di essere svelato, la copertina che brilla sotto la luce soffusa dei riflettori.

«Scrivere è sempre un fatto personale», continua, il suo tono che cambia, si fa più morbido, quasi introspettivo. «Ma questo libro... questo mi ha messo alla prova in modi che non mi aspettavo.»

A quelle parole, il mio cuore batte più forte, perché so esattamente cosa intende. C'ero anch'io. Durante ogni sessione di brainstorming notturna. Ogni riscrittura. Ogni litigio in cui la sua testardaggine si scontrava frontalmente con il mio perfezionismo. Ogni tocco, ogni sensazione, ogni desiderio...

«A volte», dice Rory, le mani che ora stringono i bordi del leggio, «hai bisogno di aiuto per trovare la strada. Una musa, si potrebbe dire. Un'ispirazione. Qualcuno che ti vede, anche quando non sei sicuro di cosa stia guardando. Anche quando non sei sicuro di volere che veda il tuo vero io.» La sua voce si incrina leggermente, una crepa che nessun altro noterebbe, ma io sì. Dio, la sento nel petto. La sento anche nella mano, quando Danny la stringe forte: è preso dal discorso tanto quanto gli altri.

Rory fa una pausa. C'è un cambiamento nella stanza, un respiro collettivo trattenuto, e mi rendo conto che il mio è incastrato da qualche parte tra la gola e la cassa toracica. Sta deviando dal programma. Me ne accorgo. Se ne accorge anche il team di PR della Scott & Drake, seduto a uno dei tavoli più vicini al palco, e sui loro volti si dipingono cinquanta sfumature di panico. Questo non è stato provato. Il Rory che conosco – l'autore professionista e raffinato in grado di ammaliare qualsiasi pubblico – sta lasciando il posto a qualcun altro. Qualcuno di crudo. Vulnerabile.

«Prima di leggervi un passo del libro», dice, incontrando gli occhi della folla ma, in qualche modo impossibile, dando l'impressione di parlare solo con me, «c'è una cosa che devo dire. Qualcosa che avrei dovuto dire molto tempo fa.»

No. No, no, no. Le pulsazioni mi schizzano alle stelle, il panico divampa ardente dietro lo sterno. *Rory, non osare...*

La stanza è completamente in silenzio, salvo il debole fruscio di qualcuno che si muove sulla sedia. La mia presa sulla mano di Danny si fa più stretta, le unghie che premono delle mezzelune sul suo palmo, ma lui non si ritrae. Tutto ciò che posso fare è fissarlo – fissare Rory – e cercare di conciliare questo momento con l'uomo che pensavo di conoscere.

Sulla grande sala cala un silenzio, quel tipo di silenzio carico di aspettativa che si crea solo quando il pubblico sa di stare per sentire qualcosa di importante. Rory è in piedi sul podio, microfono in mano, con la copertina ingrandita di *Fully, Forever* che brilla sugli schermi alle sue spalle. La sua solita sicurezza c'è, ma c'è anche qualcos'altro, qualcosa di più pesante.

Conosco quello sguardo. L'ho già visto, quando è sull'orlo di un'idea, incerto se fare il salto.

Espira, scrutando la folla, poi si china leggermente verso il microfono. «Avevo preparato un discorso per stasera. Qualcosa di elegante, affascinante e pieno dei soliti ringraziamenti al mio incredibile team della Scott & Drake, alla mia agente, Samantha, e ovviamente al Pezzo Grosso lassù. E se li meritano. Più di quanto possa esprimere a parole». I suoi occhi guizzano verso la folla in fondo – verso di me – prima di passare oltre.

«Ma c'è qualcosa che devo dire prima».

Un'ondata di curiosità si diffonde tra il pubblico. Stringo la mano di Danny un po' troppo forte e stavolta lui emette un guaito di dolore e io lascio la presa. «Tutto a posto», sussurra. «Stringi pure quanto vuoi, ne ho una di riserva».

Rory prende il microfono dall'asta e inizia a camminare avanti e indietro.

«Per anni ho avuto la fortuna di trovarmi su palchi come

questo, accettando lodi per i miei libri. Bestseller. Adattamenti cinematografici. Premi. Una carriera per cui la maggior parte degli scrittori ucciderebbe». Fa una pausa. «Ma la verità è... che non l'ho mai fatto da solo».

Sussurri si diffondono per la stanza.

Danny si china, bisbigliando: «Giuro, se questa si trasforma in una di quelle scene plateali da 'fermate il matrimonio', la filmo».

Gli lancio un'occhiataccia.

Lui sogghigna. «Troppo presto?»

Rory fa un respiro profondo, poi continua, con voce ferma. «Ogni libro con il mio nome in copertina – quelli che avete letto, amato, consigliato ai vostri amici – non era solo mio. Fin dall'inizio, ho avuto una co-autrice. Qualcuno che ha riversato in queste storie tanto cuore quanto me, se non di più. Qualcuno che non ha mai chiesto i meriti, non ha mai preteso le luci della ribalta».

Si gira leggermente, come se la stesse cercando. «Mia sorella, Aoife, merita ogni briciola del riconoscimento che io abbia mai ricevuto. Forse anche di più. È la migliore scrittrice che conosca, la migliore partner che avrei mai potuto desiderare, e la migliore sorella che chiunque potrebbe mai sognare». La sua voce si addolcisce. «E avrei dovuto dirlo molto tempo fa».

Nella stanza c'è un silenzio di tomba. Passa un secondo. Poi un altro.

Si muove a disagio, afferrando i bordi del podio. «Questo cambia qualcosa riguardo ai libri? Cambia il modo in cui mi vedete?» Lascia le domande in sospeso, scrutando i volti di fronte a sé. «Forse. Forse no. Dovrete essere voi a giudicare».

Una pausa. Poi, un timido applauso.

«Grazie, Aoife», dice, con la voce ferma ma carica di emozione. «Per tutto».

Non riesco ad applaudire. Ho le mani paralizzate, la mente che corre all'impazzata. Perché se Rory può stare lì, sotto lo sguardo attento di centinaia di occhi, e mettersi a nudo in quel modo... che scusa ho io per nascondermi?

L'applauso balbetta in modo imbarazzato, come se il pubblico non fosse sicuro se lasciarsi andare. Voci sommesse si scontrano in una corrente sotterranea di sorpresa e confusione. Qualcuno vicino a me ansima piano – forse per fare scena, forse no – e giuro di aver sentito la parola «scandaloso» sussurrata da qualche parte dietro la mia spalla sinistra. Danny mi porge un flûte di prosecco e io lo accetto d'istinto.

La sento, l'energia che cambia, crepita, riempie l'aria come l'elettricità statica prima di un temporale. Le persone si stanno chinando l'una verso l'altra, la loro eccitazione è palpabile, eppure io sono inchiodata sul posto, con il cuore che martella come una rullata di tamburi impazzita. Mi gira la testa, cercando di stare al passo con quello che è appena successo. Rory Keane – *il perfetto Rory Keane*, il cui personaggio pubblico è attraente quanto le copertine dei suoi libri – si è appena squarciato il petto e ha porto al pubblico la sua verità, sanguinante e pulsante.

Aoife. Ha detto il suo nome. L'ha ammesso. Ad alta voce. Davanti a tutti.

Le dita mi si stringono attorno al bicchiere, la fresca condensa che scivola contro il palmo. Vorrei essere arrabbiata con lui – per qualcosa, qualsiasi cosa – ma l'emozione non riesce a farsi strada. Al suo posto, c'è questo dolore terribile e totalizzante che fiorisce sotto le mie costole mentre il mio cervello cerca un appiglio.

Danny deve essersene accorto, perché mi sfila delicatamente il bicchiere dalle dita prima che io spezzi di netto lo stelo. «Evitiamo di aggiungere un 'infortunio da bicchiere' al dramma di stasera, che ne dici?»

Rory che ammette le sue mancanze? Rory che sta sotto queste luci ustionanti e si mette a nudo? Questo non è più un uomo che va sul sicuro. Questo è... qualcos'altro. E dannazione a lui per farmelo provare.

«Non è tutto», dice Rory, con la voce che fende nettamente il rumore crescente.

A questo punto, la folla è più che pronta. Ed è allora che succede.

I suoi occhi trovano i miei.

Non è immediato; prima scruta la stanza, come se stesse cercando, come se avesse bisogno di un permesso. Ma poi quegli occhi verdi si agganciano ai miei come se fossero legati da un filo invisibile, e all'improvviso tutto il resto – il basso brusio delle chiacchiere, il trascinarsi dei piedi, persino il profumo troppo dolce che emana la donna accanto a me – svanisce nel rumore di fondo.

Danny, senza perdere un colpo, scherza: «Se scappi ora, fingerò di svenire per creare un diversivo».

«Un'altra persona merita i miei ringraziamenti stasera», dice Rory, e c'è un piccolo tremito nella sua voce, così impercettibile che la maggior parte della gente non lo noterebbe. Ma io sì. Certo che lo noto.

«Qualcuno che mi ha sfidato, frustrato e spinto in modi che non avrei mai creduto possibili».

Oh, no. Oh, assolutamente no.

«È lei la ragione per cui questo particolare libro esiste», continua Rory, alzando una copia di *Fully, Forever*, con lo sguardo ancora inchiodato su di me, fermo e implacabile. La sua voce si abbassa, si addolcisce, ma in qualche modo arriva ancora più lontano. «Non solo ha riscritto la maggior parte di questo libro, cosa per cui merita i miei eterni ringraziamenti. Mi ha ricordato cosa signifìchi l'onestà. Come ci si senta a essere coraggiosi. Mi ha ricordato come essere vulnerabile, anche quando ti terrorizza».

Mi si mozzano i polmoni. Non riesco a respirare. Penso che potrei davvero svenire qui, nel mezzo di questo museo infernale, circondata da ventenni Bookstagrammer e da un tizio che indossa bretelle rosse su una camicia bianca.

Si muove leggermente e, per la prima volta in tutta la serata, la sua postura non è di disinvolta sicurezza, è qualcosa di più crudo, spogliato di ogni finzione.

«La verità», dice, con la voce ferma nonostante il barlume di incertezza nella sua espressione, «è che ero bloccato».

Alcuni tra il pubblico si raddrizzano un po' sulla sedia, prestando davvero attenzione ora.

«Non intendo il blocco dello scrittore. Intendo bloccato. Perché per la prima volta nella mia carriera, ho dovuto fare tutto da solo. Ho dovuto dimostrare a me stesso che potevo scrivere qualcosa senza mia sorella al mio fianco, senza la persona che ha contribuito a dare forma a ogni libro precedente. Ma non ero pronto. Non sapevo come fare». Deglutisce. «Perché la verità è che ho passato tutta la mia carriera a scrivere d'amore, ma non avevo idea di cosa fosse davvero. Non fino a lei».

Le parole si abbattono come una valanga nel mio petto.

Nella sala ora regna un silenzio assoluto. Nessuno si muove. Nessuno osa.

«Ho costruito il mio successo sull'idea dell'amore perfetto», continua Rory, stringendo un po' di più le dita attorno al podio. «L'amore che segue una formula precisa, l'amore che cade sempre in piedi. Quello che ha senso in una struttura in tre atti. Ma non è questo che mi ha insegnato Lara Yates».

Oh, Dio.

«Lei mi ha insegnato l'amore incasinato. Quello che ti sfida. Che ti costringe a crescere, a essere migliore. Quello che non è ordinato o prevedibile, quello che non può essere impacchettato in cliché e lieti fine su richiesta. Quello che ti terrorizza». Esala con voce tremante, come se si stesse costringendo ad andare avanti, nonostante il peso che gli schiaccia il petto. «Ha fatto a pezzi le mie pagine e ha smascherato ogni bugia, ogni scorciatoia pigra, ogni volta che mi appoggiavo ai cliché invece che alla verità. Non ha solo reso migliore questo libro. Ha reso *me* migliore».

Ho un nodo in gola. Troppo stretto.

Rory si muove, poi mi guarda di nuovo dritto negli occhi.

«E, Lara», dice, e il mio nome gli esce di bocca come un sasso in uno stagno immobile. «Devi sapere una cosa».

No. Ti prego, non farlo.

«Lavorare con te mi ha cambiato la vita». La sua voce si abbassa, diventando poco più di un sussurro. Poi, ancora più piano, non per il pubblico, non per nessun altro se non per me.

«Amarti...». La voce gli si incrina, appena, ma abbastanza da farmi serrare le mani a pugno. «Amarti è stato il rischio più grande che abbia mai corso. E la cosa migliore che farò mai».

Il silenzio che segue è assordante; il peso delle sue parole aleggia pesante nell'aria.

Sono vagamente consapevole della reazione della folla – lievi sussulti, qualche esclamazione udibile – ma è tutto un rumore di fondo rispetto al boato che ho nelle orecchie. Perché non è reale. Non può essere reale. Rory Keane, autore di bestseller e rubacuori di professione, non è su un palco di fronte a decine di sconosciuti ad ammettere di amarmi.

Sento i loro sguardi su di me, pesanti e invadenti, ma non riesco a muovermi. Non riesco a parlare. Riesco solo a restare lì, esposta, mentre Rory aspetta, la speranza e la determinazione incise su ogni linea del suo viso. Danny non mi mette fretta, non parla. Mi stringe solo il braccio con delicatezza, come per dire senza parole: *ci sono io con te.*

L'aria sembra troppo densa, come se stessi cercando di respirare attraverso un maglione di lana. Le gambe sono radicate al suolo, anche se ogni istinto del mio corpo mi urla di *muovermi.* Avanti, indietro, ovunque tranne che qui. Le parole di Rory continuano a rimbalzare nel mio cranio – «*Amarti è stato il rischio più grande*» – come un'eco crudele progettata per mandarmi in cortocircuito il cervello.

Non può essere vero.

Una parte di me vorrebbe ridere. Una risata isterica, quasi maniacale, che probabilmente mi farebbe scortare fuori dalla sicurezza. Perché questa – questa grandiosa, travolgente dichiarazione d'amore davanti a un pubblico – è roba da romanzi rosa. I *suoi* romanzi rosa, per la precisione. Quelli che passo mesi a revisionare, alzando gli occhi al cielo per tutti i discorsi esagerati e le proclamazioni del tipo "morirò senza di te". E ora, in qualche modo, ne sto *vivendo* una.

L'ironia non mi sfugge. Almeno è coerente con il suo personaggio.

«Vattene e basta», sussurro a fior di labbra, cercando di obbligare i miei piedi a voltarsi verso la porta. Parti. Corri. Fai *qualunque cosa* tranne che restare qui come un cerbiatto abbagliato dai fari, mentre Rory Keane mette a nudo la sua anima perché tutti la vedano. Perché *io* la veda.

Ma non mi muovo. Il mio corpo traditore rimane congelato, le mani che stringono la tracolla della borsa così forte che le nocche mi fanno male. Perché per quanto voglia fuggire, c'è un'altra parte di me – una parte più silenziosa e pericolosa – che non vuole correre via. Che vuole restare. Che vuole credergli.

Non è reale. È... una trovata pubblicitaria. Un espediente. Le razionalizzazioni si accavallano nella mia mente, deboli e vuote.

Mi sta ancora guardando – dritto negli occhi – con un'intensità di cui non lo credevo capace. La sua espressione è cruda, indifesa, e così dolorosamente vulnerabile che non riesco a distogliere lo sguardo.

«Che tu sia dannato, Rory». Non doveva farlo. Non doveva rendere *me* la protagonista della storia.

Il mio polso è un tamburo nelle orecchie. L'attenzione della folla è soffocante, i loro sussurri come un ronzio statico sulla pelle. Eppure... eppure, sotto tutta la paura, tutti i dubbi, c'è qualcos'altro. Qualcosa di caldo e insistente, che fa leva sulla mia determinazione.

Speranza.

Non essere stupida. La speranza è pericolosa. La speranza ti fa soffrire. Ma le parole di Rory continuano a risuonare nella mia mente, ostinate e implacabili: Amarti è stata la cosa migliore che farò mai.

Danny si avvicina, la voce bassa e sicura. «Vai». Una sola parola, ferma e inesorabile. Quando esito, aggiunge: «Te ne pentirai se non lo fai. E credimi, non ho la pazienza di sentirti analizzare questa storia per il prossimo decennio».

Mi si stringe la gola e, prima di riuscire a convincermi del contrario, faccio un passo avanti.

Poi un altro.

E un altro ancora.

Ogni movimento sembra monumentale, come se stessi avanzando nelle sabbie mobili, ma continuo ad andare. La folla si apre lentamente al mio passaggio, i volti che si sfocano in una foschia di colori e suoni. All'inizio mi concentro sul pavimento: scarpe lucide, tacchi consumati, gambe di sedie, il bordo della borsa di qualcuno. Qualsiasi cosa tranne Rory. Ma man mano che mi avvicino, il mio sguardo si alza, attratto da lui come una calamita.

Non mi ha tolto gli occhi di dosso. Nemmeno per un istante.

Raggiungo il bordo del palco. Ho i palmi umidi e lo stomaco è una tempesta di nervi, ma ormai non si torna indietro. Qualunque cosa accada, sono qui. Sto *scegliendo* di essere qui.

Per lui. Per noi. Per qualunque cosa questo possa essere.

È lì in piedi, alto e saldo, il microfono in una mano, l'altra che pende goffamente lungo il fianco come se non sapesse cosa farne. Ha gli occhi fissi su di me, spalancati e indifesi e, per la prima volta da quando lo conosco, sembra... nervoso. Rory Keane, l'uomo capace di incantare una stanza piena di critici letterari fino a farli innamorare di una lista della spesa scritta male, è nervoso. Per causa mia.

«Ciao», riesco a dire, la mia voce poco più di un sussurro. È assurdo, davvero, perché sono quasi sicura che metà della folla abbia smesso di respirare solo per sentire cosa succederà.

«Ciao», risponde lui, con voce dolce e sicura. Le sue labbra si contraggono, come se volesse sorridere ma non si fidasse del tutto a farlo. E, che Dio mi aiuti, credo di amarlo ancora di più per questo.

C'è una pausa... no, un *attimo*. Una di quelle pause cinematografiche in cui il mondo sembra trattenere il fiato all'unisono. Sento il peso degli sguardi di tutti, il calore della loro curiosità che mi preme addosso.

«Rory...» comincio, ma la voce mi si spezza. Dannazione. Perché non ho potuto prepararmi un discorso? Ah, giusto, perché non avevo la minima intenzione di essere qui!

«Non farlo» mi interrompe lui dolcemente, facendosi più vicino. Il microfono gli scivola lungo il fianco, dimenticato, e ora ci siamo solo noi. «Non devi dire niente adesso».

«Meglio così» ammetto. «Perché non ho idea di cosa dire».

La sua risata è breve, senza fiato, ma c'è un barlume di sollievo. «Sei venuta. Questo basta».

Basta. La parola mi pesa sul petto, incrinando qualcosa dentro di me. Per anni, niente di ciò che facevo sembrava mai abbastanza: non sul lavoro, non nella vita, nemmeno nei momenti di quiete in cui osavo sognare qualcosa di più. Ma Rory... mi sta guardando come se avessi appeso la luna nel cielo, e penso che, forse, solo forse, ha ragione. Forse venire *è* abbastanza.

«Saboti sempre le presentazioni dei tuoi libri con plateali confessioni pubbliche?»

«Solo quando è coinvolta la persona che amo di più al

mondo» ribatte lui, rapido come sempre. La sua voce si abbassa, si fa più sommessa, e all'improvviso è solo per me. «E solo quando ho il terrore di perderla».

Maledetto. Maledetta la sua stupida, meravigliosa sincerità. Faccio un altro passo, abbastanza vicina da vedere l'accenno di barba sulla sua mascella, il modo in cui il polso gli freme sul collo. Anche lui è vulnerabile, mi rendo conto, e in qualche modo questo rende tutto più facile e infinitamente più difficile.

«Rory» tento di nuovo, con più dolcezza stavolta. Non sono sicura di cosa sto per dire, ma non importa, perché un istante dopo lui annulla la distanza tra noi.

Il bacio è... be', è tutto. Morbido e urgente, esitante e totalizzante, come mille parole non dette che si riversano fuori in un unico respiro. La sua mano mi avvolge il viso, le dita si intrecciano tra i miei capelli e io mi sciolgo contro di lui prima di poterci pensare troppo. Non c'è spazio per dubbi o paure, solo la travolgente certezza che questo, proprio qui, è esattamente il posto in cui dovrei essere.

La folla esplode. Applausi, acclamazioni, un fischio d'apprezzamento dal fondo — sono quasi sicura che sia Danny — ma li registro a malapena. Rory si ritrae appena, quanto basta per appoggiare la sua fronte contro la mia, il suo respiro caldo e instabile. I suoi occhi cercano i miei, e giuro che c'è un'intera galassia di emozioni che turbina in essi: speranza, sollievo, amore e qualcos'altro a cui non riesco a dare un nome.

«Ciao» dice di nuovo, con un sorriso ebete stampato in faccia.

«Ciao» rispondo io, senza fiato e sorridendo mio malgrado. E per la prima volta da molto, molto tempo, sento che potrei davvero stare bene.

«È stato... plateale».

«Dovevo assicurarmi di avere la tua attenzione. Sai che ho un debole per i grandi gesti romantici. E per la cronaca, sarebbe stato ancora meglio durante un inseguimento in auto».

«Congratulazioni» dico ironicamente, lasciando ricadere la mano lungo il fianco. «Sei riuscito a metterci in ridicolo entrambi. Spero che tu sia felice».

«Lo sono» risponde lui, con lo sguardo fisso nel mio. «*Tu* sei felice?»

Felice. La parola atterra dolcemente, ma è pesante, come un sasso che rimbalza sull'acqua prima di sprofondare. Sbatto le palpebre guardandolo, la mia mente che si affanna a cercare una risposta che non tradisca quanto mi senta completamente scombussolata in questo momento. Felice? Chi ha il tempo di elaborare la felicità quando è appena stata baciata pubblicamente dal suo ex-collaboratore diventato musa diventato...

«Chiedimelo di nuovo tra cinque minuti» riesco a dire, con la voce più ferma di quanto mi aspettassi.

«Okay» dice Rory, senza staccare gli occhi dai miei. «Ma per la cronaca, continuerò a chiedertelo finché la risposta non sarà sì».

Non so se ridere, piangere o tirargli uno schiaffo. Invece, scuoto semplicemente la testa, trattenendo a stento il sorriso che minaccia di spuntare.

La folla sta ancora rumoreggiando — applausi, acclamazioni, qualcuno probabilmente sta trasmettendo tutto in diretta — e comincio a rendermi conto che siamo su un palco, sotto luci molto intense, incredibilmente... visibili. Le mie guance avvampano mentre la realtà torna a farsi sentire prepotentemente.

«Rory» sibilo, avvicinandomi, con la voce abbastanza bassa da essere sentita solo da lui. «La gente ci sta fissando».

«Lasciali fare» dice lui. Il suo tono è incredibilmente tranquillo, come se non avesse appena fatto detonare la mia vita attentamente costruita di fronte a metà dell'industria editoriale. «Se ne faranno una ragione».

«Ne sei sicuro?» ribatto, inarcando un sopracciglio. «Perché sono quasi certa che finiremo in tendenza su BookTok».

«Bene» fa un sorrisetto, e per un secondo vorrei odiarlo per quanto sembra insopportabilmente sicuro di sé. «Ho sempre desiderato diventare virale sui social».

Alzo gli occhi al cielo così platealmente che è un miracolo se non mi escono dalle orbite. Ma poi le sue dita sfiorano le mie — un tocco leggerissimo, brevissimo — e tutta la mia acidità svanisce come nebbia al sole.

«Rory...» inizio, ma la voce vacilla. Ci sono troppe cose da dire, troppe cose che non sono pronta a dire, e le parole mi si annodano in gola. Lui sembra capire comunque, perché la sua espressione si addolcisce, il sorrisetto lascia il posto a qualcosa di più pacato, di più vero.

«Ehi» dice dolcemente, con la voce che si abbassa abbastanza da darmi stabilità. «Va tutto bene. Troveremo una soluzione».

«Una soluzione a cosa?» domando, anche se conosco già la risposta.

«A tutto. A te e me. A noi. A qualunque cosa sia questa».

Il cuore mi fa una capriola ridicola nel petto, e all'improvviso mi sento come se fossi sul bordo di un precipizio, con il vento che mi sferza i capelli e il terreno a chilometri di distanza. Terrificante, esaltante, inevitabile.

«È audace da parte tua dare per scontato che ci sia un 'noi'» dico, cercando di sembrare secca, ma risultando più che altro senza fiato.

«Essere audace è un po' la mia specialità» ribatte lui.

«Rory» ripeto, più dolcemente stavolta, e non so nemmeno con cosa continuerò. Forse con niente. Forse con tutto.

«Sì?»

«Non rovinare tutto» dico, un po' per scherzo, un po' sul serio. Perché se c'è qualcuno che ha il potere di rovinare questo — qualunque cosa sia — è lui. O forse sono io. Probabilmente entrambi, a essere onesti.

«Non me lo sognerei mai» promette, e per la prima volta, penso che potrei davvero credergli.

Allora ci allontaniamo, quel tanto che basta per guardarci bene in faccia, e il peso di ciò che è successo — di ciò che *sta succedendo* — si deposita tra noi come qualcosa di fragile e prezioso. I suoi occhi incontrano i miei, fermi e indagatori, e in quell'istante, sembra di essere sulla soglia di qualcosa di vasto e inconoscibile. Qualcosa di terrificante. Qualcosa di meraviglioso.

E magari, solo magari, questo basta.

VENTOTTO

DICIOTTO MESI DOPO...

Le mie dita tracciano i bordi della copia di bozza sul tavolo di fronte a me: la mia copia di bozza. La copertina è liscia, la carta robusta, più pesante di quanto mi aspettassi. Sembra... reale. Troppo reale.

Sfoglio le pagine per quella che dev'essere la centesima volta, il pollice che si impiglia leggermente sull'angolo del primo capitolo. Eccolo. Il mio nome. In grassetto, con un carattere serif, che mi fissa come se si stesse prendendo gioco della mia audacia.

Lara Yates. *Autrice.*

«Ridicolo», dico, spingendomi gli occhiali più in su sul naso. Questo mi vale un'occhiata curiosa dalla barista dietro al bancone, ma la ignoro. Fisso invece il libro. Il mio libro.

Il petto mi si stringe. Eccitazione? Terrore? Entrambi. Decisamente entrambi.

Un'ombra attraversa il tavolo e, prima che possa alzare lo sguardo, qualcuno scivola sulla sedia di fronte a me con quel tipo di sicurezza disinvolta che non capirò mai.

«Allora è questa?»

Rory Keane. Ovviamente. Sfoggia quel sorriso indolente che dovrebbe avere un'etichetta di avvertenza, con i capelli scuri che gli ricadono sulla fronte quanto basta a dargli un'aria affascinante da "mi sono appena svegliato". La camicia è morbida, la giacca gettata con noncuranza su una spalla, perché Rory Keane non si limita a entrare in una stanza: ci passeggia dentro come se fosse il padrone di casa. Se si accorge di quanto io stia stringendo la copia di bozza, non dice nulla.

«Congratulazioni, Lara», dice piano. Non in tono scherzoso. Solo... sincero.

Rory non chiede. Certo che non chiede.

Prima che possa battere ciglio, la sua mano scatta sul tavolo, le dita lunghe sfiorano le mie mentre mi sfila la copia di bozza dalle mani come se fosse un gingillo qualunque e non, be', *il culmine della mia intera esistenza*.

«Ah, ah», dico, fulminandolo con lo sguardo. «Quello è materiale riservato.»

«Meno male che adoro i segreti.» Il suo sorrisetto è esasperante, di quelli che trasudano una malizia tale da far riconsiderare i voti a un santo. Si appoggia allo schienale della sedia, aprendo la copertina con un'aria esageratamente disinvolta. «Vediamo un po' cosa abbiamo qui.»

«Rory», lo ammonisco, ma la mia voce è debole, imbarazzantemente debole. Ha quel tremolio a metà tra il severo e il segretamente elettrizzato, perché c'è qualcosa di assolutamente assurdo nel guardare lui – *il* bestsellerista del *Sunday Times*, il re indiscusso del romance, un professionista nel toccare le corde del cuore – leggere la prima frase del *mio* libro.

Si schiarisce la gola in modo teatrale, strizzando gli occhi sulla pagina come se si stesse preparando per una lettura pubblica. «"Ai margini della sua vita, lei era sempre stata solo un'editor, finché un giorno lui non si inserì nella vita di lei."» Abbassa leggermente il libro, sollevando un sopracciglio scuro verso di me. «Caspita. Vuoi davvero rubarmi il mestiere, eh?»

«Restituiscimelo.» Mi allungo in avanti, ma lui lo tiene appena fuori dalla mia portata, allargando il sorriso. L'audacia di quest'uomo.

«Non ancora», dice, inclinando la testa come se stesse considerando qualcosa di molto profondo. «Potresti essere davvero più brava di me. Dovrei preoccuparmi?»

«Sì. Ora restituisci la refurtiva prima che chiami la sicurezza.»

«La sicurezza?» La sua risata è bassa, calda e fin troppo contagiosa. La sento avvolgere i bordi della mia determinazione come fumo. «Lara, ti prego. Sentiresti la mia mancanza, se mi portassero via.»

«Opinabile.»

«Ammettilo», continua, picchiettando giocosamente il bordo della bozza contro il tavolo. «È bello. Ma bello davvero. Dovresti esserne orgogliosa.»

«Lo sono. Molto.»

Non riesco a smettere di guardare il libro. È mio: ogni parola, ogni virgola, più di dieci anni di lavoro, se si conta dal momento in cui ho iniziato fino alla pubblicazione. E ora è qui, appoggiato al centro di un tavolo appiccicoso del bar accanto a una tazza di latte macchiato mezza vuota. In qualche modo, è più terrificante che esaltante.

«Ehi», dice Rory, facendosi strada attraverso il ronzio nella mia testa. Si alza e si avvicina al mio lato del tavolo. Tende una mano, con il palmo rivolto verso l'alto, fermandosi un attimo prima di toccare la mia. Allungo la mano e la prendo; lui aspetta che io incontri di nuovo il suo sguardo. «È reale, Lara. L'hai fatto tu.»

«Sì», sussurro, a malapena udibile. «L'ho fatto.»

Qualcosa cambia allora, in modo sottile e impossibile da definire, ma lo sento comunque. Mi alzo e Rory annulla la distanza tra noi. La sua fronte sfiora la mia, calda e ferma, e il mio respiro si blocca per la sorpresa.

«Visto?», dice. «Non fa così paura, vero?»

Non rispondo, non a parole, almeno. Invece, lascio che i miei occhi si chiudano, appoggiandomi leggermente a lui, a questo momento, fugace e fragile ma innegabilmente reale.

E per la prima volta, forse in assoluto, gli credo.

Rory si ritrae quanto basta per incrociare i miei occhi, la sua fronte ancora così vicina che riesco a sentire la debole traccia di calore che vi aleggia. Il suo sguardo è fermo, indagatore e, naturalmente, un po' compiaciuto, come se sapesse esattamente che tipo di caos sta creando.

«D'accordo, Yates», dice. «Allora, cosa succede adesso?»

Lo fisso, spiazzata per un secondo dalla domanda, anche se non dovrei. Rory è fatto così: si tuffa sempre a capofitto senza controllare se ho avuto il tempo di indossare un giubbotto di salvataggio.

«Adesso?», ripeto, prendendo tempo perché, be', non sono sicura di potergli rispondere senza sembrare un'idiota. Il mio cervello sembra andato in cortocircuito da quando si è chinato verso di me.

«Sì, il prossimo», ripete lui, strascicando la parola come se fosse ovvio. «Perché adesso sei una grande autrice famosa e tutto il resto. Immagino... ho bisogno di sapere che ti va ancora bene accontentarti di stare con questo grosso bestione».

È allora che mi colpisce il peso di quelle parole, nonostante la leggerezza con cui le ha pronunciate. Con tutta la sua spavalderia e i suoi sorrisi sfacciati, Rory non dice cose del genere alla leggera. Non quando è importante. E questo? Questo è decisamente importante.

«Rory», comincio, ma la voce mi si spezza a metà del suo nome e devo schiarirmi la gola per riprovare. «Sei ridicolo, lo sai?»

«Lo sono»,

Guardo di nuovo il libro, le sue pagine fresche di stampa segnate dalle impronte di ogni dubbio che mi ha portata fin qui. Il culmine di anni passati dietro le quinte, a convincermi che stare sotto i riflettori non fosse per gente come me. E adesso? Adesso sono seduta di fronte alla persona che non ha mai smesso di spingermi a credere il contrario, colui che ha visto oltre ogni scusa ed è rimasto comunque.

«Sempre», dico alla fine, con la parola che mi sfugge prima che possa pensarci troppo. Alzo lo sguardo mentre lo dico, incrociando il suo dritto negli occhi, e questa volta la mia voce non vacilla. «Fai sempre parte di ciò che verrà».

Il sorriso che si allarga sul suo viso è lento, deliberato, come se se lo stesse assaporando, ed è come se il sole squarciasse delle nuvole che non mi ero resa conto ci fossero ancora.

Rory si sporge in avanti per primo.

Non tutto d'un colpo, non con un plateale gesto da film. No, è qualcosa di più piccolo, intenzionale, deliberato, come se sapesse esattamente l'effetto che mi fa. E ovviamente lo sa. Alza una mano, fermandosi a un soffio dal mio viso, come se aspettasse che lo fermassi. Ma non lo faccio. Che Dio m'aiuti, non lo faccio.

Sempre, avevo detto, e adesso non si può più tornare indietro.

«Di' qualcosa», supplica, la voce così bassa da farmi venire un brivido lungo la schiena. Il suo respiro è caldo, abbastanza vicino da sfiorarmi la guancia. «Qualsiasi cosa. Dimmi di fermarmi, dimmi di continuare... dimmi che sono un idiota, non mi importa».

«Sei un idiota».

«Grazie mille», dice. I suoi occhi saettano sul mio viso, scrutando, analizzando, aspettando.

E poi mi bacia.

All'inizio è un bacio incerto, quasi esitante, come se stesse sondando il terreno, valutando se mi tirerò indietro. Ma non lo faccio. Anzi, mi protendo verso di lui, appena un po', quel tanto che basta, ed è tutto ciò che serve. Il mondo si inclina. O forse sono solo io. In ogni caso, tutto si restringe a questo singolo istante: la morbida pressione delle sue labbra contro le mie, il leggero graffio della barba che mi sfiora la pelle. È... rassicurante. Disarmante. terrificante.

Perfetto.

Non mi rendo conto di aver chiuso gli occhi finché il resto del locale non scompare: il tintinnio delle tazze, il brusio delle conversazioni. Rimane soltanto lui. Lui, e il calore costante della sua mano che ora mi cinge la mascella, come se potessi svanire se mi lasciasse andare.

Inclino leggermente la testa, approfondendo il bacio, e un suono sommesso gli sfugge, di sorpresa, di sollievo o chissà cos'altro. Lo registro a malapena prima che l'altra sua mano trovi la mia faccia, ancorandomi al momento. Adesso c'è un calore nuovo, una quieta insistenza, ma non è mai frettoloso. Mai distratto. Ogni movimento sembra misurato, intenzionale, come se fosse consapevole di ogni barriera che abbiamo superato per arrivare fin qui.

Quando finalmente ci stacchiamo, non è perché uno di noi

due lo voglia, è perché dobbiamo. A quanto pare, l'ossigeno non è negoziabile.

«Sai una cosa?», dice. «Dovremmo scrivere un libro insieme».

«Lo abbiamo già fatto».

«Intendo uno con entrambi i nostri nomi sulla copertina».

«Le collaborazioni sono rischiose».

«Certo», concorda lui con facilità. «Ma a volte sono una magia».

Dio, è esasperante. E brillante. E probabilmente ha ragione.

«D'accordo», dico, esalando una risata mentre mi sporgo in avanti. «E che magia sia».

«E che magia sia», fa lui in eco, e poi la sua mano trova la mia sul tavolo, le sue dita che si intrecciano con le mie come se fosse la cosa più naturale del mondo.

Per una volta, non ci penso troppo. Non analizzo, non sviscero, non cerco significati nascosti. Mi lascio semplicemente sentire: il calore della sua mano, il palpito costante di possibilità tra noi, la quieta certezza che qualsiasi cosa verrà dopo, l'affronteremo insieme.

«Pronta?», chiede, la voce bassa e carica di qualcosa che assomiglia sospettosamente alla speranza.

«Sempre», dico, la parola che mi scivola dalle labbra senza esitazione.

E quando si china per un altro bacio, so, lo *so*, che questo è l'inizio di qualcosa di più grande di entrambi. Qualcosa per cui vale la pena correre ogni rischio.

Amore nel Maine

Quando l'amore incrocia l'ambizione, volano scintille.

alia smith

AMORE NEL MAINE

Rachel Holmes è una PR executive di successo, completamente concentrata sulla carriera. La sua vita ruota attorno alla chiusura del prossimo grande affare.

Dan Rhodes era una star delle soap opera. Ora è un padre single che conduce una vita tranquilla, lontano dai riflettori.

Quando un imprevisto di viaggio lascia Rachel bloccata dall'altra parte del paese, i suoi piani per una presentazione decisiva per la carriera vanno in fumo. Si ritrova invece a gestire un legame inaspettato con l'affascinante — e testardo — Dan e sua figlia Chloe.

Rachel non è il tipo da deviazioni di percorso. Ma tra il mondo di Dan, sempre più coinvolgente, e la scoperta di un lato più tenero delle proprie ambizioni, si trova davanti a un bivio che non aveva previsto.

Il suo futuro è sempre stato chiaro... fino ad ora.

Un romanzo romantico che fa sognare, su due opposti che si attraggono, sull'amore, la famiglia, e quei viaggi imprevisti che — contro ogni aspettativa — ci riportano a casa.

UNO

Faccio un respiro profondo ed entro a passo deciso nella sala riunioni, con i tacchi che risuonano secchi sul pavimento lucido. L'aria è pregna dell'odore di caffè costoso e di uno scetticismo a malapena celato. Una dozzina di dirigenti di fast food siede intorno all'elegante tavolo di vetro, con le braccia conserte e lo sguardo carico di aspettativa. Non credono che riuscirò a convincerli. Che tenerezza.

Sfodero il mio miglior sorriso da riunione e appoggio la mia cartella sul tavolo con un secco *tonfo*.

«Signori. Immaginate un hamburger vegetale che non solo abbia un sapore fantastico, ma che si allinei anche perfettamente con l'impegno del vostro marchio per la sostenibilità», dico, con voce chiara e forte. «La nostra campagna posizionerà la vostra nuova offerta come la scelta d'elezione per i consumatori attenti alla salute e all'ambiente.»

Una pausa. Un dirigente solleva un sopracciglio, come se avessi appena proposto di iniziare a servire frullati di cavolo riccio.

Sostengo il loro sguardo e continuo. «Non è solo un altro hamburger... è l'hamburger che cambia le carte in tavola.»

Mentre mi addentro nei dettagli della strategia di marketing proposta per il loro nuovo menù salutare, vedo i dirigenti annuire, e ogni obiezione che avevano pianificato di sollevare si scioglie come neve al sole. Metto in evidenza i punti di forza: il sapore delizioso dell'hamburger, i suoi benefici nutrizionali e il suo potenziale di attrarre una nuova fascia demografica di clienti. Si sviluppa una sorta di sesto senso per capire se la proposta sta andando a segno con il pubblico e, senza volermi vantare troppo... dopo sette minuti, mangiano tutti dal palmo della mia mano.

«Collaborando con influencer nel settore del benessere e sfruttando i social media, genereremo interesse e stimoleremo la domanda per la vostra opzione vegetale», spiego, indicando le slide colorate proiettate alle mie spalle. «Questa è un'opportunità per affermare il vostro marchio come leader nel passaggio dell'industria del fast food verso offerte più sane e sostenibili. In poche parole, io e il mio team posizioneremo il vostro prodotto come un hamburger che fa bene a voi, al pianeta e agli affari.»

Il capo dei dirigenti, un uomo dai capelli argentati con un'eterna espressione accigliata, si schiarisce la gola. «Questo è... notevole.»

Ci puoi scommettere.

Il cortese applauso mi dice che ho fatto centro. Rispondo alle domande con facilità, mantenendo le mie risposte concise e strategiche.

Questo è il mio campo da gioco, e sono io a dettare le regole.

Proprio mentre stiamo concludendo, un uomo a cui non avevo prestato molta attenzione – un dirigente alto, dai capelli scuri, con la disinvoltura sicura di chi è abituato a ottenere ciò che vuole – si fa avanti, sorridendo.

«Ottima presentazione.» Mi porge la mano. «Lyle.»

Gliela stringo, con una presa ferma ma breve. «Rachel Holmes.»

«È evidente che sa il fatto suo. Mi piacerebbe discuterne ulteriormente. Magari a cena?» Il suo sorriso è mellifluo, come se conoscesse già la risposta.

Lo ricambio, ma il mio è professionale, incrollabile. «Ho la regola di non mischiare affari e piacere.»

La sua espressione vacilla per una frazione di secondo prima che si riprenda. «Beh, è un peccato.» Mi porge il suo biglietto da visita. «Ma in ogni caso, non vedo l'ora di lavorare con lei.»

Infilo il biglietto nella mia cartella, già proiettata oltre. Mentre percorro il corridoio a passo svelto, la familiare scarica di adrenalina del successo mi pulsa nelle vene. Un passo più vicino a ottenere questo cliente. Un passo più vicino a diventare socia. La mia vita personale potrà anche essere un deserto desolato, ma la mia carriera? *Inarrestabile.*

La verità è che sono sempre stata più brava a gestire i marchi che le persone. Creare narrazioni e vendere idee mi viene naturale come respirare, ma costruire relazioni? È lì che le cose si complicano. Al lavoro, tutto segue una strategia: obiettivi, risultati, esiti misurabili. Se una proposta non va in porto, posso individuare il perché, imparare la lezione e riprovarci. Ma nella mia vita personale? Non c'è nessuna ordinata presentazione in PowerPoint a guidarmi attraverso il caos delle connessioni umane.

Ho passato anni a perfezionare la mia immagine professionale: la donna competente, sicura di sé, sempre preparata, che può vendere qualsiasi cosa a chiunque. So come fare colpo, come lasciare una stanza che brulica di idee e possibilità. Ma fuori orario, quando le luci dell'ufficio si spengono e sono sola nel mio appartamento immacolato e solitario, sento il peso di quella patina lucida schiacciarmi.

Penso ai miei vecchi amici, quelli che si sono lentamente allontanati mentre io scalavo la gerarchia aziendale. Messaggi di compleanno rimasti senza risposta, inviti a cena rifiutati a causa di scadenze e riunioni. Ora, anche se volessi riaccendere quelle amicizie, non saprei da dove cominciare. Mi sono avvolta nella mia ambizione come in una coperta di Linus, convinta di non aver bisogno di nessuno.

Ma a volte, solo a volte, mi sorprendo a scorrere i social media, soffermandomi su foto di persone che conoscevo un tempo. Che ridono in bar affollati, si tengono per mano durante vacanze al mare, guardano i loro figli muovere i primi passi: che si godono la vita. E mi colpisce, acuto e inaspettato: ho costruito una vita così perfettamente curata che io stessa non ci entro più.

Scaccio via il pensiero, concentrandomi invece sull'euforia della vittoria ottenuta con la presentazione. Non c'è spazio per l'autocommiserazione oggi. Li ho conquistati, e questo è ciò che conta. Festeggerò più tardi, magari con un bicchiere di qualcosa di costoso e un brindisi silenzioso a me stessa. Dopotutto, chi altro lo farebbe?

Mentre percorro il corridoio, ancora sull'onda del successo della presentazione, intravedo Helen attraverso le pareti di vetro del suo ufficio. Il mio capo è l'immagine dell'autorità disinvolta, impeccabile in un tailleur blu navy, con le dita curate intrecciate. Ma la sua espressione è indecifrabile, e questo, *questo*, è inquietante.

«Rachel, si sieda.»

Mi lascio cadere sulla sedia di fronte alla sua scrivania, ancora euforica per la presentazione. «Che succede? La riunione è andata bene.»

«Sì, è andata bene», concorda lei. «Anzi, è andata così bene che la costringo a prendersi una vacanza.»

Sbatto le palpebre. «Mi scusi. Mi sta *cosa*?»

Helen si appoggia allo schienale, studiandomi come un puzzle che ha appena risolto. «Non si prende un solo giorno libero da diciotto mesi. Ha bisogno di una pausa prima di crollare. Due settimane. Niente obiezioni.»

«Ma...»

Lei alza una mano. «Non è negoziabile. Vada a leggere un libro, a riallacciare i rapporti con la sua famiglia. Diavolo, si trovi un hobby.»

Apro la bocca, poi la richiudo. Helen è una delle poche persone al mondo più testarda di me. Potrei oppormi, ma perderei. E la verità è che non c'è nessuno nella mia vita che reclami il mio tempo. Nessun partner. Niente figli. Perfino le mie amicizie sono svanite sotto il peso del lavoro.

Una comoda scusa per non affrontare quella realtà.

«E va bene» sospiro. «Ma non ne sono felice.»

Helen fa un sorrisetto. «Non mi aspetto che lo sia. Ora esca dal mio ufficio prima che inizi a sospettare che a Lei *piaccia* stare qui. E chi lo sa? Magari si sorprenderà e si divertirà davvero.»

Entro con la chiave che mia sorella Claire tiene nascosta sotto una finta roccia di plastica che, francamente, è un insulto al concetto di mimetismo. Tecnicamente, è la casa di Claire e Richard, una grande residenza moderna che hanno comprato dopo la nascita di Lily. Poco dopo hanno invitato la mamma a trasferirsi da loro. Era sola da decenni, ancora nella casetta in cui siamo cresciute tutte, e a loro non piaceva l'idea che se ne stesse lì da sola. Questa casa aveva lo spazio necessario, e la logica era semplice: più aiuto con la bambina per loro, più compagnia per lei.

Eppure, nel momento in cui metto piede dentro, odora di casa di mamma: lavanda e biscotti appena sfornati. Un profumo così profondamente nostalgico che quasi mi travolge.

Un calore familiare mi avvolge, risvegliando ricordi che pensavo sepolti da tempo. La disposizione è diversa, certo, ma la sensazione è la stessa. E il tocco di mamma è ovunque: i cuscini a fiori, il plaid lavorato a maglia sullo schienale del divano, la poltrona dove legge ancora il giornale con il suo tè, proprio come quando eravamo bambine.

A quei tempi, mi ero convinta che essere la migliore — a scuola, in atletica, persino alla fiera della scienza annuale — fosse l'unico modo per contare qualcosa. Mamma non mi ha mai spinta a essere perfetta, ma io bramavo la rassicurazione dei voti massimi e dei trofei come prova che stavo facendo qualcosa di giusto. Una volta, dopo aver vinto il campionato regionale di dibattito, mamma mi aveva abbracciata così forte che pensai di spezzarmi, sussurrandomi quanto fosse orgogliosa. Ma io riuscivo a pensare solo al ragazzo arrivato secondo, al modo in cui il suo viso si era rabbuiato quando avevano chiamato il mio nome.

Nella mia mente, non c'era spazio per errori o secondi posti. Pensavo che se solo avessi lavorato abbastanza duramente, controllando ogni variabile, non avrei mai più dovuto provare quel rodente senso di inadeguatezza. Anche adesso, in piedi in questo corridoio familiare, è difficile scrollarsi di dosso la smania di essere la migliore: di lavorare più degli altri, ottenere risultati migliori e dimostrare a tutti, me compresa, che valgo lo sforzo.

Forse è per questo che non ho mai smesso di spingermi al limite, perché mi sono seppellita nel lavoro invece di creare relazioni durature, perché il successo è diventato sinonimo di autostima. Se mollassi la presa, anche solo per un secondo, tutto potrebbe andare in pezzi. E questo è un rischio che non sono mai stata disposta a correre.

«Mamma? Claire?» chiamo.

La voce di mamma squarcia i miei pensieri, riportandomi al presente. «Rachel? Stai bene?»

Mi sforzo di sorridere, scrollandomi di dosso i resti delle vecchie insicurezze. «Sì, mamma. Solo... avevo un po' di tempo libero.»

La trovo in soggiorno, rannicchiata nella sua poltrona, con gli occhi incollati alla TV.

«Ehi.» Sposto alcuni giocattoli e mi lascio cadere sul divano accanto a lei.

«Oh! Tempismo perfetto. Devi *assolutamente* vedere questo programma che sto guardando.»

Do un'occhiata allo schermo. Un uomo affascinante e rude, con penetranti occhi blu, è impegnato in un'accesa discussione con una donna altrettanto bella. *Malibu Lagoon*, recita la grafica del titolo. Non ne ho mai sentito parlare, ma non significa molto. Ho a malapena il tempo di accendere la televisione, quindi i programmi più famosi mi sfuggono sempre. Una rapida ricerca su IMDb rivela che questa soap opera in stile telenovela è andata in onda per quattro stagioni prima di essere bruscamente cancellata otto anni fa. Ha un punteggio sorprendentemente alto e, a giudicare dai commenti, una legione di fan proprio come mia madre.

Inarco un sopracciglio. «Davvero? Una soap opera?»

Mamma mi fa un cenno di lasciar perdere. «È fatta *molto* bene. E l'attore protagonista? *Ugh*, così talentuoso.»

Studio lo schermo. Il tipo *è* davvero notevole, tutto intensità meditabonda e un aspetto da star del cinema. Se stessi scegliendo il cast per una campagna, sarebbe il sogno di ogni responsabile marketing.

«Non è bellissimo?» dice mamma con entusiasmo, come se mi leggesse nel pensiero. «Così bravo.»

Annuisco distrattamente, la mente già di nuovo al lavoro. Istintivamente, prendo il telefono per controllare le email, ma una notizia dell'ultima ora attira la mia attenzione.

«Il Monte Spurr erutta di nuovo in Alaska» recita il titolo, accompagnato da un'immagine drammatica di un'enorme nuvola di cenere che si sprigiona dal vulcano.

Sento un nodo formarsi allo stomaco. Non riesco a immaginare di vivere accanto a una forza della natura così spaventosa, che potrebbe eruttare da un momento all'altro. Non so come facciano a dormire la notte quelli che ci vivono.

«Rachel, mi stai ascoltando?» La voce di mamma mi riporta bruscamente alla realtà.

«Scusa, mamma. Stavo solo aggiornandomi sugli eventi mondiali. Sono tutta orecchi, promesso.»

Mamma sospira, scuotendo la testa. «Sei sempre incollata a quell'affare. Anche quando dovresti rilassarti.»

Sento una fitta di colpa, sapendo che ha ragione. Ultimamente sono stata così assorbita dal lavoro che non ho avuto tempo per nient'altro, nemmeno per far visita a mia madre.

Mi appoggio allo schienale, permettendomi di rilassarmi per la prima volta da quelli che sembrano mesi. Non venivo a trovarla da secoli, e mi sento... strana. Quasi come se non appartenessi più a questo posto.

Me ne sono andata di casa non appena ho potuto, disperata di realizzare qualcosa. Già al liceo, ero la ragazza con l'agenda a colori e la pila di libri di testo più alta della sua testa. La ragazza che stava sveglia fino a mezzanotte per finire i compiti extra solo per assicurarsi che nessuno potesse batterla e ottenere il diploma con lode.

Dio, ricordo la sensazione di aprire quella lettera di ammissione alla Northwestern, con le mani che tremavano così tanto che l'ho quasi strappata a metà. Non si trattava nemmeno di andarsene, no, per quello ero pronta. Si trattava di dimostrare che potevo farcela. Che potevo essere la migliore. Che tutte le nottate e le emicranie da stress significavano qualcosa.

Mamma si preoccupava per me a quel tempo, diceva sempre che mi stavo sforzando troppo. Claire, d'altra parte, pensava solo che fossi pazza. «Sei come un criceto sotto effetto di caffè» scherzò una volta mentre mi ammazzavo di studio per gli esami. «Rilassati, Rach. Sei già dentro con un piede e mezzo.»

Ma rilassarmi non mi è mai sembrata un'opzione. Non per me. Non potevo permettermi di essere solo abbastanza brava. Dovevo essere la migliore. Dovevo diventare qualcuno, realizzare qualcosa di grande, di importante.

Forse mamma aveva ragione tanti anni fa. Forse mi sono sforzata troppo. Ma il pensiero di rallentare, di fermarmi a fare un bilancio della mia vita, mi terrorizza. Perché se mi fermassi e mi rendessi conto che niente di tutto ciò vale qualcosa, dopotutto?

«Lo so, lo so» ammetto, mettendo via il telefono. «Cercherò di staccare di più, promesso.»

«Faresti meglio. Non sei troppo grande per la ciabatta volante, sai.»

A onor del vero, l'abilità di mia madre di centrare qualcuno con una ciabatta da un capo all'altro della stanza è leggendaria. Quando io e Claire eravamo piccole, riusciva a colpirti un braccio, una gamba, o qualsiasi arto le desse fastidio, da dieci metri di distanza. Non veniva mai lanciata con particolare cattiveria, ma la precisione era sbalorditiva.

«Pensi ancora di averci la mano, mamma? Non hai più trent'anni e io non ne ho più otto.»

«È vero, ma *tu* adesso hai trent'anni e, per mia fortuna, sei un bersaglio molto più grande. Direi che ho buone possibilità.»

Mamma tiene una mano sospesa vicino a una caviglia, con le dita che fremono sulla ciabatta come un pistolero pronto a estrarre.

«Okay. Okay.» Mi arrendo e appoggio il telefono a faccia in giù sul tavolino, fuori dalla vista, fuori dai pensieri.

Non appena lo faccio, mamma sorride e spegne la televisione. «Allora, che succede?»

«Non succede niente.»

«Sono le quattro del pomeriggio. Ti hanno licenziata?»

«No!» squittisco io, inorridita al solo pensiero. «Sono... sono in ferie.»

«Da quando?»

«Da circa un'ora.»

Metto mamma al corrente della mia vacanza forzata e ammetto stupidamente di non sapere cosa fare di me stessa. Ma anche mentre le parole mi escono di bocca, so che è un errore.

Con l'agilità felina di un gatto selvatico, si alza dalla poltrona e, prima che io capisca cosa stia succedendo, sta già componendo il numero di cellulare di mia sorella.

Trenta minuti dopo, la mia vita è rovinata.

«Claire passerà a prenderti domenica alle dieci» annuncia mamma, fin troppo compiaciuta di sé. «Prepara vestiti pesanti.»

La fisso. «Mamma. No.»

«Oh, andiamo. Una baita sul lago Michigan! Aria fresca! Tempo in famiglia! Tu *adori* le tue nipoti.»

«Le adoro a piccole dosi» borbotto. «Preferibilmente quando dormono.»

Mamma sorride. «Allora considerala un'esperienza formativa.»

«Non *ho* bisogno di formazione. Ho bisogno del Wi-Fi e di una macchina del caffè che non richieda olio di gomito.»

Mamma mi dà una pacca sulla guancia. «Devi goderti un po' la vita, tesoro.»

«Grazie per il supporto.»

«Figurati.»

«Ero sarcastica.»

«Lo so. Be', penso sia meraviglioso che andiate in vacanza tutte insieme» dice, e torna a guardare il suo programma.

Fisso incredula il sorriso raggiante di autocompiacimento di mia madre. Non mi piacciono le vacanze. Di certo non mi piace il campeggio. E sono più una zia del tipo "ecco il tuo regalo di compleanno, ora vai a giocare", almeno finché non imparano a usare il vasino e a mettere insieme una frase di senso compiuto.

In qualche modo, mi ritrovo iscritta a passare dieci giorni rinchiusa con mia sorella, suo marito e i loro due scatenati bambini nella loro baita di tronchi sul lago Michigan. Non è che non ami mia sorella e la sua famiglia, ma l'idea di stare lontana dal lavoro, dalla città, mi riempie di una sgradevole sensazione di angoscia. In qualche modo, mi sono iscritta a una gita nella natura selvaggia, a cacciare alci e a bere dai ruscelli, o qualunque cosa faccia la gente quando si trova all'aria aperta.

Gemo.

Sarà un disastro.

O, quanto meno, profondamente, *profondamente* scomodo.

Due settimane lontana dal lavoro? Lontana dal mio team, dai miei clienti, dai miei *progressi*? Sono anni che lavoro per diventare socia e non posso fare colpo sui piani alti se sono via ad arrostire marshmallow e a fingere di godermi la natura.

Si dice lontano dagli occhi, lontano dal cuore. E se qualcun altro si facesse avanti e li stupisse in mia assenza? E se tornassi e scoprissi che tutto il mio duro lavoro è stato silenziosamente passato sulla scrivania di qualcun altro?

Ce la farò. *Devo* farcela. Perché l'ultima cosa che posso permettermi è di essere dimenticata.

DUE

«Evvai, siamo arrivati in Wisconsin!» esulta Richard mentre superiamo il cartello che annuncia il confine di stato. Claire, seduta sul sedile del passeggero, sorride e gli dà il cinque.

Il viaggio in auto verso la baita è già un esercizio di pazienza, e siamo in strada solo da novanta minuti. Sono incastrata sul sedile posteriore tra due seggiolini, con le mie nipotine che farfugliano e ridacchiano ai miei lati. L'aria è densa del profumo di yogurt alla fragola e salviettine per neonati, e sento già un mal di testa che mi preme dietro gli occhi.

«Rach, Rach, guarda!» La mia nipote maggiore, Lily, mi spinge una manciata appiccicosa di patatine verso la faccia. «Le divido con te!»

«Oh, ehm, grazie, Lily» riesco a dire, accettando con cautela una patatina molliccia e cercando di non fare una smorfia. «È molto gentile da parte tua.»

Claire incrocia il mio sguardo nello specchietto retrovisore e sorride. «Non è divertente, Rach? Proprio come ai vecchi tempi, in viaggio per un'avventura di famiglia.»

«Certo, se per 'vecchi tempi' intendi 'mai', visto che non abbiamo mai fatto molti viaggi in auto da piccole» borbotto, spostandomi a disagio mentre la sorellina di Lily, Anna, emette un urlo stridulo.

«Oh, andiamo, dov'è finito il tuo spirito d'avventura?» mi

prende in giro Claire. «Sarà fantastico, vedrai. Del tempo di qualità per legare in famiglia!»

Apro la bocca per replicare, ma all'improvviso si sentono un clangore e uno splat, e abbassando lo sguardo vedo una macchia di yogurt viola che cola sulla mia camicetta. *Versace. Rovinata.*

«Ops!» ridacchia Lily, agitando il suo vasetto di yogurt ormai vuoto. «La zia Rachel indossa la mia merenda!»

Chiudo gli occhi e conto fino a tre, ricordando a me stessa che è solo una cosa temporanea, che posso sopportare un po' di disordine e rumore per il bene della mia famiglia. Ma mentre sento lo yogurt freddo che mi impregna la pelle, non posso fare a meno di chiedermi in che diavolo mi sono cacciata.

Questo è un errore, mi avverte una voce nella testa. Dovresti essere a Chicago, a concentrarti sulla tua carriera, non a fare la babysitter in una baita sperduta.

Ma poi mi ricordo la promessa fatta a mamma, e lo sguardo malinconico nei suoi occhi mentre mi esortava a trovare qualcosa di più del semplice lavoro. E penso a Claire, che c'è sempre stata per me, anche quando io ero troppo impegnata per ricambiare il favore.

No, mi dico con fermezza. Non è un errore. È un'opportunità. Un'occasione per riconnettermi con ciò che conta davvero, per capire chi sono al di là del mio titolo professionale.

Apro gli occhi e sorrido a Lily, che ora si sta felicemente spalmando lo yogurt sulla faccia. «Sai una cosa, Lil? Credo che dopotutto il viola potrebbe essere il mio colore.»

Claire ride dal sedile anteriore, e io sento un barlume di calore nel petto. Forse, dopotutto, questo viaggio non sarà poi così male.

«Ok, bimbe, cosa facciamo per prima cosa domani mattina quando ci sveglieremo alla casa sul lago?» chiede Richard a Lily e Anna.

«Facciamo gli s'mores!» esclama Lily.

«Andiamo a nuotare!» ribatte Anna.

Continuano a chiacchierare eccitate, mentre io cerco di non ascoltarle. Mi schiarisco la gola.

«Allora, ehm, Lily... come va l'asilo?» chiedo, nel tentativo di fare conversazione con mia nipote di cinque anni.

Lei si volta e mi guarda sbattendo le palpebre. «Non mi piace.» Una pausa imbarazzante. «Ci fanno lavorare. Scrivere lettere e numeri. Che noia.»

«Oh, uh, wow. Sembra... divertente.» Forzo un sorriso.

Vengo salvata da altre chiacchiere quando mi squilla il cellulare. Guardo accigliata il nome del chiamante: è Helen, il mio capo. Non promette niente di buono.

«Scusate, devo rispondere. Emergenza di lavoro» dico, sollevata dall'interruzione. «Helen, cosa succede?»

«Rachel, ho notizie importantissime» dice Helen senza fiato. «Indovini un po' chi era al telefono per invitarci a presentare un'offerta?»

«Non mi faccia questo. Chi?» Sapevo benissimo che se Helen faceva la misteriosa, la notizia era grossa. «Chi?!»

«È il cliente che Lei cerca di accaparrarsi da mesi?»

Il mio polso accelera. «La GreenShoots?»

«Esatto. Stanno cercando una nuova direzione. Ma ecco il tranello: hanno indetto una gara d'appalto. Quattro agenzie, noi inclusi.»

Un brivido mi percorre, seguito da una ferrea determinazione. Ho lavorato troppo duramente per aggiudicarmi la Green-Shoots per perderla ora. Quasi diciotto mesi di impegno discreto ma costante, e finalmente hanno dato i loro frutti.

«Una gara va bene, posso gestire la concorrenza. Entro quando vogliono la proposta?»

Helen espira. «È questo il problema. Vogliono le proposte per domani.»

«Domani?!» La parola mi esce di bocca con una tale forza che Richard si volta a guardarmi preoccupato. Gli faccio cenno di non badarmi.

«Lo so, lo so. Lo fanno apposta, per vedere come reagiamo sotto pressione. Vogliono idee fresche, non una presentazione tutta lustrini e moine» spiega Helen.

La mia mente corre, già immaginando i messaggi chiave, le

tattiche, i casi di studio di cui avrò bisogno per stupirli, al diavolo il jet lag. Sono la persona giusta per loro e devono saperlo.

«Ok, ce la farò» dico con fermezza. «Mi mandi per messaggio tutti i dettagli della gara, comincerò a elaborare la strategia. Dica alla GreenShoots che avranno la proposta più persuasiva che abbiano mai visto, anche con così poco preavviso.»

«Questa è la mia miglior venditrice» dice Helen con orgoglio. «Sapevo di poter contare su di Lei.»

Riaggancio, con l'adrenalina che mi scorre nelle vene. Questa presentazione potrebbe dare una svolta alla mia carriera. Devo vincere. Devo arrivare a Portland, in fretta.

Ma quando alzo lo sguardo, mi ricordo improvvisamente dove sono: incastrata nel SUV di mio cognato, che mi allontana dall'aeroporto a ogni miglio che passa. Sento lo stomaco sprofondare.

Che diavolo faccio adesso?

Mi faccio forza per la conversazione che sto per affrontare. «Richard, ho bisogno che tu faccia inversione. Devo andare all'aeroporto.»

«Cosa?» Claire si volta sul sedile per guardarmi, con le sopracciglia aggrottate. «Non puoi dire sul serio! Stiamo letteralmente andando in vacanza.»

«Lo so, lo so.» Alzo le mani in modo conciliante. «Ma questa è un'opportunità enorme. È più di un anno che cerco di conquistare un cliente importante, e la presentazione è domani. Devo esserci.»

«Incredibile.» Claire scuote la testa, le labbra strette in una linea sottile. «Stai davvero scegliendo il lavoro anziché la famiglia? Di nuovo?»

Sussulto all'accusa, ma non mi tiro indietro. «Se conquisto questo cliente, la promozione a socio è assicurata. È tutto ciò per cui ho lavorato. Prometto che, appena concluso l'affare, potremo fare una vera vacanza, offro io.»

Claire sbuffa e si volta dall'altra parte, con le braccia conserte strette al petto. Sul sedile posteriore, le bambine sono ammutolite, il loro entusiasmo iniziale si è spento. Non hanno idea di cosa stiamo parlando, ma percepiscono che non è nulla di buono.

«Richard, ti prego.» Mi sporgo in avanti, la voce urgente. «Non te lo chiederei se non fosse importante.»

Richard incrocia il mio sguardo nello specchietto retrovisore, l'espressione combattuta. Dopo un lungo istante, sospira. «Va bene, Rach.»

Un'ondata di sollievo mi pervade, seguita subito da una fitta di colpa quando le bambine iniziano a lamentarsi.

«Ma mamma, questo significa che ci vorrà ancora più tempo per arrivare al lago!»

«Non voglio passare altro tempo in macchina!»

Ignoro le loro lamentele, la mia mente già turbina di idee per la presentazione. Questa è la mia occasione per mettermi alla prova, per dimostrare a tutti alla Channing Gabriel che ho la stoffa per diventare socio.

Mentre Richard si fa strada nel traffico, tornando verso Chicago, tiro fuori il telefono e inizio a digitare furiosamente. Ho una presentazione da preparare, e non permetterò per nulla al mondo che quest'opportunità mi sfugga di mano.

L'aeroporto brulica di attività mentre attraverso a passo svelto le porte scorrevoli. Individuo la mia assistente, Emily, vicino ai banchi del check-in, i suoi capelli rossi un faro in mezzo alla folla.

«Emily!» la chiamo, sbracciandomi per attirare la sua attenzione.

«Rachel, eccola!» Si affretta verso di me, porgendomi il biglietto, un piccolo bagaglio a mano e un porta abiti. «Ho scelto il tailleur blu, spero che vada bene. Farà faville con questa presentazione.»

Afferro gli oggetti con gratitudine, un sorriso che mi increspa le labbra. «Lei è la mia salvezza, Em. Davvero.»

Ci facciamo strada tra la folla di viaggiatori, dirigendoci verso i controlli di sicurezza. Mentre aspettiamo in fila, Emily mi aggiorna sugli ultimi pettegolezzi dell'ufficio, ma la mia mente è già alla presentazione, ripassando i punti chiave e anticipando le possibili domande. Em mi fa un cenno di saluto mentre mostro il biglietto all'agente della TSA.

Una volta in volo, tiro fuori il portatile e mi immergo nella presentazione, perfezionando le slide e facendo pratica con il mio discorso. Le ore volano e, quando l'aereo atterra a Portland, sento un'ondata di fiducia. Ce la posso fare.

Sbarcando, allungo la mano per prendere la mia valigia dalla cappelliera, la mente che ancora ripercorre le frasi di apertura della mia presentazione. Mentre metto piede sul manicotto d'imbarco, una voce profonda e melliflua interrompe i miei pensieri.

«Mi scusi, signorina? Credo che quella sia la mia valigia.»

Mi volto e trovo un uomo affascinante dai lineamenti scolpiti e un sorriso ammaliante. Ci sono uomini con una bella mascella... e poi c'è lui. Indica la valigia che ho in mano e io abbasso lo sguardo, notando un piccolo nastro rosso legato alla maniglia. Il calore mi sale alle guance quando mi rendo conto del mio errore.

«Oh mio Dio, mi dispiace tantissimo!» Gli porgo la valigia, imbarazzata, e lui mi dà la mia.

I suoi occhi scintillano di divertimento. «Nessun problema, capita anche ai migliori. Immagino sia qui per affari.»

Iniziamo a camminare fianco a fianco, chiacchierando con disinvoltura delle gioie e i dolori della vita aziendale. C'è una scintilla innegabile, e mi ritrovo attratta dal suo spirito e dal suo calore.

Ma mentre usciamo dal manicotto d'imbarco, una bellissima donna dai fluenti capelli biondi gli si precipita incontro, stringendolo in un forte abbraccio. «Tesoro, mi sei mancato così tanto!»

La realtà mi piomba addosso e rido tra me e me della mia stupidità. Certo che un uomo come lui doveva essere impegnato. Faccio un cenno cortese col capo e mi volto per dirigermi verso l'uscita, la mia concentrazione che torna al compito da svolgere.

Ed è allora che lo vedo. Il cartello che mi blocca sul posto.

«Vacationland, benvenuti nello Stato del Maine.»

No!

Questo.

Non.

Sta.

Succedendo.

Il cuore mi sprofonda in petto quando la consapevolezza mi colpisce. Non sono a Portland, in Oregon. Sono dalla parte sbagliata del paese.

No. No, no, no. Non può essere. Sbatto le palpebre con forza, come per costringere il cartello a cambiare. Frugo nella borsa, quasi strappando la cerniera mentre tiro fuori il biglietto e lo apro con mani tremanti. I miei occhi scorrono la stampa fine: Portland International Jetport (PWM).

Oh mio Dio. PWM. Non PDX.

Il mio cuore martella così forte nelle orecchie che sento a malapena il chiacchiericcio degli altri passeggeri intorno a me. Fisso le lettere, cercando di costringerle a ricomporsi, a trasformarsi magicamente nel codice aeroportuale corretto. Ma non lo fanno. Perché non possono.

Stringo il biglietto come se fosse un'ancora di salvezza, il mio cervello che si affanna a ricostruire che diavolo fosse appena successo. Come ho fatto a non accorgermene? Come ho potuto permettere che accadesse una cosa del genere? Sono sempre così meticolosa, così organizzata; controllo tutto due, persino tre volte.

Mi sento mancare l'aria. Mi guardo intorno, come se qualcuno potesse saltar fuori e dirmi che è tutto uno scherzo, che non ho appena preso un volo per la dannata parte sbagliata del paese. Che è solo una candid camera, un canale di scherzi su YouTube. Ma non c'è nessuno con cui ridere, nessun volto amico a rassicurarmi che non è così catastrofico come sembra.

Freneticamente, tiro fuori il telefono e scorro fino all'email di conferma di Emily. Eccola lì, chiara e tonda: Portland, ME. Mi si rivolta lo stomaco. Come ho fatto a non vederlo? Come è possibile che nessuna delle due se ne sia accorta? Scorro di nuovo le informazioni del volo, come se in qualche modo le parole potessero cambiare, ma sono sempre le stesse dannate coordinate che indicano Vacationland invece della West Coast.

Le ginocchia mi cedono e barcollo verso una panchina, lasciandomici cadere sopra. La gravità del mio errore mi colpisce come un treno merci. Sono nel Maine. Dovrei essere in Oregon. Domattina dovrei fare una presentazione a uno dei più grandi potenziali clienti della mia carriera.

Non riesco a respirare. Mi premo il palmo sulla fronte, cercando di calmarmi, ma è inutile. La realtà mi sta soffocando, rubandomi l'ossigeno dai polmoni.

«Oh, mio Dio.» Le parole mi sfuggono dalle labbra, incredulità e panico che crescono simultaneamente nel mio petto. «Cosa ho fatto?»

Freneticamente, mi precipito al banco assistenza della compagnia aerea, con la mente che vortica per la gravità del mio errore. La fila sembra non finire mai e ogni secondo che passa pare un'eternità. Batto il piede con impazienza, guardando di sfuggita i tabelloni delle partenze, sperando contro ogni speranza che ci sia un volo che possa portarmi in Oregon in tempo.

Mentre aspetto, i televisori sopra il banco trasmettono un'edizione straordinaria. Il tono grave del conduttore riempie l'aria. «La nube di cenere proveniente dall'eruzione del vulcano dell'Alaska si sta diffondendo rapidamente attraverso il Canada e gli Stati Uniti settentrionali, causando disagi senza precedenti al traffico aereo. Gli esperti prevedono enormi ritardi e cancellazioni nelle prossime ore.»

Mi si rivolta lo stomaco mentre osservo il tabellone delle partenze che lampeggia, la parola «IN RITARDO» che si trasforma in «CANCELLATO» accanto a un volo dopo l'altro. La realtà della situazione mi si abbatte addosso come un maremoto. Sono bloccata e non c'è modo di volare per la presentazione.

Con le mani che tremano, tiro fuori il telefono e inizio a cercare percorsi alternativi. Orari dei treni, degli autobus, qualsiasi cosa che possa portarmi a Portland, in Oregon. Ma in fondo, so che è inutile. La distanza è troppo grande, il tempo troppo poco.

Esco dalla fila, con le gambe pesanti come il piombo. L'aeroporto affollato sembra svanire mentre il peso del mio fallimento mi si posa sulle spalle. Trovo un angolo tranquillo e mi lascio cadere su una sedia, nascondendo il viso tra le mani.

«Pensa, Rachel, pensa», mormoro tra me e me, cercando disperatamente di trovare una soluzione. Ma più mi spremo le meningi, più diventa evidente che non c'è via d'uscita da questo casino.

La delusione è un boccone amaro da mandare giù, ma so che devo accettare la realtà della situazione. La presentazione, la partnership, il futuro per cui ho lavorato così duramente: mi sta scivolando tutto tra le dita e non c'è niente che io possa fare per impedirlo.

Con il cuore pesante, tiro fuori di nuovo il telefono, con le dita sospese sul numero di Helen. Esito, temendo la conversazione che sta per avere luogo. Ma so che non posso più rimandare.

Mentre la chiamata si connette, mi preparo alle inevitabili conseguenze. «Helen, sono Rachel. Ho cattive notizie...»

Mentre le spiego che sono nel Maine, lei rimane per lo più calma, anche se sarebbe giusto dire che la sua scelta di parole è piuttosto colorita. Tuttavia, la soluzione magica che speravo potesse tirare fuori dal cilindro non arriva.

«La TSA sta bloccando tutti i voli. Non c'è modo che Lei arrivi in Oregon.»

Il cuore mi sprofonda. «Ma la presentazione...»

«Non se ne preoccupi. Date le circostanze, sarà Zoe a occuparsi della presentazione. Può guidare da Seattle.»

«Zoe?» sento un'ondata di frustrazione. «Ma ci lavoro da mesi, Helen. GreenShoots è il *mio* cliente.»

«Non ancora, Rachel. Non ho scelta. La presentazione è domani, dobbiamo essere presenti.»

Cammino avanti e indietro, con la mente che corre. «E se usassi la mia influenza con GreenShoots per cambiare il giorno della presentazione? Sono sicura che capirebbero, data la situazione.»

«No, Rachel», dice Helen con fermezza. «Hanno fissato la data e dobbiamo rispettarla. Manderemo Zoe.»

«Ma Zoe non ha le mie credenziali *verdi*», ribatto, con la disperazione che si insinua nella mia voce. «Lavora principalmente con clienti del settore petrolifero, per l'amor di Dio. E guida una Mustang GT da 5 litri. Non sarebbe meglio partecipare alla riunione via Zoom, per ridurre la nostra impronta di carbonio?»

Le mie argomentazioni cadono nel vuoto. «Rachel, questo non è in discussione», dice Helen, con un tono che non ammette repliche. «Zoe è la migliore venditrice dell'azienda dopo di Lei, e GreenShoots è un cliente che Channing Gabriel deve assolutamente acquisire.»

Sento la rabbia montarmi dentro, ma cerco di tenerla a bada. «Quindi, se Zoe conclude l'accordo, significa che otterrà lei la partnership?»

C'è una pausa dall'altra parte della linea. «Rachel, Le suggerisco di godersi le sue due settimane di vacanza nel Maine e di dimenticarsi del lavoro per un po'.»

«Ma Helen...»

«Questo è un ordine, Rachel. Mandi la sua presentazione e i suoi appunti a Zoe. Ora.»

La linea cade e io rimango a fissare il telefono, ribollendo di frustrazione. Non posso credere che stia succedendo. Ho lavorato così duramente, e ora Zoe arriva per rubarmi la scena.

Vorrei urlare, lanciare il telefono dall'altra parte dell'aeroporto, ma mi costringo a calmarmi. Perdere il controllo non risolverà nulla.

Guardo fuori dal finestrino, osservando gli aerei che avrebbero dovuto decollare tornare al terminal per sbarcare i passeggeri. Nessuno di noi andrà da nessuna parte.

Due settimane nella Terra delle Vacanze. Dovrete perdonarmi se non salto di gioia.

Il taxi sfreccia per le strade affollate di Portland e io mi sporgo in avanti, esaminando gli edifici in cerca di un'insegna di hotel con camere libere. Provo a guardare di nuovo la moltitudine di app di viaggio che ho sul telefono, ma è tutto in grigio, che mi schernisce con un banner "tutto esaurito". Il tassista mi guarda nello specchietto retrovisore, con occhi comprensivi.

«Che sfortuna con tutte queste cancellazioni di voli, eh?» dice, scuotendo la testa. «Sembra che siano tutti bloccati.»

Annuisco, con l'attenzione ancora concentrata sulle vetrine dei negozi che passano. «Per caso saprebbe di qualche hotel con camere disponibili?»

Lui ridacchia. «Vorrei poterla aiutare, ma ho portato in giro gente tutto il giorno e ogni posto è al completo.»

Mi lascio cadere contro il sedile, con la mente in subbuglio. Non posso passare la notte a vagare per le strade di Portland. Mi serve un piano.

Come a un segnale, il mio telefono squilla. È mia madre. Esito un momento prima di rispondere, preparandomi all'inevitabile raffica di domande.

«Rachel, tesoro, stai bene? Tua sorella mi ha detto cosa è successo con il tuo volo.»

Sospirando, mi massaggio una tempia. «Sto bene, mamma. Sto solo cercando di trovare un posto dove stare per la notte.»

«Oh, tesoro, non fare come Maria e Giuseppe e finire in una mangiatoia. Perché non noleggi semplicemente un'auto e vieni a raggiungerci al lago Michigan? Ci farebbe tanto piacere averti qui.»

Non sono sicura che mamma capisca esattamente quanto io sia lontana dal Wisconsin. «Mamma, mi ci vorrebbero giorni per tornare indietro in auto... Aspetta un attimo? Sei con Claire?»

«Sì, quando ti hanno lasciata all'aeroporto, Richard è passato e mi ha chiesto se volevo prendere il tuo posto. E così, eccomi qui. Detto tra noi, credo che volessero solo una babysitter, ma a caval donato non si guarda in bocca. Dai, raggiungici.»

L'idea di passare il resto della vacanza con la mia famiglia è allettante, visto che l'alternativa è passarla da sola in una città sconosciuta. Sto per prendere seriamente in considerazione il suggerimento di mamma quando il taxi passa accanto a un enorme complesso industriale, la cui insegna recita "Harcourt Foods" a caratteri cubitali.

All'improvviso, un'idea si fa strada nella mia mente. La Harcourt Foods è uno dei più grandi produttori di alimenti surgelati del paese. Se riuscissi ad averli come clienti...

«Rachel? Ci sei ancora?»

Torno di colpo alla realtà. «Sì, mamma, ci sono. Senti, apprezzo l'offerta, ma penso che resterò a Portland per un po'. C'è una cosa di cui mi devo occupare.»

«Sei sicura, tesoro? Ci farebbe davvero piacere vederti.»

«Lo so, e ti prometto che mi farò perdonare. Ma questo è importante.»

C'è una pausa, e posso quasi sentire le rotelle che girano nella sua testa. «Beh, va bene allora. Non posso dire di capirti. Prometti che chiamerai se hai bisogno di qualcosa?»

«Lo farò. Grazie, mamma. Ti voglio bene.»

Mentre riattacco, mi sporgo in avanti, picchiettando sulla spalla dell'autista. «Veramente, potrebbe portarmi all'autonoleggio più vicino?»

Lui annuisce, immettendosi nella corsia di svolta. Mi rimetto a sedere, la mente già intenta a formulare un piano. Partnership o no, non lascerò il Maine a mani vuote.

Harcourt Foods, arrivo.

L'autonoleggio è un formicaio brulicante di attività, con viaggiatori esasperati che si affannano per assicurarsi un veicolo. Mi metto in fila, battendo il piede con impazienza mentre scorro il telefono, raccogliendo tutte le informazioni possibili sulla Harcourt Foods. Il loro amministratore delegato, Jonathan Harcourt, ha la fama di essere un tradizionalista irriducibile. Chiamato 'Vecchio Harcourt' da amici e nemici, non è certo noto per il suo impegno verso l'innovazione e la sostenibilità. Un veterano dell'industria avicola, sarà un'impresa ardua convincerlo a diversificare dai nuggets di pollo surgelati che hanno costruito il suo impero.

Ma... grazie alle mie ricerche di mercato per GreenShoots e IncrediBurger, ho dei dati. Un sacco di dati. Fatti e cifre convincenti e dettagliati che mostrano un cambiamento nelle abitudini alimentari e una crescente domanda di alternative a base vegetale. Se riuscissi a proporre la CGPR come agenzia per rinnovare la loro immagine pubblica e a convincerlo che vegetale significa profitto, potrebbe essere una svolta epocale.

Persa nei miei pensieri, sussulto quando l'impiegato chiama: «Avanti il prossimo!»

Mi avvicino al bancone, sfoderando il mio sorriso più affascinante. «Salve. Devo noleggiare un'auto, preferibilmente qualcosa di elettrico, compatto ed efficiente.»

L'impiegato, un giovane con un cartellino con su scritto "Ethan", mi guarda desolato. «Mi dispiace, signora, ma abbiamo quasi finito tutto a causa delle cancellazioni dei voli. L'unico veicolo rimasto è un pick-up.»

Sbatto le palpebre, elaborando l'informazione. Un pick-up? È quanto di più lontano ci sia dal mio stile di vita elegante, urbano ed ecologico. Ma chi si accontenta gode, giusto?

«Lo prendo», dico, porgendogli la mia carta di credito.

Qualche minuto dopo, mi ritrovo a fissare un mastodonte di furgone, con la vernice rossa che brilla sotto le luci del parcheggio. Mi arrampico sul sedile del conducente, regolandolo per adattarlo alla mia statura più bassa. Il motore romba prendendo vita e, a dire il vero, non posso fare a meno di sorridere. C'è qualcosa di esaltante nello stare al volante di questa bestia. Mi duole pensarlo, ma forse, solo forse, riesco a capire perché Zoe scelga di guidare la sua Mustang nonostante la pressione sociale per guidare auto elettriche.

Mentre attraverso le strade sconosciute di Portland, la mia mente è un turbinio di idee per una potenziale proposta alla Harcourt Foods. Sottolineerò i successi della CGPR con le iniziative ecologiche, le nostre strategie innovative sui social media e la nostra capacità di entrare in contatto con i consumatori più giovani ed eco-consapevoli. Guidando quasi d'istinto, ho lasciato la città e mi ritrovo nei sobborghi più tranquilli.

Iniziano a comparire le indicazioni per Biddeford e, mentre mi avvicino ai confini della città, trovo un motel caratteristico alla periferia, la cui insegna al neon 'libero' è un faro di speranza dopo alcune ore molto difficili. Il proprietario, un signore sulla quarantina, si presenta come James, insiste per portarmi il trolley in camera e mi porge una chiave con un sorriso complice.

«Basta che chiami la reception se ha bisogno di qualcosa», dice gentilmente.

Annuisco con gratitudine, sentendo all'improvviso il peso della giornata che si fa sentire.

«Grazie. Lo farò.»

NOTA DELL'AUTRICE

Ciao a tutti,

Grazie di cuore per aver letto *Libri, letti e piccoli accordi!*

Scriverlo è stato un vero spasso e spero davvero che la lettura vi abbia regalato qualche sorriso.

Se il libro vi è piaciuto, vi sarei infinitamente grata se voleste lasciare una recensione.

Le recensioni aiutano moltissimo gli autori per vari motivi: forniscono un riscontro su ciò che apprezzano i lettori e migliorano la visibilità del libro sui siti di vendita online.

Grazie in anticipo — non vedo l'ora di leggere i vostri commenti.

Alia xx

CHI È L'AUTRICE

Alia Smith scrive commedie romantiche che scaldano il cuore, piene di umorismo, fascino e la giusta dose di caos.

Quando non scrive storie d'amore, la si trova di solito accoccolata con un libro, immersa nella realtà televisiva o intenta a impedire a Galaxy — la sua gatta e musa principale — di sedersi sulla tastiera.

Vive in una casetta accogliente nell'Oxfordshire, dove è fermamente convinta che ogni grande storia d'amore cominci con una buona tazza di tè.

www.aliasmithbooks.com

SUBSCRIBE TO ALIA'S MAILING LIST
&
RECEIVE YOUR FREE NOVELLA

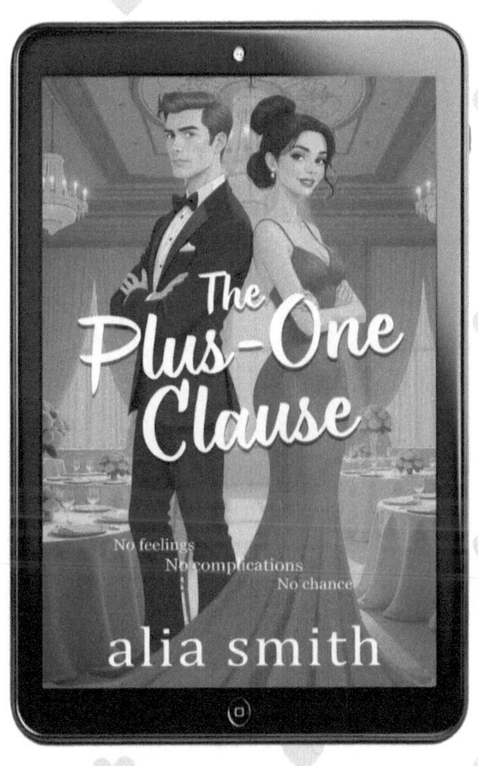

www.aliasmithbooks.com

BINGE THE SERIES

BALKON media